fv   *Fehnland-Verlag*

Zehm, Carsten: Die Diamantschwert-Saga. Die Abenteuer von Bandath, dem Zwergling. Hamburg, Fehnland Verlag 2022

1. überarbeitete Neuauflage
ISBN: 978-3-96971-182-8

Die eBook-Ausgabe dieses Titels trägt die ISBN 978-3-941404-81-6 und kann über den Handel oder den Verlag bezogen werden.

Lektorat: ds, acabus Verlag
Umschlaggestaltung: ds, acabus Verlag
Umschlagmotiv: © grafikdesign-silva.de
Illustrationen: Karte: © Antonia Zehm; Diamantschwert: © Peter Eggermann - Fotolia.com, © dancerP & AF Hair - Fotolia.com

Der Fehnland Verlag ist ein Imprint der Bedey & Thoms Media GmbH, Hermannstal 119k, 22119 Hamburg.

Bibliografische Information der Deutschen Nationalbibliothek
Die Deutsche Nationalbibliothek verzeichnet diese Publikation in der Deutschen Nationalbibliografie; detaillierte bibliografische Daten sind im Internet über http://dnb.d-nb.de abrufbar.

Carsten Zehm

Die Diamantschwert-Saga

Die Abenteuer von Bandath, dem Zwergling

Band 1 der Bandath-Trilogie

 Fehnland-Verlag

Für Tine – und danke für alles.

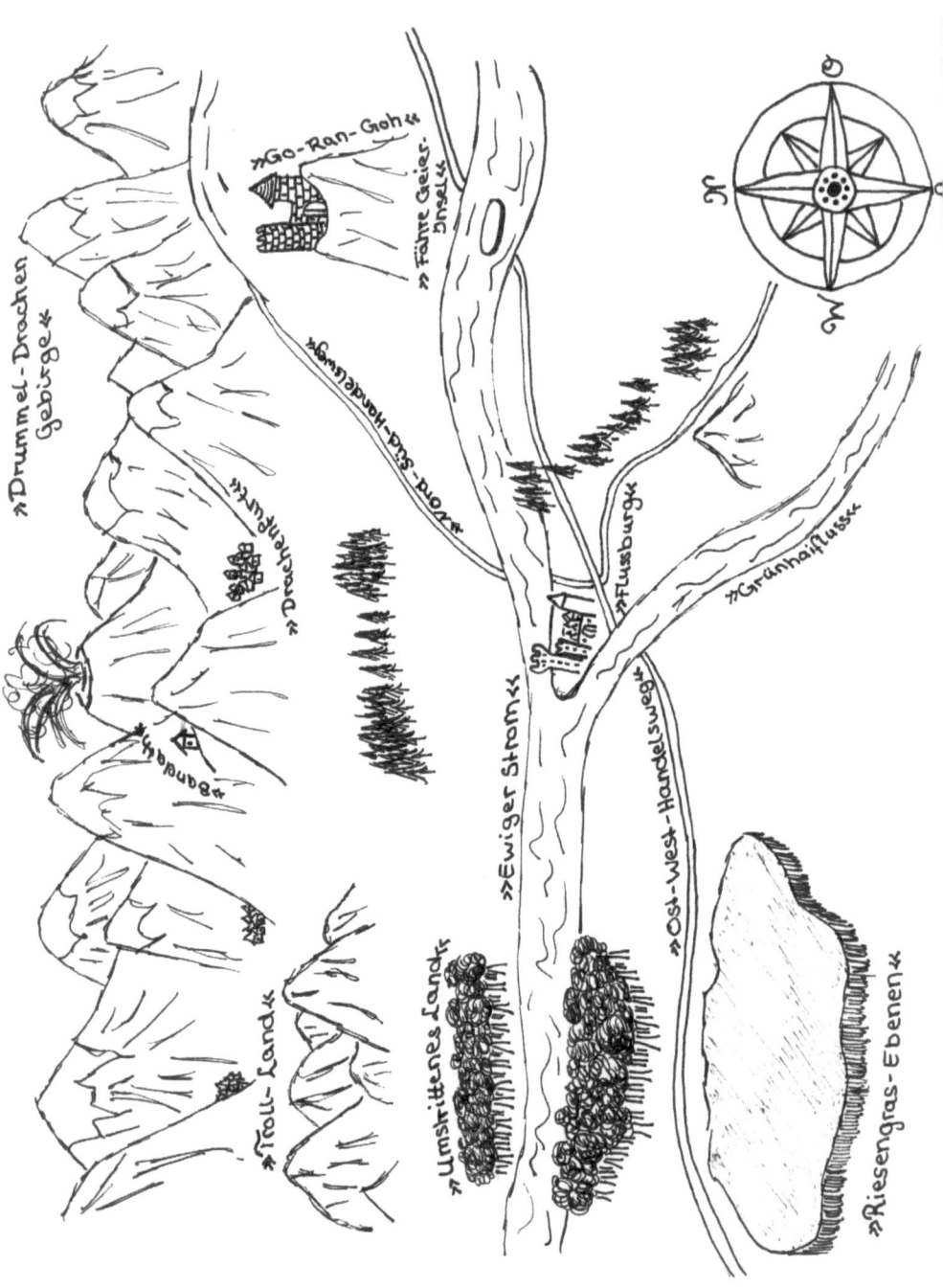

Inhalt

„Nur wenn der Nicht-Zwerg das Herz findet,

das verborgen ist, wo es jeder sieht,

und die Nicht-Elfe den Weg entdeckt,

von dem niemand weiß

und den jeder kennt,

wenn die Todfeinde sich helfen,

kann der Drache erwachen und das Feuer erlöschen."

Prophezeiung des Orakels von Go·Ran·Goh

Das Diamantschwert

Der Troll brach aus dem Gebüsch, trampelte über das Gras und sprang in den kleinen Bach. Knurrend sah er sich um, schwenkte dabei die Keule hin und her. Er kniff die Augen unter der gefurchten Stirn zusammen und suchte das Ufer ab. Plötzlich schoss sein Kopf herum. Gleich hinter der nächsten stromabwärts gelegenen Biegung des Baches hörte er Schritte im Wasser – eilig, platschend, sich entfernend. Ohne zu zögern stürmte er los und nahm die Verfolgung auf. Ruhe kehrte wieder ein und der Bach floss ungestört weiter.

Als die Geräusche des durch das Wasser hetzenden Trolls verklungen waren und das Nass die aufgewirbelten Sandwolken davon getragen hatte, erklang unter einem Busch ein fröhliches Hüsteln. Dann raschelte es, eine kleine Gestalt kroch auf allen Vieren hervor und stand umständlich auf. Fröhlich zupfte sich der Mann Blätterreste und Zweige aus seinem grauen Bart, rückte sich das Lederband, welches seine Haare hielt, zurecht, klopfte die Jacke sauber und strich sich über die Hose, beides aus braunem Leder. Ein unbeteiligter Beobachter hätte den kleinen Mann auf den ersten Blick wahrscheinlich für einen Zwerg gehalten, bis er die großen, braunbehaarten Füße gesehen hätte, die Füße eines Halblings. Zwar war der Bart der eines Zwergs, auch die eisgrauen, zu einem Zopf geflochtenen Haare waren typisch zwergisch. Doch sowohl die Füße als auch die knollige Nase und die braunen Augen gehörten eindeutig zu einem Halbling.

Der kleine Mann griff unter den Busch und förderte einen abgewetzten Beutel und einen knorrigen Holzstock zu Tage, der fast so groß war wie er selbst. Der Stab wies ihn unzweifelhaft als Mitglied der Magier-Gilde aus.

Am Ufer des Baches mitten im Trollland stand Bandath der Magier – manche würden die Bezeichnung um das Wörtchen *berüchtigt* ergänzen. Bandath war ein Zwergling und Zwerglinge waren sehr selten. Sein Vater, ein Zwerg, hatte einst eine Halblingsfrau geheiratet; eine Verbindung, die seinerzeit nicht unerhebliches Aufsehen erregt hatte, und Bandath war ihr einziges Kind geblieben. Es gab nicht viele Zwerglinge in den Ländereien um die Drummel-Drachen-Berge. Eigentlich, so behauptete Bandath gerne, gab es zurzeit nur einen einzigen lebenden Zwergling, nämlich ihn.

Irgendwann in seiner frühen Jugend hatte Waltrude, die Haushälterin seines Vaters, seine magische Begabung entdeckt und ihn sofort nach Go-Ran-Goh geschickt, die Magier-Feste. Nach einem dreitägigen Aufnahmetest wurde er der jüngste Magierlehrling aller Zeiten. Die zehnjährige Ausbildung krönte er mit einer grandiosen Abschlussprüfung, von der die Lehrlinge auf Go-Ran-Goh noch heute reden. Gerüchte besagten, dass Romanoth Tharothil, der oberste Magier, ihm immer einen Platz als Lehrer auf der Magier-Feste reserviert hielt, falls Bandath sich eines Tages entscheiden sollte, dorthin zurückzukehren. Nun, das zumindest konnte lange dauern. Er fühlte kein Verlangen danach, sich diesem weltfremden Kreis anzuschließen.

Im Moment allerdings sah es nicht so aus, als dächte Bandath überhaupt an Go-Ran-Goh. Er lauschte dem Troll nach, der sicherlich noch eine ganze Weile dem magischen Geräusch folgen würde, das Bandath vor wenigen Minuten den Bach hinabgeschickt hatte.

Noch eine Stunde bis Sonnenuntergang – das musste für sein Vorhaben reichen. Im Moment bewachten nur wenige Taglicht-Trolle das Dorf, während der Rest der Truppe im typischen, fast todesähnlichen Schlaf lag, der den gewöhnlichen Troll befiel, wenn die Sonne aufging.

Die ersten drei Wachposten hatte Bandath bereits hinter sich gebracht, als er überraschend auf diesen hier am Bach gestoßen war. Die Trolle schienen ihre Aufmerksamkeit erhöht zu haben. Es wäre wahrscheinlich gut, wenn er sich auf dem Rest des Weges noch aufmerksamer umsah als sonst. Womöglich hatten sie noch weitere Überraschungen vorbereitet. Bei seinem letzten Besuch jedenfalls – wie lange war das jetzt her, zehn Jahre, zwölf? – hatte es hier am Bach noch keine Wache gegeben.

Bandath wirkte einen kleinen Spurenverwischungszauber und begann vorsichtig, den Hang zu ersteigen. Seine Abdrücke im Ufersand des Baches verschwanden, kaum dass er den nächsten Schritt machte. Kurz noch blieb er stehen. Da lag ein Trollmesser im Gras direkt vor ihm. Eigentlich verabscheute Bandath Waffen. Er selber besaß keine, sah man von seinem eigenen kleinen Messer, dem Magierstab und dem schier unerschöpflichen Inhalt seines Schultersackes ab. Er kämpfte nie mit Waffen gegen andere und er hatte auch noch nie jemanden getötet, weder Troll noch Gnom, Elf, Zwerg, Mensch oder Halbling. Und das war mehr als so manch anderer Magier von sich behaupten konnte. Trotzdem sagte ihm sein Bauchgefühl, dass es besser wäre, dieses Trollmesser nicht im Gras liegen zu lassen. Er verließ sich oft auf sein Bauchgefühl und war meist gut gefahren damit.

Natürlich war das Messer eines Trolls für Bandath fast ein Schwert. Der Zwergling holte aus dem Schultersack seine magische Lupe hervor und richtete die Linse auf das Trollmesser, wobei er leise vor sich hin murmelte. Durch die Lupe betrachtet, sah das Messer wesentlich kleiner aus, als es in Wirklichkeit war. Lächelnd griff Bandath zu, nahm das Messer, das plötzlich locker in seine Hand passte, und ließ es in den unergründlichen Tiefen seines Schultersacks verschwinden.

So, jetzt aber rasch! Er hatte genug Zeit am Bach vertrödelt. Das Diamantschwert wartete auf ihn. Bis Mitternacht musste er es seinen Auftraggebern geliefert haben. Während er vorsichtig seinen Weg zum Trolldorf suchte, dachte er an die Worte der Elfen: „Gehe zu den Trollen, stehle das Diamantschwert und bringe es uns!"

Es war die übliche Art der arroganten Langbeine. Kurz und bündig hatten die Elfen der Riesengras-Ebene ihre Order formuliert. Natürlich war es ihnen unangenehm, dass er, ein Zwergling, den großen und gewaltigen Elfen helfen musste. Ihn selber störte das keineswegs, ganz im Gegenteil. Elfengold war gut und solange die Bezahlung stimmte, ließ sich absolut nichts gegen diesen Auftrag einwenden.

Erheitert duckte sich Bandath unter einigen Stolperdrähten durch, die die Trolle über den Weg gespannt hatten. Die würden es nie lernen, zogen die Hindernisse in Kniehöhe. Nur war da, wo die Trolle ihre Knie hatten, Bandaths Hals.

Wie gut, dass um die Drummel-Drachen-Berge herum kein anderer Magier lebte, der diese Art von Aufträgen erledigte. Und so hatte er, Bandath der Zwergling, nun schon zum wiederholten Male von den Elfen den Auftrag erhalten, den Trollen das Diamantschwert zu stehlen.

Es war immer das gleiche Spiel: Die Elfen ließen sich die machtvolle Waffe von den Trollen stehlen und diese etliche Jahre später wieder von den Elfen. So wechselte das Diamantschwert in schöner Regelmäßigkeit alle acht bis zehn Jahre den Besitzer. Und Bandath verdiente daran.

Nur gut, dass die Elfen von seinem kleinen Geheimnis nichts wussten.

Kichernd umrundete der Magier einige plumpe Fallgruben, hielt dann aber erschrocken inne, als er ein bedrohliches Zischen hinter sich hörte. Ganz langsam drehte er sich um und blickte in die starren Augen einer beeindruckenden Schling-Würg-Natter mit dem typischen, roten Totenkopfmuster auf ihrem giftgrünen Leib. Das Exemplar war von einer solchen Größe, dass es den Zwergling mit einem einzigen Happs hätte verschlingen können. Sie wäre sogar einem Troll gefährlich geworden. Die Schling-Würg-Natter starrte Bandath in die Augen und probierte den ihr eigenen Hypnose-Blick. Bandath zwinkerte und musste schon wieder grinsen. Wie sollte die Natter wissen, dass er auf der Magier-Feste einen besonderen Kurs zur Anwendung und Abwehr von Hypnoseverfahren besucht hatte? Sein eigener Blick wurde starr und bohrte sich in die länglichen Pupillen der Schlange. Es dauerte nur wenige Sekunden, da begann das Reptil zu zittern und hörte auf zu zischen. Der Körper der Schlange verdrehte sich zu einer großen Schlaufe, der Schwanz schoss nach vorn, fuhr durch die Schlaufe und streckte sich wieder lang nach hinten. Hilflos lag die Schlange auf dem Weg, einen dicken und äußerst festen Knoten in der Körpermitte.

Leise vor sich hin summend schlich der Zwergling weiter und erreichte eine enge aber kurze Felsenschlucht. In unregelmäßigen Abständen, so erschien es jedenfalls den Trollen, ergossen sich von oben Ströme kochenden Wassers oder zischender Säure, die brodelnd in Löchern im Boden verschwanden. Mittels eines ausgefuchsten Systems innerhalb der Felsen wurden die Flüssigkeiten wieder nach oben gepumpt und erhitzt, um sich im nächsten Moment erneut in das Tal zu ergießen. Bandath selbst hatte den Trollen dieses Sicherungssystem vor vielen Jahren verkauft. Ja, auch Troll-Gold war nicht zu verachten. Gut, dass die Trolle nichts von seiner Arbeit für die Elfen wussten.

Der Zwergling zählte nach dem letzten Wasserguss bis zwanzig, machte fünfzehn Schritte nach vorn, wartete einen Schwall Säure vor sich und eine weitere Kaskade kochenden Wassers hinter sich ab, rannte eine genau berechnete Strecke und duckte sich. Aus der Wand direkt über dem Magier schossen sechs Speere hervor, die ihn unzweifelhaft an den Fels genagelt hätten. Mit einem metallischen Zischen glitten sie in ihre kaum sichtbaren Halterungen zurück. Bandath erhob sich, sprang über einen unscheinbaren Sandfleck – Treibsand – und erreichte das Ende der Schlucht. Jetzt müsste eigentlich ... ja, da war er auch schon, der selbstfliegende Messer-Bumerang, der die Schlucht in regelmäßigen Abständen durchquerte. Hier reichte es aus, wenn er sich eng an den linken Felsen presste. Zischend schoss der Bumerang an ihm vorbei und flog kurz darauf denselben Weg zurück.

Die Trolle hatten ihm viel bezahlt für diese Sicherungen und schon manch ein Eindringling war an der Schlucht kläglich gescheitert. Bandath war nicht wenig stolz auf sein Werk. Und nur der Erbauer selbst konnte es überlisten.

Jetzt musste er nur noch herausfinden, wie viele Taglicht-Trolle im Dorf hinter der Felsenschlucht Wache schoben.

Vorsichtig zog er eine Halskette aus seinem Hemd und löste den daran befestigten Ring, ein sehr altes Erbstück des Halbling-Zweiges seiner Familie. Er streifte das unscheinbare, golden glänzende Kleinod über den Finger und war im selben Moment verschwunden. Einen Unsichtbarkeitszauber zu weben hätte zu viel Zeit in Anspruch genommen. Da war der Besitz eines solchen Zauberringes schon wesentlich praktischer – auch wenn sich die Kraft des Ringes nach einer Weile verbrauchte. Dafür, dass er ihn jetzt trug, musste der Ring sich wieder mehrere Tage mit magischer Energie aufladen, bevor er ihn erneut benutzen konnte.

Die nächsten Schritte trugen ihn in den Talkessel hinter der Schlucht. Er erblickte die ihm vertrauten dunklen Felsenlöcher, die zu den Trollhöhlen führten. Neu waren einige der Blockhütten mitten im Tal. Hier hausten die Taglicht-Trolle. Ihre Zahl musste sich seit seinem letzten Besuch bedeutend erhöht haben.

Und noch etwas war neu. Dieses Etwas hob den Kopf, als Bandath den Talkessel betrat, und starrte zu ihm herüber. Die gelben Augen funkelten, das Nackenfell stellte sich auf, es knurrte, die Lippen hoben sich und entblößten spitze Zähne.

Der Zwergling erstarrte. *Das* war jetzt wirklich eine Überraschung – und eine unangenehme dazu. Ein Drachenhund. Wo hatten die Trolle den denn her? Hieß das etwa, dass die Trolle Unterstützung durch einen weiteren Magier erhielten? Wenn doch noch jemand außer ihm selbst die Sicherungsmaßnahmen der Trolle unterstützte, würde das seine Arbeit in Zukunft erheblich erschweren. Aber darüber musste er sich später seinen klugen Zwergling-Kopf zerbrechen, denn Drachenhunde konnten mit ihren Augen Unsichtbares sehen, also auch ihn!

Der Drachenhund, schuppig und rot, knurrte erneut und erhob sich auf seine sechs Beine. Das Nackenfell glich jetzt dem struppigen Besen von Bandaths Haushälterin Waltrude. Aus der Brust des Drachenhundes stieg ein Grollen auf und die Spitze des schlangengleichen Schwanzes peitschte den Boden. Sechs Taglicht-Trolle hatten rund um ein Holzfeuer gesessen. Jetzt erhoben sie sich und blickten suchend im Talkessel umher.

„Was'n los?", fragte der kräftigste von ihnen und wiegte seine schwere Keule in der einen Hand, während er mit der anderen die Leine hielt, die dem Drachenhund um den Hals gelegt war. Es war Rulgo, der Anführer der Taglicht-Trolle. Bandath kannte ihn. Er war einer der klügsten Trolle, die der Magier je kennengelernt hatte, auch wenn er viel Zeit zum Denken brauchte, eine typische Eigenart der Trolle übrigens.

Aber was sollte das mit dem Drachenhund hier? *Mist, dreimal getrockneter Zwergenmist!* Fieberhaft rasten die Gedanken durch Bandaths Kopf. Wie wurde er nur dieses verdammte Scheusal los? Schon begann das Untier, den Troll in Bandaths Richtung zu ziehen, war vielleicht noch drei bis vier Dutzend Trollschritte entfernt. Plötzlich erinnerte sich der Zwergling an eine Bemerkung seines Vaters über Drachenhunde. Genau: *Etwas Fisch und Drachenhunde lassen alles stehen und liegen.* Zufällig hatte Bandath sich heute Morgen einen Hecht gefangen und von der Mahlzeit war noch ein wenig übrig. Mit vor Aufregung zitternden Fingern holte er den Fischrest aus seinem Sack, ebenso das Trollmesser, zudem das Stück Holz, das ihm letzte Nacht an der Schulter gedrückt hatte sowie ein paar Hühnerfedern, Überreste seines gestrigen Abendessens. Fieberhaft bohrte er mit dem Messer kleine Löcher in das Holz, steckte die Federn hinein und nagelte dann mit der Waffe den Fischrest auf das Holzstück. Anschließend bewegte der Magier die Hände in komplizierten Figuren über der Konstruktion, wobei kehlige Worte in einer längst nicht mehr von Lebenden gesprochenen Sprache über seine Lippen kamen. Die Federn begannen zu zittern, schwirrten dann heftig los und das Holzstück mitsamt Messer und Fisch erhob sich in die Lüfte. Diese umfangreichen Maßnahmen waren leider nötig, weil Bandath keine einfache Schwebe-Magie beherrschte. Der Drachenhund verharrte abrupt, schnaufte. Irritiert blickte er zwischen Holz und Zwergling hin und her, während er die Luft mit langen Zügen durch die Nase einsog. Bandath hob die Hand und gab dem schwebenden Holzstück einen leichten Wink. Schon schoss es vorwärts, beschrieb eine Kurve und verschwand in der Felsenschlucht, aus der Bandath soeben herausgetreten war. Der Drachenhund ließ ein kratzendes Bellen hören und sprang so kräftig vor, dass der Ruck glatt das Seil zerriss, mit dem Rulgo ihn festgehalten hatte.

„Blut! Komm zurück!"

Blut! Bandath verdrehte die Augen. Dieser Name sah den Trollen ähnlich. Der Drachenhund stürmte an dem Zwergling vorbei, ohne ihn eines weiteren Blickes zu würdigen, die laut rufenden Trolle im Gefolge. Schmerzensschreie ertönten gleich darauf aus der Felsenschlucht. Da waren wohl einige in die eigenen Fallen getappt.

Für Bandath jedenfalls war jetzt der Weg zum Diamantschwert frei. Er hetzte über den freien Platz zu einer kleinen Höhle am anderen Ende des Talkessels. Sogar er musste sich bücken, als er eintrat. Auf einem niedrigen Holztisch lag ein rotes Samtkissen und darauf das Diamantschwert, Gegenstand der Gier sowohl der Trolle als auch der Elfen. Die lange, makellose Diamantklinge mit dem eingeschlossenen roten Kristall in der Spitze, dem sogenannten Flammenauge, funkelte im Licht der spärlichen Sonnenstrahlen, die bis hierher vordrangen. Ihm schien, dass das Flammenauge noch nie so intensiv geleuchtet hatte wie in diesem Moment. Dunkelrote Lichtstrahlen schossen aus ihm hervor und zerschnitten die Dämmerung des Raumes in unregelmäßige Bereiche. Daneben verblasste der Glanz des goldenen Griffes. Besetzt mit Dutzenden von Edelsteinen, blinkte er erhaben und wirkte dabei trotzdem matt. Als Waffe wäre das Schwert kaum zu gebrauchen, obwohl die Klinge so scharf war, dass sie fast alles zerschneiden konnte. Mit so einer Waffe würde man nicht lange kämpfen können, dazu war die Klinge zu spröde. Aber der Besitz des Diamantschwertes bedeutete Macht.

Vor vielen hundert Jahren, lange vor Bandaths Zeit, waren eines Nachts die Dunkel-Zwerge aus der Erde gekommen und hatten den Trollen und Elfen das Diamantschwert zum Geschenk gemacht. Damit, so hatten sie verkündet, könnte man das fruchtbare Land beherrschen, das auf beiden Seiten des Ewigen Stromes zwischen den Riesengras-Ebenen der Elfen und dem von Drummel-Drachen und Trollen bewohnten Gebirge lag. Dieses fruchtbare Tal, das sogenannte Umstrittene Land, erstreckte sich Dutzende Tagesreisen entlang der Ausläufer der Drummel-Drachen-Berge und war schon immer Gegenstand von Streitigkeiten zwischen Elfen und Trollen gewesen. Beide Seiten beanspruchten das Land für sich, doch war keine aus eigener Kraft in der Lage, sich dort anzusiedeln. Eine unüberwindbare, magische Hecke, wilde Tiere und regelmäßige Überschwemmungen machten das Leben dort äußerst unsicher. Allein die Macht des Diamantschwertes ermöglichte es den Elfen, den Boden, die Früchte und Kräuter der Flussniederung zu nutzen und den Trollen bescherte das Schwert eine erfolgreiche Jagd.

Die Magier der Trolle und der Elfen besänftigten mit der Macht des Diamantschwertes die Natur. Sie ermöglichten gute Jagdergebnisse und sorgten für hervorragende Ernten. Warum genau dies nur mit dem Schwert möglich war, konnten die Magier nicht sagen. Es war ein Rätsel, dessen Lösung noch nicht gefunden war.

Natürlich währte der Frieden nicht lange. Schon bald forderte jede Seite das Diamantschwert allein für sich. Niemand wusste heute noch zu sagen, wer als erster die Waffen gegen den anderen erhoben hatte. Die Elfen gaben den Trollen die Schuld und die Trolle schoben alles auf die Elfen.

Wie dem auch sei, es gab Krieg, und das Schwert gelangte in den Besitz der Elfen. Sie behielten es etwa einhundert Jahre. Dann hatten sich die Trolle so weit von ihrer Niederlage erholt, dass sie den Elfen in einem nächtlichen Überraschungsangriff das Schwert abjagen konnten. Nun waren sie die Herrscher über die fruchtbare Flussniederung – für fast siebzig Jahre.

Die Elfen rückten am Tage an. Damals gab es längst noch nicht so viele Taglicht-Trolle wie heute. Das Gemetzel muss fürchterlich gewesen sein, denn die Trolle benötigten diesmal weit mehr als hundert Jahre, bis sie das Schwert zurückerobern konnten.

So ging es lange Zeit hin und her. Abwechselnd in der Hand von Trollen und Elfen, glänzte das Flammenauge in der Spitze des Diamantschwertes über der Flussniederung. Bis Bandath kam.

Er machte den Elfen, die das Diamantschwert damals gerade mal wieder an die Trolle verloren hatten, das Angebot, das Artefakt gegen angemessenes Entgelt zu stehlen, was blutige Kämpfe unnötig machen würde. Die Elfen berieten. Bei einer Zustimmung würden sie sich natürlich von diesem zu kurz gewachsenen Magier, der noch nicht einmal ein reiner Zwerg war, abhängig machen. Andererseits hatte der letzte Kampf mit den Trollen hohe Opfer von ihnen gefordert. Widerstrebend ließen sie sich auf den Handel ein. Von da an wechselte das Schwert in schöner Regelmäßigkeit den Besitzer, denn natürlich gefiel auch den Trollen die Idee, einen Dieb anzuheuern und zu bezahlen und auf diese Weise Leib und Leben ihrer Artgenossen zu schonen.

Seither verdiente Bandath recht gut. Selbstredend musste er immer warten, bis sich das Schwert außerhalb des Umstrittenen Landes befand. Er selber konnte ohne das Schwert die Hecke, die den Landstrich umgab, nicht überwinden. Aber eine solche Gelegenheit ergab sich immer irgendwann.

Jetzt aber musste er sich sputen. Schon verschwand die Sonne hinter den Gipfeln. Bald würden die Taglicht-Trolle wieder auftauchen, um in ihren tiefen Nachtschlaf zu fallen. Und die Trolle, die tagsüber schliefen, würden erwachen.

Bandath zückte seine wundersame Lupe und ein Kästchen aus Mogohani-Holz. Mit Hilfe seiner Lupe verkleinerte er das Diamantschwert auf Handtellergröße. Vorsichtig nahm er das nach wie vor äußerst scharfe Schwert vom Kissen und legte es in das kleine Kästchen. Mogohani-Holz war härter als Stahl und nur die Eisen-Feen in den Mogohani-Wäldern des Ostens konnten dieses Holz bearbeiten. Das Kästchen hatte ihn vor Jahren das gesamte Gold gekostet, das er von den Elfen für den zweiten Diebstahl des Diamantschwertes bekommen hatte. Es war einfach zu riskant geworden, mit dem geschrumpften Schwert in der Hand durch die Wälder zu den Elfen zu laufen. Das Mogohani-Kästchen hatte sich als ideales Transportmittel bewährt.

Bandath verließ mit seiner Beute die Höhle und blieb sofort wieder stehen. Die Sonne war untergegangen und dämmriges Zwielicht herrschte. Es war die Zeit, da die Trolle erwachten und die Taglicht-Trolle sich schlafen legten. Er hatte doch zu lange gebraucht. *Mist! Dreimal getrockneter*

Zwergenmist! Während in den Höhlen ringsumher ein Grummeln und Stöhnen anhub, typische Geräusche erwachender Trolle, taumelten die Taglicht-Trolle müde in den Talkessel zurück, angeführt vom Drachenhund.

Das war wirklich eine brenzlige Situation für den noch immer unsichtbaren Zwergling. Was tun?

Fisch hatte er keinen mehr. Schon hatte der Drachenhund ihn ausgemacht und knurrte gereizt.

Fisch? Wieso musste es eigentlich Fisch sein?

Wenn er ein magisches Geräusch bewirken konnte, dann sollte er auch in der Lage sein, magischen *Geruch* zu bewirken. Seine Finger begannen, komplizierte Runen in die Luft zu zeichnen, und er flüsterte Teile eines uralten Spruches. Dass er nicht sofort auf diese Idee gekommen war!

Plötzlich entströmte allen Höhlen im Talkessel ein penetranter Fischgeruch. Der Drachenhund begann erregt zu winseln. Dann hielt ihn nichts mehr. Mit einem kräftigen Ruck riss er sich los und stürmte jaulend in die nächstgelegene Unterkunft. Ärgerliche Trollrufe, Poltern und Klirren kündeten von erheblichem Chaos, als der Drachenhund auf der Suche nach Fisch das Unterste zuoberst kehrte. Aufgeregt schoss er nach erfolgloser Suche wieder ins Freie und stürmte die nächste Höhle.

Bandath hätte seinen Abgang aus dem Tal gerne weniger spektakulär gestaltet, aber ihm blieb keine andere Wahl. Eilig, doch möglichst leise, rannte er um die Gruppe der müde blinzelnden Taglicht-Trolle herum und machte sich aus dem Staub.

Er hatte kaum sämtliche Fallen der Felsschlucht überwunden, da ertönte aus dem Kessel das wütende Brüllen heiserer Trollstimmen. Sie hatten den Verlust des Diamantschwertes entdeckt. Die Jagd begann. So schnell er konnte tapste der Zwergling mit seinen kurzen Beinen durch das Unterholz. Die Trolle durften auf keinen Fall erfahren, wer ihnen das Schwert gestohlen hatte. Mit dem Drachenhund auf den Fersen war das aber nicht so leicht.

Bandath umging die Fallgruben und hörte irgendwo, leider nicht allzu weit entfernt, die massigen Trolle durch das Gebüsch brechen, begleitet vom aufgeregten Jaulen des Drachenhundes. Gehetzt zermarterte sich der Zwergling-Magier das Gehirn. Wie konnte er die Trolle aufhalten? Wie dem Drachenhund entkommen? Er eilte an der verknoteten Schling-Würg-Natter vorbei, blieb plötzlich stehen und sah zurück. Die Trolle konnten nur wenige Schritte hinter ihm im Gebüsch sein.

Was er jetzt vorhatte, war äußerst riskant, aber im Moment gab es keine andere Möglichkeit. Schnell sprintete er zu der verknoteten Schlange und zog den Ring vom Finger, um sichtbar zu werden. Erneut bohrte sich sein Hypnoseblick in die Augen des Reptils. Wie von fremder Hand geführt, löste sich der Knoten aus dem Schlangenleib und mit einem letzten Zwinkern gab Bandath seiner neuen „Freundin" einen Auftrag. Dann steckte er den Ring wieder an und hastete weiter. Fast im gleichen Augenblick brachen die Trolle aus dem Unterholz. Zischend stürzte sich die Schling-Würg-Natter auf den Drachenhund und einmal mehr brach hinter Bandath das Chaos aus, als die Trolle mit ihren Keulen auf die beiden kämpfenden Tiere einschlugen, um sie zu trennen.

Kichernd schlug sich Bandath in die Büsche. Das sollte ihm den kleinen Vorsprung geben, den er brauchte, um sein Boot am Fluss zu erreichen. Ohne im Besitz der Magie des Diamantschwertes zu sein, würden die Trolle den Fluss nicht überschreiten – Elfenland.

Zwei Stunden vor Mitternacht hatte Bandath tatsächlich den Fluss überquert. Jetzt endlich konnte er den Ring vom Finger streifen und ihn wieder an der Halskette befestigten. Das zweite Utensil an der Kette war eine kleine silberne Pfeife, die der Magier an die Lippen führte, um kräftig hineinzublasen. Die Pfeife tat keinen Laut. Doch Bandath wusste, der unhörbare Ton würde seinen treuen Begleiter rufen. In wenigen Minuten würde der Laufdrache Dwego erscheinen und ihn sicher in das Dorf der Elfen tragen.

Pünktlich, kurz bevor der Stand der Sterne die Mitternachtsstunde anzeigte, betrat Dwego mit Bandath auf dem Rücken den Ring, der vom zentralen Elfenfeuer des Dorfes beleuchtet wurde. Wohlweislich hatte Bandath das Diamantschwert wieder in seine ursprüngliche Größe verwandelt, bevor er das Elfendorf erreichte. Die Elfen mussten das Geheimnis seiner Lupe und des Mogohani-Kästchens nicht unbedingt erfahren. Mühsam reckte der Zwergling das große Schwert nach oben. Das Flammenauge glühte auf, als es die Strahlen des hell leuchtenden Elfenfeuers einfing. Selbst die kaltherzigen Elfen erschauerten, als sie das rot reflektierende Licht des Flammenauges traf. Doch diese außerordentliche Gefühlsregung der Langbeine verschwand wie ein morgendlicher Nebelhauch, den die Sonne auflöste. Schon stand der Hohe Rat der Elfen wieder kühl und distanziert am Rande des Lichtkreises. Wortlos streckte Gilbath, der Elfen-Fürst, seine rechte Hand aus, um das entgegenzunehmen, was den Elfen seiner Meinung nach von Rechts wegen zustand.

„Deine Arbeit soll wieder einmal vergolten werden, Zwergling."

Es gelang dem Elfen-Fürst stets, das Wort Zwergling so auszusprechen, als bezeichnete es eine widerwärtige Lebensform. Etwa in der Art würde Waltrude von einer dicken, fetten Wollspinne mit behaarten Beinen reden und gleichzeitig ihren Reisigbesen schwingen, um sie zu erschlagen.

Bandath verbeugte sich. „Der Ruf deiner Großzügigkeit ist weit bekannt, hinkt jedoch der Wahrheit hinterher, Gilbath."

Der Elf runzelte die Stirn. „Meine Großzügigkeit ist kleiner als du denkst, Zwergling."

Die Ruhe rings umher, hervorgerufen durch das Schweigen der anderen Elfen, schien sich zu vertiefen. Selbst das Knistern und Knacken des brennenden Holzes wurde leiser. Bandaths Sinne schalteten auf Alarm. Spannung lag in der Luft. Gilbath wog das Diamantschwert in der Hand. Wie zufällig richtete er die Spitze der Klinge auf den kleinen Magier. Drohend glühte das Flammenauge.

„Findest du es nicht seltsam, Zwergling, dass uns diese wundersame, machtvolle Waffe immer wieder entwendet wird?"

„Nun, Fürst", Bandath zuckte betont gleichmütig mit den Schultern, „ihr müsst eben etwas besser darauf aufpassen."

„Wir haben die besten Sicherungsmaßnahmen, die man diesseits der Drummel-Drachen-Berge kaufen kann, heißt es."

Bandath hob lächelnd die Hände. „Danke, ich tue mein Bestes."

„Schweig, Dieb!", donnerte der Elf, um gleich darauf geringfügig abzuwiegeln: „Denn das bist du, ein Dieb, der uns wieder und wieder das Schwert von den Trollen stiehlt."

Dieses Gespräch nahm eine Wendung, die Bandath nicht gefiel. Sollten die Elfen etwa wissen …?

„Gut, ich denke, wir sollten dieses Gespräch jetzt beenden, Zwergling", erklärte der Elf und ließ das Schwert sinken.

Bandath nickte, neigte zum Gruß den Kopf und zog sich zwei Schritte zurück. Ohne dass die Elfen es bemerkten, atmete er dabei auf. Gilbath selbst wandte sich ohne Gruß ab, hielt jedoch plötzlich inne als habe er etwas vergessen.

„Übrigens sind Claudio Bluthammer und Sergio die Knochenzange in der Gegend. Du weißt schon, die beiden talentierten Kopfgeldjäger."

Bandath musste schlucken. *Üble Kopfgeldjäger* wäre eine weitaus treffendere Bezeichnung für die zwei gestrauchelten Magier gewesen.

„Ich habe sie damit beauftragt, herauszufinden, wer der Dieb ist, der uns seit vielen Jahren immer wieder das Diamantschwert stiehlt – und uns seinen Kopf zu bringen." Damit ließ er Bandath endgültig stehen. Auch der Hohe Rat verließ den Kreis. Irgendwo aus dem Rund der Elfen kam ein Lederbeutel geflogen und landete klimpernd vor dem Magier im Staub, sein Lohn. Bandath bückte sich und nahm den Beutel auf. Gleichzeitig rasten die Gedanken hinter seiner Stirn.

Oh je, das war eine Entwicklung, die er nicht vorausgesehen hatte. Was sollte er nur tun, wenn die Trolle ihn das nächste Mal damit beauftragten, den Elfen das Diamantschwert zu stehlen?

Da würde er sich etwas einfallen lassen müssen …

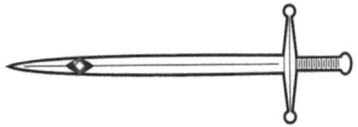

Die Katastrophe

Waltrude Birkenreisig schimpfte. Waltrude schimpfte eigentlich ständig. Über das Wetter, das Essen, welches sie immerhin selber kochte, sie schimpfte über die Unordnung im Haus und sie schimpfte mit Vorliebe über Bandath, den „Herrn Magier", wie sie ihn nannte. Egal was er tat, nichts war ihr recht. Kam er nach Hause, so war es ihr entweder zu früh, weil sie das Essen noch nicht fertig hatte oder noch beim Hausputz war, oder er kam zu spät und das Essen war „wie immer" bereits kalt geworden. Und wozu hatte sie sich dann die ganze Mühe gemacht? Überhaupt könnte der Herr Magier ja auch ein wenig dankbarer dafür sein, dass sie sich hier tagein tagaus plagte. Nun war die Hütte allerdings nicht besonders groß: zwei Wohnräume, einen größeren für Bandath, einen kleineren für Waltrude, eine Küche, ebenfalls für die alte Zwergendame (und ausschließlich für sie!), ein Waschraum, ein Vorratsraum und ein kurzer Flur, auf den die Türen zu den fünf Räumen mündeten. Viel Arbeit hatte sie nicht, denn oft führte das, was Bandath ihr gegenüber nur geheimnisvoll „seine Geschäfte" nannte, ihn lange von seinem Zuhause fort. Und selbst wenn er da war, gab es nicht viel Arbeit, denn einen Raum durfte Waltrude nicht betreten, den größten, der fast die Hälfte der kleinen Hütte einnahm, Bandaths Zimmer. Neben dem kleinen Bett – ein Zwergling braucht nicht viel Platz – türmten sich Regale bis zur Decke, voll mit alten Büchern und geheimnisvollen Schriftrollen. Mächtige Wälzer stapelten sich als wackelige Türme auf dem Fußboden in schwindelerregende Höhe. Direkt am Fenster aber stand das Herz dieses Raumes, der Arbeitstisch des Magiers. Ständig blubberte dort etwas in rundbauchigen Flaschen über irgendwelchen Flammen. Substanzen wurden gekocht und eingedickt, Steine zu Staub zermahlen, Tränke und Pulver bereitet. Und nicht selten erschütterte eine Explosion das kleine Haus. Bandath folgte dann hustend und spuckend den Qualmwolken, die aus seinem Zimmer kamen – meist mit angesengten Kleidern und verbrannten Haaren. Dann ließ er sich seine Verletzungen von Waltrude behandeln. Natürlich nutzte sie diese Gelegenheiten und schimpfte ausführlich über das gefährliche Treiben des „Herrn Magiers".

Am liebsten jedoch würde sie einen Besen, einen Eimer mit Wasser und einen Scheuerlappen nehmen und dieses unordentliche Zimmer einmal so richtig von oben bis unten sauber machen. Und vor allem mussten all die nutzlosen Gerätschaften vom Tisch verschwinden. Einmal hatte sie das getan, damals, ganz am Anfang. Er hatte sie gebeten ihm den Haushalt zu führen, wie sie es schon für seinen Vater getan hatte. Sie hatte zugestimmt. Irgendwann in dieser Zeit war sie gegen sein Verbot in das Zimmer gegangen um aufzuräumen. Nur ein einziges Mal. Bandath, den noch nie jemand wirklich zornig erlebt hatte, begann mit hochrotem Gesicht zu schreien und zu schelten. Nie, wirklich niemals durfte Waltrude auch nur ein einziges Blatt Pergament in diesem Raum berühren oder gar an einen anderen Platz legen.

Heute aber schimpfte Waltrude besonders. Alles lief schief. Sie hatte Kopfschmerzen seit sie aufgestanden war. In der Küche waren ihr drei Gläser runtergefallen und kaputt gegangen. Das Essen brannte an und der „Herr Magier" ließ mal wieder auf sich warten. Zum Mittag des dritten Tages hatte er wieder da sein wollen, aber Mittag war lange vorüber und wer nicht kam, war der Zwergling auf seinem gewöhnungsbedürftigen Reittier.

Nein, warum hatte sie sich damals nur überreden lassen, zu ihm zu kommen und ihm den Haushalt zu führen? Gut, sie hatte seinen Vater gekannt und war seinen Eltern schon zur Hand gegangen. Auch war sie eine der wenigen Zwergenfrauen des Dorfes gewesen, die seine Mutter damals nicht von Anfang an wie eine Aussätzige behandelt hatte. Die junge Halblingsfrau hatte es nicht leicht gehabt im Zwergendorf. „Fremdling" hatte man sie genannt. Es gehöre sich nicht für einen anständigen Zwerg, „so eine" zur Frau zu nehmen. Viele Jahre hatten sie getratscht und gelästert. Nur wenige, unter ihnen Waltrude, hatten sich all dem widersetzt und Bandaths Mutter in ihren Kreis aufgenommen. Ja, viel böses Blut hatte es damals gegeben. Mittlerweile war all das vergessen und einige wollten nie etwas dazu gesagt haben. Bandaths Eltern ruhten seit Jahren friedlich in den Bestattungshöhlen tief im Gebirge, nebeneinander, wie es sich gehörte. Und ihr Junge war ein großer Magier – so erzählte man sich jedenfalls.

Nun, sie hatte da so ihre Zweifel, zumindest was das Wort *groß* anging, aber wer fragte sie schon …

Heute lief wirklich nichts so, wie es sollte. Die Sonne schien von einem Himmel, der eigentlich blau hätte sein müssen. Das Himmelsblau jedoch hatte seit Sonnenaufgang eher die Farbe von Asche, obwohl keine Wolke am Himmel dahinzog. Und die Sonne selber hing als schmutziggelber Ball irgendwo da oben und strahlte keine Wärme aus. Trotzdem war es drückend schwül, viel zu warm für die Jahreszeit. Alle Vögel waren verstummt und Waltrude hatte große Schwärme von ihnen gesehen, die die Berge verließen.

Die Hütte des Zwerglings stand abgelegen auf einer Wiese in einem weit vorgezogenen Ausläufer der Drummel-Drachen-Berge. Das Zwergendorf Drachenfurt lag hinter einem Bergrücken. Waltrude besuchte dort ab und an ihre Kinder, Enkel und Urenkel. Zu ihrer Hütte aber verirrten sich weder Drummel-Drachen noch Trolle. Trotzdem konnte man von der Wiese vor ihrem Haus die höchsten Berge dieses Gebirges sehen, da das Gebirgsmassiv einen riesigen Bogen machte und man einen wunderbaren Blick über die Riesengras-Ebene der Elfen und den dunklen Wald im Umstrittenen Land beiderseits des Ewigen Stroms bis hin zu der anderen Seite hatte, wo der gewaltige Höhenzug der Drummel-Drachen-Berge wirklich fast bis zum Himmel hinaufwuchs. Dort oben, in den Regionen des ewigen Eises, wohnten die eigensinnigen Drummel-Drachen. An Tagen mit besonders gutem Wetter konnte man die riesigen Drachen fliegen sehen, als kleine, schwarze Punkte. Heute jedoch nicht. Weder war das Wetter gut, noch, so dachte Waltrude, würden die Drummel-Drachen heute fliegen. Es sangen ja nicht einmal die wenigen Vögel, die in den Bergen geblieben waren. Im Laufe des Tages hatte sie sogar mehrfach Rehe, Hirsche und verschiedene wilde Laufdrachen gesehen, die über die große Lichtung vor ihrem Haus trabten und bergab strebten. Gerade so, als wollten sie es den Vögeln gleich tun und die Berge verlassen.

Waltrude verstand das. Sie wäre den Tieren am liebsten gefolgt, so unwohl fühlte sie sich. Es war ihr, als würde jeden Moment irgendetwas passieren, etwas wirklich Schlimmes. Sie kannte dieses Gefühl aus ihrer Kindheit. Immer wenn sie etwas ausgefressen hatte und auf das unausweichliche Donnerwetter ihrer Eltern wartete, war dieses Gefühl da gewesen. Nun hatte sie aber seit vielen Jahren nichts mehr ausgefressen und ihre Eltern weilten längst in den Steinernen Hallen der Vorväter. Sie begriff das nicht. Was war heute nur los? Und wo zum dreimal gerösteten Krabbelkäfer blieb der „Herr Magier"?

Besorgt stand Waltrude mit in die Hüften gestemmten Fäusten an der Tür und ließ ihren Blick über die große Wiese vor dem Haus schweifen. Die fernen Höhenzüge mit den Drummel-Drachen waren für sie nicht so interessant. Viel lieber ließ sie ihren Blick zum Himmelshaken gleiten, einem der eindrucksvollsten Berge. Sein Gipfel glich der schräg aufgesetzten und oben geknickten Mütze eines Zwerges. Das ewige Eis auf seinem Gipfel gleißte und glänzte an freundlichen Tagen in der Sonne, dass es eine Freude war. Gleich einer gewaltigen Kralle schien er an Unwettertagen die Wolken aufzureißen, auf dass sie ihre nasse Last über den Bergen ausschütteten. Ein gewaltiger Gletscher, der von den Zwergen nur ‚die Kalte Zunge' genannt wurde, schob seine Eismassen weit in das Tal. Bandath hatte ihr erzählt, dass der Himmelshaken einer der höchsten Berge des Gebirges sei und mit Sicherheit der höchste, der sich in *unmittelbarer* Nähe befand. Nun stand ihre Hütte nicht *direkt* am Hang des Berges, aber die zwei ‚kleinen Hügel', wie Waltrude die zwischen ihnen und dem Himmelshaken gelegenen Berge nannte, zählten für die Zwergin nicht wirklich. Leider zeigte sich heute auch ihr Lieblingsberg nur trüb mit einem eher grauen als weißen Gipfel.

Bandath kam am späten Nachmittag. Waltrude hatte längst die angebrannte Suppe weggeschüttet und die Küche gereinigt (drei Mal sogar), als der Magier mit seinen großen Halblingsfüßen in den Flur trat – in den frisch gewischten Flur! Er murmelte verdrießlich etwas von Dwego, der ihn nicht bis hierher hatte bringen wollen und knallte schlecht gelaunt die Tür seines Zimmers hinter sich zu. Waltrude stand sprachlos in der Küchentür und kratzte sich ihr haariges Kinn. Na, das würde ja noch ein schöner Tag werden heute, bei der Laune, die der „Herr Magier" hatte.

Erst gegen Sonnenuntergang öffnete sich die Tür zu Bandaths Reich wieder und der Zwergling fragte knurrig nach Abendbrot.

„Hör mal, Herr Magier. Ich warte den ganzen Tag mit einem hervorragenden Essen auf dich und du lässt mich hier sitzen! Kommst erst irgendwann an, ohne Erklärung und jetzt stehst du da und willst das Abendbrot." Fassungslos schüttelte Waltrude den Kopf. „Was sind das nur für Zeiten. So etwas hätte es früher nicht gegeben!"

„Ja, früher", knurrte Bandath. „Früher war sogar die Zukunft besser! Kann ich was dafür, dass dieser verflixte Laufdrache nur widerwillig hier heraufgekommen ist? Du hättest ihn mal sehen sollen, Waltrude. So kenne ich ihn gar nicht. Stockt und bockt in einem fort, bis ich zum Schluss abgestiegen bin und die letzten Meilen zu Fuß lief. Und das nach der letzten Nacht." Als sei damit alles erklärt, verdrehte Bandath genervt die Augen. „Bekomme ich jetzt Abendbrot oder nicht?"

Mit den Worten „In einer halben Stunde" verschwand Waltrude vor sich hin brummend in der Küche.

Auch Bandath fühlte sich nicht wohl. Zuerst der Ärger mit den Elfen und die Information über die beiden Kopfgeldjäger, dann die Widerspenstigkeit von Dwego. So hatte dieser noch nie reagiert. Es war ihm vorgekommen, als hätte sein Laufdrachen Angst gehabt, das Gebirge zu betreten. Dieser Himmel mit seinem fast schon grauen Blau, die kraftlose Sonne und die fliehenden Tiere ließen die Spannung von Stunde zu Stunde steigen, gerade so, als würde sich irgendetwas Wichtiges ankündigen, etwas Großes und Gewaltiges.

Der Zwergling stand in der Tür seines Hauses und blickte nachdenklich nach draußen. Trotz seiner unablässigen Suche in den alten Büchern und Dokumenten in seinem Arbeitszimmer, hatte er seit seiner Rückkehr keinen Hinweis auf solch ein Wetterphänomen gefunden. Mittlerweile war der Wind zu einem sachten Flüstern geworden und erstarb dann ganz. Es schien, als ob die ganze Welt einen Augenblick stehen blieb, wie ein gigantisches Atemholen. Und dann, aus dem Nichts heraus, kam der erste Schlag, wie von einem unvorstellbar großen Hammer, der von unten gegen die Erdkruste schmetterte. Die ganze Lichtung hüpfte hoch und sackte danach wieder herab. Bandath wurde zu Boden geschleudert, im Haus klirrte und schepperte es, Waltrude schrie erschrocken, dann war wieder Ruhe. Bandath sprang auf und rannte in die Küche zu seiner Haushälterin. Die saß inmitten von Scherben und verstreuten Nahrungsmitteln auf dem Boden der Küche und sah ihn mit großen Augen an. „Herr Magier! Was hast du jetzt wieder angestellt?"

„Nichts! Los komm, wir müssen hier raus!"

„Aber wieso? Was soll ..."

„Keine Zeit, Waltrude!" Er packte die füllige Zwergendame am Handgelenk, zerrte sie unsanft hoch und zog die Zeternde hinter sich her über den Flur zur Haustür.

„Aber, Herr Magier, ich muss die Küche aufräumen, wie das aussieht ..."

„Später, Waltrude! Später!"

Bandath wusste plötzlich, was los war. Und er ahnte auch, dass sie nicht mehr viel Zeit hatten, denn es war noch gar nicht richtig losgegangen. Dass er da nicht eher drauf gekommen war ...

Der zweite Schlag riss sie nur wenige Schritte vor dem Haus von den Beinen. Waltrude schwieg sofort. Bandath zerrte sie danach erneut hoch und entfernte sich noch weiter von seinem Haus, dann blieb er stehen, im sicheren Abstand zu seinem Haus und allen umstehenden Bäumen des Waldes. Erneut schien ein tiefes Einatmen durch das Gebirge zu gehen.

„Herr Magier, was ist das?", flüsterte Waltrude ängstlich.

„Bleib ganz ruhig. Das ist nur ein kleines Erdbeben. Uns kann hier nichts weiter passieren." Er spielte seiner Haushälterin eine Sicherheit vor, die er selbst nicht besaß. Über Erdbeben hier im Gebirge hatte er sogar in den ältesten vorhandenen Aufzeichnungen nichts gelesen. Und die reichten bis zu den großen Drummel-Drachen-Kriegen zurück, vor immerhin 4.000 Jahren. Aber in der Magierfeste gab es Berichte über Erdbeben. In einem der dicken Wälzer der Bibliothek stand etwas über einstürzende Häuser und umfallende Bäume. Gut, das zumindest konnte ihnen hier nicht gefährlich werden. Aber in dem Buch stand auch was von Lawinen und plötzlich aufklaffenden Erdspalten. Und wie sollten sie sich davor schützen?

Der dritte Erdstoß kündigte sich durch ein tiefes, unterirdisches Rumpeln an, das zu einem gewaltigen Grollen wurde. Und dann schwankte die Erde, wie es sich Bandath nie hätte vorstellen können. Er sah Wellen über die Lichtung laufen, als wären sie auf einem See. Erneut riss es die Beiden von den Beinen. Im Fallen gewahrte der Zwergling, wie ein Teil des Daches seines Hauses einstürzte. *Die Küche ...,* dachte er. Der Erdboden sprang ihm förmlich von unten entgegen und schleuderte ihm Dreck und

Steine ins Gesicht. An die restliche Zeit erinnerte er sich nur, weil er krampfhaft versuchte, sich an der unter ihm wie wild hüpfenden Erde festzuklammern. Wieder und wieder schleuderten ihn Wellen in die Luft. Unsanft knallte er danach jedes Mal auf den Boden. Waltrude sagte hinterher, sie hätte den Eindruck gehabt, auf einem wild gewordenen Drummel-Drachen zu reiten. Der Lärm war ohrenbetäubend. Krachend zerriss in den unterirdischen Tiefen der Fels und die gemarterte Erde schrie förmlich auf. Es gab einen letzten Schlag, den gewaltigsten von allen. Die Erde erzitterte, als wolle sie all die kleinen Krabbler, die auf ihrer Oberfläche herumkrochen, abschütteln.

Dann war es zu Ende, so schnell und plötzlich, wie es begonnen hatte. Keiner von ihnen konnte hinterher sagen, wie lange das Beben gedauert hatte, ihnen war es wie Stunden vorgekommen. Bandath und Waltrude blieben noch minutenlang keuchend im Dreck der aufgewühlten Wiese liegen. Erst als sie den ersten Vogel singen hörten, ein einsames, noch zögerndes Liedchen, wussten sie, dass es vorbei war und richteten sich langsam auf. Noch immer klopfte ihnen das Herz weit oben im Hals. Waltrude stieß einen Schreckensschrei aus, als sie einen wohl fünf Fuß breiten Graben auf der vorher unberührten Wiese gewahrte, der im Zickzack zwischen ihnen und der Hütte entlang lief.

„Der hätte uns glatt verschlucken können!" Dann folgte ein weiterer Schreckensschrei. Sie hatte das eingestürzte Dach der Hütte entdeckt. „Die Balken über der Küche sind eingebrochen. O weh, du hast mir das Leben gerettet, Herr Magier. Jetzt muss ich dir auch noch dankbar sein!"

Bandath betrachtete den Waldrand. Bäume waren umgestürzt und blockierten den Pfad, der zum Zwergendorf führte. Hinter dem Berg stieg Rauch auf. Im Zwergendorf Drachenfurt, das drei Wegstunden entfernt lag, musste Feuer ausgebrochen sein.

„Wir müssen ins Dorf, Waltrude. Wahrscheinlich brauchen sie unsere Hilfe."

Seine Haushälterin jedoch reagierte nicht. Mit starrem Blick fixierte sie die Gipfel der Drummel-Drachen-Berge, wo noch eine Stunde zuvor die eisbedeckten Hänge des Himmelshakens in der Sonne geglänzt hatten.

„Beim dreimal gerösteten Krabbelkäfer", hauchte sie. „Herr Magier, sieh dir *das* an!"

Die charakteristische Bergspitze war verschwunden. Der gesamte obere Teil des Himmelshakens fehlte und an seiner Stelle klaffte ein gigantischer Krater, aus dem Rauch quoll. Dicke, schwarze Schwaden stiegen nach oben und vermischten sich mit einer monströsen Staubwolke, die weit über dem Berg in der Luft zu schweben schien. Blitze zuckten in der Wolke und von fern dröhnte leiser Donner zu ihnen. Als würde der Krater aufstoßen, wurden plötzlich, begleitet von einem fernen Grummeln, glühende Gesteinsklumpen in die Luft geschossen. Sie flogen in hohem Bogen aus dem feurigen Schlund, verschwanden im Qualm, tauchten wieder auf und donnerten irgendwo am Hang des Berges auf die Erde. Rauch von Feuer stieg auf. Wahrscheinlich setzten die glühenden Steine die Wälder in Brand. Der Boden unter Bandath und Waltrude zitterte als leises Echo dessen, was dort oben geschah. Am Kraterrand zeigte sich so etwas wie eine rote Zunge, die immer länger wurde und an der Bergflanke herabfloss – glühendes Gestein. Als die Lava den Gletscher erreichte, verwandelten sich Schnee und Eis explosionsartig in Wasserdampf, der in großen Schwaden aufstieg und den Blick auf die Magmazunge verbarg. Nur wenig später erreichte der ferne Widerhall des explosionsartig verdampfenden Gletschers die beiden Beobachter, die wie gelähmt auf der Wiese standen und das grausige Naturschauspiel verfolgten.

Der Himmelshaken wurde in eine Wolke aus Staub, Wasserdampf und schwarzem Rauch gehüllt, als schäme sich die Natur dieses grausigen Schauspieles und wolle es verbergen. Entsetzt betrachtete Bandath die Zerstörung. Was, zum rülpsenden Drummel-Drachen, hatte das Gebirge aus seinem ewigen Schlaf gerissen?

„Herr Magier, was ist das?" Waltrudes Augen waren angstgeweitet. Noch immer glich ihre Stimme dem leisen Flüstern des Windes, wenn er über die Wiese strich.

„Ein Vulkan, Waltrude. In unserer unmittelbaren Nähe ist ein Vulkan ausgebrochen!"

Verwirrt sah sie den Zwergling an. „Ein Wolkenkahn? Was ist ein Wolkenkahn?"

„Ein Vulkan ist ein Loch im Gebirge. Es reicht bis zu den tiefsten, feurigen Wurzeln der Berge, dahin, wo das Herz der Erde liegt und die Steine flüssig sind."

„Flüssige Steine? Bei der fetten Wollspinne, die ich letzte Woche erschlagen habe, jemand muss diesen Wolkenhahn zustopfen."

Bandath schüttelte den Kopf. „Das wird wohl nicht gehen." Er erhob sich und klopfte sich den Dreck von seinen Sachen.

„Komm, Waltrude, wir müssen nach Drachenfurt. Die werden dort jede Hilfe brauchen."

Das brachte Waltrude auf die Beine. Im Dorf lebten ihre Töchter und Schwiegersöhne, ihre Enkel und Urenkel. Mit einer Geschwindigkeit, die Bandath der fülligen Zwergendame nicht zugetraut hätte, umging sie den Graben und stiefelte zur Hütte.

„Halt, halt!", rief Bandath und versuchte sie vergeblich festzuhalten. „Da kannst du nicht rein. Wenn das restliche Dach runterkommt, hab ich dich umsonst gerettet."

„Umsonst ist nichts im Leben, Herr Magier, merk dir das. Und wenn du denkst, dass ich jetzt vor Dankbarkeit zerfließe, bloß weil du mich aus dem Haus gerettet hast, dann hast du dich aber getäuscht. Der dicke Wolkenzahn da oben hat einen Haufen Unheil angerichtet. Wahrscheinlich haben nicht alle im Dorf so ein Glück gehabt wie wir. Ich brauche mein Verbandszeug, wenn wir helfen wollen."

Mit diesen Worten zwängte sie sich durch die jetzt leicht schräg stehende Haustür und polterte in ihr Zimmer. Bandath folgte ihr, argwöhnisch die Decke begutachtend. Er murmelte einen Spruch, der das Holz im Haus stärkte. Es knirschte im Gebälk und feiner Staub rieselte herab. Der Zwergling ließ Waltrude in ihrem Zimmer wühlen und eilte an der zertrümmerten Küche vorbei in sein Arbeitszimmer. Hier schien das Dach heil geblieben zu sein. Das beruhigte ihn, denn er hatte so eine Ahnung, dass er nicht sofort zum Reparieren des Hauses kommen würde. Und wenn es dann in sein Zimmer regnete und die umgestürzten Bücherstapel nass würden, wäre das ein nicht wieder gut zu machender Schaden. Es gab kaum etwas, was Bandath mehr schätzte als gute, alte Bücher. Gutes Essen vielleicht und ab und an einen ordentlichen Schluck Bier. So wie die Sache jedoch aussah, konnte er getrost mit der Reparatur des Küchendaches warten. Schnell schnappte er sich seinen Schultersack, stopfte diverse Dinge hinein, von denen er glaubte, sie in der nächsten Zeit zu brauchen, legte sich seinen Umhang über und ging zu Waltrude. Auch sie hatte inzwischen eine lederne Tasche randvoll mit Utensilien gepackt.

„Nimm einen Umhang mit, Waltrude, mit Kapuze."

„Warum, Herr Magier? Wir haben Frühling. Ein leichter Regen wird mir nichts tun."

„Das mag schon sein. Bald aber wird es stark regnen. Und der Regen wird die Asche und den Dreck mitbringen, die jetzt noch oben in der Luft sind."

„Dieser elende Wolkentran!", schimpfte die Zwergin. Sie schimpfte noch, als sie das Haus verließen und sie schimpfte weiter, als sie sich auf den Weg in das Dorf machten. Doch nicht lange, dann schwieg sie. Sie war alt und dick, das sagte sie jedenfalls immer von sich, und sie brauchte die Luft zum Laufen. Also beendete sie ihre Lieblingsbeschäftigung und schnaufte wie ein lungenkranker Drummel-Drache vor Bandath her.

Zwar lagen ab und an ein paar Bäume über dem Pfad, aber im Großen und Ganzen kamen sie besser vorwärts, als Bandath befürchtet hatte. Der Weg war schmal und führte zuerst steil bergan, um sich in der zweiten Hälfte genau so steil wieder bergab zu schlängeln. Sie folgten ihm um den Berg herum und kamen so in das Nachbartal, ein ganzes Stück näher an den Himmelshaken heran. Mehrmals mussten sie über die Stämme umgestürzter Baumriesen klettern, einmal sogar durch eine Baumkrone, Waltrude immer vorne weg. Bandath hatte häufig mit seiner tonlosen Pfeife nach Dwego gepfiffen, aber der Laufdrache tauchte nicht auf. Allmählich machte sich der Zwergling Sorgen um ihn. Kurz bevor sie Drachenfurt erreichten, setzte der erwartete Regen ein. Mittlerweile war die Sonne untergegangen und es herrschte fast vollständige Finsternis im Wald. Bandath entzündete eine Wanderflamme, die vor ihnen auf dem Weg entlang hüpfte. Der Regen brachte, wie Bandath es prophezeit hatte, schmierigen Ruß aus der Luft mit. Die riesige Wolke über dem Himmelshaken musste sich weit ausgebreitet haben. Schon seit Stunden roch die Luft nach Qualm und Schwefel. Das Zeug jedoch, das jetzt vom Himmel fiel, machte den Weg glitschig und verdreckte ihre Umhänge. Es dauerte nicht lange und der Weg war mit einer fingerdicken, schmierigen Schicht Ruß bedeckt. Sie rutschten mehrmals aus. Ihre Umhänge saugten sich voll und wurden schwer und hinderlich. Waltrude begann wieder zu schimpfen. Sie schien also immer noch genug Luft zu bekommen.

„Wie ich es hasse, wenn du Recht hast, Herr Magier. Wir sehen bestimmt aus wie Waldunholde. Hoffentlich steinigen uns die Drachenfurter nicht, wenn wir ins Dorf kommen."

„Ich denke, die haben genug andere Sorgen, als auf zwei so traurige Gestalten wie uns zu achten."

Nur wenig später kamen sie um die letzte Kurve. Vor ihnen öffnete sich der Blick auf das Dorf. Erschrocken blieben sie stehen.

„Du hattest schon wieder Recht, Herr Magier."

Das gesamte Dorf wurde von einigen Feuern und etlichen Fackeln beleuchtet. Der größte Teil der Häuser war eingestürzt, einige von ihnen waren nur noch traurig qualmende Ruinen. Fleißige Hände hatten große Planen zwischen die Trümmer gespannt, unter denen sich die Zwerge drängten. Husten, das Weinen von Kindern und das Klagen von Frauen waren zu hören. Zwischen den Ruinen liefen Zwerge mit Fackeln, wälzten Balken weg und holten noch immer Verschüttete unter den Trümmern hervor. Bandath sah nicht ein einziges heiles Haus mehr in Drachenfurt.

„Bei der ekligen Schwanzspitze deines Laufdrachen, Herr Magier, die hat es wirklich schlimm erwischt. Dieser verfluchte Wolkenzahn. Komm schnell." Jetzt überholte Waltrude sogar die Wanderflamme.

Bei der ersten Ruine wurden sie angesprochen. Ein Zwerg mit erhobener Fackel trat auf den Weg.

„Wer da?"

„Ich bin es, Theodil Holznagel. Beim ranzigen Bier deines Vaters, erkennst du mich nicht?", wetterte Waltrude los. „Wo sind meine Kinder?"

Theodil Holznagel, der Zimmermann des Dorfes, ließ die Fackel sinken.

„Sie sind alle unter der Plane, bei der Ruine, die gestern noch unsere Ratshalle war, Waltrude. Es sind alle am Leben, deine Enkel und Urenkel auch. Mira hat sich den Arm gebrochen und Handil das Bein, ansonsten haben sie nur Kratzer und Schürfwunden davon getragen. Sie hatten mehr Glück als so manch anderer."

Waltrude rauschte davon und Bandath blieb mit Theodil allein.

„Gelobt seien die Vorväter, Bandath, dass ihr beide kommt. Waltrudes Heilkünste und deine Magie mag so manch einen von uns retten, der die Nacht ansonsten nicht überleben würde."

„Wie sieht es aus?" Nichts war geblieben von Bandaths Frohsinn.

Theodil schnaubte wütend. „Sieh dir Drachenfurt an. Kein Haus steht mehr. Es hat Tote gegeben, bisher haben wir acht gefunden. Wir vermissen noch weitere zehn Leute, die hier irgendwo unter den Trümmern liegen müssen. Vielleicht kannst du zuerst bei der Suche helfen." Der Zimmermann klang unendlich müde.

Bandath nickte. „Wo soll ich anfangen?"

Theodil wies mit der Fackel zu einem Trümmerhaufen in der Nähe. „Dort drüben, beim Haus des Tuchmachers ...", er stockte, „... bei der Ruine seines Hauses. Wir suchen noch seinen Sohn."

Wieder nickte Bandath und machte sich auf den Weg.

„Magier!"

Der Zwergling blieb stehen und drehte sich um. „Ja?"

„Es ist schön, dass ihr es überlebt habt."

Es regnete die ganze Nacht, schwarz und schmierig. Der Gipfel des Himmelshakens schimmerte durch das Unwetter wie eine giftige Fackel. Blitze zuckten um den Krater und die feurigen Geschosse leuchteten unheimlich, wenn sie durch die Luft flogen. Düster glomm die Lava, die sich unbeirrt einen Weg durch den Gletscher talabwärts fraß.

Bandath regte an, die Brunnen abzudecken, damit sie nicht mit dem Auswurf des Vulkans verunreinigt würden. Sauberes Wasser war sehr wichtig und kostbar geworden. Mit Hilfe einer Findeformel gelang es dem Magier im Laufe der Nacht, alle noch vermissten Zwerge aufzuspüren. Sein Bindezauber hielt Balken und Bretter, während andere Zwerge sich in die Trümmer gruben und die Gefundenen hervorzogen. Leider kam bei zwei von ihnen jede Hilfe zu spät. Aber acht Zwerge konnten, wenn auch verletzt, gerettet werden. Als die Morgendämmerung anbrach, befreite die Gruppe, der sich Bandath angeschlossen hatte, den letzten Vermissten aus den Trümmern seines Hauses. Erschöpft versammelten sie sich unter einer Plane. Die Frauen hatten Feuer entzündet und kochten Suppe aus Zutaten, die sie aus den Ruinen geborgen hatten. Auch Bandath erhielt eine Schüssel heißer Fleischbrühe. Das tat gut nach dieser Nacht. Vorsichtig schlürfend löffelte er.

Waltrude hatte einen Trupp unverletzter Frauen um sich gescharrt und führte zusammen mit der Frau des Schmiedes das Kommando. Sie verbanden Verletzungen, schienten gebrochene Knochen, trösteten, nahmen Weinende in den Arm und sprachen auch mal ein barsches Wort, wenn sich jemand der Verzweiflung überlassen wollte.

„Was soll nun werden, Magier?" Einer der Zwerge blickte Bandath an, als erwarte er von ihm die alles erklärende Antwort. Auf jeden Fall aber wollte er Hoffnung haben. Bandath sah den Zwerg an, blickte in die Runde müder, grauer Gesichter, die dumpf vor sich hin brüteten, zu erschöpft um sich zu unterhalten. Sein Blick wanderte zum Gipfel des Himmelshakens. Grau umwölkt stieß er immer noch Qualm und brennende Geschosse aus. Die feurige Zunge hatte sich durch den Gletscher hindurch gearbeitet und bewegte sich jetzt langsam auf die ausgedehnten Wälder am Hang des Himmelshakens zu. Bandath dachte daran, wie gerne er in diesen Wäldern spazieren gegangen war, begleitet vom Gesang der Blütenfeen. Wie die kleinen Flatterlinge wohl die Katastrophe überstanden hatten? Er hoffte, dass sie sich hatten retten können. Auf jeden Fall waren ihre Wälder in Gefahr. Die Lavazunge würde nicht vor den Bäumen halt machen. Große Rauchwolken zogen an den Hängen des Berges aufwärts. Dort brannte der Wald bereits, entzündet durch die feurigen Steine, die seit dem gestrigen Abend ständig aus dem Krater geflogen kamen.

„Magier!", drängte der Zwerg, Bandath kannte ihn kaum. Wie hieß er nur? „Wird dieser Feuerberg wieder verlöschen? Und was, wenn nicht? Siehst du diesen Glutstrom, der sich abwärts wälzt? Er fließt genau in unser Tal. Was, wenn er Drachenfurt verschlingt?"

Bandath zuckte mit den Schultern. „Ich weiß es nicht, Thordred Weißbuche." Plötzlich war ihm der Name des Zwerges wieder eingefallen. „Ich weiß es wirklich nicht. Ich glaube, ich werde mir Rat und Hilfe holen müssen."

Der Zwergling erhob sich und drückte den schmerzenden Rücken durch. Ja, er wusste jetzt, was er tun musste. Der Weise Romanoth Tharothil würde Rat wissen. Sie mussten wohl zusammen das Orakel befragen. Er war das Oberhaupt der Magierfeste Go-Ran-Goh, sein alter Lehrer.

Er würde ihm sagen können, was zu tun sei. Auch wenn Bandath das nicht behagte. Die Magier saßen dort in ihrer Feste, weitab vom Leben der Länder rings umher. Manchmal, so der Eindruck des Zwerglings, wäre es besser, wenn sie sich ab und zu auf Reisen begeben würden, um das wirkliche Leben wieder kennen zu lernen.

Bandath hatte seit seiner Ausbildung eine Abneigung gegen den Ring der Magier. Es war nicht so, dass sie ihm etwas getan hatten, im Gegenteil. Als er während seiner Lehrzeit Ärger auf der Magierfeste hatte, wurde er von einem Teil der Lehrer in Schutz genommen. Er wusste aber, dass alle seine Art zu leben missbilligten. Ihrer Ansicht nach, hätte er sich wie jeder „normale" Magier eine feste und stabile Existenz aufbauen sollen, einen guten Ruf, der der Magierfeste Ehre machte und ein gut gehendes Geschäft. Und sie wollten, dass Bandath die Magierfeste unterstützte, bei allem, was von ihr ausging. Sie verstanden nicht, dass Bandath gerade das nicht wollte. Ihm gefiel sein Leben, so wie es war. Ein klein wenig Aufregung hier und dort, ein paar Geschäfte am Rande der Legalität, ab und an den Elfen oder den Trollen eines auswischen. Und wenn er wollte, dann zog er sich für Monate in seine Hütte zurück, ließ sich von Waltrude bekochen, lauschte ihrem Gemecker, genoss bei einer guten Pfeife den Ausblick auf die Drummel-Drachen-Berge und las in einem seiner alten Bücher, die er sich ständig irgendwo und irgendwie besorgte.

Natürlich kam er, wenn Drachenfurt Hilfe brauchte. Das hatte er immer getan. Es war immerhin sein Dorf. Schließlich war er auch mit einem Teil der Zwerge hier verwandt, kam doch sein Vater aus dieser Siedlung. Theodil Holznagel zum Beispiel war ein Cousin siebenten Grades. Und dass sie jetzt Hilfe benötigten, war offensichtlich.

Bandaths Blick wanderte – zum wievielten Mal in den letzten Stunden? – zum abgesprengten Gipfel des Himmelshakens. Gab es vielleicht die Möglichkeit, Drachenfurt und seine Bewohner vor der Gefahr, die von dem Vulkan ausging, zu retten? Um diese Frage zu beantworten, musste er, so schwer es ihm auch fiel, zur Magierfeste Go-Ran-Goh. Nur dort konnte er das Orakel befragen, und nur das Orakel würde ihm auf diese Frage antworten können.

Es behagte ihm überhaupt nicht. Andererseits waren die wichtigsten Arbeiten, bei denen er helfen konnte, erst einmal erledigt. Die Reparatur der Häuser oder, was viel schlimmer wäre, die Evakuierung des Dorfes, konnten die Zwerge allein bewerkstelligen. Er bildete sich nicht ein, für solche Aufgaben unabkömmlich zu sein.

Plötzlich ertönten Rufe vom Rand des Dorfes und unterbrachen seine Gedankengänge. Da war jemand gekommen. Sollte Hilfe so schnell eintreffen?

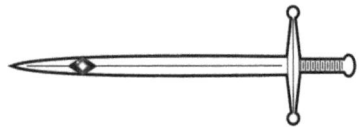

Unangemeldeter Besuch

Bandath schritt, von zwei stämmigen Zwergen begleitet, zum Dorfrand. Dort stand Theodil Holznagel breitbeinig mitten auf der Straße. Der Zwergling stöhnte auf, als er sah, wer sich vor dem Zwerg auf der Straße postiert hatte. Die beiden in dunkle Umhänge gehüllten Gestalten schauten verächtlich auf den deutlich kleineren Zwerg hinab. Der eine war ein Gnom. Er lief leicht gebückt, seine graue Haut glänzte ungesund und die Augen unter der flachen Stirn huschten unstet hin und her. Er kratzte sich gerade den haarlosen Schädel und zog sich anschließend wieder die Kapuze über den Kopf, um sich vor dem Regen zu schützen – Claudio Bluthammer. Die andere Gestalt war eher lang und dünn und hielt sich sehr aufrecht. Auf den schmalen Schultern prangte ein Stierkopf. Sergio die Knochenzange war ein Minotaurus. Im Gegensatz zu allen anderen Vertretern seiner Art, die muskelbepackt durch die Welt liefen, war Sergio ausgesprochen hager. Böse Zungen behaupteten, es würde Elfenblut neben dem eines Minotauren in seinen Adern fließen. Sergio kommentierte dies stets mit einem Knurren und der Bemerkung, dass kein anständiger Minotaurus einen Elfen näher als zehn Schritte an sich heranlassen würde.

Hinter den beiden standen ihre Reittiere im Schlamm des Weges, hoch bepackt mit den Habseligkeiten der Kopfgeldjäger, groß wie Pferde mit einem missgestaltet aussehenden Drachenkopf, den sie ruckartig hin und her rissen. Dabei reckten sie ihre Hörner nach vorn und sperrten ihr zahnbewehrtes Maul auf, als wollten sie Theodil Holznagel fressen – Gargyle. Mit ihren dreifingrigen Klauen traten sie schmatzend im Schlamm des Weges auf der Stelle. Ihre lederartigen Flügel hatten sie eng an den Körper gelegt. Die langen Schwänze ähnelten denen der Drummel-Drachen, waren jedoch am Ende mit knöchernen Auswüchsen übersät, eine furchtbare Waffe im Kampf. Niemand benutzte Gargyle als Reittiere, bis auf die beiden Kopfgeldjäger. Von einem der Gargyle führte ein langes Seil nach hinten. Dort stand mit gesenktem Kopf Dwego, derb festgebunden mit kräftigen Stricken. Die Kopfgeldjäger mussten ihn gefangen haben. Bandath stöhnte erneut. Als ob er nicht schon genug Ärger hatte.

„Noch mal", tönte Theodils Stimme. „Seid ihr gekommen um zu helfen oder um Ärger zu machen?" Er wusste, wer da vor ihm stand. Man kannte die beiden Kopfgeldjäger. Jeder hatte von ihnen gehört, auch wenn nicht jeder sie bisher gesehen hatte. Aber niemand legte Wert auf solch eine Begegnung. Seit ihrem Rauswurf aus Go-Ran-Goh schlugen sie sich mit Gelegenheitsarbeiten durch, jagten Leute für die, die gut bezahlten und erledigten die Drecksarbeit, für die, die sich nicht trauten (und auch gut bezahlten).

„Und ich sag es dir auch noch einmal, Zwerg", zischte Claudio Bluthammer. „Wir suchen den kleinen Bandath, der sich selbst gern als Magier bezeichnet. Ist er hier? In seiner Hütte war er nämlich nicht."

„Und wenn, was wollt ihr von ihm?"

„Das geht dich zwar nichts an, Zwerg, aber um des Friedens willen: Wir haben sein Reittier … nun, sagen wir mal … *gefunden* als es herrenlos am Fuße des Gebirges umherirrte und würden es ihm gern gegen eine angemessene Belohnung zurückgeben."

Bandath war im Schatten eines Hauses stehen geblieben. Dass die zwei Kopfgeldjäger so schnell zu ihm kamen, war eine äußerst unangenehme Überraschung. Der Elfenfürst schien ihnen eine ganze Menge Gold geboten zu haben. Leise fluchte der Zwergling. Ahnten die beiden, dass er der Dieb des Diamantschwertes war? Oder hatten sie wirklich zufällig Dwego *gefunden* und wollten ihn gegen eine Belohnung abgeben? Wo hatte er in der Aufregung nur seinen Magierstab hingelegt? Plötzlich hörte er die flüsternde Stimme seiner Haushälterin hinter sich. „Herr Magier, brauchst du das hier?"

Er drehte sich um und sah in das erschöpfte Gesicht Waltrudes. Sie hielt seinen Magierstab in den Händen. Erleichtert atmete der Zwergling auf.

„Wenn ich dich nicht hätte …!"

„Sag ich doch auch immer." Sie grinste. „Was sind das für Typen?"

„Außenseiter, die immer Ärger bereiten", murmelte der Zwergling als Antwort.

Sergio, der sich bisher nicht an der Unterhaltung beteiligt hatte, sondern nur still auf dem Weg stand und stolz den Kopf von einer zur anderen Seite drehte, zog plötzlich laut schnaubend die Luft durch seine riesigen Nasenlöcher ein.

„Ich rieche den Zwergling." Seine Stimme grollte wie der Himmelshaken.

„Selbst wenn der Magier im Dorf ist ...", begann Theodil selbstbewusst, wurde aber von dem kreischenden Gnom unterbrochen.

„Dorf? Den Haufen Brennholz hier nennst du ein Dorf? Hat euch der Berg noch nicht übel genug mitgespielt, dass du es wagst, uns beide hier aufzuhalten? Warte, wenn ich mit eurem *Dorf* fertig bin, dann wird man nicht einmal mehr wissen, dass hier früher Zwerge lebten."

„Das reicht!" Bandath trat aus dem Schatten hervor und stellte sich mit wenigen Schritten neben Theodil. Dieser entspannte sich merklich.

„Ah! Der *große* Magier persönlich. Sei gegrüßt, Zwergenmischling." Die Stimme des Gnoms troff vor Spott. Bandath zuckte zusammen. „Zwergenmischling" war eine der Beschimpfungen, die unter einigen seiner Mitschüler auf Go-Ran-Goh kursierten. Leider hatten auch Sergio und Claudio zu diesen Mitschülern gehört und sie waren meist die Urheber solcher Beleidigungen gewesen.

„Zwergling. Es heißt Zwergling, aber das werdet ihr wohl nie lernen, so wie ihr auch Höflichkeit nicht lernen werdet. Drachenfurt ist durch den Vulkanausbruch schwer geschädigt, wie ihr sehen könntet, wenn ihr eure Augen mal öffnen würdet. Die Zwerge haben keine Zeit, sich mit zwei herumstreunenden Möchtegern-Magiern zu streiten."

Das saß. Die Anspielung Bandaths auf die nicht abgeschlossene Magierausbildung der beiden ließ zumindest Claudio zusammenzucken.

„Oh, die armen Zwerge. Wenn ich Zeit habe, dann bemitleide ich sie etwas." Der Gnom grinste und entblößte dabei seine spitzen Zähne. Sergio hob die Hand und stoppte seinen Kameraden.

„Wir müssen mit dir reden."

„Aber ich nicht mit euch."

Der Minotaurus schnaufte wie ein Stier kurz vor einem Angriff. „Hör zu, Zwergling. Wir haben einen wichtigen Auftrag zu erledigen. Und dazu müssen wir mit dir reden."

Erneut blockte Bandath. „Der Auftrag, den ihr erledigen müsst, interessiert mich nicht."

„Sollte er aber. Gilbath persönlich ..."

„... hat euch wahrscheinlich viel Gold geboten. Ich weiß es bereits. Ihr sucht einen Dieb. Aber da seid ihr bei mir falsch. Ich habe keine Ahnung, wer das sein könnte, und auch keine Zeit, mich mit euch zu beschäftigen. Die Zwerge brauchen meine Hilfe. Also schnappt eure beiden Gargyle und verschwindet." Bandath fasste seinen Magierstab fester, grüne Funken knisterten aus der Spitze. „Ach, und bevor ich es vergesse, bindet meinen Laufdrachen los. Ich glaube nicht, dass er euch freiwillig gefolgt ist."

„Was glaubst du, wer du bist?", kreischte der Gnom. Er hob die Hand und ein faustgroßer Feuerball schoss auf Bandath zu, explodierte jedoch drei Schritt vor dem Magier. Ein Funkenregen ging auf die Umstehenden nieder. Die Abwehr der Magie hatte Bandath nur ein Augenzwinkern gekostet.

„War das schon alles, Claudio? Mehr hast du nicht zu bieten? Hast du sonst nichts weiter gelernt auf Go-Ran-Goh, bevor sie dich rausgeschmissen haben?" Das Bandath den Rauswurf vor den Zwergen direkt ansprach, reizte den Gnom bis auf das Äußerste. Er schrie auf. Bandath jedoch verfolgte dabei nur die Regel Nummer eins beim magischen Kräftemessen: Bringe deinen Gegner in Wut. Je wütender er ist, desto unkontrollierter erfolgt sein Angriff und desto einfacher wird der Sieg. Der Gnom riss beide Arme hoch. Über seinen magischen Fokus, einen Stein, den er an einer Schlaufe am Gürtel trug und an Stelle eines Magierstabes benutzte, liefen kleine Blitze. Aus seinen Fingern brachen Feuerstrahlen hervor, die er auf Bandath schleuderte. Dieser beschrieb mit der Hand, die den Magierstab hielt, einen kleinen Kreis. Direkt vor ihm bildete sich eine trübe Scheibe aus Nebel in der Luft und die Feuerstrahlen wurden von ihr aufgesogen. Wild brüllend schleuderte der Gnom wieder und wieder Feuerstrahlen in die Richtung des Magiers, kein einziger jedoch kam zu diesem durch. Im Gegenteil, mit jedem Feuerstrahl wurde die Nebelscheibe dichter und größer, gerade so, als sauge sie sich mit der Energie der Flammen voll. Bandath nutzte zur Abwehr dieses Angriffes Absorptions-Magie, die magische Energie aufnehmen und bei Bedarf auch wieder abgeben konnte. Das ideale Mittel, um sich solch unkontrollierter Angriffe zu erwehren. Als Claudio Bluthammer erschöpft inne hielt, schlug Bandath zurück. Eine Reihe kleiner Blitze zuckte aus der Nebelscheibe und traf den Gnom, der aufjaulend umher sprang. Nervös begannen die Gargyle hinter den beiden Kopf-geldjägern zu zischen und nach dem Gnom zu schnappen. Mit einer leich-ten Bewegung des kleinen Fingers steuerte Bandath die Blitze. Mehrere von ihnen trafen knisternd das Seil, mit dem Dwego an einen der Gargyle gebunden war. Es begann zu glimmen und der Laufdrache warf seinen Kopf energisch hoch. Das Seil riss und Dwego schoss in die Dunkelheit davon. Bandath machte sich um ihn keine Sorgen mehr. Wenn er jetzt pfiff, dann wäre der Laufdrache innerhalb weniger Augenblicke hier.

Wieder zuckte Bandaths Finger. Augenblicklich wurden die Gargyle von mehreren Blitzen an den Hinterteilen getroffen. Ihre quietschenden Schmerzensschreie gellten durch das Dorf. Aufbäumend rissen sie den Kopfgeldjägern die Halteseile aus den Händen und verschwanden wie zu-vor der Laufdrache in der Dunkelheit. Im Gegensatz zu Bandath würden der Gnom und der Minotaurus allerdings lange brauchen, bis sie ihre flüchtenden Reittiere wieder eingefangen hätten.

Bandath ließ die Blitze ersterben und die Nebelscheibe löste sich auf. Jammernd sackte der Gnom zusammen. Qualm stieg von seinem verseng-ten Umhang auf.

„Und jetzt geht. Niemand will euch hier haben, wenn ihr nicht helft, ich am allerwenigsten."

Bandath strahlte mehr Sicherheit aus, als er eigentlich empfand. Gut, der Sieg über den Gnom war ihm nicht schwer gefallen. Noch aber hatte sich Sergio, der Minotaurus, nicht eingeschaltet. Und der war bei weitem der Bessere von den beiden. Wäre er nicht von Go-Ran-Goh geflogen, er hätte ein bedeutender Magier werden können. Aber Sergio hielt sich zu-rück. Zwar schnaubte er wieder durch seine Nüstern, machte aber keine Anstalten, Bandath mit einer magischen Attacke anzugreifen.

„Das wird dir noch leidtun, Zwergenmischling!" Er bückte sich zu sei-nem jammernden Freund und half ihm hoch. Dann drehte er seinen gewal-tigen Stierschädel noch einmal zu dem Magier. „Wir sind noch nicht fertig miteinander. Bis eben war es nur ein Auftrag. Jetzt ist es persönlich."

Bandath schüttelte den Kopf, als sie in der Dunkelheit verschwanden.

„Es war schon immer persönlich", flüsterte er. „Seit ich sie auf der Schule traf, war es persönlich zwischen uns." Er erinnerte sich an diverse Streiche, die beide ihm gespielt hatten … und er ihnen. Im Laufe der Jahre und ihres wachsenden Könnens waren die Streiche heftiger und gefährlicher geworden. Bis zu dem Unfall. Sergio und Claudio, die sich damals noch nicht *die Knochenzange* und *Bluthammer* nannten, hatten mittels eines neu gelernten Feuerzaubers Bandaths Schultersack in Brand gesteckt. Leider waren zu diesem Zeitpunkt einige leicht brennbare Substanzen darin, die sich rasend schnell entzündeten, und sich das Feuer sowohl durch das Leder des Schultersackes als auch durch den Stoff der Kleidung fraß, die Bandath gerade trug. Schreiend hatte der Zwergling versucht, sich von der brennenden Last zu befreien. Wäre nicht zufällig Moargid vorbeigekommen, die Heilmagierin, dann hätte es schlecht ausgesehen für Bandath. Claudio und Sergio jedoch, die Verursacher dieses üblen Streiches, wurden der Schule verwiesen. Die Narben auf Bandaths Rücken erinnerten ihn noch heute an dieses unerfreuliche Ereignis. Natürlich gaben die beiden Bandath die Schuld an ihrem Ausscheiden aus der Magierfeste. Und ehrlicherweise musste er zugeben, dass er sie zumindest an diesem Tag mit seinen ständig wiederholten Wasserzaubern doch provoziert hatte. Sie fanden Wasser in ihren Schränken als sie aufstanden und sich anziehen wollten. Wasser war in ihren Schuhen als sie hineinschlüpften und in ihren Taschen als sie im Vorlesungssaal hineingriffen, um ihre Unterlagen heraus zu holen. All das, so stellten die Lehrer jedoch fest, war kein Grund, das Leben eines Magier-Schülers zu gefährden. Bandath erhielt einen Verweis, Claudio und Sergio wurden gefeuert. Im Laufe der folgenden Jahre war es zu mehreren unerfreulichen Begegnungen zwischen ihnen gekommen. Aber jetzt schienen die Dinge zu eskalieren. Welcher wilde Drummel-Drachen hatte Gilbath bloß geritten, dem Dieb die beiden Kopfgeldjäger auf den Hals zu hetzen? Es war doch alles so gut gelaufen in den letzten Jahren. Niemand kam dabei zu Schaden. Der jahrhundertlange Krieg zwischen Elfen und Trollen war faktisch beendet und er verdiente recht gut daran. Dass diese gierigen Elfen auch nie genug bekommen konnten!

Er drehte sich zu den Zwergen um. „Wir müssen reden. Geht vor zu der Plane. Waltrude, weißt du, wo ich meinen Schultersack hingelegt habe?"

„Was wärst du nur ohne mich, Herr Magier? Du hattest ihn da hinten auf die Mauer gelegt, ungeschützt im Regen."

Bandath stöhnte auf. Die ganze Nacht? Da würde eine Menge seiner Utensilien aber schwer beschädigt sein.

„Ich habe ihn dann gleich zu mir unter die Plane geholt, Herr Magier. Ich weiß doch, wie empfindlich deine Sachen sind."

„Waltrude, du bist nicht mit Gold aufzuwiegen."

„Ich weiß, Herr Magier. Ich weiß!" Und sie meinte die Sätze durchaus ernst.

Bandath lächelte. „Ich komme gleich nach. Sorgt bitte dafür, dass uns nicht alle hören können, wenn wir reden."

Theodil stutzte. „Ist die Situation so ernst?"

„Ich fürchte ja."

Während Waltrude, Theodil und die beiden Zwerge in das Dorf gingen, schritt Bandath zum Waldrand. Er holte seine silberne Pfeife hervor und pfiff. Nur wenige Augenblicke später raschelte es in den Büschen und Dwego trat zu seinem Herrn. Der Laufdrache schnaubte und legte seine Nüstern zärtlich an den Hals des Magiers.

„Na, mein Kleiner." Dwego war größer als ein Mensch, aber der Zwergling bezeichnete ihn gern so. „Haben sie dir wehgetan? Wie konntest du dich auch fangen lassen?" Er zog sein Messer aus der Gürtelscheide und begann, den Laufdrachen von seinen restlichen Fesseln zu befreien. Der Gnom und der Minotaurus hatten um das gefährliche Maul des Laufdrachen mehrere derbe Stricke gebunden.

„Da hatte aber jemand Angst vor dir." Er legte Dwego die Hand auf den Hals. Dieser schnaubte erneut und stupste Bandath freundlich an die Schulter.

„Ja, ich bin auch froh. Komm, ich muss dich beladen. Wir haben in den nächsten Tagen einen weiten Weg vor uns. Wenigstens haben sie dir den Sattel gelassen." Die Hände des Zwerglings strichen feuchte Asche von dem ledernen Reitsitz. Er war kostbar, ein Geschenk eines befreundeten Magiers.

Das Reittier und Bandath schritten einträchtig nebeneinander her durch den Regen zu den Planen, unter denen sich die Zwerge des Dorfes nach der schrecklichen Nacht versammelt hatten. Müde, abgestumpfte und von Leid geprägte Gesichter empfingen sie. Auf den Laufdrachen reagierten sie nicht, man kannte Dwego hier im Dorf.

Theodil hatte an der Mauer des alten Ratshauses eine Plane aufspannen lassen. Er und Waltrude erwarteten den Magier. Bandath hatte es plötzlich sehr eilig. Er nahm seinen Schultersack von Waltrude entgegen und bat sie, ihm ein wenig Proviant zu besorgen.

„Nicht viel, nur für einen Tag. Ich denke, ich werde mir in Flussburg etwas kaufen können."

„Du willst nach Flussburg, Herr Magier? Warum willst du uns denn verlassen? Wir brauchen dich hier."

„Ich muss nach Go-Ran-Goh. Nur dort werde ich erfahren, warum der Himmelshaken zu einem Vulkan geworden ist, ob weitere Gefahr droht und wie wir dieser Gefahr begegnen können. Vielleicht hilft uns das." Besorgt wanderte sein Blick zu der von einem inneren Feuer erhellten Rauchwolke, die den Krater des Himmelshakens verbarg.

„Aber, Herr Magier", wiederholte Waltrude. „Wir brauchen dich hier!"

„Nein, Waltrude. *Du* wirst hier gebraucht." Er drehte sich zu Theodil. „Schicke zwei Zwerge mit Spaten zu meinem Haus. Vor dem Haus seht ihr den Baumstumpf einer alten Kiefer. Von ihm aus fünf große Schritte in Richtung Himmelshaken, dort ist eine Kiste vergraben, in der ihr Gold- und Silbermünzen finden werdet. Nehmt sie zum Aufbau von Drachenfurt, für Lebensmittel und was ihr sonst noch braucht ..."

„Aber ...", Theodil stotterte. „... das können wir nicht annehmen. Das ist dein Gold, Magier."

Bandath winkte ab. „Es ist weniger als du denkst. Und wahrscheinlich zu wenig für das, was ihr braucht. Ich kann mir neues besorgen. Ihr braucht es dringender. Es wäre nur schön, wenn ihr irgendjemanden entbehren könntet, der in der nächsten Zeit mein Dach reparieren würde." Jeden weiteren Protest unterbrach er mit einer Handbewegung. „Ich muss dringend nach Go-Ran-Goh, ich brauche Rat. Passt auf, dass ihr nur sauberes Wasser trinkt, damit keine Krankheiten ausbrechen. Pflegt die Verwundeten und schickt Leute so schnell wie möglich zum Großen Markt am Nebelgipfel. Nahrungsmittel werden bedeutend teurer werden in der nächsten Zeit. Besorgt so viel ihr könnt. Und achtet drauf, dass die Brunnen sauber bleiben." Während er sprach hatte Bandath seinen Schultersack auf den Laufdrachen geschnallt. Waltrude schob ihm noch einen Beutel mit Lebensmitteln und drei Wassersäcke zu.

„Pass auf dich auf, Herr Magier!"

„Keine Angst, Waltrude. Ich bin in einigen Tagen zurück."

Bandath wandte sich noch einmal an Theodil. „Es sieht so aus, als ob du die Dinge in Drachenfurt in die Hand nehmen musst, Theodil Holznagel. Zwei Ratsmitglieder sind tot, zwei weitere schwer verletzt und die restlichen drei sind nicht in der Lage, hier irgendetwas Vernünftiges auf die Beine zu stellen."

Theodil nickte schwer. „Es scheint so, Magier. Und du willst uns verlassen."

Lange blickte Bandath dem Zwerg in die Augen. „Von Wollen kann keine Rede sein. Mein Vater sei mein Zeuge, gäbe es eine andere Lösung, egal welche, ich würde lieber sie in Angriff nehmen, als mich nach Go-Ran-Goh begeben. Du schaffst das, Cousin." Bandath sprach die Zwerge nicht oft auf ihre Verwandtschaft hin an, jetzt aber schien es ihm, als wäre es der richtige Zeitpunkt, Theodil daran zu erinnern. Er bemerkte, wie sich dessen Schultern strafften. Na also. „Waltrude wird dich unterstützen, du kannst auch auf die Frau des Schmiedes und Thordred Weißbuche zählen, denke ich. Ich muss nach Go-Ran-Goh. Vielleicht weiß das Orakel, wieso der Vulkan plötzlich ausgebrochen ist. In fünf bis sechs Tagen sehen wir uns wieder."

„Was ist mit den beiden Kopfgeldjägern? Werden die nicht zurückkommen und sich an uns rächen?"

„An euch?" Bandath schüttelte den Kopf. „Die wollen mich. Wenn sie ihre Gargyle wieder eingefangen haben, dann werden sie mich verfolgen."

„Gib auf dich Acht. Der Gnom scheint nicht gefährlich zu sein. Aber der alte Ochsenkopf ist nicht zu unterschätzen."

Leicht grinsend erwiderte der Magier, dass der Zwerg die Bezeichnung Ochsenkopf lieber nicht den Minotaurus hören lassen sollte. Dann wurde er wieder ernst.

„Es kann sein, dass ihr hier weg müsst. Wenn der Himmelshaken noch ungemütlicher wird, dann wird es für euch zu gefährlich hier."

„Wir alle?" Theodil war entsetzt. „Aber wieso denn? Und wie? Wir sind über vierhundert Seelen!"

„Ich weiß." Beruhigend legte Bandath dem Zwerg seine Hand auf die Schulter. „Sollte der Lavastrom das Dorf bedrohen, dann müsst ihr hier verschwinden. Stelle immer ein paar von den älteren Kindern ab, die die Lava beobachten. Manchmal kann sie plötzlich sehr schnell werden, habe ich gelesen. Brecht lieber früher als zu spät auf. Nehmt nur das Nötigste mit: Lebensmittel, Wasser und Zelte. Geht nicht zu den Elfen. Die sind zu eigensinnig und werden niemandem helfen, Zwergen schon gar nicht. Ich denke, Flussburg sollte euer Ziel sein. Ich werde über Flussburg reisen und ihnen mitteilen, was passiert ist. Sie werden auf euch vorbereitet sein." Er sah Theodil und Waltrude noch einmal lange an.

„Geht nur, wenn es wirklich nötig ist. Aber dann geht auch!" Bandath bestieg den Laufdrachen und zog an den Zügeln. Dwego schnaubte leicht. Der Zwergling beugte sich nach vorn, klopfte den Hals seines Laufdrachen. „Und wir beide, mein Kleiner, werden uns mächtig beeilen müssen. Wir haben einen weiten Weg vor uns." Als würde er es verstehen, schnaubte Dwego noch einmal. Dann drehte er sich um und verschwand mit dem Magier rasch zwischen den Bäumen des nahe gelegenen Waldes. Theodil und Waltrude standen noch lange auf dem Weg und sahen in den Wald, als würden sie dort den Magier mit den Blicken folgen können.

„Bei den nackten Rattenschwänzen der Gargyle", murmelte die Zwergin. „Ich habe kein gutes Gefühl."

„Ich auch nicht, Waltrude. Ich auch nicht", pflichtete Theodil ihr bei. Bandath hatte ihnen Sicherheit gegeben in dieser Situation und jetzt, wo er fort war, fühlten sie sich angreifbar durch den Berg. Und wer wusste, welches Gesindel mit der Aussicht auf leichte Beute noch angelockt werden würde.

Fünf bis sechs Tage, hatte der Zwergling gesagt, dann wäre er wieder zurück.

Er ahnte nicht, wie sehr er sich irren sollte.

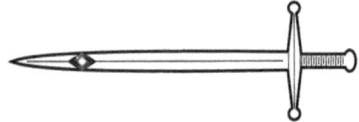

Flussburg

Bandath ritt auf Dwego bergabwärts. Stundenlang begleitete ihn das gleiche traurige Bild. Die gesamte Landschaft wurde zugedeckt durch schwarze, schmierige Asche, die mit dem Regen auf die Erde fiel. Bäume reckten ihre dunklen Äste nach oben, die bedeckten Blätter hingen traurig herab. Felsen, Erde und selbst die Wasseroberfläche waren unter der fettigen Substanz verborgen, und hätte er zu Fuß gehen müssen, Bandath wäre wahrscheinlich schon mehrmals schwer gestürzt. Selbst Dwego hatte zeitweise zu tun, das Gleichgewicht zu halten. Dabei sind Laufdrachen Tiere, die sich wie fast keine anderen in den Bergen und in der Ebene gleichermaßen schnell und sicher auf ihren langen und kräftigen Hinterbeinen fortbewegen können.

Der Zwergling schaukelte im ermüdenden Rhythmus der Schritte seines Reittieres in seinem Sattel hin und her. Die anstrengende Nacht forderte ihren Tribut und so nickte er schließlich ein. Das war überhaupt kein Problem, er hatte schon öfter im Sattel geschlafen. Dazu waren besondere Ledergurte an den Seiten angebracht, mit denen er sich festbinden konnte und die ihn vor dem Hinunterfallen bewahrten. Auf diese Art hatten er und Dwego schon so manche Strecke hinter sich gebracht. Die Leistungsfähigkeit des Laufdrachen war erstaunlich. Er konnte Tage hindurch ohne Pause laufen, konnte sogar auf Futter und Wasser verzichten in dieser Zeit und legte so enorme Entfernungen zurück. Allerdings, das wusste Bandath, waren die Kräfte Dwegos nicht unerschöpflich. Nach solchen Gewaltmärschen benötigte er manchmal mehrere Tage, um sich wieder zu erholen. Er schlief viel und fraß unglaubliche Mengen.

Und noch etwas war bemerkenswert an dem Laufdrachen. Er konnte jeden Ort wiederfinden, an dem Bandath mit ihm einmal gewesen war. Bandath hatte es auf einer Tour nach Flussburg herausgefunden. Als er mit Dwego das dritte oder vierte Mal die Stadt am ewigen Strom besuchen wollte, war er im Sattel eingeschlafen. Er wurde wach, weil die schaukelnden Bewegungen aufgehört hatten. Dwego stand, ohne dass Bandath ihn hatte lenken müssen, am Ufer des Ewigen Stromes und auf der anderen Seite glänzten die Mauern Flussburgs in der Sonne. Seit damals konnte sich Bandath während des Schlafens hundertprozentig auf seinen Laufdrachen verlassen. Diese erstaunliche Eigenschaft des Tieres erleichterte Bandath seine Tätigkeit ungemein. So brauchte er ihm jetzt nur „Lauf nach Flussburg, Dwego, nach Flussburg!" zu sagen und er konnte sicher sein, dass Dwego nicht vom Weg abkommen würde. Bandath schlief und Dwego lief unermüdlich nach Flussburg.

Der Magier wurde erst am späten Nachmittag wieder wach. Er fühlte sich jedoch kaum erholt. Kopfschmerzen hämmerten hinter seiner Stirn und der Rücken tat weh von der nächtlichen Arbeit. Es hatte aufgehört zu regnen. Das Gebirge lag hinter ihnen und sie überquerten die weiten Grassteppen, die diesseits der Berge zwischen dem Gebirge und dem ewigen Strom lagen. Dwego konnte auf diesem gleichmäßigen Land seine ganze Geschwindigkeit ausspielen. Mit langen, raumgreifenden Schritten raste er durch das Gras, einzelne Büsche und Bäume flogen nur so vorbei. Zuerst kam Bandath alles irgendwie verändert vor, bis er begriff, was ihm unterbewusst aufgefallen war. Die Landschaft war hier noch nicht von einer dichten Ascheschicht bedeckt. Er drehte sich nach hinten und betrachtete die sich entfernenden Berge. Dunkel drohte eine mächtige Wolke aus Asche und Qualm über dem Himmelshaken, der kaum zu sehen war. Blitze zuckten in ihr und winzige, glühende Punkte stiegen auf, um in einem weiten Bogen wieder zur Erde zu sinken – aus dem Krater geschleuderte Lavabrocken. All das wurde beinahe verhüllt durch das riesige Regengebiet, das sich um den Berg gebildet hatte. Bandath konnte erkennen, dass sich sowohl die Aschewolke als auch das Regengebiet langsam aber ständig süd- und westwärts ausdehnte. Besorgt ließ er den Blick über die Steppe streichen. Wie immer grasten große Herden von Springziegen und wilden Graspferden zwischen den einzeln stehenden Baumgruppen und bewegten sich langsam in die eine oder andere Richtung. Sie ließen sich auch nicht von dem Laufdrachen stören, für den zumindest die Springziegen sonst eine beliebte Beute darstellten. Dwego zog unbeirrt seine Bahn.

Auf einer Felsengruppe lümmelte träge und satt ein Rudel Bernsteinlöwen. Sie drehten ihre Köpfe dem rennenden Laufdrachen hinterher, schlugen mit den Schwänzen und kratzten sich das Fell.

Nicht weit entfernt glaubte Bandath einen Mantikor zu erkennen, der durch das Gras schlich, sein rotes Fell und der stachelige Schwanz verbargen ihn im trockenen Gras gut, er war wohl auf der Jagd nach Graspferden. Vor einem Mantikor musste sich selbst Dwego in Acht nehmen, aber seine Schnelligkeit half ihm da ungemein. Alles schien normal – auf den ersten Blick. Aber Bandath sah auch große Vogelschwärme, die vom Gebirge aus Südwarts zogen. Doch die Zeit der Vogelzüge war vorbei. Die Vögel hätten anfangen sollen zu brüten, jetzt, im Frühling. Bald würde auch das Gras frischer aussehen und das Fell des Mantikors würde die Farbe wechseln.

Weit vor sich konnte Bandath die ersten Silhouetten von Flussburg erkennen. Nicht mehr lange und er würde an der Glocke des Fährhauses ziehen, um übergesetzt zu werden. Die steinerne Stadt lag auf einer dreieckigen Landzunge. Dort, wo der Grünhaifluss aus dem Süden kam und in den Ewigen Strom mündete, hatten vor Urzeiten Menschen begonnen, eine Stadt zu errichten. Sie folgten der Form des Landes und bauten eine dreieckige Stadt. Wieder und wieder wurden sie überfallen, von Nomaden, Trollen, Elfen, Zwergen. Doch nach jedem Überfall errichteten sie die zerstörte Befestigung erneut, stärker, höher und fester als zuvor, und bauten die Stadt wieder auf. Mittlerweile war seit vielen Jahren Ruhe und Frieden eingekehrt. In Flussburg lebten Menschen, Zwerge, Elfen, Gnome und Halblinge fast einträchtig nebeneinander. Die Stadt auf der Landzunge hatte sich zu einem wichtigen Handelsplatz entwickelt, da sich hier zwei bedeutende Straßen kreuzten. Aus dem Westen kam der Weg von den Riesengras-Ebenen der Elfen und führte ostwärts an Go-Ran-Goh vorbei bis in die Länder der Eisenzwerge, wo auch die Mogohani-Wälder wuchsen. Aus dem Süden führte der zweite Handelsweg heran, aus den Endlosen Steppen. Händler brachten auf ihm Waren zum Großen Markt am Nebelgipfel in den Drummel-Drachen-Bergen. Dieser Markt dort war der Knotenpunkt des Handels zwischen den Ländern nördlich und südlich des Gebirges.

Die Sonne ging unter als Bandath das Steilufer des Ewigen Stroms erreichte. Langsam stieg er aus dem Sattel und streckte das schmerzende Kreuz durch, die Hände in die Hüften gestemmt. Er schnallte seinen

Schultersack vom Sattel und gab Dwego einen Klaps auf die Hinterbacken.

„Lass dich nicht wieder fangen, alter Junge. Amüsier dich ein wenig, fang dir eine Springziege, aber pass auf den Mantikor auf. Ich denke, dass wir morgen früh weiterreisen." Den Laufdrachen mit in die Stadt zu nehmen, wäre unklug gewesen. Die Bewohner Flussburgs hätten kein Verständnis dafür. Für sie kam ein Laufdrache in seiner Gefährlichkeit gleich nach einem Mantikor. Natürlich war es Blödsinn, diesen Vergleich auf Dwego anzuwenden, aber Bandath wollte keinen Ärger, deshalb nahm er Dwego nie mit nach Flussburg und ließ ihn lieber in der Ebene nördlich des Ewigen Stroms jagen und sich erholen.

Auf einem steilen Weg lief er die Uferböschung herab zum Fluss und läutete, unten angekommen, an der „Fährmann-Hol-Über-Glocke". Kurze Zeit später sah er auf der anderen Seite des Flusses, wie sich vom Hafen ein kleiner Kahn löste und auf ihn zusteuerte.

Flussburg hatte mehrere Häfen, jedes Viertel besaß einen eigenen. Der des Elfenviertels war der größte und prächtigste, sagten jedenfalls die Elfen. Er war allerdings von Bandaths Position aus nicht zu sehen, da er auf der anderen Seite der Stadt am Ufer des Grünhaiflusses lag.

Ebenfalls auf der anderen Seite lag der Hafen der Gnome. Er war bei weitem nicht so prächtig, sauber und groß wie der Elfen-Hafen, aber die Unmenge an Verladekränen und Dockarbeitern sorgte dafür, dass jedes ankommende Schiff binnen kürzester Zeit entladen und wieder neu beladen werden konnte. Fast an der Spitze der Stadt, dort wo der Grünhaifluss in den Ewigen Strom mündete, hatten die Zwerge ihren Hafen. Die Verladekräne waren kleiner als die der Gnome, die Häuser der Kaufleute nicht so prächtig wie die der Elfen, aber man munkelte, dass die Zwerge angeblich den meisten Gewinn bei ihren Geschäften machten und die Schatzkammern der Kaufleute bis unter die Decken mit Gold und kostbaren Steinen gefüllt wären.

Auf dieser Seite der Stadt stromabwärts lag der Halbling-Hafen. Er war klein und sah gemütlich aus. Ab und an hielten hier Wein- oder Tabak-Händler. Aber einige der besten hielten auch nur hier und an keinem anderen Hafen der Stadt, so dass jeder, der wirklich guten Wein oder Tabak wollte, sich an die Halblinge wenden musste.

Der letzte Hafen Flussburgs, der, dem Bandath jetzt gegenüber stand, war der Hafen des Menschenviertels. Er hatte von jedem der anderen Häfen etwas. Ein wenig Eleganz des Elfen-Hafens fand sich hier. Einige der effektiven Ladekräne aus dem Gnom-Hafen standen vor Häusern, die aus dem Zwergen- oder Halbling-Hafen sein könnten, wenn sie nicht so groß gewesen wären. Bandath mochte die anderen Häfen, den der Menschen aber nicht. Ihm fehlte etwas, das Waltrude einmal so charakterisiert hatte: „Der Hafen hat nichts eigenes, Herr Magier. Du kommst in den Elfen-Hafen und weißt: Aha, Elfen. Im Zwergen-Hafen fühlst du dich unter Zwergen wohl und im Halbling-Hafen riecht es nach Wein und Tabak. Sogar bei den Gnomen weißt du, wo du bist. Aber hier? Es riecht nach Seife und Toilette zugleich. In einem Hafen! Menschen haben eben keinen Geschmack!"

Hinter jedem Hafen erstreckte sich das dazugehörige Viertel. Dort lebten Menschen mit Menschen und Halblinge mit Halblingen. Die Elfen hatten sogar eine Mauer um ihr Viertel errichtet, deren Tore sie nachts schlossen. In den Straßen des Gnomviertels liefen bewaffnete Wächter. Jedes Viertel war nicht mehr und nicht weniger als eine eigene, kleine Stadt in der Stadt. Nach außen stellten sich die Bewohner Flussburgs gern als etwas Besonderes dar, als würden sie sagen: „Seht, wir alle wohnen in einer Stadt ohne uns gegenseitig die Schädel einzuschlagen, wie es unsere wilden Verwandten in den Steppen und Wäldern so gern tun." Lernte man die Stadt und ihre Bewohner jedoch näher kennen, so bekam man schnell mit, dass das alles nur Fassade war. Untereinander hatten die Gruppen nicht viele Berührungspunkte. Nur in der Mitte der Stadt, auf dem zentralen Platz, da, wo sich alle fünf Stadtviertel trafen, lebten die Bewohner wirklich miteinander. Hier war der Marktplatz, auf dem alle Gruppen ihre Waren feil boten, hier wurde Handel getrieben, Geschäfte abgeschlossen und hier stand das Haus, in dem sich jeden Tag die Ratsherren zu Beratungen trafen. Jede Gruppe entsandte drei Ratsherren. Sie alle wählten den Bürgermeister.

Etwas weiter flussaufwärts von Bandaths momentanem Standpunkt aus gab es allerdings noch einen, den sechsten Hafen. Nicht ganz gesetzmäßig und von den Stadträten auch nicht gern gesehen, war es den Ordnungshütern noch nicht gelungen, den Hafen zu schließen oder das angrenzende

Viertel so zu sichern, dass die unbescholtenen Bürger Flussburgs nach Sonnenuntergang, sollten sie doch einmal ihre eigenen Stadtbezirke verlassen, unbehelligt durch die Straßen dieses Viertels ziehen konnten. Es war eine üble Ecke, das sogenannte Sechste Stadtviertel, in der sich die Trunkenbolde und Verbrecher der ganzen Stadt einfanden. Sie saßen in den Tavernen, prügelten sich auf den Straßen und kein gesetzestreuer Bürger Flussburgs wagte sich nach Einbruch der Nacht noch dort hin. Hier wohnte der Mensch neben dem Gnom, Zwerge mit Elfen in einem Haus, und Halblinge als tüchtige Geschäftsleute vermieteten Zimmer ohne zu fragen.

Genau in dieses Viertel wollte Bandath. Leider gab es keine Fähre, die diesen Hafen anlief. Er musste sich auf das Boot verlassen, das aus dem Hafen der Menschen kam. Bandath zog sich die Kapuze seines Umhanges tief über die Stirn. Er wühlte ein großes Tuch hervor, das er sich vor das Gesicht band, um den Bart zu verbergen. Die Spitze seines Bartes steckte er unter dem Umhang. Das musste ausreichen. Er wollte nicht, dass irgendjemand erfuhr, dass er in Flussburg weilte. Er traute den Menschen nicht. Ihre Verbindungen zu den Elfen waren stark und sie taten alles, um sich bei den Langbeinen einzuschmeicheln. Sollte durchsickern, dass der Elfen-Fürst Gilbath die beiden Kopfgeldjäger hinter dem Dieb des Diamantschwertes her geschickt hatte, gab es garantiert einige Menschen, die unangenehme Fragen stellen und die hiesigen Elfen über seine Anwesenheit unterrichten. Und denen traute er auch nicht. Zwar sprachen die „Stadt-Elfen" recht abwertend über ihre „wilden Verwandten aus den Riesengras-Ebenen", wie sie die Elfen dort nannten, aber Bandath wollte sich die Haare an seinen Halblingsfüßen rasieren lassen, wenn die Elfen nicht untereinander im Kontakt stünden.

Die Fähre näherte sich und der Zwergling erkannte den Fährmann, den alten Hangaith. Das war gut. Hangaith war einer der wenigen in Flussburg, denen er wirklich vertraute – auch wenn er ein Mensch war.

„Du hast Glück, Wanderer. Nach Sonnenuntergang dürfen wir keine Fremden mehr in die Stadt lassen", begrüßte der Fährmann den Zwergling, als die Fähre an der Landungsbrücke anlegte. Er warf ein Seil um den Poller und zurrte das Boot fest. Dabei grinste er breit und entblößte einen fast zahnlosen Mund, nur unten ragten noch zwei Eckzähne hervor, die der

Miene etwas Trollähnliches gaben. Das wettergegerbte Gesicht bestand hauptsächlich aus einer Unzahl Falten, zwischen denen die Augen fast nicht auszumachen waren.

„Ich bin kein Fremder, Hangaith", gab sich der Magier dem Fährmann zu erkennen.

„Ich fresse den Besen meiner guten alten Praula, wenn das nicht der gerissenste und durchtriebenste Magier diesseits der Drummel-Drachen-Berge ist!" Nach diesem lauten Gefühlsausbruch riss er Bandath in seine Arme. „Bin ich froh, dich zu sehen, Kleiner."

Bandath lachte. „Vergiss nicht, ich bin knapp einhundert Jahre älter als du."

Hangaith wurde ernst. „Ich bin trotzdem froh, alter Knabe. Was ist da passiert, bei euch in den Bergen?"

Bandath berichtete kurz von dem Ausbruch und der Katastrophe, die Drachenfurt getroffen hatte, während der Fährmann begann, die Fähre loszubinden und an dem langen, über den Fluss gespannten Seil zur Stadt zurückzuziehen.

„Das ist übel, Bandath, sehr übel. Der Rat hat heute Morgen Reiter losgeschickt, die erkunden sollen, wie schlimm der Schaden ist. Sie wollen wissen, welche Auswirkungen der Ausbruch auf Flussburg haben wird. Haben wohl Angst um ihre Gewinne. Du bist den Reitern nicht vielleicht begegnet?"

Der Zwergling schüttelte den Kopf. „Hör zu, Hangaith. Ich möchte nicht, dass meine Anwesenheit hier breit getreten wird."

„Das kann ich verstehen."

Jetzt stutzte Bandath. „Wieso?"

„Es geht das Gerücht, die Elfen wären nicht gut auf dich zu sprechen. Man sagt, du sollst den Fürst der Gras-Elfen über den Tisch gezogen haben. Hast ihn wohl bei einem Geschäft betrogen, was? Nun, ist mir egal. Wenn es nach mir geht, dann kannst du diese eingebildeten Spitzohren dreimal täglich betrügen und an ihren selbstgefälligen Nasen herumführen. Diese anmaßenden Langbeine und ihre speichelleckenden Freunde, meine eigenen Artgenossen", er sprach das sehr verächtlich aus, „die Menschen, bilden sich ein, alle Weisheit dieser Welt mit der Muttermilch aufgesogen zu haben …"

Hangaith lief zum einen Ende der Fähre, packte eine Schlaufe an dem Seil und zog die Fähre daran in Richtung Flussburg. Dabei lief er über das Boot an Bandath vorbei. Kam er an das andere Ende der Fähre, ließ er los und eilte wieder nach vorn um die nächste Schlaufe zu packen. Er sah Bandath von unten ins Gesicht, während er tief gebückt an ihm vorbei lief. „Hast du?"

„Hab ich was?" Unschuldig blickte der Magier seinen Freund an.

„Hast du Gilbath übers Ohr gehauen?"

Bandath lachte. „Wenn es unter uns bleibt, mein Freund, in den letzten hundert Jahren bestimmt dreißig oder vierzig Mal."

Freudig haute sich Hangaith mit beiden Händen auf die Schenkel, griff danach jedoch schnell wieder nach dem Seil. „Ich wusste, dass ich mich auf dich verlassen kann!" Er drehte sich, lief wieder nach vorn und griff nach der nächsten Schlaufe.

„Und was willst du in Flussburg?"

„Die Dinge stehen schlecht in den Drummel-Drachen-Bergen. Es kann sein, dass ganz Drachenfurt evakuiert werden muss."

„Evaku… was?"

„Verlassen. Wenn es noch schlimmer wird, dann müssen die Drachen-furter ihr Dorf verlassen."

„Das wird den hohen Herren gar nicht gefallen – Bettler vor den Toren."

„Deshalb will ich ihre Ankunft hier vorbereiten."

„Und wie?"

„Kannst du bitte Helmo Fassreiter und Rhongil Steinbeißer Bescheid sagen, dass ich sie in der *Trockenen Kehle* erwarte?"

Hangaiths Augenbrauen rutschten nach oben. „Meinst du wirklich, die beiden Ratsherren kommen in eine Spelunke wie die *Trockene Kehle*?"

Bandath nickte. „Ich bin mir sicher. Sag ihnen einfach, dass ich sie dort erwarte und ihnen ein Geschäft vorschlagen möchte."

Dann schwiegen sie, denn die Fähre näherte sich dem Hafen und ein paar Menschen eilten geschäftig hin und her. Bandath vermummte sich wieder, drückte Hangaith einige Münzen in die Hand und sprang ans Ufer.

„Geizig wie alle Halblinge, kleiner Herr!", rief ihm Hangaith übertrieben laut hinterher. „Mögen Euch die Haare an den Füßen ausfallen und

Euer pelziger Wuschelkopf ergrauen!" Bandath musste grinsen, der Fährmann spielte seine Rolle recht gut. Der Magier schlug zwischen zwei Lagerhallen hindurch den Weg in das Westviertel ein. Natürlich wäre es bedeutend einfacher gewesen, sich des magischen Ringes zu bedienen. Leider war aber die Kraft dieses Schmuckstückes nach seinem Gebrauch bei
den Trollen noch immer erschöpft. Würde Bandath ihn jetzt benutzen, wäre er für alle zufälligen Beobachter als halbdurchsichtiger Geist sichtbar.
Und das wäre wohl kaum seinem Anliegen förderlich, hier so wenig Aufsehen wie möglich zu erregen.

Der Magier schlich sich zwischen den verschiedensten Lagerhallen
hindurch, aus denen es nach Gewürzen oder Tabak, nach Brot oder einfach
nur seltsam roch. Die Lagerhallen grenzten das Menschenviertel vom
Westviertel ab. Problematisch wurde es erst, als Bandath die letzten Lagerhallen erreichte. Ein kleiner Bach markierte die eigentliche Grenze.
Davor befand sich ein breiter Streifen Rasen, den der Magier überwinden
musste, wenn er den Bach überqueren und damit das Westviertel betreten
wollte. Die Menschen ließen jedoch diesen Streifen durch die Stadtwache
überwachen, um die Lagerhallen und natürlich deren Inhalt vor den Be-
wohnern des Westviertels zu beschützen. Bandath kauerte sich hinter die
Ecke eines flachen Gebäudes und streckte vorsichtig den Kopf heraus. Ja,
dort standen vier Männer der Stadtwache, die hauptsächlich aus Gnomen
und Menschen bestand. Es war natürlich klar, dass die Elfen sich an solch
einer Arbeit nicht beteiligten. Deren Angehörige der Stadtwache schützten
den Elfen-Hafen, wo nie etwas Gefährliches geschah.

Die Wache, ausgerüstet mit langen Spießen, stand um ein Lagerfeuer
herum und betrachtete aufmerksam das gegenüberliegende Ufer des Baches. Etwa hundert Schritt weiter sah Bandath ein zweites Feuer. Dann
machte der Bach einen Bogen und entzog sich seinen Blicken. Der Magier
wusste aber, dass alle einhundert Schritt auf diesem Grünstreifen eine
Gruppe der Stadtwache stand und die Lagerhallen bewachte. Bandath holte aus seinem Schultersack mehrere kleine Feuerwerkskörper. Er befestig-
te genau abgemessene Zündschnüre an ihnen und kroch zurück in die
Dunkelheit. Dann suchte er einen geeigneten Platz zwischen zwei eng stehenden Gebäuden und entzündete zwei der Zündschnüre. Während diese
mit einer blassblauen Flamme leise zischend brannten, rannte der Zwerg-

ling so schnell ihn seine kurzen Beine trugen in die benachbarte Gasse, entzündete zwei weitere Feuerwerkskörper und wiederholte den Vorgang noch zwei Mal. Schnaufend erreichte er schließlich ein Haus in der Nähe des Wachfeuers.

„Das müsste reichen", stöhnte er und wischte sich den Schweiß von der Stirn. Schnelles Rennen lag ihm überhaupt nicht. Dafür hatte er seinen Laufdrachen. Aber manchmal ging es nicht anders.

Gleich würde es losgehen. Die Posten standen am Feuer und beobachteten die Hütten am gegenüberliegenden Ufer, die sich dunkel in die Nacht duckten. Dann begann der Spaß. Es pfiff und knallte irgendwo hinter Bandath, der Widerschein von aufsteigenden Funkenregen tauchte die Szene vor ihm in ein unwirkliches Licht. Erschrocken fuhren die Wachen herum und starrten sekundenlang zu den Blitzen, ohne etwas unternehmen zu können. Aus dieser Richtung hatten sie mit keinerlei Ärger gerechnet. Dann riefen sie sich etwas zu. Bandath verstand kein Wort, denn im selben Moment begann die zweite Ladung der Knallkörper, einen ohrenbetäubenden Lärm im Schatten der Lagerhallen zu starten. Aufgeregte Rufe der Wachleute des anderen Feuers kamen hinzu. Hektisch verließen die Posten ihren Platz und eilten mit nach vorn gereckten Lanzen auf Bandath zu. Hatten sie ihn gesehen? Der Magier rutschte auf die Erde, breitete seinen Umhang über sich und wirkte Unauffälligkeits-Magie. Die Wache eilte an ihm vorbei, ohne ihn zu beachten. Wahrscheinlich wäre die Magie gar nicht nötig gewesen. Nachdem die Wachmannschaft im Gewirr der Gassen zwischen den Lagerhallen verschwunden war, sprang der Zwergling ohne zu zögern auf und rannte über die freie Rasenfläche bis zum Bach. Dort platschte er durch das Wasser und sprang zwischen die nahe stehenden Hütten. Geschafft. Hätte die Wache ihn erwischt, so wäre eine Reihe unangenehmer Fragen zu klären gewesen – unabhängig davon, dass seine Anwesenheit in der Stadt bekannt geworden wäre. Kurz verharrte er und sah zurück. Ihm war, als hätte er im Schatten auf der anderen Seite eine Bewegung ausgemacht. Verfolgte ihn jemand? Angestrengt stierte er in die Dunkelheit, konnte jedoch nichts weiter erkennen. Er schüttelte den Kopf. Wahrscheinlich hatte er sich getäuscht. Kein Wunder, bei der Anspannung, unter der er stand: erst der Vulkanausbruch, dann noch die beiden Kopfgeldjäger.

Er stand auf und lief los. Zielstrebig begann er, sich durch das Durcheinander der kleinen Gässchen zum Hafen durchzuschlagen, dorthin, wo laut und bebend das Leben dieses Viertels brodelte.

Die *Trockene Kehle* war eine der übelsten Kneipen des Westviertels, nur wirklich zwielichtige Gestalten besuchten sie. Das Haus, in dem sich die Taverne befand, stand in einer dunklen Gasse in der Nähe des Hafens, abseits von den vergnügungssüchtigen Menschen, Elfen, Gnomen, Zwergen und Halblingen. Rund um den Hafen reihte sich Kneipe an Kneipe und jeder Wirt buhlte um die Gunst der Gäste. Dazu heuerten die Kneipenwirte Leute an, die an der Eingangstür standen und die Vorübergehenden ansprachen.

„Hej, willst du wirklich gutes Essen. Schnell und billig?"

„Der beste Fisch in ganz Flussburg!"

„Besseres Dunkelbier als hier bekommst du nicht einmal im Zwergenviertel."

„Hier kriegst du mehr als Essen und Trinken, Fremder!"

Bandath durchquerte die lauten und belebten Bereiche rund um den Hafen, hielt den Kopf gesenkt und lief, die Locksprüche nicht beachtend, durch Straßen und Gassen, beharrlich seinem Ziel entgegen. Er bog zwischen zwei eng beieinander stehenden Häusern von der belebten Straße ab und schlängelte sich an Abfallhaufen vorbei. Allmählich ließ er den Lärm der Werber und der umherstreunenden Leute hinter sich. Es wurde ruhiger. Im Rinnstein quiekten ein paar Ratten, die sich um Abfälle balgten. Der Eingang der Kaschemme befand sich am Ende der Gasse, in einem dunklen Winkel. Selbst die abgebrühtesten Bewohner des Viertels kamen nur selten hierher. Bandath trat durch die Tür in den Schankraum. Etwa zehn grob behauene Holztische standen herum. Die Hälfte war mit jeweils zwei bis fünf Gestalten besetzt, denen man auf den ersten Blick ansah, dass sie sich nie freiwillig einer der Wachen Flussburgs gegenüberstellen würden. Stille breitete sich aus und alle Köpfe drehten sich zu Bandath um. Er huschte gleichmütig zu einem der freien Tische und setzte sich auf den für Menschen gemachten Stuhl. Er hasste diese Möbel. Immer baumelten seine Füße in der Luft und er kam sich so winzig vor. Etwas anderes jedoch gab es in der *Trockenen Kehle* nicht. Im selben Moment wurde er für die Gäste an den anderen Tischen wieder uninteressant. Am Nachbartisch saß eine kleine, in einen dunklen Umhang gehüllte Gestalt, den Kopf verhüllt von einer Kapuze, die Arme auf dem Tisch und die Stirn auf den Unterarm gebettet. Leises Schnarchen ertönte.

Der Schankwirt kam, ein krummbeiniger Gnom mit dreckiger Schürze, und der Magier bestellte ein Bier bei ihm. Erwartungsvoll blieb der Gnom stehen und sah den Zwergling an. Nicht mit dem Zucken einer Wimper verriet er, dass er Bandath kannte. Hier in der *Trockenen Kehle* gab es für den Wirt keine Namen und keine Gesichter, jeder Gast war für den Wirt zum ersten Mal da und kam danach nie wieder, egal wie oft er den Schankraum betrat.

Bandath nutzte diese Kaschemme nur in besonders heiklen Situationen. Der Magier überlegte. Bevor die beiden Ratsherren kamen, blieb ihm sicherlich noch etwas Zeit. Er ergänzte also seine Bestellung um eine Lammkeule mit Brot und drückte dem Gnom ein Geldstück in die Klauen. Dieser verschwand schweigend. Gedämpftes Gemurmel drang durch die verräucherte Luft zu ihm an den Tisch. Ab und zu verließ einer der Gäste den Raum oder andere Gäste kamen, aber die Erwarteten waren lange nicht darunter.

Es dauerte etwa zwei Stunden (drei Bier und die Lammkeule), bis sich die Tür öffnete und zwei kleine Gestalten hereinhuschten, die sich kurz umsahen und dann zielstrebig auf Bandaths Tisch zusteuerten – Helmo Fassreiter und Rhongil Steinbeißer.

Helmo, der Halbling, schwang sich auf den Stuhl neben Bandath und knurrte etwas, das wie „ungemütliche Menschenmöbel" klang. Rhongil, der Zwerg, setzte sich Bandath gegenüber. Beide bestellten sich Bier bei dem Wirt, warteten, bis das Bestellte eingetroffen war, nahmen anschließend einen riesigen Schluck und sahen dann den Zwergling erwartungsvoll an.

„Ich freue mich, euch zu sehen."

„Ja", knurrte der Zwerg. „Die Freude ist ganz meinerseits. Wenn das stimmt, was der alte Hangaith erzählt hat, dann muss bei euch oben in den Drummel-Drachen-Bergen die Hölle ausgebrochen sein."

„In diesem Sinne", ergänzte der Halbling, „willkommen in der Zivilisation."

„Nun, ich scheine momentan nicht sehr willkommen zu sein."

Rhongil schüttelte den Kopf. „Bei uns schon. Du weißt, dass du uns vertrauen kannst." Es klang nicht ganz ehrlich, aber Bandath hatte keine besseren Ansprechpartner.

Der Magier nickte. „Ich hoffe. Deswegen bat ich euch hierher." Dann erzählte er, was sich im Gebirge zugetragen hatte.

„Ich möchte, dass ihr unauffällig anfangt, Proviant für die Drachenfurter zu kaufen", schloss er seine Ausführungen. „Falls der Ausbruch noch schlimmer wird, werden sie hierher kommen müssen."

„Alle?!" Helmo und Rhongil waren entsetzt.

„Ja, alle. An wen sonst könnten sie sich wenden? An die Elfen? Oder die Trolle?"

„Aber wieso sollen wir Proviant kaufen? Wenn sie kommen, können sie das selber tun."

„Ich vermute, dass das dann nicht mehr so einfach sein wird. Bleibt es bei dem Ausstoß von Asche, dann bilden sich dunkle Wolken, die viele Monde lang am Himmel hängen werden. Ich habe davon gelesen. Keine Sonne heißt aber auch, dass es abkühlt und wahrscheinlich sehr viel regnen wird. Das wird die Ernten in diesem Jahr gefährden. Und dann werden Nahrungsmittel knapp und die Preise steigen enorm. Ich denke, dass der Preisanstieg schon sehr bald zu beobachten sein wird. Also seht zu, dass ihr euch selber eindeckt. Und kauft Vorräte für die Drachenfurter."

„Und wovon sollen wir das bezahlen?"

Bandath schob einen mit Goldmünzen prall gefüllten Ledersack über den Tisch, der gesamte Lohn, den er letztens von den Elfen bekommen hatte. „Nehmt das, obwohl ich vermute, dass ihr genügend Gold habt, um uns etwas vorzustrecken."

„Das wird nicht für lange reichen", wandte Helmo ein. Er ignorierte den letzten Teil des Satzes und ließ blitzschnell den Beutel mit dem Gold in seiner Weste verschwinden.

„Das ist genügend, um ein ganzes Lagerhaus zu füllen", widersprach Bandath, „und ihr bekommt noch mehr von mir, wenn die Sache ausgestanden ist."

„Können wir da sicher sein?"

„Habe ich euch schon jemals nicht bezahlt? Ihr bekommt jede einzelne Gold- und Silbermünze von mir zurück."

Der Zwerg und der Halbling nickten. „Du hast deine Schulden immer bezahlt, das ist schon wahr. Aber man sagt, dass du dich mit den Elfen überworfen hast. Sie haben Sergio die Knochenzange und Claudio Bluthammer angeheuert und erste Gerüchte besagen, dass die beiden dich suchen …"

„Sagt wer?", fragte Bandath und winkte dem Wirt, dass er eine neue Runde bringen sollte. Der Gnom kam mit einem Tablett, auf dem drei schäumende Krüge standen und tauschte sie gegen die drei leeren aus. Er nahm die Bezahlung entgegen und verschwand wieder. Helmo, der Bandath antworten wollte, hatte geschwiegen und den Kopf gesenkt, während der Gnom am Tisch hantierte.

„Keine Angst, Helmo." Bandath lächelte. „Dich erkennt hier niemand. In einer Stunde bist du zurück im Halbling-Viertel und niemand wird wissen, dass der angesehenste Ratsherr der Halblinge sich mitten in der Nacht in der verruchtesten Kaschemme ganz Flussburgs herumgetrieben hat." Der Magier nahm einen Schluck aus dem Bierkrug.

Helmo hob den Kopf. „Die Grünspatzen pfeifen es von den Dächern der ganzen Stadt. Bandath hat Probleme mit den Elfen, heißt es. Damit versiege eine seiner schier unerschöpflichen Geldquellen. Und weißt du, wer sich erstaunlicherweise besonders dafür interessierte? Vor einigen Tagen war eine Gruppe Taglicht-Trolle in Flussburg. Du hättest mal sehen sollen, wie begierig sie diesem Gerücht gelauscht haben. Haben fast so spitze Ohren wie die Elfen bekommen."

Bandath fluchte. Das wurde ja immer besser: Neben dem Vulkan und den Kopfgeldjägern jetzt auch noch Stress mit Elfen und Trollen. Vielleicht sollte er sich einen anderen Wirkungskreis suchen, wenn er die Sache mit den Drachenfurtern und dem verdammten Vulkan geklärt hatte.

„Hör zu, Helmo. Hört beide zu. Den Leuten aus Drachenfurt steht das Wasser bis zum Hals. Ihr tätet gut daran, euer kleinliches Geschrei nach Geld vorerst zu vergessen. Hier geht es um das Leben dieser Zwerge da oben, Zwerge, wie du einer bist, Rhongil."

Der Angesprochene hob scheinheilig die Hände. „Ich? Ich habe doch gar nichts gesagt."

Jetzt ignorierte Bandath den Satz des Zwerges. „Ihr beide seid die mächtigsten Ratsherren in euren Vierteln und ich bilde mir ein, dass ich euch gut genug kenne. Nicht umsonst habe ich euch hierher gebeten. Ihr müsst tun, was ich euch sage. Denkt doch einmal an später, wenn die ganze Sache vorbei ist. Helmo und Rhongil, wird es dann heißen, die haben vorausschauend gehandelt und für ihre Leute Reserven angelegt. Und sie haben in schwierigen Zeiten Notleidenden geholfen. So wird man über euch reden. Irgendwann gibt es dann wieder eine Ratsherrenwahl und man wird sich an euch erinnern."

Damit hatte Bandath sie. Der Rest war einfach. Der Magier erklärte den zwei Ratsherren, wie sie möglichst unauffällig anfangen sollten, Proviantvorräte in ihren Vierteln anzulegen. Er brachte sie sogar dazu, einen Trupp mit Hilfsgütern in die Berge zu schicken.

„Bewaffnet", schärfte er ihnen ein. „Man weiß nicht, was sich jetzt hier in der Hoffnung auf leichte Beute herumtreibt."

Helmo Fassreiter und Rhongil Steinbeißer stimmten allen Vorschlägen des Magiers zu. Selbst als er sie bat, keinem von seinem Aufenthalt in Flussburg zu erzählen, nickten sie, so sehr begeisterte sie die Vorstellung, aus dieser Geschichte als die großen Retter hervorzugehen.

Nachdem die beiden gegangen waren, saß Bandath noch lange und starrte in sein Bier. Trolle in der Stadt? Die Elfen sauer? Claudio und Sergio auf seinen Fersen und zu allem Überfluss musste er sich um seine Leute kümmern. Seine Gedanken eilten zu Waltrude und Theodil Holznagel. Wie es ihnen jetzt wohl ging?

Später ließ er sich vom Wirt ein weiteres Stück Fleisch und etwas Brot bringen und aß mit mäßigem Appetit – mehr, weil er nicht wusste, was die nächsten Tage bringen würden als aus Hunger. Gegen ein paar Münzen bereitete der Gnom ihm eine Schlafstatt in einem der oberen Zimmer und versprach, sowohl für einen ordentlichen Proviantbeutel am nächsten Morgen zu sorgen, als auch für eine verschwiegene Person, die den kleinen Herrn vor Sonnenaufgang mit einem Boot über den Ewigen Strom rudern würde. Bandath ging in das Zimmer. Die Gestalt am Nachbartisch beendete abrupt die Schnarchgeräusche, hob den Kopf und sah dem Zwergling hinterher, die Kapuze des Umhangs tief ins Gesicht gezogen. Niemand konnte erkennen, wer sich darunter verbarg. Dann winkte sie nach dem Wirt. Münzen wechselten klimpernd den Besitzer und der Wirt sagte ein paar Worte.

Als die Sonne aufging, saß Bandath bereits wieder auf dem Rücken Dwegos und eilte am Ufer des gewaltigen Flusses nach Westen. Bei dem Tempo sollte er in knapp drei Tagen in Go-Ran-Goh sein. Die kleine, schlanke Gestalt, die ihn in der Schankstube der *Trockenen Kehle* aufmerksam gemustert hatte, war ihm nicht aufgefallen. Dass er seit dem frühen Morgen verfolgt wurde, bemerkte der Zwergling ebenfalls nicht. Und das war ungewöhnlich für ihn, zeigte es doch, wie sehr ihn die momentane Situation belastete.

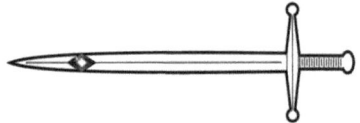

Niesputz

Theodil Holznagel und Waltrude standen in der Dämmerung des Morgens am Rand des Dorfes und betrachteten sorgenvoll den Krater des Himmelshakens. Es war ein trüber Morgen, wie die gesamten letzten Tage. Das Wetter wurde kein Deut besser. Kalter, mit Asche verschmutzter Regen fiel. Vom Krater aus zog sich wie eine Feuerzunge der unermüdliche Lavastrom. Er hatte die großen Kiefernwälder am oberen Hang in Brand gesetzt und fuhr jetzt durch die Lichtpappel-Wälder am unteren Hang wie ein warmes Messer durch einen Topf mit Springziegenfett. Dichte Qualmwolken stiegen auf. Sowohl die Lava als auch die Waldbrände arbeiteten sich nach unten vor. Zwar war das Holz feucht und brannte schlecht nach dem tagelangen Regen, die Lava aber hatte solch eine Hitze, dass sie selbst den nassen Wald problemlos in Brand steckte.

„Beim Barte des Herrn Magiers", fluchte Waltrude. „Das hört und hört nicht auf."

Der Zwerg nickte zustimmend. „Du hast Recht, Waltrude. Das nimmt kein Ende."

„Wie lange können wir noch bleiben?"

Theodil sah sie an. Waltrude schluckte. „Ich meine, wie lange kann das noch so weitergehen, bevor wir hier verschwinden müssen?"

Unschlüssig zuckte der Zimmermann die Schultern. „In dem Tempo? Maximal zwei Tage. Wir sollten uns auf das Schlimmste vorbereiten. Karren brauchen wir, für die Verletzten und den Proviant. Es wird nur das Nötigste mitgenommen, nur was der Einzelne auch tragen kann."

Die Zwergin sah in das Dorf. „Das Nötigste?" Bitter lachte sie auf. „Die Leute hier besitzen nichts mehr. Was sollen sie noch mitnehmen?"

„Ich weiß doch auch nicht!", fuhr Theodil sie an. Die Nerven aller waren bis zum Zerreißen gespannt. Dann atmete er tief durch und zwang sich zur Ruhe. „Einige haben angefangen, ihre Sachen aus den Ruinen zu bergen."

Sie drehten sich beide zum Dorf, wandten dem Himmelshaken den Rücken zu, als könnten sie ihn damit ausgrenzen aus ihrer Welt. Das ferne Grummeln aber ließ sich nicht ignorieren. Der Vulkan war da und bedrohte sie auch weiterhin.

„Nur gut, dass wir das Gold deines Herrn gefunden haben. Allerdings, wenn er erfährt, was mit seiner Hütte geschehen ist, dann wird er wohl nicht sehr erfreut sein."

„Nicht sehr erfreut?" Jetzt war es Waltrude, die wütend aufschrie. „Nicht sehr erfreut? Die haben unser Haus angezündet, bis auf die Grundmauern ist es abgebrannt. Wenn der Herr Magier diesen schleimhäutigen Gnom und seinen ochsenköpfigen Kumpanen erwischt, dann werden sie denken, dass ein neuer Wolkenzahn unter ihren Hinterbacken ausgebrochen ist."

Beschwichtigend hob Theodil die Hände. „Wir wissen gar nicht, ob sie es waren. Vielleicht ist ja auch der Vulkan daran schuld …"

„Ich will mich auf ewig in den steinernen Hallen meiner Vorfahren verlaufen, wenn der Wolkenzahn einen Klumpen brennenden Felsen bis zu unserem Haus geschleudert hat. Thordred hat gesagt, dass nichts anderes auf der Wiese oder im Wald gebrannt hat, nur das Haus. Und er hat die dreizehigen Fußspuren dieser widerlichen Gargyle in der Nähe gefunden. Das soll ein Zufall sein? Ich werde den Gargylen die Flügel durchlöchern und ihre Rattenschwänze hinein flechten. Dem Ochsenkopf und seinem Kumpan mache ich einen Einlauf aus meiner allerschlechtesten Schmierkrötersuppe, anschließend …"

Waltrude erging sich minutenlang in weitschweifigen und fantasiereichen Vorstellungen, was sie alles mit Claudio Bluthammer, Sergio der Knochenzange und deren Reittieren machen würde, sollten die ihr in die Hände fallen. Bei all dem Kummer musste Theodil über die alte Zwergin lächeln. Es war ein kluger Schachzug von Bandath gewesen, sie ihm zur Seite zu stellen. Ihre Tatkraft und ihr Charakter hatten schon einigen unter ihnen, die alles verloren glaubten, den Mut zurückgegeben.

Der Zwerg kratzte sich den Schopf. Ein Bad wäre nicht schlecht, dazu aber fehlte ihnen allen das Wasser. Sorgenvoll blickte er wieder zum Himmelshaken, während Waltrude weiterschimpfte.

Wo Bandath wohl gerade war?

Am zweiten Abend nach dem Verlassen Flussburgs übernachtete der Magier am Rande eines kleinen Wäldchens. Der Himmelshaken selber war bereits am Horizont verschwunden, nur die dunklen Wolkenbänke kündeten von der Katastrophe. Letzte Nacht hatte er den Stall eines verlassenen Gehöftes als Nachtquartier genutzt. Natürlich hätte er jede Nacht in einer richtigen Herberge zubringen können. Entlang der großen Ost-West-Handelsstraße am anderen Ufer des Flusses gab es eine Menge Gasthöfe. Aber genau wie in Flussburg zog er es auch hier momentan vor, nicht gesehen zu werden.

Er saß am Feuer und briet sich ein wenig Springziegenfleisch, das Dwego ihm heute Morgen von seinem nächtlichen Jagdausflug mitgebracht hatte. Der Laufdrache war bereits wieder unterwegs, um sich seinen eigenen Proviant zu besorgen. Bandath wollte ihn nicht überanstrengen, nur deshalb gönnte er sich und dem Laufdrachen eine nächtliche Ruhepause.

Mit einem Fingerschnipsen schickte er einen kleinen Schutzzauber aus und wartete. Sollte er ein Echo erhalten, so würde das bedeuten, dass in der Nähe Magie genutzt wurde. Damit hätte er einen Hinweis auf Claudio und Sergio, falls sie sich in Reichweite befänden. Aber es kam nichts. Anscheinend hatte er sie vorerst abgehängt. Es herrschte Ruhe auf der kleinen Lichtung, nur ein paar Grillen zirpten und einige Vögel sangen. Plötzlich schoss völlig lautlos ein Schatten zwischen den Bäumen hervor auf Bandath zu. Der Magier gewahrte für den Bruchteil einer Sekunde eine Reihe sehr langer und äußerst spitzer Zähne, bevor er sich im letzten Moment zur Seite warf. Der Schatten verfehlte sein Ziel. Bandath spürte den Luftzug des vorbeirauschenden Körpers, wurde von einem mächtigen Schlag getroffen, flog über das Lagerfeuer und krachte etliche Fuß weit entfernt gegen eine Hornkiefer. Benommen blieb er liegen und versuchte seinen Angreifer zu erkennen. Eine gewaltige Gestalt war auf der anderen Seite des Feuers gelandet und mit einer geschmeidigen Bewegung im Gebüsch verschwunden – nicht ein einziger, sich bewegender Zweig verriet die Stelle. Durch den Schlag und seine unfreiwillig heftige Landung am Baumstamm verschwamm ihm alles vor Augen und er musste mehrmals benommen den Kopf schütteln, bevor er wieder klar sehen konnte. Was war *das* gewesen?

In seinem Kopf pochte es hämmernd und er hatte sich die linke Schulter verrenkt. Stöhnend rutschte er mit dem Rücken am Baumstamm nach oben, stemmte sich mit den Beinen in die Erde, bis er wankend stand. Was immer ihn gerade angegriffen hatte, es war noch da. Bandath spürte, dass er beobachtet wurde. Wo war sein Magierstab? Beim Wirken von Magie war er auf einen Fokus angewiesen, einen Gegenstand, durch den die Magie fließen konnte. Und das war der Stab, den er von der Magiergilde zu Beginn seiner Ausbildung bekommen hatte. Der Zwergling sah ihn am Feuer liegen, auf der anderen Seite, gleich neben seinem Gepäck. Jetzt durfte er keine Schwäche zeigen, er würde den nächsten Angriff geradezu herausfordern. Der erste Schritt war der schwerste. Krampfhaft bemüht, gerade zu gehen, gerieten die einzelnen Schritte steif und unsicher. Bandath stakste um das Feuer herum. Dabei zermarterte er sich das Hirn nach einem Spruch, mit dem er seinem Angreifer begegnen konnte, sollte dieser ihn erneut attackieren, bevor er seinen Stab hatte. Ihm wollte nichts einfallen. Als der Angriff kam, war er völlig unvorbereitet.

‚Ein Mantikor', dachte er noch, als das rote Raubtier ohne ein Geräusch zu erzeugen aus dem Gebüsch geschossen kam. Dann wusste er, dass er nicht ausweichen konnte und der Mantikor ihn erwischen würde. Bandath zog die Schultern ein und starrte wie hypnotisiert in den auf ihn zufliegenden, zahnbewehrten Rachen des gefährlichsten Raubtieres diesseits der Drummel-Drachen-Berge. Plötzlich schoss mit einem lauten „Purrrrrr" ein fingergroßer grüner Funken aus dem Gebüsch genau auf den Rachen des Mantikor zu und knallte gegen dessen Nase. „Pufff" machte es und ein Funkenregen ergoss sich über den Kopf des Mantikor, als sei einer von Bandaths Feuerwerkskörpern explodiert. Das Raubtier heulte auf und krachte ungelenk wenige Meter vor dem Zwergling auf die Erde. Der grüne Funken schoss nach oben, kreiste einen Moment über dem Mantikor und raste dann genau auf dessen Nacken zu. Als würde er sich im Fell festbeißen und den Mantikor zureiten wollen, hing er dort, während der Mantikor schmerzgepeinigt aufjaulte und anfing, umher zu springen, um seinen ungebetenen Reiter abzuwerfen.

„Nun mach schon und hilf mir!", hörte Bandath plötzlich ein kräftiges Stimmchen. „Ich schaffe das nicht allein." Der Zwergling erwachte aus seiner Erstarrung, sprang zum Lagerfeuer und griff nach seinem Magierstab. „Illumina!" Eine Feuerkugel raste aus der Spitze des Stabes und traf den Mantikor in die Flanke. Wie von einem Hammer getroffen wurde das gewaltige Tier zur Seite geschleudert, überschlug sich und kam wankend wieder hoch.

„Illumina!" Eine zweite Feuerkugel traf ihn an der Brust. Der Mantikor wurde erneut herumgerissen und brüllte, laut und wütend. Gestank von verbranntem Fell breitete sich aus.

„Illumina!" Nach der dritten löste sich der grüne Funken von dem Raubtier, stieg auf und kreischte: „Ja! Weiter so! Mach ihn fertig!"

Bandath jedoch ließ seinen Magierstab sinken. Der Mantikor erhob sich, maunzte kläglich und verschwand, seinen mächtigen Schwanz hinter sich her schleifend, hinkend im Gebüsch.

„Eh, was soll das?" Der Funken flog in einer engen Schleife zu Bandath. „Warum bringst du ihn nicht um? Ich hatte große Lust mir eine Kette aus seinen Zähnen um den Hals zu hängen."

Der Zwergling plumpste neben das Lagerfeuer und ließ den Stab achtlos auf die Erde fallen. Der Funken landete auf dem Knie des Zwerglings. Es handelte sich um einen Mann, klein wie ein Finger, grün leuchtend, mit knisternden Flügelchen auf dem Rücken und vier Heuschreckenbeinen. In der einen Hand hielt er einen Speer, der nur um ein weniges kürzer war als er selbst. An einem silbernen Gürtel hing rechts ein kleines Schwert und auf der anderen Seite ein prall gefülltes Beutelchen. Über die Schulter trug er einen Bogen nebst Köcher mit gut zwei Dutzend winzigen Pfeilen darin.

„Du hast den Mantikor gehen lassen! Was, wenn der wiederkommt?"

„Der kommt nicht wieder. Der hat jetzt eine Heidenangst vor uns", keuchte Bandath. Er griff nach seinem Wassersack und trank einen großen Schluck. Noch immer war ihm schummerig und der Kopf dröhnte. Erst jetzt wurde ihm bewusst, was er für eine Angst gehabt hatte. Noch nie musste er mit einem Mantikor kämpfen. Wie hatte er nur in seiner Wachsamkeit nachlassen können?

Das grüne Wesen auf seinem Knie setzte sich bequem hin, legte den Speer quer über seine Beine und holte aus dem kleinen Beutel an seiner Seite eine winzige Pfeife. Es stopfte ein paar Blätter hinein, entzündete die Pfeife mit einem Funken, den es plötzlich wer weiß woher holte, und begann genüsslich zu schmauchen.

„Meine Güte", begann es im Plauderton, so wie sich die Zwergenfrauen in Drachenfurt über den letzten Kindergeburtstag unterhalten würden. „Ich hatte eine Mordsangst, Zwerg ..." Das Wesen schüttelte den Kopf. „... Halbling ... wer bist du? *Was* bist du?"

„Wer bist *du*?", schnaufte Bandath im Gegenzug. Er hatte gedacht, dass er zumindest rings um die Drummel-Drachen-Berge alle Wesen kennen würde. Aber so etwas wie dieser kleine, fliegende, grüne Mann mit den Heuschreckenbeinen war ihm noch nicht untergekommen. Der Zwergling griff nach seinem Schultersack, fuhr mit seiner noch immer zitternden Hand hinein und wühlte darin herum.

„Ich bin Niesputz", sagte das Wesen, als würde das alles erklären. „Und du bist zumindest ein Magier, sonst hättest du keine Blitze schleudern können."

Bandath hatte eine Flasche gefunden und fischte sie aus seinem Schultersack. Er zog den Korken und nahm einen großen Schluck.

„Ah, ein Zaubertrank." Niesputz beobachtete ihn mit großen Augen. „Stellt der deine Lebenskräfte wieder her?"

Bandath nickte und verschloss die Branntweinflasche mit einem energischen Schlag auf den Korken. Er war froh, dass er die Flasche unbemerkt von Waltrude hatte einpacken können. Vorsichtig ließ er sie wieder in den Schultersack gleiten und wandte sich seinem Gesprächspartner zu.

„Niesputz also. Ich bin Bandath!"

„Oh! Bandath!" Niesputz erstarrte förmlich vor Ehrfurcht. „Doch nicht etwa derselbe Bandath, der sieben Drummel-Drachen davon abgehalten hat, den Markt am Nebelgipfel zu vernichten?"

Der Magier nickte. „Nun ja, so sagt man sich. Allerdings war es nur ein einziger, sehr junger und kleiner Drummel-Drache. Und er war betrunken und wollte den Markt nicht vernichten."

„Dann bist du also der einzige lebende Zwalbling diesseits des Gebirges?"

„Zwalbling?´"

„Nun, halb Zwerg, halb Halbling."

„Ich bevorzuge die Bezeichnung Zwergling. Und du? Was bist du?"

„Ein Ährchen-Knörgi."

„Ein Knörgi?"

Bandath fielen einige Aufzeichnungen ein, die von dem kleinen Volk der Knörgis berichteten, die weit im Süden in den Endlosen Steppen lebten.

„Ein Ährchen-Knörgi!", bestand Niesputz auf der vollständigen Bezeichnung. „Keines der winzigen Blüten-Knörgis oder der eingebildeten Bluteichel-Knörgis. Wir leben von den Ähren der Gräser, deshalb sind wir die Ährchen-Knörgis."

„Und was machst du so weit im Norden?"

„Och, ich jage Mantikore und Bernsteinlöwen, wenn ich nicht gerade einem Magier aus der Patsche helfe."

Bandath lächelte. Dieser kleine, unbekümmerte Geist tat ihm gut.

„Aber jetzt sag mir, warum du den Mantikor nicht geröstet hast." Niesputz schien wirklich wütend darüber zu sein.

„Warum sollte ich? Er ist nicht böse, er hatte nur Hunger. Warum soll ich ein Wesen töten, das fressen will?"

„Aber es wollte *dich* fressen."

„Ja, aber das war mein Problem und mein Fehler. Ich habe nicht aufgepasst, obwohl ich wusste, dass es hier Mantikore gibt. Ich töte auch keine Springziege, nur weil sie ihr Wasser in demselben Wasserloch trinkt, aus dem auch ich meines hole. Der Mantikor war nicht mehr gefährlich für mich. Warum sollte ich weiterkämpfen, wenn er aufgehört hat? Ein Mantikor ist ein kluges Tier, dieser hier wird mich in Zukunft meiden. Es hätte nichts geändert, wenn ich ihn getötet hätte. Und die anderen Mantikore werden es bei Gelegenheit lernen müssen."

Das Ährchen-Knörgi schwieg einen Moment und dachte über die Worte des Magiers nach. „Und wann tötest du?"

„Getötet aus Wut oder um Rache zu nehmen, habe ich noch nie. Ich habe Springziegen gejagt, geangelt oder mir auch schon mal ein Huhn von einem Bauernhof geholt, wenn ich Hunger hatte. Meist versuche ich zu kaufen, was ich brauche."

Bandath drehte die Schulter, sie schmerzte. Wenn jetzt Waltrude hier wäre, würde sie mit wenigen kräftigen Griffen die Sache richten. So aber blieb ihm keine andere Möglichkeit, als seine Schulter weitestgehend zu schonen. Er überlegte schon, ob er den Arm mit einer Schlaufe am Körper festbinden sollte, als die Stimme von Niesputz erklang.

„Schmerzen?"

Bandath nickte. „Der Mantikor hat mich mit einem Schlag seines Schwanzes gegen den Baum geschleudert. Ich glaube, meine Schulter hat etwas abgekriegt."

Das Ährchen-Knörgi stöhnte wie eine Mutter, die zum wiederholten Male die aufgeschlagenen Knie ihres Sprösslings behandeln musste. Es klopfte die Pfeife auf Bandaths Knie aus und steckte sie weg.

„Zeig mal her!" Niesputz surrte hoch und verschwand hinter Bandath. Dieser folgte dem Knörgi mit den Augen und drehte den Kopf.

„Sieh nach vorn", knurrte Niesputz. Plötzlich breitete sich eine wohlige Wärme in der Schulter des Zwerglings aus und der Schmerz verschwand. Niesputz versprühte ein paar grüne Funken, als er wieder nach vorn geflogen kam.

„So, das sollte reichen. Altes Hausrezept, habe ich von meiner Großmutter gelernt." Er landete wieder auf Bandaths Knie.

„Danke." Bandath reckte die Schulter nach hinten. Tatsächlich, sie war schmerzfrei. So schnell konnte selbst Moargid damals auf Go-Ran-Goh nicht heilen.

„So viel Aufregung macht müde." Niesputz reckte sich und gähnte. „Ich such mir mal ein Astloch, in dem ich mich verkrieche. Vielleicht kommt dein Mantikor ja doch zurück. Dann sitze ich gern im Sicheren." Es surrte und das Ährchen-Knörgi war zwischen den Baumkronen verschwunden. Bandath schüttelte den Kopf.

„Ich habe mich gar nicht richtig bei ihm bedanken können." Er wirkte einen Schutzzauber und einen Unauffälligkeitszauber für mehrere Stunden und ließ sich dann neben dem Feuer nieder. Die Erschöpfung forderte ihren Tribut, denn kurz darauf war Bandath eingeschlafen.

Am nächsten Morgen wurde er von Dwego geweckt. Aufgeregt strich der Laufdrache durch den Wald rund um Bandaths Feuer. Er roch den Mantikor. Es brauchte eine Weile, bis Bandath den Laufdrachen so weit beruhigt hatte, dass er ihn beladen konnte. Ständig sah sich der Magier dabei nach Niesputz um und hoffte, der possierliche Geselle würde wieder erscheinen. Vergeblich zögerte er seinen Abmarsch hinaus, spähte in die Baumkronen, rief sogar ein paar Mal, nichts.

Schließlich trat er den Marsch ohne den possierlichen Gesellen an. Irgendwie hatte er gehofft, das Ährchen-Knörgie würde ihn begleiten. Er hoffte, spätestens morgen Abend im gemütlichen Speisesaal von Go-Ran-Goh sitzen zu können, mit einigen seiner alten Lehrer zu plaudern und die jungen Novizen beim Lernen zu beobachten. Manchmal war die Feste ja doch ein Hort der Ruhe und Entspannung.

Dwego zog mit ermüdender Gleichförmigkeit seinen Weg durch das hohe Gras diesseits des Ewigen Stroms. Vereinzelt erkannte Bandath Baumgruppen oder kleine Wälder im düsteren Licht, denn der gesamte Himmel war mittlerweile von den Drummel-Drachen-Bergen bis weit hinter die Endlosen Steppen von einem Gemisch aus Asche- und Regenwolken bedeckt. Noch regnete es allerdings nicht. Trotzdem waren seit einigen Stunden kleine Ascheflocken in der Luft, die langsam zur Erde rieselten. Der Ausbruch des Himmelshakens schien unentwegt anzudauern.

Gegen Mittag aß Bandath etwas von seinem Proviant ohne deswegen anzuhalten. Als er abends sein Lager am Rande einer Buschgruppe aufschlug, konnte er weit im Westen bereits die gewaltige Silhouette des Go-Ran sehen, des Berges, auf dessen Gipfel sich die Magierfeste Go-Ran-Goh erhob.

Er würde wohl doch erst spät in der Nacht ankommen. Aber eine Verkürzung der nächtlichen Ruhezeit wollte er nicht riskieren. Der Zwergling hatte das Gefühl, als ob er Dwegos Kraft und Ausdauer noch dringend brauchen würde. Gedankenverloren starrte Bandath in das kleine Feuer vor sich, über dem er ein Stück Fleisch briet. Dwego hatte in der letzten Nacht wieder eine Springziege erbeutet und seinem Herrn eine Keule mitgebracht. So sparte Bandath sich die Zeit für eine aufwendige Jagd. Außerdem besaß er weder Pfeil und Bogen, noch war er ein sonderlich guter Schütze.

Spät am Abend bereitete der Magier die relativ aufwendige Fernsicht-Magie vor. Dazu benötigte er ein Gefäß mit Wasser. Er nahm seine kleine Blechtasse und schüttete etwas von dem Trinkwasser hinein. Aus einer Seitentasche seines Schultersackes holte er ein weißes Leinentuch. Bandath lächelte. Er konnte sich wirklich auf Waltrude verlassen. Selbst wenn die Welt unterging, packte sie ihm noch ein sauberes Taschentuch aus ihren Vorräten in den Schultersack.

„Man weiß nie, wann man mal ein sauberes Tuch braucht, Herr Magier!", hatte sie ihm einmal energisch erklärt, als er sich darüber lustig machte.

Für die Fernsicht-Magie brauchte er jetzt einen Gegenstand der Person, die er im Wasser sehen wollte, Waltrudes Tuch kam ihm da gerade recht. Er legte einen Zipfel des Tuches in die Tasse und begann, einen Spruch aufzusagen, der in dem Buch, aus dem er ihn gelernt hatte, ganze drei Seiten einnahm. Sorgfältig betete er Zeile für Zeile her. Bei einem komplizierten Spruch kam es nicht nur auf den Text an, auch die Betonung, die Lautstärke und die Pausen zwischen den einzelnen Worten mussten stimmen. Und natürlich die Energie, die der Magier aufwenden musste.

Das Feuer flackerte, ein leichter Wind blies und fast lautlos rieselten die kleinen Ascheflöckchen vom Himmel. Dann trübte sich die Wasseroberfläche und Waltrudes sorgenvoll verzogenes Gesicht erschien. Sie rief etwas. Bandath konnte es sehen, vernehmen konnte er nichts. Fernsicht-Magie ist zum Sehen da, nicht zum Hören. Waltrudes Gesicht war schmutzig, mit Asche verschmiert und feucht vom Regen. Sie hatte sich ein Tuch um den Kopf gebunden und schien irgendwelche Befehle zu erteilen.

Mit einer leichten Handbewegung veränderte Bandath die Wirkungsweise der Magie. Als ob er sich von Waltrude entfernte, vergrößerte sich der Bereich, den er sehen konnte. Waltrude stand auf dem zentralen Platz des Dorfes. Graue Qualmwolken zogen durch die Luft. Rings um sie wimmelten die Zwerge. Eine lange Reihe von Wagen hatte sich zusammengefunden. Kleinere und größere Leiterwagen, Handwagen und zweirädrige Fuhrwerke. Auf einigen der Wagen lagen die am schwersten Verletzten. Die meisten Karren jedoch waren mit den geretteten Habseligkeiten der Zwerge beladen. Ponys waren davor gespannt, aber auch Ochsen und Schweine, sogar Hunde. Da erschien Theodil Holznagel, rief etwas und wie von Zauberhand geleitet fanden sich alle Zwerge bei ihren Wagen ein. Jeder hatte Gepäck geschultert, sogar die Halbwüchsigen. Theodil sprach ein paar Worte zu den Zwergen. Bandath sah Frauen weinen, Kinder wimmern und Männer mit grimmigen Gesichtern in Richtung Himmelshaken stieren. Die Zwerge verließen ihr Dorf. Dem Zwergling zog es das Herz zusammen, als der Treck sich in Bewegung setzte. Was nur hatten sie getan, dass sie so gestraft wurden?

Lange konnte er an diesem Abend nicht einschlafen. Er lag grübelnd wach, beobachtete die in der Dunkelheit dahinziehenden Wolken und wünschte, der Ausbruch des Vulkans würde aufhören. Kurz bevor ihm die Augen zufielen, wirkte er die übliche Unauffälligkeits- und Schutzmagie.

„Hej, hallo, wie lange willst du noch schlafen? Dir wächst ja inzwischen der Bart bis zu deinen haarigen Zehen." Bandath öffnete die Augen und blickte einen Moment verständnislos zu dem grünen Leuchten, nur eine Handbreit von ihm entfernt. Dann bog er den Kopf zurück, um Niesputz, der kurz vor seiner Nasenspitze auf der Decke stand, die Bandath sich übergeworfen hatte, deutlich sehen zu können.

„Da bist du ja wieder."

„Hm!", entgegnete das Ährchen-Knörgi nur, setzte sich und begann an einem Ährenkorn zu knabbern. „Schmeckt nicht besonders. Habe hier in der Gegend noch kein wirklich schmackhaftes Gras gefunden. Ihr lebt echt armselig hier. Wo kommt der ganze Dreck plötzlich her? Der versaut überall das Gras."

„In den Bergen ist ein Vulkan ausgebrochen. Ganz in der Nähe meines Dorfes."

Niesputz wirkte plötzlich sehr betroffen. „Oh, das tut mir leid, ehrlich. War es schlimm?"

Bandath nickte traurig und erhob sich. „Es gab Tote und Verletzte. Alle Wälder brennen dort und seit gestern sind die Einwohner des Dorfes auf der Flucht."

Die Flügel des kleinen Wesens knisterten traurig. „Und warum bis du nicht bei deinen Leuten?"

„Meine Freunde haben noch alles im Griff. Ich will auf den Berg, den du dort hinten siehst. Da leben meine alten Lehrer. Vielleicht wissen die einen Rat, einen uralten mächtigen Zauberspruch oder so etwas. Ich hoffe, wir können den Vulkan irgendwie zum Erlöschen bringen."

„Ja", sagte das Ährchen-Knörgi nachdenklich. „Wahrscheinlich wird es eine Möglichkeit geben."

Niesputz blieb den Rest des Tages bei Bandath. Irgendwann gegen Mittag begann es zu nieseln, schwarz und schmierig. Das Regenwasser vermischte sich mit der bereits auf der Erde liegenden Asche zu einem fettigen Film, der den Weg glitschig machte. Sie erreichten den Fuß des Go-Ran und der Boden begann anzusteigen. Bandath näherte sich dem Gipfel von Osten. Der Aufstieg führte durch ausgedehnte Blutbuchenwälder mit vereinzelten Würgbäumen, um die Dwego von allein große Bögen schlug.

Niesputz genoss es, auf Bandaths Schulter sitzend durch das Land getragen zu werden. Er gab ständig Kommentare ab wie „Netten Drachen hast du dir da an Land gezogen, aber kann er nicht ein wenig schneller rennen?" oder „Wie sieht's aus, wollen wir uns zwischenzeitlich ein wenig Spaß mit dem Rudel Bernsteinlöwen dort hinten gönnen?" Dwego ignorierte das Ährchen-Knörgi, selbst als dieses nur zwei Schritt vor ihm her surrte und versuchte, den Laufdrachen von seinem Weg abzulenken.

„Wie hast du mich heute früh eigentlich gefunden?", fragte Bandath, als sie die Blutbuchenwälder hinter sich ließen und am frühen Abend die felsigen Regionen des Krüppelholzes bestiegen. „Ich hatte Schutz- und Unauffälligkeitsmagie gewirkt."

„Oh, wir Knörgis sind weitgehend immun gegenüber Zauberei. Diese Tricks wirken nicht bei uns."

„Tricks …", murmelte Bandath ein wenig verärgert. Bisher war er immer stolz auf seine Unauffälligkeitsmagie gewesen.

„Sag mal, Zauberer, kannst du diese hässlichen Aschewolken nicht einfach verschwinden lassen?" Niesputz wischte sich das dreckige Regenwasser aus seinem verschmierten Gesichtchen.

„Verschwinden?"

„Ja, so …", er schnipste mit den Fingern, „… und weg. Pokus Pokus oder so ähnlich."

„Erstens bin ich ein Magier, kein Zauberer. Zauberer treten in Jahrmarktbuden auf und gaukeln mit Tricks ihrem Publikum etwas vor, was nicht ist. Zweitens wirkt der Zauberspruch Pokus Pokus nur bei Kindern, nicht in der Wirklichkeit. Und drittens kann man nichts verschwinden lassen. ‚Du darfst nichts entzaubern!' ist die erste Regel, die dir auf Go-Ran-Goh beigebracht wird."

„Warum?"

„Weil du das Gleichgewicht nicht stören darfst. Alles befindet sich im Gleichgewicht: Hell und Dunkel, Gut und Böse, Kalt und Warm, Leben und Sterben und so weiter. Verstehst du?"

Niesputz nickte und Bandath fuhr fort. „Lässt du etwas in das Nichts verschwinden oder erschaffst du etwas aus dem Nichts, dann störst du das Gleichgewicht einer Seite. Das ist, als wenn du von einer ausgewogenen Waage mit zwei Schalen von der einen Seite etwas herunternimmst. Was passiert?"

„Die Waage kippt."

„Genau. Das Gleichgewicht ist dahin. Das gleiche würde passieren, wenn ich etwas verschwinden lasse."

„Egal was? Und sei es auch noch so klein?"

Bandath nickte ernst. „Sieh auf den Weg. Er besteht aus vielen kleinen und großen Steinen. Und nun stell dir vor, ich würde einen einzigen dieser Steine verschwinden lassen. Dort wäre plötzlich nichts mehr."

„Luft!"

„Nein, nicht einmal Luft, sondern nichts. Luft würde in dieses Nichts hineinströmen, die sonst nicht dort hingeströmt wäre. Das aber ändert den Wind, vielleicht nur gering, vielleicht so enorm, dass wir nur kurze Zeit später woanders einen verheerenden Sturm hätten. Abgesehen davon, weißt du vielleicht, ob der Stein, den ich verschwinden lasse, in Zukunft für irgendeinen Wanderer nicht besonders wichtig sein wird? Vielleicht rutscht er gerade wegen des fehlenden Steines aus und bricht sich das Bein? Oder ein anderer Stein kullert den Berg hinab und wird nicht aufgehalten, weil unser Steinchen fehlt. Es könnte eine Lawine entstehen."

Niesputz nickte erneut. „Ich sehe schon, das ist alles nicht so einfach mit der Zauberei."

„Mit der Magie."

„Aber ihr sagt doch trotzdem *Zauberspruch*, oder nicht?"

Bandath gab es auf.

Gegen Mitternacht erreichten sie das gewaltige Tor von Go-Ran-Goh. Mit den Worten „Ich glaube, wir werden verfolgt", hatte sich Niesputz kurz vorher abgemeldet. Bandath war die winzige Gestalt weit unter ihnen am Hang des Go-Ran schon aufgefallen. Er vermutete Sergio die Knochenzange oder Claudio Bluthammer, wunderte sich jedoch, dass sie ihm bis zu den Toren Go-Ran-Gohs folgten. Spätestens am Fuße des Berges hätten sie sich denken können, wo er hin wollte. Bis hier hoch wären sie normalerweise nicht gekommen, nach ihrem Rauswurf. Niesputz wollte nachsehen, wer ihnen da gefolgt sei und sich anschließend wieder bei dem Zwergling einfinden. Vielleicht war es ja auch nur ein anderer Magier, der Go-Ran-Goh aus einem für Bandath völlig unwichtigen Grund aufsuchte. Trotzdem bat Bandath seinen kleinen Gefährten, vorsichtig zu sein.

„Na klar bin ich vorsichtig, Zauberer. Mein zweiter Name ist Vorsicht. Ich habe die Achtsamkeit schon mit der Muttermilch eingesogen."

„Magier", murmelte der Zwergling. „Es heißt Magier, nicht Zauberer."

Bandath zog an dem eisernen Klopfer und ein mächtiger Schlag hallte jenseits der Mauer über den Burghof. Ein Schiebefenster öffnete sich. Die krumme Trollnase Malogs erschien. Seine Aufgabe als Pförtner bestand darin, den Zugang zur Magierfeste zu erlauben oder zu verbieten. Malog hatte dieses Amt schon inne, als Bandath seine Ausbildung begonnen hatte. Er war der einzige Troll von dem Bandath wusste, der sich einer Ausbildung als Magier unterzogen hatte. Seine steingraue Haut wirkte älter, als Bandath es von seinem letzten Besuch her in Erinnerung hatte. Malog war alt geworden. Einer der Hauer, die den Trollen aus dem Unterkiefer wuchsen und weit über die Oberlippe reichten, war verschwunden. Die wenigen Haare auf dem mächtigen Schädel wirkten fast weiß und durch die Luke konnte Bandath erkennen, dass Malog gebückt stand. Nicht etwa, weil die Luke so niedrig war, sondern weil das Alter ihn niederzwang. Ein weher Schmerz zog durch Bandath. Malog war, neben Moargid, einer der beiden Magier, denen er immer ohne Einschränkungen vertraut hatte. Er war sein Freund; ihn jetzt altern zu sehen, stimmte den Zwergling traurig.

Der Pförtner musterte Bandath kurz.

„Auch wenn du es bist, sage die Worte."

„Bewahre das Gleichgewicht!", antwortete Bandath die vorgeschriebene Losung. Wie auf einen geheimen Befehl hin begannen die Scharniere zu knarren und die mächtigen Torflügel öffneten sich für den Zwergling. Go-Ran-Goh, die Magierfeste, nahm ihn wieder einmal auf.

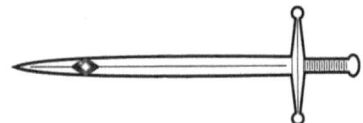

Das Orakel von Go-Ran-Goh

„Es wird Zeit, dass du kommst. Man erwartet dich." Auch das war eines der Rätsel von Go-Ran-Goh. Niemand kam je unerwartet in die Magierfeste. Stets wusste der Ring der Magier Bescheid darüber, wer kam, wann derjenige kam und meist auch, warum er kam. Mit denselben Worten hatte Malog ihn begrüßt, als er mit Waltrude vor dem Tor stand, um seine Ausbildung als Magier aufzunehmen. Malog war ein weiteres der unendlich vielen Rätsel der Feste. Er erschien Bandath damals schon alt. Aber selbst jetzt, mehr als hundert Jahre später, stand Malog noch immer am Tor und forderte die Worte von denen, die eintreten wollten. Und Bandath hatte es erlebt, dass der alte Troll das Tor geschlossen gehalten hatte, obwohl durchaus begabte Menschen, Elfen, Zwerge oder Halblinge auf der Schwelle standen. Malog entschied und wenn Malog das Tor geschlossen ließ, dann gab es keinen Eintritt für denjenigen, niemals.

„Es ist schön, wieder hier zu sein, Malog, einerseits jedenfalls. Andererseits …"

Bandath ließ offen, was er andererseits meinte, aber Malog schien Bescheid zu wissen. Er nickte wissend.

„Es ist schön, dich lebend zu sehen, nach all dem, was bei euch passiert ist … und all dem, was du in den letzten Jahren angestellt hast."

Bandath ignorierte den letzten Satz. „Wer erwartet mich?"

„Der gesamte Ring. Sie sind in den unteren Katakomben, beim Kristall."

Bandaths rechte Augenbraue rutschte nach oben. „Beim Kristall? Alle?"

Der Troll nickte. „Alle. Ich bin der Einzige, der noch fehlt. Und das auch nur, weil ich seit dem frühen Nachmittag hier am Tor auf dich gewartet habe. Nun komm. Die Zeit drängt."

Das zumindest war neu in der Magierfeste. Die Zeit drängte sonst nie. Eine der Leitideen des Ringes der Magier war, sich Zeit für die Aufgaben zu lassen, die anstanden. Nur so konnten sie richtig erledigt werden, sagten die Magier. Und so manches unwichtige Problem löste sich von ganz allein, wenn man sich nur genügend Zeit bei der Lösung ließ, lernten die Schüler dadurch.

Der Zwergling folgte Malog in das zentrale Gebäude, eine aus grauem Stein errichtete Burg mit mehreren Seitenflügeln, etlichen Türmen, Hunderten von Erkern und Balkonen und mehreren hundert Fenstern. Malog führte ihn zu einer unscheinbaren Tür, hinter der sich eine in die Tiefe führende Wendeltreppe verbarg. Der Troll nahm eine Fackel von der Wand, die im selben Moment anfing zu brennen, und stieg vor dem Zwergling die Stufen hinab. Runde um Runde der Wendeltreppe abwärts folgend, begaben sie sich immer tiefer in den Leib des Berges, zum Kristall. Nur zwei Mal in seinem Leben hatte Bandath den Kristall gesehen. Damals, als zu Beginn der Ausbildung sein Magierstab geweiht worden war, und noch einmal nach seiner Abschlussprüfung. Jeder der Novizen wurde in einem feierlichen Akt in den Kreis der Magier aufgenommen. Bei dieser Gelegenheit bot der weise Romanoth Tharothil Bandath einen Platz als Lehrer auf Go-Ran-Goh an, akzeptierte aber dessen Ablehnung.

„Vielleicht später", hatte Bandath gesagt. Jedes Mal, wenn Bandath in die Feste kam, erneuerte Romanoth Tharothil sein Angebot. Und jedes Mal wieder lehnte Bandath ab. Heute allerdings, das spürte der Zwergling, würde es kein solches Angebot geben. Der Ring der Magier saß nicht umsonst beim Kristall, mit dem sie das Orakel von Go-Ran-Goh befragen konnten.

Malogs Fackel verlosch und sie betraten eine Halle, in der weiß funkelnde Stalaktiten von der Decke hingen und Stalagmiten ihnen von unten entgegen wuchsen. Dutzende von Kerzen, an die Höhlenwand geklebt und verteilt zwischen den Stalagmiten, verbreiteten ein warmes Licht, das von den feuchten Oberflächen der Tropfsteine reflektiert wurde. In der Mitte des Felsensaales war der Boden freigeräumt, bis auf einen mächtigen Stalagnat, einen Tropfstein, der von der Decke der Höhle bis zu ihrem Boden reichte und in dessen weißliche Substanz ein kopfgroßer, farbloser Kristall eingewachsen war. Die magische Energie war an dieser Stelle so groß, dass ständig kleine Funken auf der Kristalloberfläche knisterten. Rings um den Tropfstein saßen auf abgeschnittenen Stalagmiten acht Magier des Ringes, Romanoth Tharothil, der Leiter der Magierfeste und die anderen

Lehrer, die es sich zur Aufgabe gemacht hatten, neue Magier auszubilden. Zwei Sitzgelegenheiten waren noch frei. Der Zwergling wurde mit einem Nicken begrüßt. Niemand sagte ein Wort. Romanoth Tharothil wies auf die beiden freien Plätze. Bandath und Malog setzten sich.

„Wir haben in den letzten Stunden viel erfahren, aber ein Baustein fehlt uns noch." Romanoth Tharothil, ein selbst für einen Halbling sehr klein- wüchsiger Magier, erhob seinen Stab und deutete auf den Kristall. „Seht, was wir wissen und dann helft uns zu sehen, was wir noch nicht wissen."

Sie verloren wirklich keine Zeit. Rund um den Kristall erschien eine helle Nebelwolke und auf ihr konnte Bandath jetzt Bilder erkennen, Bilder eines Gebirges, aus dessen unzähligen Kratern Feuer aufstieg und Qualm, der den Himmel verdunkelte.

„Die Drummel-Drachen-Berge vor vielen Millionen Jahren", flüsterte jemand. Nach und nach begannen fast alle Krater zu erlöschen. Nur drei Vulkane spien noch Feuer und Rauch. Wälder wuchsen, die Gipfel änder- ten ihre Form, Siedlungen entstanden und verschwanden wieder, Jahrhun- derte vergingen in Sekunden. Nur die drei Krater spuckten weiter Feuer und Verderben über die Lande. Plötzlich erschien ein gewaltiger Drache, um ein Vielfaches größer und mächtiger als der größte Drummel-Drache, den Bandath je gesehen hatte. Er kreiste lange über dem Gebirge, um sich schließlich, völlig überraschend, in einen der Feuerschlünde zu stürzen. Kurz darauf erloschen die Vulkane.

„Wir gehen davon aus, dass das ein Erd-Drache war", sagte Romanoth Tharothil und seine kurzen Halblingsbeine zappelten nervös. Bandath sah auf die Kristalloberfläche, die jetzt wieder ohne Bilder im Licht der Ker- zen glänzte.

„Was hat der Erd-Drache getan?"

Dieses Mal antwortete Menora, die Meisterin der Fernsicht. Sie war ne- ben Moargid nicht nur der einzige Mensch, sondern mit ihr zusammen auch die einzige Frau im Ring der Magier.

„Lass es uns dir zeigen und danach werden wir das Orakel befragen."

Erneut bildete sich eine Nebelwolke um den Kristall, auf der Bilder er- schienen. Jetzt aber waren es Bilder voller Feuer. Bandath sah riesige un- terirdische Kavernen, in denen ein Kampf tobte, den er in dieser Wildheit noch nicht gesehen hatte. Der Erd-Drache, der in den unermesslichen Höhlen winzig wirkte, flog gegen die unter ihm brodelnde Lava an. Wieder und wieder schleuderte er seinen eisigen Atem gegen das glühende, flüssige Gestein. Die Lava erstarrte, um gleich darauf wieder von der Glut geschmolzen zu werden, die noch immer im Herzen des Gebirges brannte. Nur ganz langsam konnte Bandath eine Veränderung wahrnehmen. Das helle Gelb der Lava wandelte sich allmählich in ein helles Rot. Dann wurde das Rot dunkler, kräftiger, die Bewegung der Lava langsamer, bis sie am Ende ganz erstarb. Der Erd-Drache überzog die erstarrte Lava mit einem gewaltigen Panzer aus Eis.

„Er muss viele Jahre gearbeitet haben, bis er so weit war." Bandath erkannte jetzt Menora als diejenige, die die Kommentare gab. Der Erd-Drache spie weiter Eiswolken und als die Kaverne fast bis zu ihrer Decke mit Eis gefüllt war, legte er sich nieder, ringelte seinen Schwanz um sich und schlief ein.

„Es dauert etwa tausend Jahre, bis das Eis in der Kaverne durch die unterirdische Hitze geschmolzen ist."

Das Eis schmolz und mit der sinkenden Eisoberfläche sank auch der Drache nieder, bis er den glühenden Fels erreichte. Wiederum erhob er sich und erneuerte den Eispanzer.

„Das geht so alle tausend Jahre. Das Eis schmilzt, der Erd-Drache liegt in tiefem, todesähnlichem Schlaf und wenn er den Fels berührt, weil das Eis geschmolzen ist, dann erwacht er und erneuert den Eispanzer. So hielt er das unterirdische Feuer im Griff, während oben die Völker vergaßen, dass die Drummel-Drachen-Berge einst Verderben bringendes Feuer spien."

„Warum wussten wir nichts davon?" Bandath war erstaunt darüber, dass er während seiner gesamten Ausbildung nicht ein einziges Mal etwas über den feurigen Ursprung des Gebirges erfahren hatte.

„Weil sämtliche Aufzeichnungen in den großen Drummel-Drachen-Kriegen vor viertausend Jahren verloren gingen. Erst unsere Nachforschungen wegen des Vulkanausbruches öffneten uns diese Bilder."

Das Eis schmolz, der Erd-Drache erwachte und erneuerte den Eispanzer. Wieder und wieder und wieder.

„Nach dem letzten Abschmelzen jedoch blieb der Erd-Drache liegen. Er erwachte nicht, um die Eisschicht zu erneuern."

Bandath sah mit den Magiern zusammen, wie die Eisschicht schmolz, tausend Jahre in wenigen Augenblicken. Er glaubte, etwas wie eine kurze, huschende Bewegung wahrzunehmen, war sich aber nicht sicher, da keiner der anderen Magier reagierte. Das Eis schmolz und die ersten Lavaströme traten aus dem Boden hervor. Das Fundament der Berge erzitterte.

„Wir wissen nicht, was passiert ist", fasste Romanoth Tharothil zusammen, als die Nebelwolke rund um den Kristall erlosch. Er sprang von seinem Sitz und stapfte aufgeregt um den Kristall herum, dabei energisch den Magierstab auf den Höhlenboden aufstoßend. „Der Drache ist nicht wieder erwacht, aber warum?" Er war vor Bandath stehen geblieben und blickte ihn an, als wenn dieser die Antwort wissen müsste. Unsicher zuckte der Zwergling mit den Schultern. Romanoth Tharothil drehte sich zu den anderen Magiern um.

„Da wir mit Malog nun alle vollzählig sind, werden wir das Orakel befragen. Bandath, reihe dich bitte ein, du wirst gleich wissen, warum wir auf dich gewartet haben."

Die Magier erhoben sich, traten an den Kristall und fassten sich an den Händen, einen Kreis mit dem Stalagnat in der Mitte bildend. Bandath kam sich ein wenig albern vor, wie er zwischen Malog dem Troll und Moargid der Menschenfrau stand und seine kurzen Arme zu deren Händen nach oben reckte. Doch gleich darauf spürte er, wie ihn die magische Energie des Ringes der Magier durchströmte. Ähnlich einer sonnigen, weichen Wärme zogen Wellen durch seinen Körper, von Moargid zu Malog, erst einzelne, dann immer mehr und schneller hintereinander, bis sich die kleinen Wellen zu einer Woge vereinten, die plötzlich die Richtung auf das Zentrum des Kreises hin änderte, auf den Kristall. Dieser begann zu glühen und schickte Lichtstrahlen in die Höhle, unruhig umherirrende Lichtstrahlen, dutzendfach reflektiert von den Stalagmiten und Stalaktiten, als seien sie auf der Suche nach etwas. Der erste der Strahlen erfasste Romanoth Tharothil und verharrte sofort auf dessen Stirn. Einer kam auf Malogs Stirn zum Halten, ein anderer bei Frontir Eisenklammer, dem Zwerg, Meister der Wettermagie. Der nächste stoppte auf der Stirn Bolgan Wurzelbarts, einem Gnom und Meister des Wachsens und Vergehens. Bis jeder der im Kreis Stehenden einen Strahl auf seiner Stirn hatte, vergingen einige Minuten. Schließlich war es soweit. Bandath erschienen Worte in seinem Geist. Er hörte nichts, er sah niemanden und er vernahm auch keine innere Stimme. Da entstanden einfach nur Worte, zuerst einzelne wie „Herz", „Weg" oder „Feuer", dann Wortgruppen „den Weg entdeckt", „Feinde sich helfen" und „das Feuer erlöschen". Am Ende aber war da ein ganzer Text:

„Nur wenn der Nicht-Zwerg das Herz findet,
das verborgen ist, wo es jeder sieht,
und die Nicht-Elfe den Weg entdeckt,
von dem niemand weiß
und den jeder kennt,
wenn die Todfeinde sich helfen,
kann der Drache erwachen und das Feuer erlöschen."

Erschöpft ließen die Magier einander los und wankten zurück zu ihren Sitzen. Minutenlang atmeten sie schwer, einige husteten, Bandath stützte sich auf seine Knie und hielt den Oberkörper nach vorn gebeugt. Er hätte nicht gedacht, dass ihn die Anrufung des Orakels so auslaugen würde.

„Wir haben gut daran getan, auf dich zu warten, Bandath." Romanoth Tharothils Stimme klang brüchig, festigte sich aber mit jedem Atemzug.

„Aus einem unerfindlichen Grund, den wir leider nicht nachvollziehen können, Bandath, stehst du wohl im Zentrum der Ereignisse. Nun, wie dem auch sei, mit dem Nicht-Zwerg bist offensichtlich du gemeint, der Zwergling." Zum Teil widerwilliges Nicken in der Runde bestärkte die Vermutung des Halblings. Bandath hatte so etwas befürchtet. Wie kam es, dass er immer wieder im Mittelpunkt solcher Geschichten stand? Es war genau wie damals auf dem Markt am Nebelgipfel, als der betrunkene Drummel-Drache erschien. Oder in der Geisterschlucht von Bora-Laga, als er zweihundert Menschen aus der Gewalt der Höhlengeister befreite – und das, obwohl er, bis auf einige wenige Ausnahmen, Menschen nicht besonders leiden konnte. Wer aber war die Nicht-Elfe aus der Prophezeiung? Und die Feinde? Was für ein Herz?

Herz?!

„Weiser Romanoth, können wir noch einmal einen Blick auf den letzten Zyklus des Drachenschlafes werfen?"

„Was soll uns das helfen?", knurrte der Halbling mürrisch. „Wir müssen hier wichtige Entscheidungen treffen und nicht dauernd die Widerspiegelungen aus der Vergangenheit ansehen."

„Bitte!" Bandath wandte sich direkt an die Meisterin der Fernsicht. „Menora, ich glaube etwas gesehen zu haben. Zeige uns die letzte Schlafphase des Erd-Drachen noch einmal, aber etwas langsamer."

Menora nickte und Romanoth Tharothil setzte sich, unwillig brummend. Wieder erschien die Nebelschicht, Bilder huschten darüber hinweg, Menora suchte den richtigen Zeitpunkt. Dann sah Bandath den Drachen das Eis erneuern und sich zur Ruhe legen. Der tausendjährige Schlaf begann. Langsam schmolz das Eis, plötzlich war sie wieder da, die Bewegung. Ein huschender Schatten von einer Höhlenwand hin zum Drachen und zurück. Das zischende Einatmen des Gnoms neben ihm, bewies Bandath, dass er es dieses Mal nicht als Einziger gesehen hatte.

„Da war etwas, gelobt seien Bandaths scharfe Augen", sagte auch Frontir Eisenklammer.

„Kriegen wir das genauer hin, Menora?" Ohne direkt auf Romanoths Bitte zu reagieren, konzentrierte sich die Menschenfrau. Wenig später erschien der Nebel erneut und zeigte den schlafenden Drachen, näher als beim vorigen Mal. Es dauerte jetzt lange, bis etwas geschah. Das Eis schmolz langsam. Dann plötzlich waren da kleine Gestalten die aus der Wand traten, zu dem Drachen rasten, dort kurz hantierten und wieder in der Höhlenwand verschwanden. Irgendetwas hatte kurzzeitig rot geleuchtet.

„Wartet, ich versuche es noch einmal." Menora keuchte und auf ihrer Stirn hatten sich dicke Schweißperlen gebildet.

Dann endlich erschien das Bild in einer Geschwindigkeit und Größe auf dem Nebel, dass jeder der Anwesenden genau sah, was passierte.

Hinter dem Drachen bröckelte die Wand und ein Loch entstand. Dunkel-Zwerge traten heraus, sahen sich in der Höhle um und begaben sich zu dem schlafenden Erd-Drachen. Riesig wirkte er im Vergleich zu ihnen, wie ein Berg. Sie hantierten an der Brust des Drachen und plötzlich hob einer seine Hand und zog zwischen den Schuppen etwas rot Leuchtendes hervor. Jetzt zog Bandath die Luft scharf ein. „Das Flammenauge!", rief er erstaunt. Die Zwerge packten den Edelstein ein und verschwanden wieder in ihrem Gang. Menoras Bild brach zusammen.

„Jetzt ist klar, was passiert ist."

Alle Magier nickten. Jeder kannte die Geschichte des Diamantschwertes, wie es vor Hunderten von Jahren zu den Elfen und Trollen gekommen war und seitdem ständig den Besitz wechselte. Wie oft hatte er schon das Flammenauge in der Hand gehabt, dachte Bandath, das Herz des Erd-Drachen, mit dem all das hätte verhindert werden können? Und es schien, als müsse er es jetzt erneut besorgen, um es irgendwie dem Erd-Drachen zurückzubringen. Mit Hilfe einer noch nicht bekannten *Nicht-Elfe* und der *Todfeinde, die ihm helfen mussten.*

Das Flammenauge in der Spitze des Diamantschwertes, *verborgen, wo es jeder sieht*, war also sein nächstes Ziel. Es war genau das, was er eigentlich in den kommenden Jahren hatte umgehen wollen – den Elfen das Schwert zu stehlen. Und dieses Mal würde er wohl nicht umhin kommen, das Schwert auch noch zu zerstören, um an das Flammenauge zu gelangen. Der scheinbar beste Weg, sich auf ewig bei Elfen und Trollen unbeliebt zu machen. Unbeliebt? Was sagte er da? Unbeliebt war gar kein Ausdruck dafür! Selbst verhasst oder geächtet erschien geschmeichelt für das, was Trolle und Elfen für ihn empfinden würden. Und dazu noch die beiden Schleimbeutel an den Fersen seiner behaarten Füße. Das waren wirklich schnuckelige Aussichten. Er würde sich wohl einen anderen Wirkungskreis suchen müssen, weit ab der Drummel-Drachen-Berge. Das gefiel ihm gar nicht. Er fühlte sich wohl in Drachenfurt. Andererseits, welche Wahl hatte er? Er konnte das Diamantschwert dort lassen, wo es war und sich aus allem heraushalten. Das aber würde Drachenfurt unter Garantie dem Untergang preisgeben. Und vielleicht nicht nur dem Dorf, wenn der unterirdische Lava-See überkochen sollte. Und wer außer Bandath sollte den Elfen das Schwert stehlen? Verflixt, wie er es auch drehte und wendete, hier kam er nicht mehr raus.

„Am besten, wir verlieren keine wertvolle Zeit." Bandath stöhnte schicksalsergeben und erhob sich. Romanoth Tharothil stand ebenfalls auf. Die Mitglieder des Ringes folgten den beiden.

„Du besorgst das Schwert, Bandath. Du hast da ja Übung darin." Die Kritik in den Worten des Halblings überhörte Bandath geflissentlich. „Und dieses Mal keine Mätzchen, keine Eigenbröteleien und kein Alleingang. Sobald du das Diamantschwert hast, kommst du zu uns zurück. Wir werden in der Zwischenzeit die Nicht-Elfe suchen und von ihr in Erfahrung bringen, welcher Weg gemeint ist." Er sah Bandath tief in die Augen. „Ist das klar? Du kommst mit den Schwert hierher und wir suchen gemeinsam den Weg zum Erd-Drachen!"

Bandath nickte. „Schon klar." Er packte seinen Magierstab fest in Schulterhöhe. „Können wir jetzt?"

„Menora wird sich in regelmäßigen Abständen mit dir in Verbindung setzen. Geh jetzt – und vergiss nicht, zurückzukommen."

Wenn Bandath es sich recht überlegte, dann war die Magierfeste wohl wirklich der sicherste Ort für ihn, sollte er erst das Diamantschwert haben. Und das würde sie auch für eine lange Zeit bleiben. Auch das war nicht unbedingt eine verlockende Aussicht.

Malog führte den Zwergling zum Tor und verabschiedete sich.

„Du solltest dieses Mal wirklich das machen, was der Ring von dir verlangt, Bandath. Es geht um alle Völker rund um die Drummel-Drachen-Berge."

Bandath nickte. Genau das war ja das Problem. Wenn er richtig lag mit seiner Vermutung, dann würde der Himmelshaken nicht der einzige Vulkan im Gebirge bleiben.

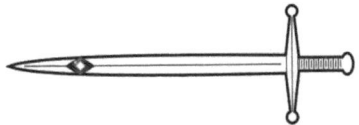

Unerwartete Unterstützung

Draußen pfiff Bandath nach Dwego. Wie immer hatte der Laufdrache sich außerhalb der Feste aufgehalten. Die Sonne ging hinter düsteren Asche- und Regenwolken auf. War er so viele Stunden in der Feste gewesen? Die vergangene Zeit kam ihm viel kürzer vor. Aber wie so vieles, schien auch die Zeit in Go-Ran-Goh anders zu laufen. Dwego erschien zwischen den Felsen und Bandath stieg in den Sattel.

„So, mein Kleiner. Nun ist es genug mit den langsamen Spaziergängen. Wir müssen in die Riesengras-Ebenen, zu den Elfen – und das so schnell wie möglich. Hörst du?" Er streichelte den Laufdrachen zwischen den kleinen Hörnern am Kopf. „Auf in die Riesengras-Ebenen!"

Als Dwego sich in Bewegung setzte, sah Bandath sich nach dem Ährchen-Knörgi um, konnte es aber nicht entdecken. Auch von seinem rätselhaften Verfolger war keine Spur zu sehen. Die Reise führte jetzt zuerst nach Süden. Er musste den Ewigen Strom überqueren und das war nur an drei Stellen problemlos möglich, wenn man kein eigenes Boot besaß: zuerst in Flussburg, weiter westlich dann die Fähre an der Zwergen-Furt, die auf halber Strecke zwischen dem Go-Ran und Flussburg lag und hier in der Nähe die Doppelfähre an der Geier-Insel direkt am Fuße des Berges, keine halbe Tagesreise entfernt. Da er zu den Riesengras-Ebenen wollte, würde er den Übergang an der Geier-Insel nutzen müssen. Jede andere Möglichkeit brächte ihn zu weit nach Norden zurück. Es blieb ihm am Ende also doch nur, dem Ost-West-Handelsweg zu folgen, zumindest bis zum Abzweig, der ihn zum Grünhaifluss bringen würde. Bandath seufzte. Wenn das Ganze bloß mal gut ging.

Am späten Nachmittag hatte Bandath die Fähre an der Geier-Insel erreicht. Sie wurde, genau wie die Fähre an der Zwergen-Furt, von Gnomen betrieben. Wo immer Geld mit schwerer körperlicher Arbeit zu verdienen war, fand man Gnome. Zwar meist knurrig, aber ausdauernd und nicht unwillig, verrichteten sie die Arbeit und erleichterten sie sich auch durch eine Menge sinniger Erfindungen. So hatten sie hier ein ausgeklügeltes

System aus Rollen und Seilen installiert, mit denen ein einziger Gnom in der Lage war, eine voll beladene Fähre von der Geier-Insel zum diesseitigen Ufer des Ewigen Stroms zu ziehen. Und genau das passierte auch, als Bandath um die letzte Krümmung des Weges bog und das Ufer des Ewigen Stromes sehen konnte. Die Fähre legte an, als Bandath den Hang herabgeritten kam und sich dem Fährplatz näherte. Ein Händler mit einer langen Reihe unbeladener Esel verließ sie und kam dem Zwergling entgegen. Bandath hielt an und ließ den Händler näher kommen.

„Hallo", begrüßte er den Mann. Seine Augen bohrten sich in die des Händlers. Der Mann zügelte seinen Esel, gaffte Bandath an und sein Blick wurde glasig, als starre er durch den Magier hindurch. Menschen waren auch zu anfällig für die Hypnose-Magie des Zwerglings.

„Gute Geschäfte deuten sich an. Ich muss weiter. Der Vulkan wird die Ernten verderben. Ich werde mir noch Esel kaufen müssen und Treiber einstellen, aber es wird sich lohnen, bin einer der ersten. Wenn ich zurückkomme, erwarten mich die Geschäfte meines Lebens. Die Preise steigen …"

Bandath schnippte mit den Fingern, der Mann hüstelte und schüttelte den Kopf als werfe er einen Tagtraum ab.

„Guten Tag", erwiderte er auf Bandaths „Hallo", schnalzte mit der Zunge und trieb seine Esel an, als wäre nichts gewesen. Es ist schon losgegangen, dachte Bandath. Der Gnom an der Fähre bestätigte die Vermutungen des Magiers.

„Das war nicht der erste Händler. Die kommen seit zwei, drei Tagen. Sie sind wie die Fliegen. Es wird nicht lange dauern und sie kommen aus der anderen Richtung, mit voll beladenen Tragetieren. Und dann werden wir richtig bezahlen dürfen, für ein wenig Brot und Fleisch und sauberes Wasser." Trübsinnig sah der Gnom nach oben. Aus den Wolken kamen momentan nur Ascheteilchen, der Regen hatte vorübergehend aufgehört.

Bandath ließ einige Silbermünzen in die Hand des Gnoms fallen. Der hob erstaunt die Augenbrauen. „Oh, das ist zuviel, wir verlangen nur …"

„Das ist schon richtig so", unterbrach ihn der Zwergling. „Du solltest den Kaufleuten auch mehr abnehmen in der nächsten Zeit. Aber nur den Kaufleuten. Die verdienen immer noch genug an uns." Er sah nach hinten, folgte dem davonziehenden Händler mit den Augen und fuhr dann, an den

Gnom gewandt, fort: „Ich denke, dass in einigen Stunden hier ein einzelner Reisender auftauchen wird, mit nur einem Reittier. Die Person wird wohl ein Minotaurus sein oder ein Gnom. Vielleicht auch etwas anderes. Ich weiß es nicht genau. Es wäre schön, wenn eure Fähre defekt ist und ihr für die Reparatur Zeit braucht. Ich dachte so, bis heute Abend. Vielleicht eine kaputte Rolle oder ein gerissenes Seil?"

„Bis heute Abend? Da werden uns aber einige Einnahmen entgehen …"

Seufzend ließ Bandath weitere Münzen in die Hände des Gnoms fallen. „Gleicht das den Verdienstausfall aus?"

Der Gnom nickte grinsend. „Da fällt mir ein, dass wir sowieso die Führungsrolle auf der Fähre auswechseln wollten, sie gibt seit einigen Tagen so ein quietschendes Geräusch von sich. Wenn du also heute noch rüber willst, dann solltest du einsteigen. Das ist die letzte Fahrt des Tages."

Bandath nickte zufrieden.

„Gute Wege", rief der Gnom ihm hinterher. Problemlos erreichte Bandath zuerst die Geier-Insel und mit der zweiten Fähre auf der anderen Seite das gegenüberliegende Ufer des Ewigen Stroms. Hier auf dem Handelsweg, der durch die Wälder diesseits des Stromes führte, konnte Dwego seine volle Geschwindigkeit entfalten. Wie ein Pfeil raste er die Straße entlang, ließ Herbergen und Bauernhöfe hinter sich, überholte einzelne Reisende und sauste an entgegenkommenden Händlerkarawanen vorbei.

Sie sind wirklich wie die Fliegen, dachte Bandath. Kaum wurde irgendwo etwas knapp, schon fand sich jemand, der dieses knappe Gut teuer verkaufte. Im selben Moment, wenn sie ein gutes Geschäft witterten, und sei es auch auf Kosten der hier lebenden Völker, zogen sie schon los. Sie alle würden spätestens beim nächsten Vollmond wieder hier sein und den Leuten für teures Geld Nahrungsmittel verkaufen; Nahrungsmittel, die die Bauern im letzten Jahr noch selbst hergestellt und billig an die Händler verkauft hatten.

Dwego raste den ganzen Tag und die folgende Nacht unentwegt Richtung Süden. Bandath schlief im Sattel, aß im Sattel und döste die restliche Zeit vor sich hin. Gegen Mittag des nächsten Tages gönnte er sich eine Rast. An der Wegkreuzung, an der der Weg zum Grünhaifluss und den dortigen Siedlungen abzweigte, stand ein Rasthaus. Bandath hatte auf früheren Reisen die gute Küche des Wirtshauses *Zum trunkichten Troll* schätzen gelernt. Mühsam stieg er aus dem Sattel und streckte die schmerzenden Glieder. Ordo Nebelpuster kam herausgewatschelt. Bandath hatte noch nie einen dickeren Halbling gesehen als den Wirt des *Trunkichten Trolls*.

„Bandath, was für eine Freude dich in diesen schlimmen Zeiten wohlbehalten zu sehen."

Der Halbling lächelte, allerdings etwas gezwungen, wie es Bandath vorkam und führte ihn, wie nebenbei am Arm haltend, vom Eingang weg um das Haus herum zum Hof. Die Nebelpusters waren nette Leute, Bandath kannte sie schon lange. Ordo und seine Frau Wallda führten das Wirtshaus seit vielen Jahren. Während er sich um die Gäste kümmerte, die Bedienung vornahm, die Zimmer vermietete und den Knecht herumkommandierte, regierte seine Frau hinter den Kulissen in der Küche über eine Gruppe von Mägden, die kochten, das Haus putzten und die Zimmer in Ordnung hielten. Bandath drückte Ordo, wobei er ihn wegen seiner Leibesfülle nicht ganz umfassen konnte.

„Ordo, alter Freund. Hast du abgenommen?"

Der Halbling lachte. „Ich? Ich und abnehmen? Wallda hat erst neulich wieder einen Keil in meine Hosen nähen müssen, weil sie um den Bauch herum etwas eng wurden. Ich werde jedes Jahr fetter, das weißt du doch, Bandath. Aber vielleicht ändert sich das ja demnächst. Die Zeiten werden schlechter." Ein vieldeutiger Blick zum grauen Himmel schloss sich an.

„Was kann ich für dich tun? Meine Zimmer sind leider alle belegt."

„Kein Zimmer heute. Vielleicht beim nächsten Mal wieder. Ich will nur etwas essen, einen Proviantbeutel für ein paar Tage, eine Stunde Rast, oder auch zwei, eine Pfeife und wenn du hast einen Stallplatz und ein Ziegenbein für Dwego, ein rohes Ziegenbein."

Ordo wog bedenklich den Kopf hin und her. „Mein Stall ist voll, ich habe viele Gäste. Und mit Fleisch sieht es schlecht aus im Moment, ist knapp geworden in den letzten Tagen …"

„Komm schon, Ordo. Ich kenne deine Vorräte. Gib uns, was wir wollen, ich bezahle, das weißt du. Dwego und ich brauchen die Sachen dringend. Ich habe nicht die Zeit auf irgendeinem Markt stundenlang mit einem Händler um die Preise zu feilschen."

Erneut zögerte Ordo. „Ja, ich weiß, aber die Zeiten …"

„Ordo, der Vulkan ist nicht einmal vor zehn Tagen ausgebrochen und du willst mir erzählen, dass deine Vorräte bereits erschöpft sind? Was ist los?"

Es war Ordo sichtlich unangenehm, von Bandath so direkt angesprochen zu werden. Er druckste, murmelte von überraschend vielen Händlern, die nach Osten zogen um Waren zu kaufen, wollte Bandath etwas von voll belegten Zimmern und keinem Platz in der Gaststube erzählen, bis der Magier, ungeduldig geworden, ihn mit beiden Händen am Aufschlag seiner Jacke packte.

„Bei dem Putzfimmel meiner Haushälterin. Ordo, ich bin es, dein alter Freund Bandath. Was läuft hier für ein Spiel?"

„Elfen aus der Riesengras-Ebene waren vor zwei Tagen hier", rückte der Halbling endlich mit der Sprache raus. „Sie suchen dich, Bandath, und sie schienen sehr ungehalten zu sein, *sehr ungehalten*! Außerdem, so heißt es, wären Bluthammer und Knochenzange hinter dir her. Die Elfen drohten mir. Sie würden wiederkommen, sollten sie herausfinden, dass ich dir helfe. Bandath, ich habe Frau und Kinder und ein gut gehendes Unternehmen. Das Haus hier ist eine Goldgrube, ich will es nicht verlieren."

Bandath nickte. „Das kann ich mir denken. Aber ich habe dich noch nie im Stich gelassen, Ordo. Denk nur an die vier betrunkenen Gnome im letzten Jahr oder die Räuberbande vor drei Jahren. Ich habe dir immer geholfen, jetzt brauche ich deine Hilfe, und …", der Zwergling hob die Stimme, weil Ordo protestieren wollte, „ich werde dich *nicht* in Verlegenheit bringen. Du weist mich ab, ich besteige Dwego und verschwinde auf dem Weg zum Grünhaifluss. In einer Stunde schickst du deinen Knecht dort entlang, mit Proviant für mich und meinen Laufdrachen. Eine knappe Stunde Fußweg von hier gibt es eine kleine Lichtung mit einem Felsen. Dort soll er alles ablegen. Er wird mich nicht sehen, niemand wird etwas erfahren. Und jeder von uns hat, was er will."

Bandath zückte seinen Lederbeutel und fischte ein paar Münzen heraus. Er bemerkte, dass der Inhalt des Beutels in beängstigendem Maße abnahm.

„Das sollte reichen."

Ohne zu zählen ließ Ordo das Geld in seine Hosentasche gleiten. Betreten sah er nach unten. „Verzeih, Bandath, aber du lebst nicht hier in der Nähe der Riesengras-Ebenen. Die Elfen sind meine ständigen Gäste …"

Der Magier kletterte wieder auf seinen Laufdrachen und rückte sich selber im Sattel zurecht, bevor er Ordo ansah. „Ist schon gut, Ordo, so lange du nur nicht vergisst, was Freundschaft wert ist." Er schnalzte mit der Zunge und Dwego setzte sich in Bewegung.

Keine fünf Minuten später hatte er die Lichtung erreicht. Der Knecht würde frühestens in zwei Stunden kommen. Bandath nutzte die Gelegenheit für einen kleinen Schlummer. Vorher jedoch schickte er einen Suchzauber aus. Kein Echo kam zurück, also waren zumindest keine Magier in der Nähe. Er spürte winzige Reaktionen von einer Unmenge kleiner und einiger größerer Lebewesen, aber nichts, was an einen Elf oder Troll erinnerte. Ein Schutzzauber und Unauffälligkeitsmagie würden ausreichen für eine Mütze voll Schlaf im Gras. Kaum lag er, fielen ihm auch schon die Augen zu.

Bandath erwachte zur rechten Zeit und pfiff nach Dwego. Lautlos sprang der Laufdrache über einen Busch und stupste den Magier erfreut mit den Nüstern an. Beide verzogen sich in das Gestrüpp und erwarteten den Knecht Ordos. Der betrat kurz darauf die Lichtung, legte ein großes Paket bei dem Stein ab und verschwand so schnell er konnte. Er machte ein Gesicht, als ob ihm der zweistündige Fußmarsch nicht gefalle. Kaum hatte der Knecht die Lichtung verlassen, eilte der Zwergling zu dem Leinensack und öffnete ihn.

„Hm, Dwego, da hat aber jemand ein schlechtes Gewissen gehabt, dass er uns dermaßen verpflegt. Sieh nur, zwei Flaschen Wein, roter, aus Metalien, lecker. Schinken für mich und ein fettes Ziegenbein für einen hungrigen Laufdrachen." Er warf Dwego das Ziegenbein zu. Im selben Moment, als der Laufdrache es aus der Luft fangen wollte, wurde er herumgeschleudert und landete bewegungslos am Boden.

„Was …", entfuhr es Bandath. Dann packte ihn eine unsichtbare Faust, presste ihn ins Gras, spreizte seine Arme und Beine weit ab und ein klebriger Film legte sich über seinen Mund.

Ein Bindezauber, dachte Bandath nur noch. Unfähig zu einer Bewegung starrte er in den Himmel. Dann schob sich ein Minotauruskopf in sein Blickfeld.

„Was für eine fette Fliege haben wir denn da erwischt?"

Ein Gnomkopf folgte, grinsend. „Fette Fliege", amüsierte er sich. „Der Dickbauch aus dem Gasthaus hatte Recht. Wir werfen unser Netz aus wie eine Wollspinne und fangen eine fette Fliege am Stein." Ein Geräusch wie von Schenkelklopfen ertönte. Gleichzeitig hörte Bandath das wütende Schnauben Dwegos. Sergios Stierkopf ruckte herum.

„Pass auf, dass der Zwergen-Mischling den Bindezauber nicht löst. Ich sehe nach dem Laufdrachen." Der Minotaurus verschwand und Claudio grinste Bandath weiter an. Dann erlosch sein Grinsen allmählich und der Blick des Gnoms wurde starr. Einmal schüttelte er den Kopf, als wolle er sich gegen den Hypnoseblick Bandaths wehren, noch einmal, schwächer. Dann merkte Bandath, wie sich der Bindezauber lockerte, zuerst nur wenig, dann mehr. Bandath richtete sich auf, suchte seinen Magierstab und wurde erneut von einer unsichtbaren Faust getroffen. Diesmal schlitterte er über die Wiese und krachte mit dem Rücken gegen einen Baum. Dort blieb er kleben. Sergio kam angestampft und verpasste dem Gnom eine gewaltige Ohrfeige, dass dieser sich überschlagend mehrere Schritte weit durch das Gras kullerte.

„Ich habe dir gesagt: Sieh ihm nicht in die Augen!" Er drehte sich zum Magier um. „Netter Versuch, Zwergen-Mischling. Du hättest mich enttäuscht, wenn du es nicht probiert hättest. Aber ich", demonstrativ stierte er Bandath in die Augen, „bin immun gegen Hypnose-Magie."

Natürlich war er das nicht, allerdings benötigte Bandath dazu seinen Magierstab, der aber lag für ihn unerreichbar weit entfernt in der Nähe seines Schultersackes. Claudio Bluthammer erhob sich jammernd. Der Gnom blutete aus der Nase.

„Musst du, alter Stierkopf, immer so grob mit mir sein?"

„Halt's Maul! Sieh nach, was in dem Sack dort ist!"

Schnüffelnd machte sich der Gnom über den Sack her. Er warf die beiden Weinflaschen achtlos gegen den Fels. Sie zersprangen klirrend und ergossen ihren kostbaren Inhalt unbeachtet ins Gras. Gierig grub er seine vorstehenden Eckzähne in den Schinken. Sergio die Knochenzange pfiff währenddessen schrill, und kurz darauf trabten die beiden Gargyle auf die Lichtung. Sie begannen sofort, sich um das im Gras liegende Ziegenbein zu raufen. Knurrend hatten sie sich darin verbissen und zogen und zerrten daran.

Der Minotaurus drehte sich wieder zu Bandath.

„Der fette Halbling war wirklich hilfreich. Dafür brauchten wir nicht einmal seine Frau zu kitzeln. Ein wenig Gold hat gereicht."

Für Gold, dachte Bandath enttäuscht, für Gold hatte Ordo ihn verraten.

Sergio hockte sich vor den Zwergling und brachte so seinen Kopf näher zu dem Gefangenen.

„Weißt du, wir werden dir nichts weiter tun. Wir wollen nur mit dir reden."

Reden? Wie sollte das gehen, wenn sie ihm den Mund mit einem Bindezauber verschlossen hatten? Aber Sergio hielt ihn mit Bedacht gefesselt. Zu jeder Magie gehörten Gesten oder Worte. Bandath war nicht in der Lage sich zu befreien, solange er keine Worte sagen konnte. Aber mit den beiden reden, wollte er gleich gar nicht.

„Ich weiß, was du denkst. Aber nein, wir werden dir wirklich nichts tun. Wir wollen dich nur über die neuesten Entwicklungen auf dem Laufenden halten. Wir waren nämlich bei den Trollen …" Der Minotaurus grinste breit, als er Bandaths Stöhnen vernahm.

„Und weißt du was? Die waren sehr erstaunt darüber, dass du für die Elfen arbeitest. Und sie waren richtiggehend wütend, als sie erfuhren, dass du ihnen im Auftrag der Spitzohren das Diamantschwert gestohlen hast. Und das mehrmals. Im Übrigen haben sie uns erzählt, dass sie dich wiederholt beauftragt hätten, den Elfen das Diamantschwert zu stehlen. Ich glaube, sie suchen dich im Moment überall. Und sie wollen mehr von dir als nur ihr Gold zurück."

Der Gnom kam hinzu und kicherte mit einem Mund voller Schinken.

„Und das Beste ist", ergänzte er schmatzend, „auch die Elfen waren ausgesprochen … nun sagen wir mal *unglücklich*, als sie von deinen Arrangements mit den Trollen erfuhren. Sie sagten, sie hätten dir vertraut, als du für sie das Diamantschwert von den Trollen stehlen solltest. Sie suchen dich ebenfalls. Ich glaube, da ist ein wahres Wettrennen um dich entbrannt. Wir beide jedenfalls", er fasste vertraulich nach der Schulter des Minotaurus', „werden uns entspannt zurücklehnen und die Sache beobachten. Mal sehen, wer gewinnt. Elfen oder Trolle?"

„Ja!" Sergio wischte die Hand des Gnoms von seiner Schulter und klatschte sich vor Vergnügen auf die Oberschenkel. „Wir brauchen nichts weiter zu tun, als dich nicht aus den Augen zu verlieren und den Elfen und den Trollen ab und zu eine kleine Information über deinen Standort zukommen zu lassen." Er warf einen klimpernden Lederbeutel in die Luft und fing ihn wieder.

„Das ist lustig. Und schön daran ist, dass uns beide bezahlen. Das zumindest haben wir von dir gelernt."

„Und weißt du schon das Allerneuste?" Erneut schob sich Claudio neben den Minotaurus. „Während dich kleine Gruppen von Trollen und Elfen jagen, bereitet sich der größte Teil der Trolle auf einen Angriff durch die Elfen vor. Die denken nämlich, dass die Spitzohren mit dem Diamantschwert bei ihnen einfallen wollen. Natürlich wissen das die Trolle durch ihre außergewöhnlich guten Spione." Der Gnom reckte seine knochige Brust nach vorn. Er wollte keinen Zweifel aufkommen lassen, wer diese *außergewöhnlich guten Spione* waren. „Du hast uns eine schier unerschöpfliche Geldquelle eröffnet. Nur werden wir bedeutend mehr verdienen als du. Jetzt, wo die Elfen wissen, dass die Trolle ihr Heer sammeln, planen sie ebenfalls einen Kriegszug, natürlich gegen die Trolle. Gute Kundschafter sind rar, aber auch sie haben uns angestellt. Und die Einen bezahlen für Informationen mindestens genau so gut wie die Anderen."

Das sah übel aus, wirklich übel. Wenn die Elfen einen Krieg gegen die Trolle planten, dann würden sie das Diamantschwert auf ihrem Feldzug mit sich nehmen. Auf keinen Fall würde Fürst Gilbath es im Elfendorf lassen. Und er, Bandath, musste dahin, wo sich Elfen und Trolle prügeln werden. Das hatten diese beiden Idioten wirklich *hervorragend* gemacht. Ihr Grinsen zeigte Bandath, dass sie genau wussten, was jetzt in ihm vorging.

„Hej, Ochsenkopf, lass meinen Freund los!", ertönte plötzlich aus dem Gebüsch jenseits des Felsens die Stimme des Ährchen-Knörgis. Gleichzeitig zischte es und vor dem Minotaurus bohrte sich ein Pfeil in die Erde. Der allerdings war eindeutig zu groß um von Niesputz zu stammen.

Sergio brüllte auf und ein Feuerball raste in das Gebüsch auf die Stelle los, von der der Pfeil abgeschossen worden war.

Ein helles, spöttisches Lachen ertönte, jetzt von weiter links. Aber es war auch nicht die Stimme von Niesputz.

„Daneben! Daneben!", sang das Ährchen-Knörgi höhnisch.

„Feiglinge!", brüllte der Gnom. „Zeigt euch und kämpft ehrlich."

„Kämpft ihr denn ehrlich?", rief Niesputz. Ein weiterer Pfeil surrte von rechts heran und blieb dem Gnom zwischen den Füßen stecken. Erschrocken sprang dieser zurück.

„Das war die letzte Warnung. Ihr seid umstellt. Lasst unseren Freund los und wir gewähren euch freien Abzug." Niesputz versuchte seiner Stimme einen gewichtigen und drohenden Klang zu geben. Sergio holte eine kleine Kugel aus einer Tasche am Gürtel, murmelte ein paar Worte und rund um ihn, den Gnom und Bandath begann die Luft zu schimmern. Diesen Schutzschirm würde kein Pfeil durchdringen können, das wusste Bandath. Aber wer schoss die Pfeile ab? Woher hatte Niesputz diese Leute?

Wieder surrte es und gleich darauf schrie einer der Gargyle gequält auf. Aus seiner rechten Hinterbacke ragte der Schaft eines Pfeils. Rasend vor Schmerz drehte er sich um sich selbst und versuchte, den Pfeil mit seinen Zähnen zu erreichen. Er sah aus wie ein Hund, der seinen eigenen Schwanz fangen wollte. Als der zweite Pfeil das gemarterte Körperteil traf, raste der Gargyl durch das Gebüsch brechend davon. Der dritte Pfeil traf den anderen Gargyl, der allerdings nicht auf das nächste Geschoss wartete, sondern sofort schreiend seinem Artgenossen folgte.

„Oh nein!", fluchte Claudio Bluthammer und verdrehte die Augen. „Nicht schon wieder!"

Diese Unaufmerksamkeit der beiden Magier reichte Dwego, um sich aus seinem Bindezauber zu befreien. Ein Schutzschirm mag einen fliegenden Pfeil aufhalten, aber keinen wütenden Laufdrachen. Das ahnten auch Sergio und Claudio, als sie das Reptil tobend auf sich zugerannt kommen sahen. Der Minotaurus hob eine Hand, warf etwas in die Luft und blendend helles Licht ergoss sich über die Lichtung. Dwegos gequälter Schrei gellte durch den Wald und Bandath hörte, wie der Laufdrache aus dem Tritt kam und stolperte. Sehen konnte Bandath nichts, er war völlig geblendet und hatte die schmerzenden Augen zugekniffen. Gleichzeitig nahm er wahr, dass der Bindezauber sich löste. Eilig tapsende Schritte verrieten ihm den heimlichen Abgang von Claudio Bluthammer und Sergio der Knochenzange. Sie würden jetzt erneut damit zu tun haben, ihre Gargyle einzufangen. Bandath fluchte und erhob sich. Blinzelnd versuchte er etwas zu erkennen. Seine Augen tränten, doch allmählich nahm er wieder

Umrisse wahr. Der Blendzauber des Minotaurus war wirklich *sehr hell* gewesen. Leise schnaubend näherte sich ihm ein großer Schatten – Dwego. Langsam begann er wieder Einzelheiten zu erkennen: die Bäume, den Fels und dort, das grüne Funkeln, musste Niesputz sein. Wer aber war die Gestalt neben ihm? Ein Wesen, nicht größer als Bandath selbst, aber elfenhaft schlank. Viel zu zierlich für einen Zwerg oder Halbling. Der Magier blinzelte noch ein paar Mal, dann konnte er wieder richtig sehen. Niesputz und der Fremde kamen näher … die Fremde. Mit dem Ährchen-Knörgi näherte sich eine Frau, klein wie ein Zwerg und mit den typischen braunen und struppigen Haaren einer Zwergenfrau. Allerdings zierlich, schmal in den Schultern und Hüften, wahrscheinlich außergewöhnlich wendig und doch kräftig. Bandath hatte noch nie jemanden wie sie gesehen. Er ließ die beiden näher kommen.

„Na, Zauberer, und schon wieder musste ich dich retten. Mal ist es ein Mantikor, mal zwei durchgeknallte Wegelagerer. Hast du irgendeinen Pakt mit einem Unglücksgeist geschlossen, so nach dem Motto: Tu mir alles an, was du kannst, Niesputz wird es schon richten?" Der fliegende, grüne Mann kicherte und setzte sich Bandath auf die Schulter.

„Danke", sagte Bandath zu ihm und: „Es heißt Magier", sah dabei jedoch die Fremde an. Diese lächelte breit, sagte aber kein Wort. Sie trug widerstandsfähige, fast kniehohe Stiefel, eng anliegende Kleidung aus weichem Leder sowie einen weiten Umhang aus grobem Wollstoff, dessen Kapuze sie sich zum Schutz vor den vom Himmel rieselnden Ascheteilchen über den Kopf gezogen hatte. In der rechten Hand hielt sie einen Bogen, fast so groß wie Bandaths Magierstab. Der Köcher mit den dazugehörigen Pfeilen befand sich über ihrem Wollumhang auf dem Rücken. Bandath hätte fast geglaubt, eine Zwergin vor sich zu haben, wäre da nicht die schlanke Statur gewesen und, wie er erst jetzt erkannte, die himmelblauen Augen. Solche Augen hatten nur …

„Barella!", stellte Niesputz sie vor. „Sie ist die geheimnisvolle Verfolgerin, die wir gesehen haben und half mir, die beiden Schwachköpfe davonzujagen."

„Ihr beide allein? Ich dachte, da wären mindestens fünf Leute im Gebüsch."

„Oh, du müsstest mal sehen, wie schnell sie sein kann. Da denkst du glatt, dass sie von den Ährchen-Knörgis abstammt."

Bandath wandte sich jetzt direkt an die geheimnisvolle Fremde. „Ich danke dir für deine Hilfe. Lass mich wissen, wo ich dich finde und bei Gelegenheit werde ich es dir vergelten."

Barella lachte das glockenhelle Lachen, welches Bandath kurz vorher aus dem Gebüsch vernommen hatte.

„Ach, das *Vergelten* ist relativ einfach. Ich will dich anheuern!" Sie kam schnell zur Sache.

„Du willst ... was? Mich anheuern?"

„Ja, ich brauche dich für eine bestimmte Angelegenheit. Sie dauert nicht länger als ein halbes Jahr. Wenn alles gut geht, sind wir beide hinterher reich. Und wenn ich sage reich, dann meine ich *richtig* reich!"

„Tja, erstens lasse ich mich nicht *anheuern*, wie du es ausdrückst ..."

„Nun, *das* zumindest scheinen die Elfen und die Trolle anders aufgefasst zu haben."

Bandath zischte wütend. „Woher zum durchgeknallten Drummel-Drachen weißt du das?" Diese Frau brachte ihn aus dem Konzept.

„Das ist doch egal, oder? Ich bin schnell, neugierig und, falls es dir bisher nicht aufgefallen ist, gut. Dabei kann ich sehr unauffällig sein, wenn ich will. Oder ist dir der Betrunkene in der *Trockenen Kehle* aufgefallen? Ich saß am Nachbartisch, als du dich mit dem Zwerg und dem Halbling unterhalten hast. Und der Wirt verkauft einem jede Information, solange der Preis stimmt, wirklich jede."

„Pfeifen denn heutzutage die Grünspatzen schon alles von den Dächern?" Wütend rammte der Magier seine Fäuste in die Hosentasche und drehte sich von Barella weg.

„Und zweitens?", fragte diese gut gelaunt.

„Zweitens, was?"

„Du sagtest erstens, als du mich abwimmeln wolltest. Da denke ich, dass du zumindest noch ein zweites Argument hast, mit dem du mein Angebot abschlagen möchtest."

Bandath musterte seine lächelnde Gesprächspartnerin. Eine Frau wie diese war im noch nicht untergekommen.

„Zweitens habe ich gerade ein wenig zu tun. Etwas, wobei ich keinerlei Störung gebrauchen kann."

Niesputz hüpfte aufgeregt auf Bandaths Schulter umher. „Wir haben schon darüber geredet, Barella und ich. Wenn die verknöcherten Zauberer aus der Burg dir aufgetragen haben, den Vulkan zu verstopfen, dann helfen wir dir natürlich. Das wird bestimmt lustig, wir drei Freunde."

Der Zwergling stöhnte. „Magier!", korrigierte er den kleinen Mann. Grünschnäbel bei der Jagd nach dem Diamantschwert dabei zu haben, war nicht das, was er sich gewünscht hatte. Er würde nicht nur auf sich, sondern auch auf die beiden Milchbärte aufpassen müssen, während er von Trollen, Elfen und zwei wütenden Möchtegern-Magiern gejagt wurde.

„Das könnt ihr vergessen. Ich mach das allein. Außerdem sind wir keine *Freunde*!"

„Das kannst *du* vergessen!", fuhr das Ährchen-Knörgi ihn an. „Du wirst von zwei Hohlköpfen gejagt, hast es dir mit den Elfen *und* den Trollen verdorben, kannst dich nicht mehr auf deine bisherigen Freunde verlassen ...", ein Stich fuhr Bandath durch das Herz, als er an Ordo Nebelpuster dachte, „... und bist mitten auf dem Weg in das Hoheitsgebiet der frei lebenden Elfenstämme. Wie ich die Sache sehe, kannst du jeden Freund gebrauchen."

„Freund? Ich bin sehr vorsichtig, was das Verteilen dieses Wortes angeht."

„Ja, Zwergling, aber zumindest in letzter Zeit nicht sehr erfolgreich damit!"

Das saß. Barella mischte sich wieder in den Dialog zwischen Niesputz und Bandath.

„Pass auf, Zauberer ..."

„Magier. Es heißt *Magier*!", unterbrach Bandath sie knurrig.

„Wie auch immer. Ich bin seit Jahren auf der Jagd nach dem Dämonenschatz von Cora-Lega. Jetzt endlich habe ich eine Spur gefunden, aber ich brauche die Hilfe eines Magiers. Und ich will nicht irgendeinen Magier, ich will den besten. Ich will dich! Du bekommst zwanzig Prozent vom Schatz und ich helfe dir, diese Geschichte hier zu Ende zu bringen. Du kannst dir sicher sein, da, wo ich herkomme, würden sich eine Menge Leute alle zehn Finger danach lecken, mit mir zusammenarbeiten zu dürfen. Und glaube mir, wenn wir erst den Dämonenschatz von Cora-Lega haben, dann kommt dir dagegen das Gold der Trolle und der Elfen wie ein Taschengeld vor."

Die Flügel von Niesputz knisterten ganz nah an Bandaths Ohren. „Die Zwelfe hat Recht, ich habe bei uns schon von ihr gehört ..."

„Zwelfe?" Sämtliche Vorsätze Bandaths gerieten ins Wanken. „Du bis eine Zwelfe? Ich habe noch nie eine ... ich meine, deine Mutter war ...?"

„Eine Zwergin, ja. Und mein Vater, diese Riesendumpfbacke, war ein Elf. Er hat meiner Mutter das Blaue vom Himmel versprochen, doch als sie dann mit mir schwanger wurde, war er plötzlich weg."

Nur wenn der Nicht-Zwerg das Herz findet,
das verborgen ist, wo es jeder sieht,
und die Nicht-Elfe den Weg entdeckt,
den niemand kennt ...

„Die Nicht-Elfe", murmelte Bandath.

„Was?"

Als sei er aus einem Traum erwacht, schüttelte der Zwergling den Kopf. „Nichts." Sollte es wirklich wahr sein? Lief ihm die Nicht-Elfe einfach so über den Weg? „Also gut, wenn es sein muss, dann komm halt mit. Bei den drei Dutzend Besen meiner Haushälterin, ich werde es bereuen. Aber von dem Schatz bekomme ich die Hälfte. Darunter mache ich es nicht."

Barella schüttelte den Kopf. „Fünfundzwanzig Prozent höchstens."

Die Nicht-Elfe! Während der Ring der Magier warm und trocken in Go-Ran-Goh saß und die Nicht-Elfe suchte, lief sie Bandath hier draußen hinterher. Sie musste jetzt nur noch den Weg finden, den niemand kennt. Nun, alles zu seiner Zeit und nacheinander. Jetzt hieß es erst einmal, das Diamantschwert von den Elfen zu stehlen.

„Prima. Wo geht es hin, Zauberer?"

Bandath sah Niesputz flehentlich an. „Bitte, nenn' mich nicht Zauberer. Ich bin ein Magier! Verstehst du? Das ist ein Unterschied wie zwischen Elfen und Trollen. Nenne einen Troll Elf und er wird dir mit seiner großen

Keule den Unterschied einbläuen, Wort für Wort und Buchstabe für Buchstabe."

Niesputz nickte fröhlich. „Alles klar. Und wo geht es nun hin?"

„Wir müssen zu den Elfen und ihnen das Diamantschwert stehlen. Anschließend brauchen wir den bisher unbekannten Eingang in das unterirdische Reich der Dunkel-Zwerge, müssen uns dort durchschlagen bis zum Erd-Drachen, der seit vielen tausend Jahren das glühende Herz des Gebirges ruhig gehalten hatte und ihm den Teil seines eigenen Herzens wieder einsetzen, den ihm die Dunkel-Zwerge gestohlen haben und der als Flammenauge in der Spitze des Diamantschwertes glänzt. Dazu brauchen wir Feinde, von denen ich nicht weiß, wer sie sein sollen, die uns oder sich selbst gegenseitig helfen. Wäre das als Kurzinhalt meiner … *unserer* Aufgabe erst mal genug?"

„Das ist schon alles?", kicherte Niesputz. „Und ich dachte schon, es würde schwierig werden."

Barella lächelte unbeirrt. „Wenn wir das nicht schaffen, brauchen wir gar nicht über Cora-Lega nachzudenken. Lass uns keine Zeit verlieren." Sie steckte zwei Finger in den Mund und ein gellender Pfiff zerriss die Stille der Lichtung.

„Dreißig Prozent!", sagte sie, als kurz darauf ein weißer, langbeiniger Vogel von der Größe Dwegos zwischen den Bäumen hervortrat.

„Ein weißer Leh-Muhr", staunte Bandath. „Deshalb wart ihr so schnell hier."

Barella nickte fröhlich. „Und das, obwohl du die Gnome an der Fähre bestochen hattest."

„Ich?" Der Zwergling hob unschuldig die Hände, bevor er zu Dwego ging und auf seinen Sattel kletterte.

„Fünfzig Prozent. Ich will die Hälfte."

Niesputz flatterte auf Bandaths Schulter.

„Barella hat den Gnomen einfach mehr geboten als du. Sie ging immer weiter mit dem Preis hoch. Irgendwann wird jeder Gnom schwach, wenn es ums Geld geht."

Nun, ganz solche Grünschnäbel, wie Bandath befürchtet hatte, schienen die beiden doch nicht zu sein.

„Zweiunddreißig, allerhöchstens", beendete Barella die Diskussion.
„Muss sie immer das letzte Wort haben?", fragte Bandath Niesputz.
„Ja", antwortete stattdessen die Zwelfe.

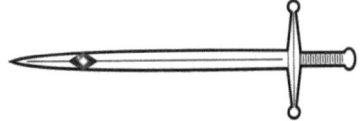

Diebstahl und Entführung

„Also gut, Zauberer. Ihr bleibt hier liegen und ich sehe nach, ob das gegenüberliegende Ufer frei von Elfen ist." Niesputz schwirrte davon.

Bandath lag im Gras und ließ resignierend den Kopf auf den Unterarm sinken. „Es muss Magier heißen." Dann sah er Barella an. „Ich glaube, der macht das mit Absicht."

Vor ihnen lag ein grasbewachsener Abhang. Unten floss träge der Grünhaifluss vorüber. Der Fluss schimmerte ölig, grüne Schlieren zogen darüber hin – Algen, die die gesamte Wasseroberfläche bedeckten. Durch den Wald hinter ihnen hatten sie sich hindurchgekämpft, nachdem sie am frühen Morgen den Pfad verlassen hatten. Das langsamere Tempo nahmen sie in Kauf. Dafür würden sie den Grünhaifluss an keiner bekannten und von Elfen bewachten Brücke überschreiten. Ihnen entgegenkommende Händler hatten davon berichtet, dass die Elfen die Grenzen zu den Riesengras-Ebenen seit einigen Tagen strenger bewachten. An jeder Brücke ständen bewaffnete Patrouillen, die die Reisenden kontrollierten. Es sei, sagte einer der Händler, als ob sie jemanden suchen würden. Bandath wusste genau wen.

Angenehm war allerdings, dass die gesamten Riesengras-Ebenen frei von der Asche des Himmelshaken-Ausbruches waren. Der Wind hatte die Wolken des Vulkans in Richtung Go-Ran-Goh getrieben. Sie selber befanden sich jetzt südlich der Drummel-Drachen-Berge. Hier mussten sie nur unter der für diese Jahreszeit ungewöhnlichen Kühle und dem zeitweise niedergehenden Regen leiden. Die Erde jedenfalls war nirgends von einer Ascheschicht bedeckt. Bandath hatte nicht gedacht, wie erholsam es für die Augen und die Seele sein konnte, endlich wieder grünes Gras zu sehen. Auch wenn das Gras am anderen Ufer doppelt so hoch war, wie er selbst, Riesengras eben.

„Wie war das bei deinen Eltern?"

„Was?" Bandath sah wenig intelligent aus, als Barella ihn aus seinen Gedanken riss.

„Deine Eltern. Wie war das bei ihnen?"

Der Magier sah sich um. Am anderen Ufer blieb alles ruhig, Dwego und Sokah, der weiße Leh-Muhr, lagen ruhig hinter ihnen im Gras.

„Oh, mein Vater war ein Zwerg, ein Magier, nichts Außergewöhnliches", knurrte Bandath. Er hatte keine Lust zu einer Unterhaltung.

„Ein Magier? So wie du?" Barella plapperte, als würde sie nicht mitbekommen, wie grummelig Bandath war. „Hatte er irgendeine Spezialität? Das Auffinden von Schätzen vielleicht? Oder Heilmagie? Ich habe gehört, dass ihr Magier euch alle spezialisiert."

„Ein wenig Wahrsagerei, ein paar Heilzauber." Noch immer wollte Bandath nicht reden. Wo blieb nur dieses Ährchen-Knörgi?

„Mehr nicht? Komm schon, das glaube ich dir nicht. Irgendwo ist das Leben eines Magiers immer ungewöhnlich. Zum Heilen brauchst du nicht unbedingt Magier zu sein. Heilkundige findest du in jeder zweiten großen Siedlung. Dein Vater hat bestimmt irgendwann irgendetwas Bedeutendes gemacht. Oder war er einer dieser Halunken, die sich für Geld an Leute ausleihen und dann in dunkle Geschäfte abrutschen? Gut, ich bin auch eine Diebin. Aber ich meine in so *richtig dunkle* Geschäfte!"

„Einmal soll er auf der anderen Seite der Drummel-Drachen-Berge beim Bannen eines Schwarzen Magiers mitgeholfen haben. Aber das glaube ich nicht. Ich denke, das ist nur so eine Geschichte, die die Eltern ihren Kindern erzählen, damit sie stolz auf ihre Eltern sind. Du kennst so etwas bestimmt."

Stopp. Was machte er hier? Wieso fing er an zu plaudern wie eine Zwergin am Fluss mit den Waschfrauen?

„Und deine Mutter? Ich denke, sie war eine Halblingsfrau, oder?"

Bandath nickte. „Ja. Irgendwann hat mein Vater in einem Halblingdorf weit im Westen meine Mutter kennengelernt. Sie haben mir nie genau erzählt, wie das gewesen ist. Dort soll eine schreckliche Krankheit gewütet haben und mein Vater hat meine Mutter als einzige retten können." Er konnte es kaum glauben, er lag hier an der Grenze zum Elfenland, bereit einen schmierig-grünen Fluss zu durchschwimmen und plapperte mit einer Zwelfe wie ein junger Zwerg von vierzig Jahren mit seiner Angebeteten. Was war nur mit ihm los? „Mein Vater hat sie dann mitgebracht in unser Dorf, Drachenfurt, ein paar Tagesreisen von hier, fast direkt am Vulkan.

Na, ich kann dir sagen, das war was. Ein Zwerg bringt sich eine Halblingsfrau mit! Du hättest die alten Tratschweiber mal hören sollen. Und die Männer erst, wenn sie an den Feiertagen beim Bier saßen! Nur einige wenige haben meine Mutter von Anfang an akzeptiert, die Meisten gewöhnten sich erst im Laufe der Jahre an sie. Manchmal lassen sie sogar mich noch spüren, dass ich anders bin, aber nur noch einzelne. Nichts ist so haltbar in den Köpfen wie veraltete Einstellungen."

„Wem sagst du das." Barella nickte zustimmend. Während Bandath erzählte, hatte sie ihn angesehen. Jetzt drehte sie den Kopf und musterte das gegenüberliegende Ufer. „Meine Mutter ist sogar aus ihrem Dorf weggezogen, gezwungenermaßen und hat sich eine Hütte im Wald gebaut. Wenn ein Zwerg sich eine Halblingsfrau nimmt, mag das ja irgendwo noch angehen, aber eine Zwergin, die sich mit einem Elfen einlässt? Etwas Schlimmeres gibt es in den Augen der Zwerge wohl kaum. Immerhin haben Elfen und Zwerge nichts miteinander gemein. Mama sagte immer, dass wir froh sein können, dass die Zwerge uns nur davongejagt haben. Die Elfen hätten uns garantiert getötet. Aus der Sicht der Elfen kommen die Zwerge, was die Sympathie angeht, gleich nach den Trollen und noch vor den Gnomen. Wenn die könnten …"

„… dann würden die eh' alle anderen Rassen davonjagen. Zum Glück können sie nicht so, wie sie wollen."

Die Zwelfe nickte. „Mein Vater muss da anders gewesen sein. Er ist meiner Mutter von Anfang an mit Respekt begegnet, hat Mama erzählt."

Bandath zog die Augenbrauen hoch. „Ausnahmen bei den Elfen? Das kann ich mir kaum vorstellen."

„Ja." Wieder nickte Barella. „Wahrscheinlich wäre er dann wohl auch nicht abgehauen. Aber irgendwann treffe ich ihn, das weiß ich. Ganz tief hier drinnen." Sie tippte auf die Stelle ihrer Brust, unter der ihr Herz schlug. „Und dann werde ich ihm eine ganze Reihe unangenehmer Fragen stellen."

Schweigend sah sie eine Weile über den Fluss.

„Als Mama starb, schloss ich mich einer Räuberbande an. Es war die wildeste und beste Bande, die je im Süden der Endlosen Steppen umherzog. Ihr Anführer machte mich zu seiner persönlichen Schülerin und brachte mir alles bei, was ich heute kann. Seit die Miliz des Südlichen

Kaisers die Bande zerschlagen hat, ziehe ich allein durch die Welt. Dabei bin ich vor einigen Jahren auf Spuren des Dämonenschatzes von Cora-Lega gestoßen."

„Du meinst wirklich, du könntest Cora-Lega finden? Ich hatte angenommen, die Stadt sei ein Mythos, ein Märchen der Alten."

„Ich weiß, dass es sie gibt. Von einem alten Grabunhold habe ich eine Karte bekommen. Wenn ich erst den Schatz habe, dann brauche ich nicht mehr zu stehlen, dann habe ich ausgesorgt, kann mir ein Haus bauen lassen und all diese Idioten, die sich heute von mir abwenden, werden sich morgen darum reißen, mir einen Gefallen zu tun."

„Du bist wirklich eine Diebin?"

Barella zuckte gleichmütig die Achseln. „Na und? Meinst du, irgendeiner dieser reichen Typen schert sich einen Dreck um mich? Ich habe es versucht, ehrlich. Ich habe alles probiert. Nicht einer wollte mich einstellen. Halblinge, Zwerge, Elfen, Menschen, Gnome, Trolle. Sie suhlen sich in ihrer Selbstgerechtigkeit und zeigen dabei mit ihren schmutzigen Fingern auf andere Leute. Wirkliche Freunde habe ich nur bei denen gefunden, die selber nichts zu verschenken hatten." Sie blickte Bandath in die Augen. „Widersprich mir, wenn du andere Erfahrungen gemacht hast."

„Nun, in Drachenfurt ist es nicht ganz so schlimm, aber sonst hast du wohl Recht."

„Ich werde mir euer Dorf bei Gelegenheit ansehen."

Der Zwergling blickte mit bitterer Miene in den Himmel. „Was davon übrig ist jedenfalls."

„Eines Tages finde ich diesen Schatz, Bandath, und dann wird alles anders, alles. Ich finde das Gold ... und meinen Vater."

„Wie willst du ihn erkennen?"

„Keine Angst, es gibt da ein Zeichen. Meine Mutter hat es mir verraten."

Ruhe kehrte ein zwischen dem Zwergling und der Zwelfe. Es schien alles gesagt und sie warteten auf das Ährchen-Knörgi.

Bandath!

Der Magier sah auf, ihm war, als hätte ihn jemand gerufen.

„Hast du was gesagt?", fragte er Barella.

„Ich?" Sie schüttelte den Kopf. „Kein Wort."

Bandath! Hörst du mich?

Da wusste er, wer es war.

‚Menora, bist du das?‘, fragte er in Gedanken. Die Meisterin der Fernsicht meldete sich aus Go-Ran-Goh.

Ja. Hast du das Schwert?

‚Noch nicht, aber ich bin nah dran.‘

Wie nah?

‚Nun, wir … ich überschreite heute den Grünhaifluss. Ich denke, noch einen Tag und ich habe das Heer der Elfen eingeholt und werde auskundschaften, wo sie das Schwert versteckt halten.‘

Wir haben von dem bevorstehenden Krieg zwischen den Trollen und den Elfen gehört. Das kompliziert die Sache natürlich etwas. Halte dich da raus. Das ist eine direkte Anweisung des Ringes der Magier. Uns interessiert einzig und allein das Diamantschwert.

Eine Anweisung? Der Ring der Magier konnte ihm maximal einen Vorschlag unterbreiten. Genau diese Art von Antworten war einer der Hauptgründe, warum Bandath das Angebot, als Lehrer auf Go-Ran-Goh zu arbeiten, bisher leichten Herzens abgelehnt hatte.

‚Wisst ihr etwas Neues?‘

Die Identität der Nicht-Elfe ist uns weiterhin unklar. Weißt du schon etwas?

‚Äh, nö.‘

Wir haben aber herausgefunden, dass das Herz des Erd-Drachen aus zwei Teilen besteht, einem lebenden und einem toten. Nur beide Teile zusammen erwecken den Erd-Drachen. Das Flammenauge ist wahrscheinlich der tote Teil des Herzens. Wir wissen aber nicht, ob die Dunkel-Zwerge beide Teile genommen haben. Auch der Eingang zu den Stollen der Dunkel-Zwerge bleibt uns verborgen. Wir konnten aber in ihr Höhlensystem sehen und, Bandath, sie sind alle weg.

‚Tot?‘

Nein, sie sind weg, verschwunden. Nur ihre leeren Höhlen sind noch da, aber alle Zwerge sind weg. Zum Teil machen die Höhlen, in die wir sehen konnten, den Eindruck eines überstürzten Aufbruches, fast einer Flucht. Wir vermuten, dass sie weitergezogen sind, in einen anderen Teil der Welt. Aber warum können wir nicht sagen. Wir suchen sie, Bandath.

Vielleicht können wir mit ihnen Kontakt aufnehmen, wenn wir sie finden.

,Ja, sucht mal!' Dann stört ihr mich wenigstens nicht.

Denk daran, sobald du das Schwert hast, kommst du zu uns.

,Natürlich, wohin soll ich wohl sonst noch gehen können.'

Menora brach den Kontakt ab. Barella sah ihn fragend an.

„Die Magier, sie haben Kontakt mit mir aufgenommen."

„Und? Wissen sie was Neues?"

Bandath schüttelte den Kopf. Er nahm sich vor, Barella in den nächsten Tagen von ihrer Rolle in der Prophezeiung zu informieren. Nur musste er sie zuerst noch etwas besser kennenlernen und dann sollte die Situation auch günstiger sein.

„Warum lenken sie dich dann ab?"

„Damit ich nicht vergesse, dass ich an ihrer langen Leine laufe."

Niesputz kam zurück.

„Hallo, ihr zwei Hübschen. Habt ihr euch gut amüsiert?" Er ließ sich vor Bandath nieder und knabberte an einem Getreidekorn. „So weit ich sehen konnte, ist auf der anderen Seite alles frei. Etwas weiter im Landesinneren liegt ein kleiner Tümpel mit einigermaßen sauberem Wasser, dort werden wir wohl eine Pause einlegen müssen. Danach zieht sich das riesige Gras Stunden um Stunden dahin. Von Elfen keine Spur."

„Wir hatten jetzt gerade eine Rast, Niesputz", sagte Bandath und erhob sich. „Warum sollen wir uns an dem Tümpel schon wieder ausruhen wollen?"

Das Ährchen-Knörgi lächelte, erhob sich mit seinen Flügeln in die Luft und flog zum anderen Ufer.

„Kommt ihr?", rief es über den Fluss.

Bandath winkte Dwego. Zusammen mit dem Laufdrachen erhob sich der weiße Leh-Muhr. Die beiden Reittiere hatten in den wenigen Stunden ihres Zusammenseins ein eigentümliches Verhältnis entwickelt. Sokah folgte Dwego völlig problemlos, während der Laufdrache den Leh-Muhr an seiner Seite duldete, als würden sie sich schon seit Jahren kennen. Normalerweise war Dwego anderen Tieren gegenüber eher abgeneigt, wenn er sie nicht sogar als potentielles Futter ansah. Bandath erinnerte sich an eine Begebenheit, als er einen Händler begleitete, der dreihundert

Buntschafe zum Markt am Nebelgipfel bringen wollte. Nach einigen Tagen war ihm aufgefallen, dass die Zahl der Tiere jede Nacht abnahm. Daraufhin hatte er Bandath gebeten, seine Tiere zu bewachen, gegen Bezahlung natürlich und der Zwergling erwischte bereits in der ersten Nacht seiner Wache seinen eigenen Laufdrachen als Räuber.

Hier jedoch schien sich nichts Derartiges anzudeuten. Einträchtig stiegen die beiden Tiere nebeneinander in das grünliche Wasser und schwammen mühsam zum anderen Ufer.

Bandath stapfte die Böschung hinab und steckte die Hand in den Fluss. Als er sie wieder herauszog, war sie von grünen, schmierigen Algen bedeckt.

„Puh! Wo, sagte Niesputz, ist der Tümpel mit dem klaren Wasser?"

Barella sah in die grüne Brühe zu ihren Füßen und das erste Mal seit er sie kannte, und das waren immerhin schon vier oder fünf Stunden, verlor sie ihr Lächeln.

„Das ist bisher der bei weitem ekelhafteste Teil dieses Abenteuers." Sie hielt ihre Tasche über den Kopf, stieg im glitschigen Uferschlamm balancierend in das Wasser und begann zu schwimmen. „Deine Beteiligung ist gerade auf dreißig Prozent gesunken."

„Aber", rief ihr Bandath hinterher, „ich kann doch nichts dafür."

„Du hast den Weg ausgewählt."

„Kommt schon", ließ sich das Ährchen-Knörgi vernehmen. Dann lachte er laut. „Ich hab euch doch gesagt, dass ihr noch eine Pause machen werdet. Obwohl, so grün … jetzt habt ihr mal wenigstens eine anständige Farbe."

Seifig schmiegte sich das Wasser an ihn, als Bandath in den Fluss stieg und krampfhaft versuchte, mit einem Arm zu schwimmen und mit dem anderen seine Tasche über den Kopf zu halten. Mühsam teilte er bei jedem Schwimmzug die Algen, deren lange Fäden an seinem Körper hängen blieben. Er war nie ein guter Schwimmer gewesen und so erreichte er erst lange nach den Anderen das Ufer. Da sowohl Dwego, als auch Sokah und Barella an dieser Stelle das Land betreten hatten, musste sich der Zwergling als letzter mühsam durch den mit schmierigen Algen angereicherten Uferschlamm wühlen, bevor er sich zu dem Rest der Gruppe gesellen konnte.

„Irgendwie siehst du am schlimmsten aus, Zauberer."

„Magier!", knurrte Bandath. „Wo ist der Tümpel?"

„Gleich da vorn." Niesputz wies unbestimmt geradeaus und grinste. „Kann es sein, dass du dich nicht wohl fühlst?"

„Weißt du, zeige uns einfach, wo der Tümpel ist und halt bis dahin den Mund. Könnte das klappen?"

„Oh, der große Zauberer ist aber etwas gereizt."

„Wie würde es dir gefallen, wenn ich dich in einen Trollpopel verwandle?"

Niesputz schnellte in die Luft und lachte. „Wir Ährchen-Knörgis sind immun gegen Zauberei. Schon vergessen?" Er schoss davon und rief ihnen aus der Ferne ein „Folgt mir!" zu.

„Immun. So ein Blödsinn. Ich habe noch nie gehört, dass irgendjemand absolut immun gegen jede Art von Magie ist", knurrte der Zwergling und versuchte, auf dem glitschigen Sattel seines Laufdrachen Halt zu finden. Barella ging es auf ihrem Leh-Muhr nicht viel besser.

Sie brauchten fast eine halbe Stunde, bis sie an dem von einem kleinen Bach gespeisten Tümpel kamen. Schilf wuchs rund umher und wirkte neben dem Riesengras fast klein. Der Zutritt zum Wasser war an einer Stelle möglich. Das niedergetretene Gras verriet, dass dieser Platz wilden Tieren als Tränke diente. Bandath musterte die Fährten am Ufer, als er jedoch keine Spuren von Bernsteinlöwen oder gar einem Mantikor entdeckte, ließ er sich beruhigt aus dem Sattel gleiten. Es gab ein schmatzendes Geräusch. Barella folgte, begann sofort, sich aller Kleider zu entledigen und stieg nackt ins Wasser, bevor Bandath noch entschieden hatte, wie er sich reinigen sollte. Die einfache Methode des völligen Ausziehens hatte er überhaupt nicht in Betracht gezogen. Verlegen stand er da, hielt seine algenverschmierte Jacke in der Hand und wusste nicht, wohin mit seinem Blick. Erneut ertönte Barellas glockenhelles Lachen, die sich jetzt viel wohler fühlte.

„Nun komm schon, ich werde dir nichts antun. Du glaubst gar nicht, wie gut sich das nach so vielen Tagen im Sattel anfühlt." Sie schwamm ein Stück hinaus und rief ihm ein „Zweiunddreißig Prozent" zu.

„Da waren wir schon einmal. Ich will die Hälfte." Bandath hatte sich auch schon seit mehreren Tagen ein Bad gewünscht. Entschlossen entledigte er sich ebenfalls seiner Sachen und stapfte hinter Barella her, um sich den grünen Schleim aus seinem Bart zu waschen.

Nach dem Bad saßen sie mit angezogenen Beinen nebeneinander. Ihre ausgewaschenen Sachen hingen über den Grashalmen und bewegten sich leicht im Wind. Die Reitausrüstung und die beiden Tiere waren ebenfalls gesäubert.

„Du hast nicht viel von einem Zwerg." Sein Blick glitt an der glatten Haut ihres Rückens abwärts. Barella nickte.

„Die Größe, die Kraft und die Haare. Bei Schnelligkeit und Wendigkeit nehme ich es locker mit jedem Elf auf."

„Von beiden Rassen nur das Beste. Das ist gut. Bei mir ist es genau umgedreht. Ich habe die Stärke der Halblinge geerbt, und das ist nicht viel im Vergleich zu den Zwergen, sowie die Ausdauer der Zwerge, was das Rennen und Laufen angeht. Da sind wiederum die Halblinge besser."

„Aber du bist einer der besten Magier."

„Sagt wer?"

„Nun, zum Beispiel die Leute in der *Trockenen Kehle* in Flussburg."

„Oh ja, die." Bandath nickte bedeutungsschwer. „Bei einer entsprechenden Bezahlung würden sie in ihren Erzählungen sogar meine Körpergröße verdoppeln. Ich bin, was ich bin. Kein ganzer Halbling und kein ganzer Zwerg."

„Nach dem, was ich landauf und landab von dir gehört habe, bist du größer als du tust."

Der Zwergling zuckte mit den Schultern. „Wenn die Sonne tief steht, werfen sogar Zwerge lange Schatten, soll mal ein weiser Mann gesagt haben."

„Hej Zauberer, wie finden wir das Diamantschwert in dieser riesigen, überall gleich aussehenden Landschaft?" Niesputz war surrend zurückgekehrt und ließ sich auf Bandaths Knie nieder.

„Wenn du mich weiterhin Zauberer nennst, überhaupt nicht."

„Komm schon, ein bisschen Fröhlichkeit stände dir gut zu Gesicht. Also?"

„Also was?"

„Wie finden wir jetzt das Diamantschwert?"

Stöhnend erhob sich Bandath und begann, die noch feuchten Sachen vom Gras zu nehmen. „Mit einem Findezauber und Fernsicht-Magie."

„Aha", sagte Niesputz im Ton von jemand, der eine überaus komplizierte Erklärung überhaupt nicht verstanden hat.

„Fernsicht-Magie ist relativ einfach. Man braucht nur den entsprechenden Spruch, ein Gefäß mit Wasser und ein Teil dessen, was man mit Hilfe der Fernsicht sehen möchte. Ein Findezauber funktioniert so ähnlich. Der Spruch und ein Teil dessen, was man finden möchte und schon weiß ich, wo es ist."

„Das wird uns nicht viel nützen, es sei denn, du hast ein Teil des Diamantschwertes."

Der Magier antwortete nicht. Mit der Miene von jemand, der für seine Freunde eine große Überraschung vorbereitet hat und ihnen diese jetzt präsentieren möchte, griff er in seinen unergründlichen Schultersack und holte eine kleine Ledertasche hervor.

„Sag bloß, du hast ein Stück des Schwertes?"

Vorsichtig öffnete Bandath die Ledertasche und ließ einen roten Edelstein auf seine offene Handfläche gleiten. Das Ährchen-Knörgi sah Barella mit offenem Mund an. „Er hat tatsächlich ein Stück des Schwertes!"

„Ich mache das seit hundert Jahren. Nachdem ich das Schwert das dritte oder vierte Mal gestohlen hatte, war ich es leid, immer nach ihm suchen zu müssen. Besonders die Elfen ließen sich jedes Mal ein neues Versteck einfallen. Jedes war schwieriger zu finden als das vorangegangene. Also brach ich vorsichtig einen Stein aus seiner Fassung am Griff und ließ von einem Juwelier in Flussburg, einem äußerst begabten Zwerg, einen Stein herstellen, der dem Original fast genau entsprach. Niemand merkte den Austausch, weder die Elfen, noch die Trolle. Ich behielt den Stein und konnte so jederzeit das Schwert mit Hilfe eines einfachen Findezaubers wiederfinden."

Als wäre es das Normalste der Welt, zuckte Bandath jetzt mit den Schultern.

„Und wenn einer von beiden den Austausch bemerkt hätte?", fragte Barella.

„Haben sie aber nicht."

„Ja, aber wenn?"

„Dann hätte ich mir überlegen müssen, wie ich ganz schnell ganz weit weg komme."

„Warum brauchst du zwei Zaubersprüche?" Niesputz flog aufgeregt vor dem Magier auf und ab.

„Mit dem Findezauber weiß ich, wo sich das Schwert befindet, wo ich hingehen muss. Ich weiß aber nicht, wie es dort aussieht, wie viele Wachen dort stehen oder ob die Bewacher zusätzliche Sicherungsmaßnahmen eingebaut haben. Das kriege ich nur mit Fernsicht-Magie heraus. Leider bewahrt auch die nicht vor unliebsamen Überraschungen. So hatten die Trolle das letzte Mal eine Schling-Würg-Natter auf dem Weg ins Dorf versteckt. Und ein Drachenhund lief umher. Sind die im Moment meiner Magie nicht in der Nähe des Diamantschwertes, so kann ich sie nicht sehen."

Bandath nahm den Stein fest in die linke Hand, strich mit der rechten darüber und murmelte ein paar, seinen Begleitern unverständliche Worte. Dann schwieg er und sein Blick richtete sich starr in die Ferne, sein ganzer Körper wurde steif.

„Ja!", sagte er plötzlich und entkrampfte sich. Der Blick kehrte zu Barella und Niesputz zurück.

„Es ist, wie ich vermutet habe. Das Schwert ist nicht mehr im Elfendorf, sondern in der Nähe des ewigen Stromes, westlich des Umstrittenen Landes. Wir werden einen Tag bis dahin brauchen, wenn wir unterwegs nicht aufgehalten werden. Ich vermute, dass die Elfen dort den Fluss überqueren wollen. Es ist die beste Stelle außerhalb des Umstrittenen Landes."

„Du kennst sie?" Barellas Frage war mehr eine Feststellung, Bandath antwortete trotzdem.

„Ich nutzte diese Stelle immer, wenn ich das Schwert zu den einen oder anderen Auftraggebern brachte."

Barella schüttelte bewundernd den Kopf. „Wie konntest du dieses Spiel nur so viele Jahre treiben und vor den Elfen und den Trollen geheim halten?"

„Nun, am Anfang erschien es mir als gute Idee. Ich wollte es zwei- bis dreimal machen und das Diamantschwert dann wieder Diamantschwert sein lassen. Dann kamen die Trolle und Elfen aber immer wieder zu mir, baten, boten Gold und redeten davon, dass sonst ein Krieg unausweichlich würde. Da konnte ich nicht widerstehen, zum einen des Goldes, zum anderen aber auch des Friedens wegen. Die Kriege zwischen den Trollen und Elfen hatten immer ihre Auswirkungen auch auf Unbeteiligte gehabt, die Halblinge und die Zwerge in den Bergen, die Bewohner Flussburgs. Niemand hier in der Gegend blieb unberührt. Die Preise stiegen und es mussten Leute unter dem Krieg leiden, die nichts mit der Herrschaft über das Umstrittene Land zu tun hatten. Du glaubst gar nicht, wie der Handel hier aufgeblüht ist, in den letzten einhundert friedlichen Jahren.

Ja, und irgendwann habe ich dann bemerkt, dass ich aus dieser Sache nicht mehr raus kam. Mir blieben nur meine eigene Gewitztheit und die Hoffnung, dass weder die Trolle noch die Elfen mein Geheimnis jemals entdecken würden." Bandath zuckte mit den Schultern. „Nun, das hat sich ja erledigt."

„Wir müssen davon ausgehen, dass die Elfen mit einem Diebstahl-Versuch von deiner Seite rechnen", sagte Barella.

Niesputz schwirrte noch immer vor den beiden auf und ab.

„Sag mal, Zauberer. Was passiert eigentlich, wenn es dir gelingt, das Schwert zu stehlen?"

„Magier!", korrigierte Bandath gewohnheitsmäßig. „Und wieso mir? Ich denke, ihr wollt mir helfen?"

„Ja, gut, also wenn es *uns* gelingt …"

„Wir werden es zerstören müssen, um an das Flammenauge zu kommen. Damit ziehen wir uns den endgültigen und nie endenden Hass der Elfen und der Trolle zu, da diese dann nie mehr mit der Macht des Schwertes über das Umstrittene Land herrschen können."

„Das heißt ewige Flucht?"

Bandath nickte auf Barellas Frage.

„Deswegen will ich fünfzig Prozent des Dämonenschatzes von Cora-Lega."

„Schön", sagte Niesputz. „Ich befürchtete schon, es würde hinterher langweilig werden." Er schwieg jedoch sofort, als er Bandaths und Barellas Blick bemerkte.

Der Zwergling bereitete die Fernsicht-Magie vor. Er füllte eine Schale mit Wasser und legte den Edelstein hinein. Magische Worte wurden gesprochen und von Handbewegungen begleitet. Auf dem Wasserspiegel erschien das Schwert. Es lag auf einem auf der Erde ausgebreiteten grünen Samttuch in einem Zelt. Zwei Elfen saßen rechts und links neben der Waffe. Mit einem Fingerschnipsen vergrößerte Bandath das Sichtfeld. Als wären sie ein Vogel konnten sie jetzt das Zelt von oben sehen. Drei weitere Zelte standen in der Nähe. Bewaffnete Elfen liefen mit entschlossenen Gesichtern umher und beobachteten aufmerksam das Riesengras.

„Sie rechnen wirklich mit einem Diebstahl-Versuch von dir", kommentierte die Zwelfe das Geschehen.

„Ja, aber sicherlich auch mit einem Angriff der Trolle." Bandath musterte das kleine Lager. „Das sind Gilbaths beste Krieger. Dann ist er sicherlich auch in der Nähe. Ich schätze, er hat etwa zwanzig seiner Leute bei sich. Ich werde mich in der nächsten Nacht in das Lager schleichen und das Schwert holen. Ihr haltet euch da raus."

Barella schüttelte energisch den Kopf. „Das lass ich mir doch nicht entgehen. Ich werde das Schwert da rausholen, immerhin bin ich die Diebin bei uns. Du bist der Magier, lass es mich machen."

„Nein." Bandath sah die hübsche Zwelfe an. „Das ist nichts für dich. Glaub mir, ich habe Erfahrung mit dem Diamantschwert. Du bleibst mit Niesputz, Dwego und Sokah in unserem Versteck. Ich hole das Schwert."

Durch Bandaths nachlassende Konzentration verschwand das Bild auf dem Wasser. Niesputz, der die ganze Zeit wie hypnotisiert in den Teller gestarrt hatte, surrte zwischen die beiden, bevor ein Streit begann.

„Da wollen wir hin? Toll. Lasst uns loslegen und ein paar Elfen zerhackstückeln!"

Schneller als ein Wimpernschlag hatte Bandath das Ährchen-Knörgi aus der Luft gepflückt und hielt sich den erschrocken aufkeuchenden Niesputz direkt vor die Nase.

„Niemand wird *zerhackstückelt*. Klar? So lange ich etwas zu sagen habe, wird bei dieser Aktion niemand getötet. Kein Elf, kein Troll und …"

„… kein Ährchen-Knörgi!", keuchte Niesputz dazwischen. „Du erdrückst mich. Lass los, ich habe es verstanden."

Bandath öffnete seine Hand und Niesputz surrte hinter Barella in Sicherheit.

„Kein Grund gleich grantig zu werden. Zerhackstückele ich eben irgendwann anders Elfen. Wollen wir jetzt los oder wollt ihr beide euch noch weiter streiten?"

Barella und Bandath sahen sich an.

„Ich hole das Schwert!", knurrte er und erhob sich, um die Diskussion abzubrechen.

„Das werden wir ja sehen", murmelte Barella und erhob sich ebenfalls.

„Musst du immer das letzte Wort haben?" Der Zwergling blitzte die Zwelfe unter seinen buschigen Augenbrauen hervor an.

„Das sagte ich doch schon." Barella lächelte schon wieder und ging zu ihrem weißen Leh-Muhr. „Meine Mutter hat das auch immer genervt."

Die jetzt auch noch! Bandath gab es auf.

Den Rest des Tages näherten sie sich dem kleinen Lager, in dem die Elfen das Schwert aufbewahrten. Niesputz war ein hervorragender Kundschafter. Er flog hoch über ihnen in der Luft und konnte kaum erkannt werden, sah jedoch alles weit im Umkreis. So konnten sie dank seiner frühzeitigen Warnungen verschiedenen Spähtrupps der Elfen ausweichen, die zahlreicher wurden, je näher sie dem Lager kamen.

„Ich kann das Lager sehen", meldete er schließlich. Bandath zügelte Dwego, bis er stand.

„Dann bleiben wir jetzt hier. Ich werde gegen Mitternacht aufbrechen und das Schwert hohlen."

„Und dann?" Niesputz sah ihn an und Barellas Blick schloss sich der Frage an.

„Was und dann?"

„Willst du wirklich zu den alten Zauberern in das Schloss zurückkehren?"

„Es sind Magier und es handelt sich auch nicht um ein Schloss, eher um eine Burg."

„Das ist keine Antwort."

„Wenn wir nicht den Eingang zu den Höhlen der Dunkel-Zwerge finden, wüsste ich nicht, was wir sonst machen sollten", mogelte er sich um eine konkrete Antwort herum. Er fühlte sich nicht wohl dabei, hatte er doch Barella noch immer nichts von ihrer Rolle in der Prophezeiung gesagt. Vielleicht, so redete er sich heraus, würde sie dann irgendeinen Weg vorschlagen, in der Hoffnung, dem Orakel gerecht zu werden. Obwohl er sie andererseits nicht so einschätzte. Sie schien eher der Typ zu sein, dem Weissagungen und Orakel relativ egal waren. Sie ging ihren Weg, von dem sie annahm, dass es der richtige sei und bei dem sie sich selbst auch noch ruhigen Gewissens in einem Spiegel ansehen konnte, ohne sich vor sich selbst zu schämen. Warum aber sagte er ihr dann nichts? Bei Gelegenheit, nahm er sich vor, bei Gelegenheit würde er es ihr sagen müssen. Aber nicht jetzt. Jetzt mussten sie erst einmal das Diamantschwert von den Elfen stehlen. Dabei würde ihm zum wiederholten Male der unsichtbar machende Ring gute Dienste erweisen. Seine magische Energie war so weit wieder hergestellt, dass er ihn in dieser Nacht problemlos mehrere Stunden verwenden konnte.

Bandath beschloss, bis zum Einbruch der Dunkelheit zu warten und dann aufzubrechen. Sie legten sich ins Gras, verschränkten die Arme hinter dem Kopf und dösten dem Sonnenuntergang entgegen. Selbst Dwego und Sokah lagen neben ihnen.

„Wie sind die Elfen hier so?" Barella hatte sich halb aufgerichtet und beugte sich auf ihren Ellenbogen gestützt weit zu Bandath herüber.

Bandath antwortete mit einer Gegenfrage. „Wie sind die Elfen bei euch im Süden?"

„Die? Oh, arrogant, überheblich und eingebildet. Sie halten sich für das Beste, was auf dem Erdboden herumläuft. Die Meisten jedenfalls. Es soll auch Ausnahmen geben." Ihr Ton ließ darauf schließen, dass sie einige weniger gute Erfahrungen mit den Elfen des Südens gemacht hatte.

„Nun", antwortete Bandath. „Die Elfen der Riesengras-Ebenen sind noch arroganter, noch überheblicher und noch eingebildeter als eure. Sie halten sich nicht nur für das Beste, sie *wissen*, dass sie das Allerbeste sind, was hier herumläuft. Die Rangliste der Geschöpfe, die sie verachten, wird von den Trollen angeführt. Für die Elfen sind die Trolle die widerwärtigsten, scheußlichsten und niederträchtigsten Lebewesen, die es überhaupt gibt. Gleich danach kommen die Zwerge, gefolgt von den Gnomen. Die Halblinge werden von den Elfen meist in Ruhe gelassen und mit den Menschen verstehen sie sich bis zu einem gewissen Grad recht gut. Das liegt daran, dass die Menschen sich bei den Elfen regelrecht anbiedern. Ekelhaft!

Gilbath, der Fürst der Riesengras-Elfen, ist einer der Schlimmsten von ihnen. Ich habe nie gehört, dass der ein einziges Mal irgendein anderes Wesen als einen Elf angefasst hat. Er ist der allerschlimmste, allerfürchterlichste, allerüberheblichste ..."

„Du kannst ihn wohl nicht besonders leiden?"

Bandath schüttelte den Kopf, sagte aber nichts mehr.

Sie nahmen ein paar Bissen zu sich, tranken ein wenig Wasser und legten sich dann wieder in das Gras. Alle schwiegen, sogar Niesputz, starrten in den Himmel und warteten auf die Dämmerung.

„Sie ist weg, Zauberer. Hej, wach auf, sie ist weg!"

Mühsam öffnete Bandath ein Auge und war gleich darauf hellwach.

„Was zum betrunkenen Drummel-Drachen ...", dann schüttelte er den Kopf. „Dreimal getrockneter Zwergenmist!" Er war eingeschlafen. Die Tage im Sattel hatten ihren Tribut gefordert. Es war lange nach Mitternacht. Wie konnte das passieren? Erschrocken sah er sich um.

„Wo ist Barella?"

„Das sag ich dir doch die ganze Zeit, sie ist weg!", fauchte das Ährchen-Knörgi.

„Wusstest du davon?"

„Ich hatte keine Ahnung! Und nein, ich weiß auch nicht, wie lange sie schon unterwegs ist. Auch wir Ährchen-Knörgis müssen mal schlafen!", kam Niesputz seiner nächsten Frage zuvor. Sokah lag ruhig neben Dwego, Barellas Tasche hing am Sattel. Bandath sprang hin, wühlte kurz darin herum und zog plötzlich ein weißes Tuch aus einer Seitentasche. Unwillkürlich stutzte er. Sie hatte also auch ein sauberes Taschentuch bei sich.

„Was grinst du so?" Niesputz holte ihn augenblicklich zurück. Bandath nahm aus seinem Gepäck die Schale, füllte Wasser aus seiner Flasche hinein, legte einen Zipfel des Tuches in das Wasser – dem Tuch haftete Barellas Geruch an, merkte er – und begann den Spruch für die Fernsicht zu murmeln. Kurz darauf füllte Barellas Gestalt die Schale. Sie schlich durch das Gras und hielt das Diamantschwert vor sich.

„Sie hat es getan", murmelte Bandath fassungslos. „Sie hat es wirklich getan."

„Was hat sie in der anderen Hand?" Niesputz schwirrte Bandath aufgeregt um den Kopf. Es sah aus wie ein Strick, der nach hinten führte. Unwillkürlich drehte Bandath sich noch einmal zu Sokah um, aber das war natürlich Quatsch, Barellas Leh-Muhr lag ruhig neben seinem Laufdrachen und lief nicht hinter der Zwelfe her.

„Ich glaube, das wird uns jetzt nicht gefallen", murmelte Bandath und schnipste mit den Fingern, um den Sichtwinkel zu vergrößern.

„Dreimal getrockneter Zwergenmist!", fluchte er gleich darauf.

„Oh!", rief Niesputz neidisch. „Die hat sich einen Elfen gefangen! Bestimmt will sie ihn heimlich zerhackstückeln." Und im Ton eines schmollenden Kindes setzte er hinzu: „Ich will auch einen Elfen!"

Von Barellas linker Hand führte ein Seil zum Hals eines hinter ihr her wankenden Elfen. Sie hatte ihm einen Sack über den Kopf gebunden, damit er nicht sehen konnte, wohin sie ihn führte. Bandath hoffte nur, dass sie ihn wenigstens auch geknebelt hatte. Dem sichtlich mitgenommenen Elf waren die Arme in Ellenbogenhöhe auf den Rücken gefesselt.

„He Zauberer, fängst du mir auch einen? Warum darf sie einen haben und ich nicht?"

„Halt den Mund!", fauchte Bandath. Was hatte Barella sich nur dabei gedacht? Wollte sie ihm irgendetwas beweisen? Wieder schnipste er mit den Fingern und der Sichtbereich erweiterte sich, noch einmal und noch einmal. Dann sah er sie. In einer weit auseinander gezogenen Linie verfolgten knapp zwei Dutzend Elfen Barellas Spur. Sie verkürzten den Abstand zu der Zwelfe rasch. Und Barella lief genau auf ihr gemeinsames Versteck zu.

„Niesputz, wir haben ein Problem. Komm schnell mit."

So schnell ihn seine kurzen Beine trugen, rannte er Barella entgegen. Er hatte ihr Taschentuch eingesteckt und murmelte atemlos einen Finde-Zauber. Dann kannte er die Richtung. Aufgeregt hastete er zwischen den Grashalmen hindurch.

„Wenn wir ... bei ihr ... sind dann ... musst du ... die Elfen ... ablen... ken!", keuchte er kurzatmig.

„Schon klar." Niesputz surrte unbeirrt neben ihm her.

Bandath begann bereits während des Laufens eine komplizierte Magie zu weben. Er murmelte die uralten Worte, führte die Gesten mit der linken Hand aus, nutzte die magische Kraft seines Stabes, den er mit der rechten führte und versuchte, sich auf die Magie zu konzentrieren. Das war während des Rennens gar nicht so einfach. Noch nie hatte er einen derart komplizierten Spruch unter so ungünstigen Bedingungen anwenden müssen. Als er das letzte Wort des Spruches sagte, tauchte Barella mit ihrem Gefangenen vor ihm auf. Bandath sprang. Er schwang den Magierstab und ließ das knotige Ende gegen die Schläfe des Gefangenen krachen. Aufstöhnend fiel dieser um. Bandath riss Barella mit sich und fiel mit ihr auf den Elfen. Das Ährchen-Knörgi surrte über sie hinweg und verschwand zwischen den Grashalmen. Barella funkelte ihn wütend an und wollte etwas sagen, aber Bandath presste ihr die Hand auf den Mund. Im selben Moment wirkte seine Magie und sie wurden für die Außenwelt unsichtbar. Sie selber konnten sich jedoch noch sehen, da Bandath die Unsichtbarkeit wie ein großes Tuch über sie gebreitet hatte, unter dem sie sich verbargen. Neben ihnen raschelte es im Gras und ein Elf trat hervor. Barellas Augen wurden riesengroß als sie ihn sah, dann begriff sie Bandaths Handlung, tippte vorsichtig auf seine Hand und nickte. Bandath nahm seine Hand von ihrem Mund weg. Der Elf stockte und sah sich aufmerksam um. Da aber ertönte von weitem Bandaths Stimme.

„Barella, wo bist du?"

Gleich darauf antwortete Barellas Stimme von einer anderen Stelle.

„Hier drüben. Aber pass auf. Hier laufen einige spitzohrige Tölpel rum ..."

Die Stimmen entfernten sich. Der Elf neben ihnen schnaubte wütend und machte sich an die Verfolgung.

Bandath stand auf.

„Ich ...", begann Barella.

„Kein Wort jetzt!", schnaubte Bandath wütend. „Wir müssen schnellstens verschwinden." Mit einer Handbewegung hob er die Unsichtbarkeit auf und holte gleichzeitig seine Kette aus dem Hemd. Er steckte die silberne Pfeife in den Mund und blies. Kurz darauf erschien Dwego, Sokah im Schlepptau. Bandath wuchtete mit Barellas Hilfe den Gefangenen auf den Laufdrachen, dann nahm er das Diamantschwert an sich, stieg selber auf und ritt los, ohne auf Barella zu warten. Ihr ärgerliches Zischen hörte er dennoch. Gut, sollte sie wissen, dass sie ihn verärgert hatte. Was sollte dieser Alleingang auch? Dwego schritt zügig aus. Sokah schloss auf.

„Bandath, lass es mich dir erklären!", zischte Barella.

„Was gibt es da zu erklären? Du hast dich nicht an unsere Absprache gehalten!"

„Ach ja?" Jetzt wurde Barella wütend. „Absprache? Ich wusste gar nicht, dass wir so etwas wie eine *Absprache* hatten! *Du* hast entschieden, dass *du* das Diamantschwert holst. Ich wurde überhaupt nicht gefragt, geschweige denn, dass jemand meine Wünsche oder Ideen hören wollte. Nein!" Sie verstellte ihre Stimme und sprach ganz tief weiter, dabei verdrehte sie die Augen, dass Bandath trotz seiner Wut beinahe gelacht hätte. „Ich bin der große Magier, ich hole das Schwert. Das habe ich schon immer so gemacht." Ihre Stimme wurde wieder zur normalen, wütenden Tonlage Barellas. „Weißt du, dass du dich fast schon so verknöchert anhörst, wie die Magier auf Go-Ran-Goh, genau so, wie du es an ihnen nicht magst?" Das saß. „Dein Anteil am Dämonenschatz ist soeben wieder auf zwanzig Prozent gefallen."

Die Zwelfe zügelte ihren Leh-Muhr und ritt schweigend hinter Bandath her.

Was bildete die sich ein? Kam hierher, klaute fast problemlos das Diamantschwert – übrigens etwas, auf das Bandath bisher nicht wenig stolz gewesen war – und machte ihm Vorwürfe. Gut, wenn er ehrlich war, dann kränkte es schon seinen Stolz, dass Barella das Diamantschwert gestohlen hatte. Bisher hatte er sich immer geschmeichelt gefühlt. Die Elfen und die Trolle waren zu *ihm* gekommen. *Ihn* bat man, das Diamantschwert von den Gegnern zu stehlen – nicht irgendjemanden, sondern ihn, Bandath den Zwergling, den Magier. Jedes Mal hatte er sich lange und intensiv darauf vorbereitet, hatte Findezauber und Fernsicht-Magie gewirkt und in tagelanger Kleinarbeit die Siedlungen der Trolle und Elfen ausspioniert. Viele Monde lang hatte er den Diebstahl vorbereitet, alles genau geplant, sogar seine Flucht. Nichts überließ Bandath dem Zufall. Und da kam diese kleine, schlanke Zwelfe, ging einfach so zu den Elfen und stahl ihnen das Diamantschwert. Wenn er ganz ehrlich war, dann wurmte ihn das schon mächtig. Dass sie ihm allerdings den Vorwurf machte, genau so verknöchert zu sein, wie die Magier-Gilde auf Go-Ran-Goh, setzte dem Ganzen die Krone auf. Mit welchem Recht tat sie das? Wieso trat sie einfach so in sein Leben und begann, solch eine Unruhe zu verbreiten?

Er hatte doch schon immer …

An diesem Punkt seiner Überlegung angelangt, stockte er. Vor Jahren, als Romanoth Tharothil mit genau denselben Argumenten eine Bitte Bandaths abschlug, hatte der Zwergling geantwortet: „Nur weil alle es schon immer so gemacht haben, heißt das noch lange nicht, dass es auch richtig sein muss!"

Natürlich hatte er sich nicht gegen den Weisen Romanoth Tharothil durchsetzen können. Allerdings befand er, Bandath, sich jetzt selber in einer solchen Situation. Wieso behauptete er, dass nur er das Diamantschwert stehlen könnte? Barella hatte ihm das Gegenteil bewiesen. Und wenn er nicht so stur gewesen wäre, dann hätten sie es zusammen planen und durchführen können. Möglicherweise wären dann auch die Elfen nicht hinter ihnen her und höchstwahrscheinlich müsste sich Dwego jetzt auch nicht mit diesem zusätzlichen Ballast abschleppen.

Wütend krachte Bandaths Faust zwischen die Schulterblätter des reglosen Gefangenen, der quer vor ihm über dem Rücken des Laufdrachen hing. So! Das hatte er davon, wenn er Barella in die Quere kam.

Sie erreichten einen Bach, dessen Ufer von Gestrüpp bewachsen war. Bandath lenkte Dwego in das Bachbett und trabte stromabwärts. Barella folgte schweigend. Kurz darauf holte Niesputz sie wieder ein.

„Das wäre geschafft. Die Spitzohren suchen euch in genau der anderen Richtung. Die sind vielleicht aufgeregt und wütend, das kann ich euch sagen."

Bandath knurrte unwillig und Niesputz flog zu Barella auf die Schulter.

„Oha! Spüre ich da so eine gewisse Spannung zwischen euch, ausgelöst von einer geringfügig schlechten Laune des Herrn Zauberers?"

Das glockenhelle Lachen Barellas ertönte. „Du bist unbezahlbar, Niesputz. Nenn ihn doch bitte Magier."

Das sollte wohl ein Friedensangebot sein, nahm Bandath an, der dem Gespräch der beiden lauschte.

„Ich wusste gar nicht, dass du so gut unsere Stimmen nachmachen kannst."

Niesputz warf sich stolz in die Brust. „Wir Ährchen-Knörgis sind die geborenen Imitationen."

„Du meinst Imitatoren!"

„Wie auch immer. Als Stimmen-Nachmacher sind wir unschlagbar."

Leise plaudernd folgten die beiden Bandath und scherten sich nicht um seine schlechte Laune. Sie hatten das Diamantschwert, die Elfen suchten ganz woanders nach ihnen und alle waren unverletzt. Des Weiteren hatten sie, zumindest zur Freude des Ährchen-Knörgis, einen Gefangenen mit dem man „spielen könnte, wenn man ihn schon nicht zerhackstückeln darf".

Eine halbe Stunde später erreichten sie ein kleines Gehölz. Gegen die Riesengras-Ebenen war es durch ein undurchdringliches Gewirr dornenbe-setzter Büsche abgegrenzt. Am Ufer jedoch fanden die drei Gefährten in-nerhalb des Gehölzes eine Lichtung, auf der sie sich niederließen.

Barella und Bandath hievten den bewusstlosen Elf vom Laufdrachen und setzten ihn mit seinem Rücken gegen einen Baum. Dann hockte Ban-dath sich vor den Gefangenen.

„Also gut, erzähle!", sagte er zu Barella und bemühte sich, seinen Zorn aus den Worten herauszuhalten. Barella ging neben ihm in die Knie und sah ihn wortlos an. Irritiert blickte Bandath zurück.

„Was?"

„Ist das jetzt eine Entschuldigung von dir?"

„Wieso soll ich mich entschuldigen?", fuhr der Magier wieder auf.

„Weil", mischte sich das Ährchen-Knörgi ein, „sie dir bewiesen hat, dass sie zumindest ebenso gut im Diamantschwert-Stehlen ist wie du. Und weil es wirklich besser ist, wenn wir unsere Aktionen untereinander ab-stimmen. In dem Zusammenhang, liebe Zwelfe, solltest auch du dich bei unserem Zauberer und bei mir entschuldigen."

„Magier", knurrte Bandath zwischen zusammengepressten Zähnen.

Barella nickte zu den Worten des Ährchen-Knörgis. „Das ist nur recht. Gut, ich entschuldige mich bei euch beiden für mein eigenständiges Han-deln. Es kommt nicht wieder vor. Und Danke für euer Eingreifen. Das war Hilfe im letzten Augenblick."

Zufrieden blickte Niesputz Bandath an. „Jetzt bist du an der Reihe."

„Also gut", murmelte der Magier kaum hörbar. „Entschuldigt bitte."

„Was?" Niesputz plusterte sich förmlich auf. „Wir verstehen hier kein Wort. Könntest du bitte etwas deutlicher reden?"

Wütend blitzte der Magier das Ährchen-Knörgi an. „Ist ja schon gut. Also, es war ein Fehler, tut mir leid. Das nächste Mal sprechen wir unser Vorgehen untereinander ab."

Niesputz kicherte. „So, das haben wir ganz fein gemacht. War doch gar nicht so schwer, oder? Ich will ja gar nicht, dass ihr euch die Hand gebt und euch jetzt wieder vertragt. Aber etwas netter könnt ihr ruhig wieder zueinander sein."

Irritiert schaute Bandath von Barella zu Niesputz. Spielten die beiden hier ein Spiel mit ihm? Dann fiel sein Blick auf den Gefangenen.

„Könntest du mir jetzt vielleicht erklären …?"

Barella nickte. Sie schilderte, wie auch sie kurz eingeschlafen sei, dann aber wieder wach wurde, nachdem die Sonne untergegangen war. Da sowohl Bandath als auch Niesputz schliefen, beschloss sie, das Schwert allein zu holen. Im Lager schaltete sie vier Elfen aus.

„Du hast vier Elfen …? Wie?"

Barella rauschte aus ihrer Position in die Höhe, drehte sich in der Luft und zischend sauste ihr Fuß über Bandaths Kopf hinweg. Federnd kam sie wieder auf den Boden auf, fast lautlos. Der Magier bekam große Augen.

„Das ist eine Kampfkunst, die ich bei der Räuberbande im Süden gelernt habe. Ich kann einen Elf problemlos gegen die Schläfe treten und er versinkt für mehrere Stunden im Land der Träume."

Im Zelt mit dem Schwert habe sie dann die beiden Wachen schlafen geschickt und die Waffe an sich genommen. Leider sei in diesem Moment der Elf in das Zelt gekommen, den sie jetzt als Gefangenen vor sich liegen hatten.

„Und warum hast du ihn nicht auch ,schlafen geschickt'?"

„Lasst es mich euch zeigen." Barella erhob sich und wollte dem Elf den Sack vom Kopf nehmen.

„Warte!", hielt Bandath sie auf. „Zuerst muss ich etwas anderes machen."

Er nahm aus seinem Schultersack die magische Lupe und das Mogohani-Holz-Kästchen.

„Was ihr jetzt seht, darf nie jemand erfahren."

Barella nickte, Niesputz ebenfalls, aufgeregt wie ein kleines Kind, das gleich eine große Überraschung zu sehen bekommt. Bedächtig hob Bandath die Lupe und richtete sie auf das Diamantschwert. Als das geschrumpfte Schwert bequem in das Kästchen passte, nahm Bandath die Lupe herunter. Mit zwei Fingern fasste er das winzige Schwert und legte es in das Kästchen.

„Ein Mogohani-Holz-Kästchen", staunte Barella. „Wo hast du das denn her?"

„Von den Eisen-Feen des Ostens."

Niesputz starrte auf das winzige Diamantschwert. „Kannst du das auch wieder groß zaubern?" Seine Stimme klang besorgt.

Bandath nickte, verschloss den Kasten und steckte ihn in eine Tasche seiner Weste.

„Und ... und ... könntest du mich auch groß zaubern?"

Jetzt schüttelte Bandath den Kopf. „Man sollte das mit Lebewesen nicht machen. Es gibt Bücher aus einer Zeit, da solche Geräte wie die magische Lupe noch häufiger waren. In denen steht, dass die Magier damals auch Lebewesen vergrößert oder verkleinert haben. Aber mehr als die Hälfte der Lebewesen sind bei dieser Art der Magie gestorben. Heute, da diese Geräte selten geworden sind, wird kein verantwortungsbewusster Magier diese Dinge nutzen, um sie an Pflanzen, Tieren oder anderen Kreaturen auszuprobieren."

„Oh", Niesputz rümpfte die Nase. „Wie schön, dass du mich als Kreatur bezeichnest."

Barella erhob sich. „Wir sollten jetzt über unseren Gefangenen reden." Sie schritt zu dem Elf, löste den Strick, mit dem der Sack festgebunden war und zog ihm dem Gefesselten vom Kopf.

„Das ... das ...", stotterte Bandath, als er erkannte, wer da vor ihm saß. Gilbath, der Fürst der Riesengras-Elfen, war noch immer ohnmächtig. Beide Schläfen waren von mächtigen blauen Flecken verziert, die eine Seite von Barellas Tritt, die andere von Bandaths Schlag mit dem Magierstab.

„Weißt du, was du getan hast?" Jetzt wurde Bandath doch wieder wütend. „Du hast den arrogantesten, eingebildetsten und überheblichsten Elfen, den ich überhaupt kenne, entführt. Ganz nebenbei ist er der Fürst der

Elfen in den Riesengras-Ebenen und somit einer der mächtigsten Elfen überhaupt und gleichzeitig ist er …"

„… mein Vater!", unterbrach ihn Barella ruhig.

Bandath brüllte wütend: „Das ist mir völlig egal ob er dein …", dann stockte er und fragte leise, fast flüsternd: „Dein Vater?"

Barella nickte.

„Sicher?"

Sie schob mit der Hand den zerrissenen Hemdaufschlag Gilbaths zur Seite. Unter dem linken Schlüsselbein prangte ein handflächengroßes Muttermal in der Form eines Schmetterlings. Dann knöpfte sie sich ihre Bluse auf und zeigte dieselbe Stelle. Auch hier sah Bandath ein Muttermal in exakt der gleichen Form und Farbe. Es war ihm schon beim gemeinsamen Bad im Tümpel aufgefallen. Kein Zweifel, sie hatte es von ihrem Vater geerbt.

Gilbath, dieses überhebliche Spitzohr, der Größte aller Elfen diesseits der Drummel-Drachen-Berge, der Bandath immer wie Abfall behandelt hatte, war der Vater Barellas. Er hatte mit einer Zwergin ein Kind! Und jetzt tat Bandath etwas, mit dem weder Barella noch Niesputz gerechnet hatten. Der Zwergling begann zu kichern. Zuerst schnaubte er leise, ganz leise durch die Nase. Dann öffnete er den Mund, gluckste, wurde lauter, lachte, lachte richtig herzhaft und laut aus dem Bauch heraus. Er hielt sich denselben. Tränen liefen ihm über die Wangen und bald konnte er sich nicht mehr auf den Füßen halten. Er plumpste ins Gras, krümmte sich, lachte und jammerte gleichzeitig, weil ihm der Bauch vor Lachen wehtat.

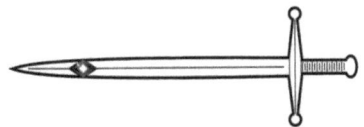

Flucht

Eine graue, feine Staubwolke hing über der Karawane, die sich mühsam ihren Weg durch die mehr als knietiefe Ascheschicht bahnte, welche der Himmelshaken in den letzten Tagen aufgeschüttet hatte. Die Zwerge schleppten sich in Richtung Flussburg. Es ging langsam voran, da viele, zum Teil auch Verletzte, laufen mussten. Zwerg, Rind, Hund – alle waren vom Aschestaub bedeckt. Grau waren die Haare, die Kleidung, die Tücher vor dem Mund und der Teil der Gesichter, der unbedeckt dem leichten Wind ausgesetzt war. Die Flüchtlinge liefen in der Asche, sie rasteten in ihr und nachts schliefen sie in der Asche. Sie hatte alle Teile ihres spärlichen Gepäcks durchdrungen, ihrer Kleidung und ihrer sorgsam gehüteten Nahrung. Der Regen hatte schon vor Tagen aufgehört. Auch das ständige Herabrieseln von Asche war erstorben. Man schwieg, selbst die Kinder redeten nicht. Alle sparten sich den Atem für ihren schweren Marsch zur Stadt. Den Zwergen ging es nicht gut. Wasser und Nahrung waren knapp und mussten rationiert werden. Keiner konnte so viel trinken, wie er wollte. Nicht einmal die Kinder waren von dieser Regelung ausgenommen. Anfangs hatten die Kinder geweint, vor allem die kleineren. Später hörten sie damit auf. Sie waren zu erschöpft und es änderte gar nichts. Mühevoll schleppten sie sich vorwärts und hofften auf das Ende des langen Weges. Dann waren Reiter aus Flussburg gekommen und hatten Proviant gebracht, mit Grüßen von den Herren Rhongil Steinbeißer und Helmo Fassreiter. Die Ratsherren hätten von ihrer misslichen Lage gehört und schickten Brot und Wasser, um die ärgste Not zu lindern. Nur nach harschen Worten Theodils und Waltrudes waren die Reiter auch bereit, die am schwersten Verletzten mit nach Flussburg zu nehmen. Das wäre mit den Ratsherren so nicht abgesprochen, hatte einer der Reiter gesagt, als sie sich wieder auf den Rückweg machen wollten.

„Und damit du das gleich weißt", fuhr Waltrude ihn daraufhin an. „Wenn ihr nicht spätestens in zwei Tagen wieder hier seid, mit der doppelten Anzahl an Reitern, mit Kutschen für unsere Alten und die anderen

Verletzten und mit genügend Wasser für uns alle, dann werde ich persönlich ein paar Worte mit deinen Ratsherren reden, sobald ich in Flussburg bin. Und ich bezweifele stark, dass sie dann noch als Rats*herren* arbeiten können, so ganz ohne ihre ..."

„Waltrude!", unterbrach Theodil sie energisch. „Reitet!", sagte er daraufhin zu den Boten. „Erzählt von unserer Notlage. Wir hoffen auf die Hilfe der Bürger von Flussburg."

„Hoffen?", wütete Waltrude den in einer Staubwolke davon Galoppierenden hinterher. „Hoffen? Wir *erwarten* eure Hilfe! Wir fordern sie!"

Das war vor zwei Tagen gewesen. Alle warteten auf die Rückkehr der Reiter, die, wenn sie sich beeilen würden, heute oder morgen erfolgen müsste. Ihr eigener Fußmarsch nach Flussburg würde noch etwa fünf Tage dauern. Weit hinter ihnen drängte eine riesige, schwarze Qualmwolke in den Himmel, Blitze zuckten in ihr. Es war, als ob der Berg einen neuen Ausbruch vorbereitete, schlimmer und stärker als der erste.

„Was wird von unserem Dorf bleiben, Theodil, wenn der alte Wolkenzahn noch einmal glühende Steine spuckt?" Waltrude schaute zu dem unheimlichen Schauspiel zurück.

Trotz ihrer Lage musste der Zwerg lachen. „Weißt du, Waltrude, dass das ganze Dorf jetzt schon vom ‚Wolkenzahn' spricht? Keiner sagt mehr Himmelshaken oder Vulkan. Du bist einfach unbezahlbar. Wenn du nicht wärst ..."

„Papperlapapp!", fuhr Waltrude dazwischen. „Ich bin wie ich bin." Es war ihr sichtlich unangenehm, diese Worte zu hören. Sie sah wieder nach vorn. „Wir müssen weiter." Energisch stiefelte sie los. Theodil musste sich beeilen, um sie einzuholen. Langsam setzte sich auch der Rest des Zuges wieder in Bewegung.

„Ich meine es ernst, Waltrude. Ohne dich wären wir kaum halb so weit. Wie du mit den Leuten umgehst. Du findest immer die richtigen Worte, streng oder aufmunternd, tröstend oder nachdrücklich. Wie machst du das?"

„Ich bin eine alte, dicke Frau, Theodil. Ich habe viel erlebt, sah die Eltern unseres Herrn Magiers ins Dorf kommen, überlebte die Hungersnot im Jahr der großen Dürre und die Überschwemmung zehn Jahre später, kämpfte mit den Männern gegen die wilden Wölfe in dem Jahr, als der

Winter nicht enden wollte, brachte selber vier Kinder zur Welt und half bei so vielen Geburten, dass ich sie nicht mehr gezählt habe. Meinst du denn, ich lasse mir da von so einem wild gewordenen Berg mein Leben kaputt machen?" Sie wies auf den Zug der Zwerge hinter ihnen. „Sieh sie dir an. Glaubst du, ich würde auch nur einen Finger rühren, wenn ich der Meinung wäre, dass sie es nicht wert wären? Vielen von denen habe ich auf die Welt geholfen, sah sie ihre ersten Schritte machen, bekam mit, wie sie sich verliebten und half ihnen dann bei der Geburt ihrer Kinder. Jetzt bin ich alt. Aber diese Leute hier nicht. Sie müssen leben. Ich wecke nur die Kraft, die sowieso in ihnen steckt. Sie würden es auch ohne mich schaffen." Dann blickte sie ihren Gesprächspartner ein klein wenig selbstgefällig an. „Nun gut, vielleicht geht es ein klein wenig schneller, wenn ich hinter ihnen stehe und sie antreibe." Plötzlich blieb sie stehen und brüllte einen Zwerg an: „Winfol, verdammt, was schlägst du deinen Ochsen mit dem Stock? Meinst du, wenn du ihn schlägst, dann zieht er den Karren aus dem Loch, in das du ihn gelenkt hast? Wer soll deinen Karren ziehen, wenn dein Ochse hier krepiert?" Sie wandte sich an die Nachfolgenden: „Gorad, Orella, Thangdil. Wir brauchen ein paar Bretter. Los kommt, fasst mit an, ehe Winfol seinen Ochsen erschlägt." Helfende Hände packten zu. Bevor Waltrude davon eilte, um mit anzufassen, drehte sie sich noch einmal zu Theodil um. „Ich mach das hier schon. Führe du den Rest weiter, wir kommen nach." Erneut wanderte ein sorgenvoller Blick zu dem Vulkan.

„Hoffentlich kann unser Herr Magier den Wolkenzahn da oben bald zustopfen", sagte sie so leise, dass nur Theodil es hören konnte. „Ansonsten, so befürchte ich, fangen unsere Probleme erst an."

Als würde er auf Waltrudes Wunsch antworten, stieß der Vulkan eine Feuerfontäne aus, die die düsterschwarze Rauchsäule von innen her beleuchtete. Es grummelte in der Ferne und der Boden unter ihren Füßen zitterte ganz leicht.

„Ja, rülps' du nur. Der Herr Magier wird es dir schon zeigen", brummte die Zwergin und packte den Wagen an, dessen Vorderräder in einem Loch stecken geblieben waren.

Als Gilbath aus seiner Ohnmacht erwachte, sah er mit seinem sich allmählich klärenden Blick drei grinsende Gestalten vor sich. Die schlanke Zwergin, die er im Zelt mit dem Diamantschwert erwischt hatte und deren Gesicht ihm auf unangenehme Weise bekannt vorkam, ein grünes, fliegendes Wesen und, natürlich, Bandath. Also doch der Magier. Er hätte es wissen müssen. Suchend huschte sein Blick umher. Das Diamantschwert konnte er nirgends sehen, entweder hatten sie es verborgen oder nicht geschafft, es zu stehlen. Nun, zumindest der letzte Fall würde erklären, warum die kleine Truppe ihn gefangen genommen hatte. Wahrscheinlich würden sie ihn gegen das Diamantschwert austauschen wollen. Das würde allerdings nicht funktionieren. Spätestens bei der Übergabe der Waffe würden seine Elfen diese Bande aus Dieben überwältigen.

„Du!", zischte er Bandath an, als er wusste, dass er seine Stimme wieder unter Kontrolle hatte. Hinter seiner Stirn tanzten dreihundert Trolle stampfend einen ihrer abartigen Ritualtänze. Gilbath ruckte an seinen Fesseln. „Du!", wiederholte er und legte all seinen Hass in dieses Wort, hatte der Magier ihn doch hundert Jahre lang hintergangen.

Bandath nickte fröhlich. „Ja, ich. Und Barella und Niesputz. Damit hätten wir uns komplett vorgestellt."

Wieso war der Zwergling so fröhlich? Hatten sie etwa doch das Schwert?

Erneut sah Gilbath sich um, konnte es aber nicht entdecken. Nur der Laufdrache und ein großer, weißer Vogel mit kräftigen Beinen standen am Ufer des Baches, ein Leh-Muhr. Wohl das Reittier der schlanken Zwergin, denn der Vogel trug, genau wie Bandaths Laufdrache, einen Sattel.

„Du wirst es nicht finden, aber du kannst sicher sein, wir haben es." Die Zwergin hatte eine helle Stimme, fast schon angenehm zu nennen, für einen Zwerg. Irritiert musterte Gilbath sie. Irgendetwas an ihr verunsicherte ihn. Und wieso grinsten die drei so schwachsinnig?

Dann erst erfasste er den Sinn ihrer Worte und erneut ruckte er kräftig an seinen Fesseln.

„Oh, ich denke, das hält." Das kleine, grüne Wesen surrte auf ihn zu und schwenkte drohend einen winzigen Speer. „Jeder Fluchtversuch ist zwecklos, Elf. Also lass es einfach bleiben. Du bist Gefangener der …", er zögerte kurz, „… der Diamantschwert-Bande!"

Die Zwergin gluckste, während der Zwergling den kleinen Mann mit einer hochgezogenen Augenbraue anstarrte.

„Der Diamantschwert-Bande?", fragte er im zweifelnden Tonfall. Das fliegende Wesen surrte zu den beiden zurück. „Nun, ich dachte, es hört sich irgendwie bedeutend an."

„Lasst mich los und vielleicht werdet ihr die ganze Sache überleben", fauchte Gilbath. Bandath lachte laut, die Zwergin gluckste erneut und das Männlein kam nochmals auf ihn zugeflogen.

„Nun, falls du es noch nicht gemerkt hast. *Du* bist *unser* Gefangener. Auch wenn du, wie mein Freund Bandath hier mehrfach glaubhaft versicherte, ein überheblicher, wichtigtuerischer, arroganter Elfenfürst bist und alle Spitzohren dieser gewaltigen Wiese angeblich auf dich hören, haben wir dich gefangen genommen und hier an den Baum gebunden."

„Meine Elfen werden euch finden und …"

„Die suchen momentan an einer ganz anderen Stelle. Für uns Ährchen-Knörgis ist es relativ leicht, so große Tölpel wie euch irre zu führen. Wir sind die geborenen Irreführer."

Nicht nur, dass sie ihn gefangen und gefesselt hatten, nein, sie beleidigten und verspotteten ihn obendrein. Aber hier tat sich trotzdem ein Weg zu seiner Befreiung auf. Das fliegende Grashüpfermännlein war ein Ährchen-Knörgi. Er selbst hatte noch nie eines gesehen, aber bei seinen Reisen in den Süden während seiner Jugend von ihnen gehört. Der alte Bann-Gesang der Elfen sollte ihm noch über die Lippen kommen und während er dann das gebannte Ährchen-Knörgi, mit dem albernen Namen Niesputz, gegen dessen Freunde jagte, würde er, Gilbath, sich befreien können. Der Elf warf den Kopf zurück und kehlige Laute stiegen auf, dunkel und alt wie die ältesten Lebewesen im Land diesseits der Drummel-Drachen-Berge. Er kannte diese Worte, denn die Elfen zählten zu den ältesten aller Lebewesen überhaupt. Gilbath brach den Gesang ab, als das freudige Lachen des Ährchen-Knörgis ertönte.

„Der uralte Bann-Gesang der Elfen. Ich werde nicht wieder. Der Typ versucht doch glatt, mich mit dem Bann-Gesang in seine Gewalt zu bekommen. Aber bei mir wirkt diese Magie nicht."

Plötzlich schrie das Ährchen-Knörgi wütend auf und sauste auf Gilbath zu, seinen kleinen Speer drohend nach vorn gereckt.

„Was sollte das? Wolltest du mich gegen meine Freunde jagen? Wie würde es dir gefallen, wenn die mich gegen dich jagen würden? Hä?" Dabei fuchtelte er mit seinem spitzen Speer in beunruhigender Nähe zu Gilbaths Augen herum.

„Ich wollte schon immer mal wissen, wie gebratenes Elfenohr schmeckt. Darf ich, Bandath?"

Der Zwergling schüttelte sacht den Kopf und winkte den fliegenden Grünling zu sich. Langsam ließ Gilbath die Luft zwischen seinen zusammengepressten Lippen ausströmen. Obwohl er sich bemüht hatte, nach außen unbeweglich und erhaben zu erscheinen, hatte er einen Moment lang nicht geatmet.

„So", sagte Bandath jetzt. „Ich denke, nun sind die Fronten geklärt. Du kannst nicht abhauen und niemand wird kommen und dich befreien."

„Ihr werdet mich nicht ewig gefangen halten können!"

„Wer sagt, dass wir das wollen? Vielleicht haben wir etwas ganz anderes mit dir vor, wenn du uns nicht mehr nützlich bist."

Der Elf erschrak. Obwohl er ein sehr langes Leben hatte, war er sterblich und nichts fürchteten Elfen so sehr wie den Tod.

„Bandath tötet nicht …", schnappte er.

„Sagt wer?"

Gilbath schwieg und Bandath fuhr fort. „Aber ich will dich gar nicht umbringen. Nicht nachdem wir dich mit so viel Mühe hierher gebracht haben."

„Und warum habt ihr das getan?"

„Weil wir etwas von dir wollen."

Woher nahm der Zwergling nur diese Ruhe und Überlegenheit, in der er mit ihm, Gilbath dem Elfenfürsten, sprach? In allen Gesprächen bisher war er nur der kleine Zwergenmischling gewesen, der den Elfen einen Dienst erwies, stets unterwürfig und ihm ergeben. Oder sollte er sich auch darin verstellt haben? Hatte Gilbath sich in all den Jahren so in dem Dieb getäuscht?

„Das Einzige, was ihr von mir wollt, ist doch wohl das Diamantschwert. Und ihr selber habt behauptet, es schon zu besitzen."

Wieso beteiligte sich die dürre Zwergin nicht an dem Gespräch?

Er war sich sicher, ihr noch nie begegnet zu sein und trotzdem war ihm, als ob er sie schon viele Jahre kennen würde; das verunsicherte ihn enorm.

„Oh, es gibt schon so einiges, wobei du uns noch helfen kannst." Geschäftstüchtig rieb sich Bandath die Hände.

„Und was wollt ihr von mir?" Man konnte ja erst einmal so tun, als ob man auf die Bedingungen dieser Diebe einging. Später wäre dann sicherlich immer noch die Gelegenheit, sie ihrer gerechten Strafe zuzuführen. Und wie die aussehen würde, da hatte Gilbath schon sehr konkrete Vorstellungen. Feuer spielte bei dieser Strafe eine wichtige Rolle und natürlich die langen, spitzen Speere der Elfen …

„Was wir wollen? Informationen, freies Geleit für alle Zeit auf den Riesengras-Ebenen, eine kleine Entschädigung für entgangene Verluste, Schmerzensgeld, weil zwei Idioten uns verfolgen, den endgültigen Verzicht der Elfen auf das Diamantschwert und auf das Umstrittene Land und … ach ja, immer währenden Frieden zwischen Trollen und Elfen."

Gilbath lachte bitter auf. „Und sonst noch etwas? Soll ich vielleicht noch den Mond in Gold verwandeln und euch vor die Haustür legen?"

„Nein, nein", Bandath schüttelte den Kopf. „Wir wollen doch nicht zu unbescheiden sein."

„Wer hat euch gesagt, dass ich solche hirnverbrannten Forderungen erfüllen würde?"

Jetzt mischte sich Barella in das Gespräch. „Das hat mir Mama gesagt, Vater."

Gilbaths Augen wurden groß. „Vater?", flüsterte er tonlos. Als würde sich ein riesiger Strudel auftun, in den er hineingezogen wurde, verschwand die Welt und ließ nur die Augen dieser kleinen Zwergin für ihn. Der Boden wurde ihm entzogen und Schwindel erfasste ihn. Vater?

„Bist du …", krächzte er, seine Stimme kaum unter Kontrolle. „Bist du Marolas Tochter?"

Barella öffnete wortlos ihre Bluse ein Stück und zeigte dem Elf das schmetterlingsförmige Muttermal. Hätte er noch blasser werden können, er wäre es geworden.

Bandath rieb sich erneut freudestrahlend die Hände. „Nachdem wir somit das glückliche Wiederfinden von Vater und Tochter feiern konnten, kommen wir zum geschäftlichen Teil unserer Unterredung. Wir hatten dir gerade ein paar Forderungen genannt. Ach übrigens, Gilbath, nur mal rein interessehalber: Was meinst du, wie würden die Elfen reagieren, wenn sie von deinem kleinen ... nun nennen wir ihn mal *Fehltritt* erführen?"

Gilbaths Kopf sank auf die Brust. Er schwieg. Barella erhob sich, sah Bandath an und nickte. Der Magier stand ebenfalls auf.

„Alles klar. Niesputz und ich sehen uns mal um, ob die Elfen irgendwo lauern. Ich denke, wir werden so ein bis zwei Stunden brauchen."

‚Danke', signalisierten Barellas Augen wortlos.

Niesputz und der Zwergling kehrten nach zwei Stunden zurück. Bandath erfuhr auch später nie, worüber sich Barella mit ihrem Vater in dieser Zeit unterhalten hatte.

„Er ist noch genauso überheblich wie vorhin, aber jetzt will er wenigstens mit uns reden."

Erneut saßen der Zwergling, die Zwelfe und das Ährchen-Knörgi dem Elfenfürst gegenüber.

„Also, was wollt ihr wirklich?", knurrte Gilbath.

„Zuerst Informationen, über alles andere reden wir später."

„Wozu braucht ihr noch Informationen, ich denke, ihr habt das Diamantschwert?"

Bandath sah Barella fragend an. Die schüttelte den Kopf. „Ich habe nicht ein Wort darüber gesagt."

Der Magier nickte. „Gut, dann bekommst du zuerst einige Informationen von uns. Wir haben herausgefunden, dass das Flammenauge ein Teil des Herzens eines gewaltigen Erd-Drachen ist, der unter den Drummel-Drachen-Bergen lebt. Die Dunkel-Zwerge haben es ihm genommen und in das Diamantschwert eingesetzt. Dies gibt dem Schwert wahrscheinlich auch seine Macht. Keiner weiß, warum sie euch und den Trollen das Schwert gaben. Aber der Erd-Drache wacht jetzt nicht mehr auf. Früher hat er die Glut im Inneren der Erde mit einem gewaltigen Eismantel zugedeckt, der alle tausend Jahre erneuert werden muss. Weil er nicht erwachte, brach der Vulkan aus. Wir vermuten, dass der Himmelshaken nicht der einzige Vulkan bleibt, wenn der Drache nicht wieder aktiv wird."

Der Blick des Elfen wanderte, in der Hoffnung, seine Gesprächspartner bei einer Lüge zu erwischen, von einem zum anderen.

Aber aus den Gesichtern der drei war jedes Grinsen verschwunden.

„Das ist euer Ernst, nicht wahr?" Ungläubig sah er sie an. „Ihr wollt wirklich unser Diamantschwert vernichten, damit die Winzlinge im Gebirge leben können?"

„Wer sagt, dass es euer Diamantschwert ist?"

„Es steht uns von Rechts wegen zu!"

„Das behaupten auch die Trolle."

„Pah!", der Elf schrie auf. „Trolle! Was sind schon Trolle im Vergleich zu uns!"

Barellas eiskalte Stimme holte ihn zurück. „Genau solche Lebewesen wie meine Mutter!"

Gilbath sackte zusammen. „Niemand wird euch glauben, wenn ihr die Geschichte von mir und der Zwergin erzählt."

„Das mag gut sein", sagte Bandath. „Aber was, wenn wir sie wieder und wieder und wieder erzählen, an jedem Lagerfeuer, auf jeder Fähre, in allen Wirtshäusern, in die wir einkehren, jedem Gast, den wir zu uns einladen? Meinst du nicht, dass die Geschichte von dem größten und eingebildetsten Elfenfürsten, der sich mit einer Zwergin eingelassen hat, bald die Runde machen wird?"

„Wir finden die Dunkel-Zwerge auch ohne dich, Spitzohr", fauchte Niesputz.

„Aber mit deiner Hilfe geht es schneller", ergänzte Bandath.

„Also." Barella nickte ihm aufmunternd zu. „Hilfst du uns?" Und sie setzte mit einem schmachtenden Augenaufschlag ein „Papa" hinten dran.

Gilbath zischte. „Nenn mich nicht so!" Er schwieg einen Moment.

„Was genau wollt ihr wissen?"

„Wo ist der Eingang zu den Stollen der Dunkel-Zwerge?"

„Das weiß ich nicht. Mein Großvater hatte damals das Diamantschwert von den Dunkel-Zwergen überreicht bekommen. Es existiert ein Pergament, auf dem die Ereignisse festgehalten wurden. Dort müsste auch der Ort der Übergabe beschrieben sein."

„Und?", hakte Bandath nach, weil Gilbath schwieg. „Wo finden wir dieses Pergament?"

„Seit dem ersten Krieg mit den Trollen ist es in ihrem Besitz. Soviel ich weiß, wird es von Anführer zu Anführer vererbt. Wo genau sie es aufbewahren, weiß ich nicht. Da müsst ihr die Krummbeine schon selber fragen."

Bandath erhob sich und schulterte seine Tasche. „Nun, da wird uns wohl nichts anderes übrig bleiben, als dem Rat unseres verehrten Freundes zu folgen."

„Wo willst du denn hin?", fragte Niesputz.

Bandath winkte Dwego zu sich. „Ich? Wir! Zu den Trollen selbstverständlich und sie nach dem Pergament fragen. Ach", er drehte sich zu dem Gefesselten, „du begleitest uns natürlich."

Bandath wollte sich ursprünglich im Westen an dem sich sammelnden Heer der Elfen vorbeischleichen. Auf einer sehr genauen Karte des Gebietes hatten sie sich ihren Weg angesehen. Gilbath war erstaunt, dass Bandath eine solche Karte besaß. Noch größer wurden seine Augen aber, als er sah, was Bandath alles in diese Karte eingezeichnet hatte.

„Da sind all unsere Dörfer, unsere Kriegslager und sogar unsere geheimen Vorratslager in deiner Karte eingezeichnet, jeder Bach, fast jeder größere Pfad und alle wichtigen Geländepunkte. Wo hast du diese Karte her?"

„Gekauft", wich Bandath aus.

„Wer verkauft so etwas?", regte sich der Elf auf. „Wenn diese Karte den Trollen in die Hände fällt, dann marschieren die bis in unser Hauptdorf, ohne dass wir es mitbekommen."

„Ich wandere seit Jahren durch das Land der Trolle und niemals habe ich ihnen irgendeine Information über eure Situation verraten, im Gegensatz zu den beiden Söldnern, die du jetzt angestellt hast. Genauso wenig, wie ihr je etwas von mir über das Trollland jenseits des Ewigen Stroms erfahren habt."

„Hast du auch so einen Plan für das Land der Trolle?"

Bandath schwieg und beugte sich über die Karte. Sein Finger fuhr einen dünnen Strich entlang.

„Wir sind hier. Um zur Furt zu gelangen, müssen wir diesen Weg nehmen. Gilbath, wo sammelt sich das Heer der Elfen?"

Der Elf zögerte. „Wir gehen zu den Trollen. Wenn die einen von euch gefangen nehmen und über Feuer rösten …"

„Die Trolle haben noch nie einen Gefangenen über dem Feuer geröstet. Sie ziehen niemandem die Haut ab und brechen auch den Gefangenen keine Knochen, wenn sie sie befragen", widersprach Bandath.

Noch immer zögerte der Elf.

„Nun komm schon, Spitzohr!" Niesputz schwirrte dem Elf um den Kopf. „Hast du Angst, dass wir den Trollen eure Geheimnisse verraten? Und in der Zwischenzeit werden Bandaths Leute vom Vulkan gegrillt."

Gilbath sah Bandath an. „So abartig das klingt, ich habe keinerlei Vertrauen zu dir. Aber genau *das* traue ich dir zu."

„Was?"

„Dass du eher einem Haufen dreckiger Zwerge hilfst, als das Diamantschwert dazu zu benutzen, an der Seite der Trolle uns Elfen möglichst großen Schaden zuzufügen."

„Was hätte ich davon?"

„Die Gewissheit, uns geschadet zu haben."

„Nun ist es aber gut!" Barella wurde ärgerlich. „Das bringt uns keinen Schritt weiter. Wo ist dein Heer?"

Gilbath wies auf ein Gebiet, südlich der Furt, die Bandath für ihren Übergang ausgesucht hatte, direkt an der Grenze zum Umstrittenen Land. „Als wir durch unsere Spione erfuhren, dass die Trolle einen Angriff auf uns planen, rief ich meine Heerführer zusammen. Wir brauchen noch etwa zehn Tage, bis unser Heer vollständig und zur Verteidigung unseres Landes bereit ist."

„Und diese Verteidigung eures Landes findet wahrscheinlich auf dem Gebiet der Trolle statt?" Niesputz zog höhnisch die Augenbrauen hoch.

„Das heißt", murmelte Bandath, der die Diskussion ignorierte, „wir müssen uns in einem weiten Bogen nach Westen durchschlagen um dann am Ufer des Ewigen Stromes zurückzukehren und die Furt zu überschreiten. Das kostet Zeit und ist äußerst riskant." Er knurrte ärgerlich.

„Warum gehen wir nicht direkt durch die Spitzohren hindurch?", fragte Niesputz.

„Weil", antwortete Barella, „sie uns nicht hindurch lassen würden, selbst wenn wir dem Ober-Spitzohr ein Messer an die Kehle setzen und er ihnen befehlen würde, uns laufen zu lassen. Elfen kann man nicht trauen, hat meine Mutter immer gesagt."

Gilbaths Augen blitzten die Zwelfe an.

„Der Weg hier ist aber viel kürzer!" Niesputz wies auf einen Pfad, der südlich ihres Standortes fast gerade nach Norden zum Ufer des Ewigen Stroms führte. „Wir würden mehrere Tage sparen."

Bandath schüttelte den Kopf. „Schau genau hin. Der Weg führt direkt durch das Umstrittene Land."

„Na und? Zauberer, hast du Angst?"

„Magier!", korrigierte Bandath. „Angst ist nicht das richtige Wort. Respekt trifft es besser. Das Umstrittene Land ist voll mit den gefährlichsten Tieren. Nur die Macht des Diamantschwertes gestattete den Elfen und Trollen …"

Er stockte und schwieg.

„Genau!" Niesputz triumphierte. „Nur mit der Macht des Diamantschwertes kann man dieses Land betreten!"

„Wir würden viele Tagesreisen einsparen, schließlich sind wir jetzt nicht mehr ganz so schnell", murmelte Barella mit einem Blick auf den Elfen. Dieser schnaubte. „Dich hänge ich noch allemal ab, wenn du es ohne dein Riesenhuhn riskieren würdest." Dann wandte er sich an Bandath. „Es gibt Tunnel unter dem Strom hindurch, innerhalb des Umstrittenen Landes. Sie sind auf deiner Karte nicht zu sehen."

Nachdenklich wog Bandath den Kopf. „Und wir würden das Land der Trolle an einer völlig anderen Stelle betreten, niemand würde dort mit uns rechnen."

Bandath ließ seinen Blick zum Horizont wandern. In den dunklen Regenwolken, die noch immer das komplette Land diesseits der Drummel-Drachen-Berge bedeckten, war die schwarze, von Blitzen durchzuckte Rauchsäule des Himmelshakens zu sehen. Dann musterte er seine Gefährten. Das waren ja hervorragende Vorraussetzungen, um das Problem zu lösen, dachte Bandath. Ein Ährchen-Knörgi, das Elfen zerhackstückeln wollte, eine Zwelfe, die ihren Vater gefangen genommen hatte und keine Gelegenheit ausließ, ihn mit Worten zu piesacken und ein Elf, der alle anderen Mitglieder der Gruppe verachtete und nur auf eine Gelegenheit wartete, ihnen das Messer an die Kehle zu setzen.

Er rief Dwego. Es wurde Zeit sich auf den Weg zu machen.

Elfen laufen schnell, auch wenn sie einen Strick um den Hals haben, dessen anderes Ende an Barellas Sattel befestigt war. Vergleicht man die Geschwindigkeit eines laufenden Elfen mit der eines Menschen, dann schneidet der Mensch deutlich schlechter ab. Gegen einen Elf hat er keine Chance. Trotzdem verringerte sich die Reisegeschwindigkeit der Gruppe enorm, denn Laufdrachen oder weiße Leh-Muhre haben sehr lange und kräftige Beine. Sie können problemlos mehrere Tage mit enorm hoher Geschwindigkeit weite Strecken zurücklegen. Elfen können da nicht mithalten. Und so wurde Bandaths kleine, zusammengewürfelte Gruppe langsamer. Obwohl sie Gilbath zeitweilig gestatteten, wechselseitig auf Dwego oder Sokah mitzureiten, musste er doch oft laufen, da die beiden Tiere nicht auf Dauer zwei Reiter tragen konnten. Nun machte das Laufen selber dem Elfen nichts aus, Elfen sind von Natur aus kräftig und ausdauernd, auch wenn sie langsamer als Trolle sind. Aber Gilbath fand es erniedrigend, mit einem Seil am Sattel Barellas angebunden zu sein und mit gefesselten Armen hinter den anderen her zu traben.

Am zweiten Tag warnte Niesputz, der ständig als Wachposten über ihnen in der Luft kreiste, vor einem Trupp Elfen und surrte zur sofortigen Erkundung davon. Gilbath richtete sich auf, holte tief Luft und öffnete den Mund zu einem lauten Schrei, als auch schon Barellas Fußspitze gegen seine Schläfe knallte und er mit einem leisen Seufzer zusammensackte. In den Knien federnd kam Barella neben dem Leh-Muhr auf.

„Nur kein Risiko." Barella grinste. Bandath hob die Augenbrauen.

„Wir sollten das aber nicht zur Gewohnheit werden lassen."

„Nein, aber es tut gut."

Niesputz kam von seinem kurzen Erkundungsflug zurück und musterte den friedlich im Gras liegenden Gilbath.

„Müde von der langen Wanderung?"

Barella zuckte mit den Schultern. „Er wollte seine Freunde rufen."

Niesputz trampelte in der Luft mit den Füßen. „Das ist echt gemein! Du hast den ganzen Spaß für dich allein. Ich will ihn auch mal zusammen schlagen."

„Wie weit sind die Elfen entfernt?", brachte Bandath augenverdrehend das Gespräch wieder auf die wichtigen Dinge.

„Keine Gefahr", schmollte das Ährchen-Knörgi. „Die Elfen ziehen östlich an uns vorbei."

„Bei Gelegenheit brauchen wir eine Waffe für ihn." Die Zwelfe nickte zu dem ohnmächtigen Gilbath herüber.

„Und das willst zweifellos auch wieder du erledigen, was?", zischte Niesputz sie an.

„Willst du ein Elfenschwert stehlen?", konterte Barella.

„Nicht ihr beide jetzt auch noch." Bandath hob beruhigend die Hände. „Machen wir uns das Leben doch nicht gegenseitig schwer. Barella, wozu brauchen wir eine Waffe für ihn?"

„Wir gehen in das Umstrittene Land. Wenn ich euch recht verstanden habe, dann ist es voller wilder Tiere. Sogar das Volk der Trolle kann sich dort nur mit der Macht des Diamantschwertes halten. Anschließend geht es zu den Trollen. Die werden nicht gerade erfreut sein, dass wir den Elfenfürst angeschleppt bringen. Von dort wollen wir in das unterirdische Reich der Dunkel-Zwerge, die verschwunden sind. Weißt du, was dort auf uns lauert? Vielleicht sind wir irgendwann einmal froh, wenn er ein Schwert hat. Wir müssen es ihm ja noch nicht gleich zeigen. Ich hole uns eines, du schrumpfst es und behältst es erst einmal."

Als Bandath nachdenklich den Kopf senkte, nahm Barella dies als Zustimmung und verschwand zu Fuß zwischen den riesigen Halmen des Grases. Unwillkürlich musste der Zwergling grinsen.

„Flieg ihr nach, Niesputz. Vielleicht braucht sie ja deine Hilfe."

Sie brauchte die Hilfe des Ährchen-Knörgis nicht. Keine Stunde später kam sie zurück, ein Elfenschwert elegant über die Schulter gelegt. Auf der anderen saß Niesputz. Trotzdem kündete seine missmutige Miene noch immer von ihrer kleinen Meinungsverschiedenheit. Barella reichte Bandath das Schwert und blickte auf den im Gras liegenden Gilbath.

„Schläft der immer noch? So kräftig habe ich doch gar nicht zugetreten."

Bandath kicherte. „Er wurde wach, kurz nachdem ihr los seid. Ich musste ihm mit etwas Hypnose-Magie wieder in das Reich der Träume schicken."

„Echt!", maulte Niesputz. „Ihr beide habt den ganzen Spaß. Ihr klaut Schwerter, verprügelt Elfen und dürft zaubern. Und was bleibt für uns arme, kleine Ährchen-Knörgis übrig?"

Bandath und Barella ignorierten den missgelaunten Niesputz. Mit seiner Lupe schrumpfte der Magier das Elfenschwert und verpackte es zwischen seinen Sachen.

„Ging alles glatt bei den Elfen?"

Barella nickte. „Ich glaube, der Elf wird erst heute Abend merken, dass er einen Holzknüppel am Gürtel hat, und keine Waffe mehr."

Niesputz schwebte über Gilbath. „Wird er nicht mächtig sauer sein, dass Barella ihn ins Gesicht getreten hat?"

Bandath lächelte. „Hypnose-Magie hat ihren ganz besonderen Reiz. Was immer ich ihm vor dem Wecken einflüstere, wird er glauben. Ich könnte ihm zum Beispiel erzählen, dass er eine Bernsteinlöwin wäre und er würde losziehen und sich ein Rudel suchen."

„Toll." Die schlechte Laune des Ährchen-Knörgis war wie weggeblasen. „Mach das, ja! Oder nein, noch besser: erzähl ihm, dass er mein Diener ist und mich überall hin zu tragen hat. So, wie ich es ihm bestimme. Er soll mir frisches Wasser holen und immer kühle Luft zufächeln, wenn mir warm ist."

Jetzt schüttelte Bandath den Kopf. „Nein. Das war nur ein Beispiel. Außerdem widerspricht das den Grundsätzen der Magier-Gilde. Überdies war meine Hypnose-Magie nicht so stark. Der Glaube an eine derart bedeutende Einflüsterung würde nach wenigen Stunden verschwinden. Ich werde ihm nur einflüstern, dass wir eine Rast gemacht haben." Bandath hockte sich vor den liegenden Elf, wisperte ein paar unverständliche Worte und erhob sich. Leicht trat er dem Elf vor die Schulter.

„Steh auf, Gilbath, die Rast ist vorbei."

Der Elf gähnte, öffnete die Augen und erhob sich umständlich, da seine Arme noch immer auf den Rücken gefesselt waren. Ungläubig blickte er sich um.

„Habe ich lange geschlafen?"

„Fast eine Stunde, Schlafmütze", polterte Niesputz. „Komm schon, wir haben nicht die Zeit für Elfenträume." Er erhob sich in die Luft und nahm seine Position über dem Trupp wieder ein.

Noch immer vom Schlaf benommen schüttelte Gilbath den Kopf.

„Das ist mir ja noch nie passiert. Ich …" Als er die grinsenden Gesichter Bandaths und Barellas bemerkte, brach er ab und musterte seine Wärter misstrauisch, sagte jedoch nichts mehr.

Barella sprang leichtfüßig in den Sattel ihres Leh-Muhrs, Bandath bestieg den Laufdrachen.

„Wenn ich dir eines Tages die Hälfte am Dämonenschatz zubillige", erklärte Barella, „dann gehe ich folgerichtig davon aus, dass du mich hypnotisiert hast."

Bandath hob beide Hände. „Das würde ich nie tun."

„Ehrlich?"

„Ehrlich. Du bist viel zu willensstark und intelligent. Bei dir würde die Hypnose-Magie nur kurz wirken."

„Das hoffe ich für dich. Sollte ich nämlich merken, dass du mit mir ein falsches Spiel spielst, dann wirst du denken, dass im Vergleich zu mir die Elfen und Trolle deine Freunde wären."

Bandath nickte. „Fünfzig Prozent!"

„Fünfunddreißig!"

Fünfunddreißig? Nun, es hatte schon bedeutend schlechter ausgesehen.

Am Abend des nächsten Tages erreichten sie ohne weitere Zwischenfälle die Grenze des Umstrittenen Landes. Gewaltige Boa-Bäume reckten ihre saftiggrünen Kronen weit in die Luft. Mächtige Lianen hingen von Ästen, die größer waren als anderswo Bäume. Blätter, mit denen Bandath sich hätte zudecken können, bewegten sich sachte im Wind. Eine gigantische Hecke, die Zweige bewehrt mit Dornen, die lang und spitz wie ein Elfenschwert waren, verwehrte den Zugang. Wie eine Mauer erhob sie sich vor ihnen aus dem Grün der Riesengras-Ebene. Hinter ihr konnten die Reisenden die Boa-Bäume erkennen und das Geschrei einer wilden, unbekannten Tierwelt schallte zu ihnen herüber.

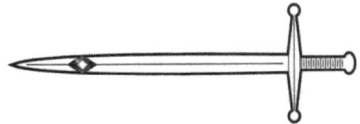

Das Umstrittene Land

„Nein, wirklich, ich bin noch nie hier gewesen. Gilbath ist der Einzige von uns, der je das Umstrittene Land betreten hat", beteuerte Bandath wiederholt.

„Beherrscht, Zwergling, ich habe es viele Jahre lang beherrscht. Bis du uns wieder und wieder das Diamantschwert stehlen musstest und deine widerlichen Trollfreunde uns unser Land wegnahmen."

„Oh, wir Spitzohren sind aber heute nachtragend", frotzelte Niesputz, bevor er sich an Bandath wandte. „Um einmal etwas Nutzbringendes zu unserem Dialog beizusteuern: Soll ich uns einen Eingang suchen, wenn der Herr Spitzohr uns dort nicht reinbringen kann?"

„Ich kann, aber dafür brauche ich das Diamantschwert." Bandath, Barella und Niesputz brachen in Gelächter aus.

„Netter Versuch, Spitzohr", prustete Niesputz. „Ich flieg dann mal und sehe, was ich machen kann."

Niesputz brauchte mehr als zwei Stunden, bevor er wieder zurückkam.

„Nix. Ich selber bin ein paar Mal völlig unproblematisch rüber und wieder zurückgeflogen, aber für euch Fußgänger erscheint mir die Hecke unüberwindbar. Da gibt es ein paar schöne Plätze zum Landen auf der anderen Seite und es sieht ganz so aus, als würden von dort einige Pfade abgehen. Aber wie ihr hineinkommen sollt, weiß ich nicht." Er sah Bandath an. „Es sei denn, du kannst euch hinüberfliegen oder drunter durch zaubern."

Der Zwergling antwortete nicht, sondern fing an, umständlich Blätterreste und kleine Zweige aus seinem Bart zu nesteln, die außer ihm niemand sah.

„Bandath?", fragte Barella. „Kannst du uns hinüber bringen?" Ihr fiel auf, dass er nicht einmal protestiert hatte, als Niesputz von ‚zaubern' sprach.

„Es gibt Magie, die das vermag", mischte sich Gilbath in das Gespräch und in seiner Stimme schwang neben dem üblichen Hochmut ein klein wenig Belustigung mit. „Das stimmt doch, oder? Bandath?"

Bandath nickte, seine Wangen waren rot angelaufen.

„Levitations-Magie", antwortete er leise.

„Levions-Zauberei?", rief Niesputz. „Na los, dann mach Levion, damit ihr alle rüberschweben könnt."

„Ich kann nicht."

Stille.

„Du ... du ... kannst nicht Levions-Zauberei?"

Plötzlich brach ein Schwall Worte aus dem eben noch so schweigsamen Zwergling: „Levitations-Magie. Dinge zum Schweben bringen. Ich hatte damals den Kurs Levitations-Magie auf Go-Ran-Goh abgewählt. Hypnose-Magie erschien mir wichtiger. Und ich habe bisher auch noch nie Levitations-Magie gebraucht. Immer, wenn ich Dinge fliegen lassen wollte, behalf ich mir anders. Ich nutzte Federn oder Sturm oder warme Luft. Ich kann keinen reinen Levitations-Spruch nutzen. Schon lange wollte ich es nachholen, hatte auch mit Muzor Messolan gesprochen, dem Meister der Levitation auf Go-Ran-Goh, aber es kam immer etwas dazwischen." Als hätte er versagt und müsse sich verteidigen, hob er die Hände. „Ich kann euch nicht auf die andere Seite der Hecke bringen, tut mir leid."

Keiner lachte, nicht einmal Gilbath. Alle sahen Bandath an.

„Abgewählt?", hakte Niesputz dann nach. „Ihr könnt frei wählen, welcher Meister euch was beibringt?"

„Jeder Magier sieht seine eigenen Stärken in den Bereichen, die er für sich selber als wichtig erachtet. Da kann es schon sein, dass ein Magier-Lehrling den einen oder anderen Kurs vertieft und dafür etwas anderes gar nicht lernt."

„Abgewählt!" Niesputz schüttelte fassungslos den kleinen Kopf. „Das ist ja, als wenn meine Mutter mir den Unterschied zwischen Giftwurz und Fettkorn beibringen möchte und ich nicht hinhöre, weil die Ährchen-Knörgi-Mädchen viel interessanter sind."

„Und, sind sie es?" Barella zwinkerte Bandath zu. Nicht so schlimm, sagte dieses Zwinkern, wir finden schon einen Weg.

„Sind sie *was*?", fragte Niesputz.

„Interessanter. Sind Ährchen-Knörgi-Mädchen interessanter als der Unterschied zwischen zwei Pflanzen?"

„Natürlich sind sie das. Aber wenn ich das meiner Mutter gesagt hätte … du meine Güte, der Vulkan wäre bei uns im Süden ausgebrochen und nicht hier oben im Gebirge."

„Jedenfalls", unterbrach Gilbath, „kommen wir so nicht weiter. Ich kann euch in das Umstrittene Land bringen. Gebt mir das Diamantschwert und ich öffne euch einen Eingang. Hier ganz in der Nähe ist einer."

„Vergiss es, Spitzohr. Lieber fliege ich noch ein paar Stunden an dieser Hecke entlang, bevor du auch nur den Griff des Schwertes zu sehen bekommst." Niesputz wollte schon losfliegen.

„Du kannst hier bleiben, ihr werdet keinen Eingang finden, Fliegenmann!"

„Ob ich fliege oder nicht, entscheidest nicht du …", brüllte Niesputz mit seinem dünnen Stimmchen, wurde aber von Bandaths ruhigen Worten unterbrochen.

„Ich fürchte, er hat Recht. Nur er kann uns da rein bringen."

„Wieso? Warum kannst du nicht das Schwert nehmen und eine Lücke in diese Hecke hauen?"

„Nur den Trollen und den Elfen ist es von den Dunkel-Zwergen gegeben worden, mit dem Diamantschwert die Pforten zum Umstrittenen Land zu öffnen. Kein anderer kann die Kraft des Schwertes nutzen."

Bandath!

Der Magier sah sich um, wie immer, wenn Menora Kontakt aufnahm und er im ersten Moment dachte, hinter ihm stehe jemand, der ihn beim Namen rief.

Bandath!!

Drängender. Doch bitte nicht jetzt!

‚Was ist denn?'

Hast du endlich das Schwert? Bist du auf dem Rückweg?

‚Wisst ihr etwas Neues?', konterte Bandath mit einer Gegenfrage, um nicht lügen zu müssen. Was sollte er in Go-Ran-Goh?

Wir glauben, der Nicht-Elfe auf der Spur zu sein. Es gibt ein Gerücht über die Tochter einer Zwergin, weit im Süden, deren Vater ein Elf sein soll.

Nun, das war nicht wirklich eine Neuigkeit.

Wir versuchen herauszubekommen, wo sie sich befindet.

Hoffentlich ließ sich der Ring der Magier Zeit damit, wie mit allen Dingen, die er tat.

Was ist jetzt mit dem Schwert?

‚Es gibt Probleme. Ich komme nicht in das Umstrittene Land.‘ Das war nicht einmal gelogen.

Ist das Diamantschwert dort?

‚Noch nicht, aber Gilbath will dorthin und das Schwert befindet sich in seiner Nähe.‘

Versuch unbedingt, das Schwert vorher zu bekommen. Ohne die Macht des Flammenauges wirst du das Umstrittene Land nie betreten können.

Das war jetzt allerdings nicht die Antwort, auf die er gehofft hatte.

‚Hör zu, Menora, im Moment ist es etwas ungünstig. Bitte melde dich später wieder.‘

In zwei Tagen, abends. Und siehe zu, dass es dann günstig ist. Wir brauchen mehr Informationen und das Schwert. Wir vermuten, dass der Ausbruch eines zweiten Vulkans unmittelbar bevorsteht.

‚Ein zweiter Vulkan.‘ Das hatte er bereits in Go-Ran-Goh vermutet.

Wir wissen noch nichts Genaueres, aber wir sind nah dran. Sobald wir etwas wissen, erfährst du es.

‚Alles klar, grüß den Rest des Ringes von mir.‘

Bandath brach den Kontakt ab.

„Die lange Leine?“, fragte Barella. Der Zwergling nickte. Diese Unterhaltungen mit Menora, da sie in Gedanken geführt wurden und nicht den Umweg über gesprochene Worte nehmen mussten, dauerten immer nur wenige Augenblicke. Die anderen hatten nur ein vermeintliches Zögern Bandaths wahrgenommen, während Barella sofort erkannte, was vorging. Bandath war erstaunt darüber, wie einfühlsam Barella auf die Situation reagiert hatte. Wenn er es mit ihrem Streit an dem Tag verglich, als sie das Schwert gestohlen und Gilbath angeschleppt hatte, dann glaubte er, zwei verschiedene Personen vor sich zu haben: Barella, die ihn verstand und ihn unterstützte, und Barella, die ihr Ding durchzog um zu beweisen, dass sie mindestens ebensoviel Wert war wie er und alle anderen der Gruppe.

Trotzdem, er würde ihr in den nächsten Tagen unbedingt den genauen Wortlaut der Prophezeiung mitteilen müssen.

„He, träumender Zauberer. Was machen wir jetzt?"

„Magier", korrigierte Bandath gewohnheitsmäßig das Ährchen-Knörgi. „Was schon, wir geben dem Elf das Schwert und er öffnet uns eine Tür in das Umstrittene Land."

Hätte er den Vorschlag gemacht, sich dem Feldzug der Elfen gegen die Trolle anzuschließen, die Reaktionen von Barella und Niesputz wären nicht friedvoller gewesen. Es erhob sich ein Protestgeschrei in denen Worte wie „Blödheit", „Idiotie" und „Schwachsinn" noch die mildesten Ausdrücke waren.

Der Magier ließ alles ruhig über sich ergehen und hob nach einer Weile die Hand. Als endlich Ruhe einkehrte – er hatte nicht gedacht, dass zwei einzelne Personen so lautstark und so lange schimpfen konnten – sagte er einen einfachen Satz: „Gut, macht einen besseren Vorschlag."

Beide schwiegen, funkelten ihn nur böse an. Da war sie wieder, die andere Barella.

„Wir könnten das Umstrittene Land umgehen", wagte Niesputz endlich einen halblauten und nicht ganz ernst gemeinten Vorschlag.

Bandath kramte die Karte aus seinem Schultersack, faltete sie umständlich auseinander und wies auf den breiten Streifen des Umstrittenen Landes.

„Im Osten zieht es sich fast bis nach Flussburg, im Westen endet es an der Furt, an der das Heer der Elfen auf ihren Fürst wartet. Also haben wir viele Tagesreisen in der einen Richtung zu absolvieren oder viele Elfen in der anderen Richtung …", er sah Niesputz an, „… zu zerhackstückeln. Auf welche Marschroute wollen wir uns einigen? Ach ja, ich vergaß zu erwähnen, dass mich eben der Ring der Magier kontaktierte. Sie vermuten, dass der Ausbruch eines zweiten Vulkans unmittelbar bevorsteht. Sie wussten nur nicht so genau, wann und wo."

„Das ist echt unsauber, was du hier machst, Zauberer …"

„Magier!"

„… zuerst setzt du alles in Bewegung, um diesem arroganten Typen hier das Diamantschwert zu stehlen und bei der erst besten Schwierigkeit legst du es ihm wieder vor die Füße."

Bandath hätte jetzt sagen können, dass es die Idee des Ährchen-Knörgis gewesen war, die sie hierher geführt hatte. Aber von solcher Art Diskussionen hielt er nicht viel.

„Ich weiß nicht, wie groß die Macht ist, die Gilbath erlangt, wenn er das Diamantschwert in den Händen hält, aber ich werde alle meine Möglichkeiten ausschöpfen, um ihn unter Kontrolle zu halten."

„Und die wären?" Barella sah ihn skeptisch an.

„Das wirst du gleich sehen. Zuerst hole ich das Schwert." Er schulterte seinen Beutel und stapfte davon. Gilbath, der die Diskussion mit wachsender Belustigung und steigendem Interesse verfolgt hatte, meldete sich jetzt zu Wort.

„Wo willst du hin? Hast du das Schwert im Gras versteckt?"

Ohne sich umzudrehen oder gar anzuhalten, antwortete der Zwergling: „Nein, aber selbst wenn ich dir das Schwert in die Hand gebe, musst du nicht all meine Geheimnisse wissen."

Kurz darauf kehrte der Magier zurück, die begehrte Waffe in den Händen. Voller Schreck erkannte Gilbath im selben Moment, dass er sich keinen Fuß weit rühren konnte.

„Lähmungs-Magie", erklärte Bandath gut gelaunt. „Du wirst nicht einen Schritt machen können, wenn ich das nicht will. Und ich habe noch etwas für dich." Er reichte das Schwert Barella und näherte sich dem Elfen, der wütend mit den Beinen ruckte und sich vorkam wie eine Fliege im Honig.

„Was denn noch? Willst du meine Zunge lähmen? Die brauche ich aber für die Anrufung des Schwertes."

„Nein, keine Angst. Ich habe nur eine Frage. Kannst du meine Augenfarbe erraten?"

„Was soll denn das jetzt? Wir haben keine Zeit für Kinderspielchen sondern … müssen … bal…lalalal…" Gilbath war wütend gewesen, hatte aber doch auf Bandaths Frage nach der Augenfarbe reagiert und unwillkürlich in die Augen des Magiers geblickt. Das reichte diesem, um seinen bewährten Hypnoseblick anzuwenden. Gilbath war ein leichtes Opfer. Leute, die überheblich auf die Magie des Zwerglings reagierten, die blasiert und selbstherrlich durch die Gegend liefen und auf andere herabschauten, ließen sich am leichtesten hypnotisieren, weil sie gerade das nicht im Mindesten erwarteten. Wie üblich murmelte Bandath einige, den Außenstehenden nicht verständliche Worte, bevor er Gilbath mit einer leichten Handbewegung aus der Hypnose weckte.

„Nun", fragte er ihn leichthin. „Wo können wir das Umstrittene Land betreten?"

„Gar nicht weit von hier ist ein Eingang, ich führe euch."

Bandath hob den Lähmungszauber auf, entfesselte die Arme des Elfen und befreite seinen Hals von der an Barellas Sattel befestigten Schlinge. Gilbath lief los, an Barella mit dem Diamantschwert vorbei, die sich unwillkürlich versteifte. Der Elf aber würdigte weder sie noch die Waffe mit einem Blick.

„Wenigstens hüpotisieren kannst du, wenn du schon nicht Levions-Zauberei kannst", rang sich Niesputz eine Anerkennung ab und folgte Gilbath.

„Wie lange?", fragte Barella.

„Wir müssen uns beeilen. Elfen sind stark. Überheblich, aber stark. Sie lassen sich schnell hypnotisieren, aber je stärker die Hypnose, desto schneller schütteln die Spitzohren sie wieder ab." Er folgte Gilbath und Niesputz. Barella schloss sich an und die beiden Reittiere folgten. Es dauerte nicht lange, bis Gilbath stehenblieb. Der Teil der Hecke unterschied sich in nichts von dem Rest, an dem sie eben vorbeigewandert waren.

„Hier ist ein Eingang. Um ihn zu öffnen, brauche ich das Diamantschwert." Er sagte es in dem Ton, in dem eine Frau ihren Mann gebeten hätte, ihr den Schlüssel für die Haustür ihres gemeinsamen Hauses zu geben. Bandath nickte Barella zu und die überreichte dem Fürst der Elfen die begehrte Waffe. Gilbath nahm sie in beide Hände, hielt sie aufrecht vor sich und begann einen gutturalen Sprechgesang zu rezitieren, von denen die Umstehenden nicht ein Wort verstanden.

„Das scheint die alte Sprache der Dunkel-Zwerge zu sein", erklärte Bandath der nahe bei ihm stehenden Zwelfe. Er spürte die Wärme ihres Körpers und das lenkte ihn ab. Wollte er sich doch auf den Lähmungs-Magie-Spruch konzentrieren, falls der Elf nicht so reagieren würde, wie es die Hypnose vorsah. Auch Niesputz hatte sich vorbereitet. Mit gespanntem Bogen schwebte er hinter dem Elf und zielte auf dessen Nacken. Nur Barella schien Bandaths Hypnose-Magie voll und ganz zu vertrauen. Plötzlich öffnete sich vor ihnen völlig unspektakulär die Hecke und gewährte Durchlass.

„Kommt!", sagte Gilbath, ließ uninteressiert das Schwert fallen und schritt durch die Passage. Bandath und Barella folgten ihm, wobei die Zwelfe im Laufen das Schwert aufhob und Bandath reichte. Nickend dankte er ihr. Ganz kurz berührten sich ihre Finger, als er mit seiner Hand den Griff der Waffe umschloss und ihn durchfuhr es wie ein Stromschlag. Sein Herz schlug heftig und er spürte Hitze in sich aufsteigen.

Verdammt, was war das, was da mit ihm geschah? So etwas hatte er noch nie bei sich beobachtet.

„Levions-Zauberei abwählen", knurrte Niesputz halblaut, als er die beiden überholte, um vor ihnen im Umstrittenen Land anzukommen. „Wie kann man nur?"

Bandath nahm sich fest vor, bei Gelegenheit den Kurs zur Levitations-Magie bei dem Meister der Levitation, dem Minotaurus Muzor Messolan, nachzuholen. Er hoffte nur, dass er diese Gelegenheit auch bekommen würde.

Bevor Bandath Gilbath aus seiner Hypnose entließ, schrumpfte er das Diamantschwert wieder und versteckte es, wohlbehütet im Mogohani-Holz-Kästchen, in seinem unergründlichen Schultersack.

Der Elf, erwacht aus seinem Tagtraum, sah sich erstaunt um. Dem Staunen in seinem Blick wich erst langsam, dann heftig werdend, Wut.

„Was hast du mit mir gemacht, Zwergling?"

„Ich? Wie kommst du darauf?"

„Wir sind im Umstrittenen Land. Von uns vieren konnte nur ich den Durchgang öffnen. Und ich kann mich an nichts erinnern! Wo ist das Schwert? Du hattest es eben noch!"

„Nun", fröhlich, da er den Elf jetzt wieder ärgern konnte, surrte Niesputz vor dem Fürst auf und ab. „Bandath hat dich nett gebeten und du hast uns das Tor geöffnet, mit dem Diamantschwert in der Hand. Als das Dornengestrüpp uns den Weg frei gab, hast du die Klinge wieder fallen lassen wie dreckige Unterwäsche."

Gilbath kochte vor Wut. Sein Blick wanderte von einem grinsenden Gesicht zum nächsten.

„Ich kriege euch! Irgendwann kriege ich euch! Jeden einzelnen!"

Wütend stapfte er ins Unterholz davon. Niesputz folgte ihm kichernd.

„Stehen bleiben, Spitzohr. Oder soll der Zauberer dir erneut die Füße an die Erde fesseln?"

„Magier", murmelte Bandath, während Barella eilte, um dem Elf die Arme wieder auf den Rücken zu fesseln und seinen Hals mit dem langen Seil am Sattel des Leh-Muhrs zu befestigen.

Das Umstrittene Land war das fruchtbarste und vegetationsreichste Gebiet, welches Bandath je gesehen hatte. Bis zu diesem Tag war es ihm nur vergönnt, Blicke über die Hecke zu werfen. Wirkliches Interesse war auch noch nie angebracht gewesen. Entweder bewachten die Elfen den Landstrich oder die Trolle jagten hier ungebetene Eindringlinge. Selbst wenn die nicht gewesen wären, über das Umstrittene Land und die in diesem Bereich angeblich lebenden wilden Tiere kursierten die furchtbarsten Gerüchte in den Wirtshäusern, die Bandath üblicherweise besuchte. Gerüchte, die ausreichten, einen Magier, der eher an leicht verdientem Gold als an Abenteuern interessiert war, von einem eventuell erwogenen Besuch dringendst abzuraten. Von riesigen Giftspinnen, fliegenden Monstern, Geistern und wilden Raubtieren war die Rede, von Wesen, die so furchtbar und beängstigend sein sollten, dass es jedem biertrinkenden Gast eines Gasthofes glatt die Sprache verschlug und ihm die Worte fehlten, wollte er die Grässlichkeiten und Abscheulichkeiten beschreiben. Nun, wohl oder übel musste Bandath sich jetzt selber ein Urteil bilden. Er folgte dem Pfad, den Gilbath als den zum Fluss führenden bezeichnet hatte. Niesputz schwirrte irgendwo vor ihm durch das dichte Unterholz. Nur ab und zu erhaschte er einen Blick auf das grüne Leuchten seines Kameraden. Dwego trabte folgsam hinter dem Magier her. Barella mit Sokah und Gilbath bildeten die Nachhut. Das gewaltige Laub der Boa-Bäume weit über ihnen verschluckte fast das gesamte Sonnenlicht. Wie eine zweite Etage unter den Kronen der Boa-Bäume wuchs eine weitere Schicht von Pflanzen, denen das Halbdunkel des Waldes zu bekommen schien. Riesige Lianen kletterten an den Boa-Bäumen empor und ringelten sich von den Ästen wieder herab. Kleinere Bäume, aber immer noch um ein vielfaches größer als ein Zwergling, wuchsen zwischen den Boas. Mit helleren Blättern fingen sie die Reste des Sonnenlichtes ein, das die wenigen Lücken zwischen den

Boa-Blättern gefunden hatte. Unter denen wiederum wuchsen Büsche, immer noch höher als Bandaths Haus, mit und ohne Dornen, mit Blättern oder Nadeln. Und darunter Kräuter. Man dachte nicht, dass in der Dunkelheit unter den oberen Vegetationszonen noch etwas wachsen könnte, aber es war kein freier Boden zu sehen. Dicht an dicht stand Kraut in den verschiedensten Formen, Gräser, Bodengewächse in nie gesehenen Mengen. Hier herrschte eine Lebenskraft, die Bandath bisher nur in Aufzeichnungen beschrieben fand, die sich mit den Urwäldern weit jenseits der südlichen Grasebenen beschäftigten. Unmengen verschiedener Vögel bevölkerten die Bäume, große, kleine, bunte, graue. Echsen huschten die Baumstämme empor, Käfer, Fliegen und Libellen sirrten durch die Luft, Schmetterlinge taumelten vorbei. Irgendwo plätscherte unsichtbar ein Bach. Eigentlich hätte dieser Wald vor Lebenskraft nur so strotzen müssen. Doch über all dem lag ein feiner, trüber Schleier. Die Blätter erschienen dem Zwergling nicht so grün, wie sie hätten sein können, die Insekten flogen nicht so schnell, wie es ihnen wahrscheinlich möglich gewesen wäre, die Vögel sangen nicht so lebhaft, wie sie vermutlich konnten. Kurz: Der Wald machte unterschwellig den Eindruck, müde zu sein, sich im Anfangsstadium einer Krankheit zu befinden. Ganz so, als fehle ihm etwas, von dem er selbst noch nicht so genau „wusste", was es sein könnte.

Bei ihrer ersten Rast brachte es Gilbath, der als einziger von ihnen das Umstrittene Land schon betreten hatte, zur Sprache.

„Befreit mich von meinen Fesseln."

Niesputz begann aus voller Kehle zu lachen, doch als Bandath die Hand hob, verstummte er augenblicklich.

„Warum sollten wir das tun?", fragte der Zwergling.

Ohne zu antworten sah der Elf dem Magier längere Zeit in die Augen.

„Du spürst es auch, nicht wahr?"

Barella und Niesputz sahen ratlos zwischen den beiden hin und her.

„Was geht hier vor?", fragte die Zwelfe schließlich. „Was spürst du auch?"

Bandath wies unbestimmt auf die sie umgebenden Bäume: „Irgendetwas stimmt hier nicht. Etwas ist nicht so, wie es sein sollte, wie es wohl auch viele hundert Jahre lang war."

Der Elf nickte bestätigend. „Ich spüre es noch deutlicher als Bandath." Das erste Mal seit der Zwergling den Elfenfürst kannte, hatte dieser ihn beim Namen genannt. „Das Land ist krank, ihm fehlt etwas. Ich weiß nicht was, aber in den vielen hundert Jahren, in denen ich in diesem Land lebte, war es nie so wie jetzt. Es ist …", er suchte nach Worten, „… *anders*", endete er dann ratlos. „Hinfällig, schwach. Ihm fehlt Lebenskraft."

Barella sah Bandath an. „Als du im Gebirge warst, kurz vor dem Vulkanausbruch, spürtest du, wie du mir erzählt hast, dass die Natur auch *anders* war."

„Ja, aber nicht so." Grüblerisch ließ der Zwergling seinen Bart durch die Finger gleiten. „An jenem Tag war die Natur angespannt wie ein Mantikor vor seinem Sprung auf die Beute. Ich konnte Dwego nicht dazu bewegen, die Drummel-Drachen-Berge zu betreten." Alle blickten unwillkürlich zu dem Laufdrachen, der soeben eine riesige Libelle aus der Luft geschnappt hatte und sie genüsslich verspeiste. Neben ihm knabberte Sokah an einem Beerenstrauch.

„Der Ring der Magier sieht zwar einen zweiten Vulkanausbruch auf uns zukommen, aber ich denke nicht, dass das hier sein wird."

„Ist doch klar was hier passiert", ließ sich jetzt Niesputz vernehmen. „Schaut euch doch mal um. So ein Wald gehört gar nicht hierher. Das gibt es nur weit im Süden, wo die Tage und die Nächte gleich lang sind und im Winter Regen statt Schnee fällt. Also fragt man sich nun: Wo nimmt der Wald die Wärme zum Wachsen her?" Ratlos sahen die drei den winzigen, fliegenden Mann an, wie er, vor Stolz fast platzend, vor ihnen in der Luft schwebte und grüne Funken versprühte.

„Solltet ihr mir diese Frage nicht beantworten können, dann vielleicht diese: Ist es nicht seltsam, dass der Wald ausgerechnet jetzt krank wird, wenn dort oben", er wies vage mit der Hand Richtung Norden, wo irgendwo die hinter den riesigen Boa-Bäumen nicht sichtbaren Drummel-Drachen-Berge sein mussten, „ein Vulkan ausbricht?" Auffordernd wie ein Lehrmeister blickte Niesputz auf die im Gras Sitzenden herab. „Nun, keine Idee in den ach so schlauen Köpfen von Magiern und Elfen? Barella, zumindest von dir habe ich mehr erwartet."

„Nun", wagte die Zwelfe den Anfang einer Idee. „Wenn der Erd-Drache seit vielen tausend Jahren die Vulkanausbrüche verhindert, dann muss sich die Hitze in der Erde …"

„… zwangsläufig einen anderen Weg suchen", fuhr Bandath fort. „Ganz so, wie eine eingesperrte Beißerratte sich einen Weg aus ihrer Falle nagt, wenn die Klappe zugefallen ist."

„Und die aufgestaute unterirdische Wärme", ergänzte Gilbath, „kommt hier im Umstrittenen Land hervor. Wir haben an einigen Stellen heiße Wasser- und Schlammquellen und es ist ständig wärmer als in den Riesengras-Ebenen."

„Na also!" Zufrieden verschränkte Niesputz die Arme und schoss einen funkensprühenden Salto. „Das war doch gar nicht so schwer. Gelingt es also nicht, den Vulkan zum Erlöschen zu bringen, dann wird es keine Wärme mehr geben, die das Umstrittene Land weiter am Leben erhält."

Gilbath drehte Barella seinen Rücken mit den über den Ellenbogen gefesselten Armen zu. „Binde mich los. Selbst um den Preis des Diamantschwertes, das Umstrittene Land darf nicht sterben."

Barella erhob sich, zückte ihr Messer und zögerte noch einmal kurz, mit der Klinge direkt an der Fessel des Elfen.

„Wenn wir Erfolg haben, ist das Diamantschwert für alle Zeit verloren. Und damit auch jede Hoffnung für euch und die Trolle, je über das Umstrittene Land zu herrschen."

„Vielleicht gibt es ja noch einen anderen Weg als die Macht des Diamantschwertes. Wir haben uns viel zu lange auf diese Waffe verlassen und nach keiner anderen Lösung gesucht. Aber um hier heil durchzukommen, braucht ihr mich – beweglich. Und wenn möglich bewaffnet."

Barellas Klinge blitzte auf und die Fesseln des Elfen fielen.

„Über deine Bewaffnung reden wir später."

„Wenn es da nicht zu spät ist."

„So." Niesputz rieb sich fröhlich die Hände. „Da wir jetzt also alle Freunde sind, kann es ja weitergehen." Er surrte davon.

„Freunde?", grummelte der Elf. „Davon habe ich nichts gesagt!" Er folgte Niesputz auf dem Pfad zum Fluss.

Bandath hob die Augenbrauen und blickte Barella an. Diese lächelte, pfiff nach Sokah, schwang sich auf den Sattel und ritt ebenfalls los.

„Wieso bin ich eigentlich der Letzte hier?", brummte er, als er zu Dwego schritt, der eine weitere Libelle verspeiste. „Ich müsste vorneweg reiten. Das ist *meine* Aufgabe, ich hatte die Idee ..."

Am späten Abend rasteten sie an einer Felswand. Sie waren lange unterwegs gewesen, es ging auf Mitternacht zu. Bandath drängte. Es hatte ihn ein Gefühl der Eile ergriffen. Barella brachte von einer erfolgreichen Jagd mit dem Bogen mehrere große Vögel mit, die Gilbath als Wipfelsegler bezeichnete und Bandath briet sie ihnen am Spieß über einem Feuer. Niesputz surrte auf der Suche nach Nahrung irgendwo außerhalb ihres Lagers umher, genau wie Dwego und Sokah.

„Du verbrennst das ganze Fleisch", monierte der Elf. „Hast du schon einmal Vögel unter der Feuerstelle gebacken, gefüllt mit Äpfeln, eingelegt in Kräuter und mit einem Lehmmantel umschlossen?" Der Zwergling schwieg. Seine Kochkünste reduzierten sich auf das, was er gerade tat, egal ob es sich um Vögel, Fisch oder Wild handelte. Jedoch entspann sich jetzt eine rege Diskussion zwischen dem Elf und seiner Tochter über die verschiedensten Rezepte. Ungläubig verdrehte Bandath die Augen. Die beiden unterhielten sich doch tatsächlich über Kochrezepte, während in den Drummel-Drachen-Bergen Vulkane ausbrachen und hier ringsumher der Wald zu sterben begann.

Bandath!

Oh nein, nicht schon wieder.

Bandath! Wo bist du?

‚In der Nähe des Ewigen Stroms.'

Im Umstrittenen Land?

‚Nun, nicht direkt. Ich ...'

Was heißt nicht direkt? Ich fühle, dass du im Umstrittenen Land bist. Wie bist du da hineingekommen? Hast du das Schwert?

‚Äh ... ich habe ...' Bandath wusste nicht, was er antworten sollte

Du hast das Schwert. Wieso kommst du nicht zu uns? Wir haben dir die ausdrückliche Order gegeben, mit dem Schwert zu uns zurückzukehren.

‚Ich wusste gar nicht, dass ihr mir eine Order erteilt habt. Ich hielt es für einen Vorschlag.' Das war reine Ablenkung.

Du bist Mitglied der Magier-Gilde und als solches verpflichtet, den Anweisungen des Ringes der Magier nachzukommen!

Bandath wurde jetzt richtig wütend. ‚Verdammt, Menora. Ja, ich habe das Schwert! Und ja, die Nicht-Elfe ist auch bei mir. Wir sind nur noch *so ein kleines Stück* von der Lösung des letzten Rätsels entfernt.'

In Gedanken hielt er Daumen und Zeigefinger eng zusammen, als zeige er, wie nah sie einer Lösung wären.

‚Wir können den Eingang zu den Höhlen der Dunkel-Zwerge finden. Uns fehlt nur noch ein einziges Dokument. Wenn ihr nichts Neues wisst, dann lasst mich endlich in Ruhe!'

Bandath spürte förmlich, wie dieser Widerstand den Ring der Magier nach Luft schnappen ließ.

Bandath! Romanoth Tharothil ist nicht gewillt, diese Auflehnung hinzunehmen. Komm nach Go-Ran-Goh mit dem Schwert und der Nicht-Elfe! Wir können hier alle Probleme lösen.

‚Und in der Zwischenzeit bricht irgendwo in den Drummel-Drachen-Bergen ein zweiter Vulkan aus ...'

Nicht irgendwo! Der zweite Vulkan wird der Nebelgipfel sein. Wir haben einen Boten ausgeschickt, sie zu warnen. Du aber komm zurück!

„Der Nebelgipfel!", flüsterte Bandath tonlos. Dann war erst recht keine Zeit mehr!

Bandath! Bandath!

Der Magier brach den Kontakt ab.

„Was ist?" Barella hatte ihr Gespräch mit Gilbath beendet und starrte den Magier besorgt an. „Was hast du, Bandath?"

Als würde er durch sie hindurch sehen, glitten seine Augen über ihre vertraute Gestalt hinweg.

„Der Nebelgipfel", flüsterte er. Entsetzen schwang in seiner Stimme mit. „Der zweite Vulkan wird am Nebelgipfel ausbrechen."

Sogar Gilbath zog die Luft zwischen den zusammengepressten Zähnen ein, scharf und schnell. „Woher willst du das wissen?"

„Die Magier von Go-Ran-Goh", bemerkte Barella nur.

„Wie sicher ist das, Zwergling?"

Bandath erhob sich. „Wenn sie ihre Kenntnisse teilen, dann müssen sie sich sehr sicher sein."

„Aber", bestürzt und hilflos hob Gilbath die Hände. „Dort leben Hunderte Elfen!"

„Und Tausende Menschen, Halblinge, Zwerge, Gnome und was weiß ich noch!", ergänzte Barella wütend den Elf. „Was tut der Ring der Magier?", wollte sie von dem Zwergling wissen.

„Was können sie schon tun?" Noch immer klang die Stimme des Magiers fassungslos und leise. „Selbst wenn sie sofort Boten losschicken, sind die frühestens in fünfzehn bis zwanzig Tagen dort. Bevor die Evakuierung organisiert wird, vergehen noch einmal Tage. Der Markt kann nur auf zwei Wegen verlassen werden, der eine führt auf diese Seite des Gebirges, der zweite auf die andere. Viel zu wenig Platz für alle dort Lebenden. Es wird zu einer Panik kommen und Hunderte werden sterben, bevor noch der Vulkan ausbricht." Jetzt endlich fand sein Blick aus den unergründlichen Fernen wieder zurück und traf Barella direkt in ihre Augen. „Sie haben nur eine einzige Chance."

Die Zwelfe nickte. „Uns."

Gilbath stellte sich neben die beiden. „Dann sollten wir unser Tempo erhöhen."

Niesputz surrte heran, zurück von seinem Erkundungsflug.

„Was ist los? Ihr steht so aufbruchsbereit in seltener Eintracht."

„Wir wissen jetzt", klärte Barella ihn auf, „dass der zweite Vulkan am Nebelgipfel ausbrechen wird – und zwar schon sehr bald."

„Ups. Das ist böse! Und deshalb wollt ihr gleich weiter?" Die drei nickten.

„Nun." Niesputz setzte sich auf Gilbaths Schulter. „Das wird nicht so einfach."

„Wieso?", fragte der Elf ungehalten und schielte zu dem kleinen Mann, der sich ungebeten niedergelassen hatte. „Dann sperrt mal eure Ohren weit auf." Ein Seitenblick zu den Ohren des Elfen folgte. „Auch die spitzen Ohren. Wir sind umzingelt von fünf Tieren. Ich kenne solche Tiere aus meiner Heimat. Da sind sie kaum größer als ich. Sechs schwarze Insektenbeine, ein länglicher Körper mit vier kräftigen Scheren vorn und ein über dem Körper nach vorn gebogener Schwanz mit einem Giftstachel." Niesputz schüttelte sich vor Ekel. „Hier allerdings sind diese netten Tierchen etwas größer als dein Laufdrache, Zauberer."

„Mag…" Bandath blieb die Korrektur des Wortes *Zauberer* im Hals stecken. Er räusperte sich. „Größer als Dwego? Spinnen mit Giftstacheln und Krebsscheren?"

„Keine Spinnen." Gilbath schüttelte den Kopf. „Ein Trollbrecher ist eine Art riesiges Insekt, äußerst gefährlich."

„Trollbrecher? Ihr nennt diese Viecher Trollbrecher?" Niesputz schüttelte den Kopf. „Und wie nennen die Trolle sie?"

„Ich glaube Elfenknacker …"

Niesputz schwirrte wütend hoch und surrte zu Barella. „Man müsste beiden Völkern auf ewig das Recht nehmen, Tieren Namen zu geben. Wer weiß, wie sie uns nennen würden. Trollbrecher … Elfenknacker …", knurrte er. Dann drehte er sich zu Bandath um. „Ach ja, ich glaube, jetzt ist ein guter Zeitpunkt ihm das Schwert zu geben und dir selber ein paar wirkungsvolle Zauber zu überlegen. Die Sechsbeinigen Giftscherenstachler, so nennen *wir* sie nämlich, werden in ein paar Minuten hier sein. Sie haben uns eingekreist und kriechen langsam auf das Feuer zu."

„Sechsbeinige Gift… was?" Gilbath schüttelte den Kopf. „Der Name ist auch nicht viel besser."

Während des Wortwechsels griff Bandath in seinen Schultersack, förderte das winzige Elfenschwert und seine Lupe zu Tage und vergrößerte die Waffe mit Hilfe magischer Worte.

„*Das* ist dein Geheimnis, Zwergling? Ein Glas, das Dinge größer und kleiner machen kann? Du hast dich irgendwann dieser Lupe bemächtigt, wahrscheinlich gestohlen wie du uns das Schwert gestohlen hast, und seitdem kannst du Dinge verkleinern? Damit stiehlst du uns seit Jahren das Diamantschwert?"

Der Elf hatte fassungslos dem Treiben Bandaths zugesehen. Der Magier ging zu ihm, gab ihm das Schwert und hielt ihm auch die Lupe hin. „Versuch es, großer Elfenfürst. Nimm sie und versuch es. Es gehört mehr dazu ein Magier zu sein, als sich einer Lupe … *zu bemächtigen*. Man muss sie auch bedienen können." Plötzlich drehte er die Lupe etwas in der Hand und richtete sie auf Gilbath. „Was, meinst du, würden die ‚Elfenknacker' denken, wenn du nur noch halb so groß wärst?"

Entsetzt prallte der Elf zurück. „Das würdest du nicht wagen!"

„Hast du eine Ahnung, was ich mittlerweile alles wagen würde, um das Flammenauge dort hinzubringen, wo es auch hingehört. Also lass mich endlich in Ruhe, nimm dein Schwert und hilf uns, hier rauszukommen."

Es raschelte im Gebüsch hinter Gilbath und der erste Giftscherenstachler erschien.

Waltrude knirschte mit den Zähnen. Sollte er nur herankommen, der Fährmann, sie würde es ihm schon zeigen! Ihr Blick wanderte über die glatten Mauern Flussburgs, die sich am anderen Ufer rechts und links des Hafens erstreckten. Wachfeuer dort oben und im Hafen kündeten von den Bewaffneten, die bereits aufmarschiert waren, als die Zwerge Drachenfurts vor der Stadt ankamen. Im nächtlichen Fluss spiegelten die Feuer sich als zerrissene, helle Flecken.

Die Zwerge hatten Halblinge und Menschen auf der Ebene vorgefunden, Flüchtlinge aus zwei Dörfern in der Nähe des Himmelshakens, genau wie sie. Man kannte sich, da sowohl die Menschen als auch die Halblinge stets Verbindungen zu Drachenfurt gehalten hatten. Die Bürger Flussburgs würden sie nur minimal versorgen, teilten diese den Zwergen mit. Wenige Nahrungsmittel und kaum frisches Wasser würden sie ihnen geben. Die Flüchtlinge bekamen nicht einmal die Gelegenheit, mit irgendjemandem aus Flussburg zu reden. Die Situation besserte sich nicht, im Gegenteil. Ihnen wurde recht bald klar, dass sie von Flussburg freiwillig keine Hilfe zu erwarten hatten. Da niemand mit den Zwergen reden wollte, konnten sie auch keinem das Gold, das sie aus Bandaths geheimem Versteck geholt hatten, als Gegenleistung für Brot und Wasser anbieten. Auf ihre Rufe wurde nicht reagiert und als ein paar beherzte Menschen hinüber schwimmen wollten, wurden sie mit Pfeilschüssen empfangen. Flussburg hatte sich abgeriegelt und wollte wahrscheinlich die Flüchtlinge sich selbst überlassen.

Mitten in der Nacht war sie dann von Theodil geweckt worden. „Da kommt ein Boot über den Fluss. Zwei Mann sitzen darin, wie wir bis jetzt sehen können." Am Ufer wurden sie schon von Almo Reisigbund und Menach erwartet. Almo war ein Halbling und Menach gehörte zu den menschlichen Flüchtlingen. Keiner wusste, wer die Leute auf der Fähre waren, aber eines war klar: Sie kamen nicht in offizieller Mission, da sie sich unauffällig, im Schutz der Dunkelheit aus der Stadt schlichen und sie steuerten genau auf das kärgliche Zeltlager der Flüchtlinge zu. Der Kahn war nicht mehr weit vom Ufer entfernt, als er seine Fahrt stoppte. Die am Ufer Hockenden hörten einen geflüsterten Wortwechsel auf dem Boot, zu leise um etwas zu verstehen. Dann richtete sich eine der Gestalten auf und es ertönte eine halblaute Stimme: „Hallo, ihr dort am Ufer. Wir haben weder Nahrungsmittel noch Wasser an Bord. Es lohnt sich also nicht, uns zu überfallen."

Der Stimme nach musste es ein Mensch sein. Niemand reagierte. Der Mann im Kahn wartete einige Augenblicke, bevor er wieder rief: „Unser Boot brauchen wir selber, um wieder zurückkehren zu können. Also auch deshalb wäre ein Überfall ungünstig."

„Was wollt ihr?", antwortete jetzt Theodil.

„Mit euch verhandeln. Könnt ihr für die Flüchtlinge reden?"

„Kommt ans Ufer", entgegnete Menach anstelle einer Antwort. „Wir werden euch nichts antun."

Der flache Kahn legte an. Ein Mensch und ein Gnom stiegen aus.

„Hangaith", stellte sich der Mann vor, der Gnom schwieg. Waltrude beugte sich etwas vor.

„Bist du der Fährmann Hangaith?"

Der Mann nickte. „Und wer seid ihr?"

Theodil stellte sie vor. Waltrude ergriff erneut das Wort, bevor ein anderer etwas sagen konnte.

„Ist der Herr Magier hier gewesen?"

Wiederum nickte der Fährmann. „Du kennst den kleinen Bandath?"

„Das kann man wohl sagen. Seit fast hundert Jahren wasche und flicke ich ihm die Unterhosen."

„Dann musst du Waltrude sein. Mein Freund schwärmt in den höchsten Tönen von deinen Kochkünsten."

„Nun, das mag daran liegen, dass er selbst nicht kochen kann. Aber es freut mich zu hören, dass meine Künste jetzt schon in Flussburg gerühmt werden. Nur leider habe ich zurzeit nicht so viel Gelegenheit, der Kochkunst nachzukommen."

„Deshalb sind wir hier." Der Mann wies auf den Gnom. „Das ist Gog, der Wirt der *Trockenen Kehle*. Auch er kennt den Magier."

„Das habe ich mir gedacht", fluchte Waltrude. „Ein Wirt. Und die Kneipe heißt auch noch *Trockene Kehle*. Na, dass der Herr Magier *dort* wohlbekannt ist, kann ich mir richtig gut vorstellen. Und mir erzählt er immer, er habe hochwichtige Aufgaben zu erledigen, hier in Flussburg."

„Es ist nicht, wie du denkst, Frau", zischte der Gnom. „Er war vor einigen Tagen hier und hat viel kaufen lassen von den Ratsherren Steinbeißer und Fassreiter – Proviant für euch. Bezahlt hat er mit Gold. Die Augen des Zwerges und des Halblinge glänzten und ihre Gier konnte ich in ihrem Schweiß riechen. Ich habe erfahren, dass sie von seinem Geld eine ganze Lagerhalle voll Proviant einkauften. Es ging schon am nächsten Tag los, kurz nachdem Hangaith Bandath wieder über den Fluss zurückgebracht hat."

Stille folgte den Worten des Gnoms, so als müssten die Zuhörer das Gesagte erst verdauen.

Dann wetterte die Zwergin los: „Diese elenden Gargylendreck-Sammler. Der Herr Magier gibt ihnen sein Gold, damit die Proviant für uns kaufen und die horten die Nahrungsmittel und geben uns nichts davon ab. Wahrscheinlich wollen sie warten, bis es richtig teuer ist und dann verkaufen. Aber die haben die Rechnung ohne Waltrude gemacht. Ihr beide fahrt mich jetzt sofort über den Fluss."

„Äh." Der Gnom erschien einigermaßen ratlos. „Das war es eigentlich nicht, was wir hier vorhatten."

„Was dann?", fragte Theodil.

„Wir wollten euch ein Geschäft vorschla…" Bevor er ausgeredet hatte, griffen Waltrudes kräftige Hände schneller nach seiner Kehle, als es auch nur irgendeiner der Anwesenden ihr zugetraut hätte.

„Du auch?", knurrte sie böse. „Du willst auch Geschäfte auf unsere Kosten machen? Aber nicht mit mir! Nicht, solange in diesen alten Armen auch nur ein wenig Kraft ist."

Hangaith stürzte hinzu und zerrte erfolglos an ihren Armen. „Hör ihn doch erst einmal an, Frau! Es würde euch nichts kosten, im Gegenteil. Ihr bekommt, was ihr braucht und wir, was wir wollen. Aber das wird nichts, wenn du ihn erwürgst. Bei allen vier Schutzheiligen der Fährmänner, wie hält Bandath das nur mit dir aus?"

Widerstrebend ließ Waltrude den Gnom los. „Erzähle!", herrschte sie ihn an, blieb aber in seiner Nähe stehen. „Und wehe dir, es gefällt mir nicht."

Nervös rieb sich der Gnom den schmerzenden Hals und schielte auf die Hände der Zwergin. „In der Stadt herrscht Nahrungsknappheit", begann er. Sein Zischen klang jetzt noch heiserer und nervöser als vorher. Gehetzt huschten seine Augen immer wieder zu Waltrude. „Kaufleute sind schlau. Der Magier hatte kaum Flussburg verlassen, als die beiden Ratsherren begannen, Proviant zu kaufen. Schnell rochen das jedoch die anderen Kaufleute. Steinbeißer und Fassreiter konnten sich noch so anstrengen, die Käufe geheim halten zu wollen, es gelang ihnen nicht. Bald schon kauften sämtliche Händler der Stadt hier und in der Umgebung alles auf, was sie kriegen konnten und deponierten es in ihren streng bewachten Lagerhallen. Dort sollte alles liegen bleiben, bis die Preise stiegen und sie es gewinnbringend wieder verkaufen könnten. Selbstverständlich stiegen die Preise schnell, steigen immer noch. Mittlerweile bezahlen wir für einen Laib Brot fast das Zehnfache wie vor dem Vulkanausbruch. Die einfachen Bewohner Flussburgs hungern fast genau so wie ihr und glaubt mir: Wenn die etwas hätten, was sie mit euch teilen könnten, dann würden sie es tun. Die hohen Herrn dagegen leben in Saus und Braus, freuen sich am Steigen der Preise und lassen all ihr Hab und Gut durch die Stadtwache bewachen."

„Und was willst du jetzt hier? Wir haben auch nichts abzugeben."

„Doch", erklärte der Gnom. „Ihr habt etwas, was wir wollen. Unser Plan ist es, die Lagerhäuser einiger Händler zu stürmen, unter anderem die der beiden gierigen Ratsherren. Dazu brauchen wir eine Ablenkung. Zum einen hier im Lager, morgen um Mitternacht. Schreit, macht mehrere große Feuer, so, als sei ein Kampf um die letzten Lebensmittelreste ausgebrochen. Ein kleiner Teil von euch wird morgen Abend nach Einbruch der Dunkelheit von uns abgeholt. Wir werden auch in der Stadt für Ablenkung sorgen und mehrere Feuer legen. Wenn alle richtig schön beschäftigt sind, stürmen wir einige Lagerhäuser und räumen sie leer. Ihr bekommt dann noch in derselben Nacht euren Anteil. Genug, dass ihr einen oder zwei volle Monde überstehen könnt. Darüber hinaus haben wir Kleidung und

Zelte gesammelt für euch. Die Boote stoßen noch heute Nacht ab, sobald ich zurückkomme. Egal, ob ihr mitmacht oder nicht."

Der Gnom schwieg und sah von einem zum anderen. „Nun, was ist? Können wir auf euch zählen?"

Der Halbling nickte als erster. „Klar, wenn ich Nahrung für meine Leute kriege."

Menach schloss sich an. „Sicher. Aber ich wäre gern bei euch in der Stadt dabei."

„Kein Problem", stimmte Gog zu.

Theodil und Waltrude willigten ebenfalls ein. „Wir sollten aber möglichst niemanden töten", machte der Zwerg zur Bedingung.

„Wir wollen Lagerhäuser ausräumen, nicht morden." Gogs Stimme klang ehrlich. Hangaith nickte zur Bestätigung.

„Nun, ich für meinen Teil kann nicht garantieren, dass morgen nicht doch jemand erdrosselt wird", äußerte Waltrude. Alle sahen sie verwundert an und schwiegen.

„Wieso?", fragte Gog schließlich zögernd und griff sich an den Hals.

„Weil ich mitkommen und mir die beiden Ratsherren vorknöpfen werde."

„Aber ...", widersprach Menach. „... du bist eine alte Frau. Ich denke, du solltest hier bleiben."

Ohne den Einwurf des Menschen zu beachten, drehte sich Waltrude zu dem Zwerg um. „Theodil Holznagel, wie lange kennst du mich schon?"

„Mein ganzes Leben."

„Hast du es einmal in deinem ganzen Leben erlebt oder hast du davon gehört, dass ich ein einziges Mal nur meine Meinung geändert habe oder dass es irgendjemandem gelungen wäre, mir das auszureden, was ich mir vorgenommen hatte?"

„Nein, Waltrude." Der Zwerg grinste sie an. „Wirklich nicht."

„Bist du der Meinung, Theodil Holznagel, dass sich das geändert hat, nur weil wir zu Bettlern vor einer Stadt geworden sind, deren Bürger noch vor wenigen Monden liebend gern unsere Nahrungsmittel und unser Holz gekauft haben?"

„Auch das nicht, Waltrude."

„Würdest du dann bitte den Anwesenden hier erklären, dass ich sehr wohl nach Flussburg fahren werde, um mir diese beiden korrupten Stadträte vorzunehmen?"

Sowohl Menach als auch Almo und Gog hoben die Hände in einer Geste des Ergebens.

„Schon gut", zischte der Gnom. „Ich glaube, wenn du in Flussburg wütest, Frau, dann werden wir hier am Ufer eigentlich gar kein Ablenkungsmanöver mehr brauchen."

Hangaith grinste unsicher. „Bandath hat wirklich nicht gelogen, als er dich beschrieb. Ich wollte gar nicht alles glauben, dachte er übertreibt, aber er hat eher untertrieben. Die Schutzheiligen der Fährmänner seien meine Zeugen: Nie wieder werde ich ein Wort des Magiers anzweifeln. Nie wieder."

„Besser ist das!", knurrte Waltrude und stapfte zum Kahn. „Können wir jetzt? Oder wollt ihr nach Männermanier noch lange sinnlos herumstehen und palavern?"

„Warum willst du denn gleich …", murmelte Gog. „Ich meine, wir wollten euch morgen abholen."

„Ich werde mich schon ein wenig in eurer Stadt umsehen." Waltrude setzte sich wie selbstverständlich auf die hintere Bank des kleinen Kahns. „Und außerdem will ich sicher gehen, dass auch alles stimmt, was ihr erzählt und dass ihr euch an unsere Abmachung halten werdet. Könnte ja sein, dass es den einen oder anderen Rückzieher gibt. Aber nicht, wenn Waltrude hinter euch steht. Versteht ihr?"

Hangaith und Gog sahen Theodil hilfesuchend an. Der jedoch hob entschuldigend die Hände. „Ich muss hier bei meinen Zwergen bleiben. Aber ich schicke euch morgen drei unserer besten Frauen mit, wenn ihr wollt."

Gog schluckte. „Habt ihr nicht ein paar Männer, die mit uns kämpfen können? Ich meine", er blickte aus den Augenwinkeln zu Waltrude, „die eine Frau ist uns schon genug."

Ohne auf die Frage zu reagieren grinste Theodil, drehte sich um und ging zurück ins Lager. Die anderen folgten. In ihr Schicksal ergeben wankten Hangaith und Gog zum Kahn, in dem Waltrude saß und wartete.

„Nun kommt schon! Oder wollt ihr, dass eine alte und schwache Frau diese Holzkiste über den Fluss rudert?"

Kämpfe

Fast zeitgleich mit dem ersten erschienen auch die vier anderen Giftstachler. Riesige, schwarze Insektenaugen musterten die Beute. Gewaltige Scheren, die leicht in der Lage waren, Bandath in der Mitte durchzuschneiden, klappten und wurden auf die kleine Gruppe gerichtet.

Ein Blick in die gefühllosen Insektengesichter bestätigte seine Befürchtungen: Mit seiner Hypnose-Magie würde er hier nichts ausrichten können. Er riss seinen Magierstab hoch, schleuderte Lähmungsmagie auf den ersten Giftstachler und feuerte, weil die Zeit für einen weiteren Spruch nicht reichte, Feuerbälle auf einen zweiten Angreifer. Während der erste Giftstachler sich nicht mehr bewegte, wich der andere unter den anfliegenden Feuerbällen zurück.

Barella hatte ihren Bogen hervorgezerrt und schoss einen Pfeil nach dem anderen auf eines der Riesen-Insekten. Die Pfeile glitten an dem harten Panzer des Insektes ab und es rückte unbeirrbar auf die Zwelfe zu.

„Auf die Augen!", schrie Gilbath ihr zu. Er riss sein Schwert hoch und stürmte unter den Scheren des ihn attackierenden Giftstachlers hindurch vorwärts. Mit einem kräftigen Schlag musste er den niedersausenden Stachel abwehren, dessen Ende nass vom Gift glänzte.

Niesputz flog, dieselbe Taktik wie beim Mantikor anwendend, gegen den Kopf des letzten Giftstachlers, Funken sprühend, wie ein glühendes Eisen unter dem Hammer eines mächtigen Zwergenschmiedes. Irritiert blieb der Giftstachler stehen.

Bandath war in der Lage, die Feuerbälle stärker und größer werden zu lassen. Der Giftstachler quittierte das mit einem grässlichen Laut, der dem Geräusch glich, das Trolle hervorrufen, wenn sie sich ihre Fingernägel an einem Schieferstein schleifen. Wütend hob er seine Scheren und griff nach Bandath. Wie gewaltige Schneideeisen klappten die scharfen Scheren des Insektes nur wenige Handbreit vor dem Gesicht des Zwerglings zusammen. Näher jedoch traute sich der Giftstachler unter dem andauernden Feuerhagel nicht, im Gegenteil, er begann zurückzuweichen. Im selben

Moment, in dem er sich aufkreischend umdrehte und die Flucht ergriff, sah Bandath, wie Niesputz von einem mächtigen Schlag einer Schere getroffen und in das Lagerfeuer geschleudert wurde. Brennendes Holz und Feuerfunken stoben auf.

„Niesputz!", schrie Bandath, konnte ihm aber nicht helfen. Der Giftstachler, der von dem Ährchen-Knörgi angegriffen worden war, rückte jetzt gegen den Zwergling vor. Wieder schleuderte Bandath seine Feuerkugeln.

„Schaffst du das allein, Zauberer?" Als wäre nichts gewesen schwebte Niesputz neben ihm in der Luft. „Das Spitzohr ist nämlich in Bedrängnis."

„Niesputz!", keuchte Bandath erschrocken. „Ich dachte …"

„Konzentrier' dich auf deinen Sechsbeinigen Giftscherenstachler, Zauberer." Weg war er.

Wütend jagte Bandath einige mächtige Feuerkugeln gegen den Giftstachler. „Es heißt Magier!" Und schneller als sein Vorgänger ergriff dieser die Flucht. Der Zwergling sah sich um. Barella hatte die Augen ihres Angreifers mit mehreren Pfeilen getroffen. Das riesige Insekt wirkte angeschlagen. Zwei seiner Scheren hingen nutzlos herab und schleiften auf der Erde, in den Gelenken steckten ebenfalls Pfeile. Allerdings hatte es die schlanke Zwelfe an der Felswand in die Enge getrieben und versuchte jetzt, sie mit seinem Giftsstachel zu treffen. Nur ihrer außergewöhnlichen Gewandtheit verdankte sie bisher ihr Leben. Behände huschte sie zwischen den Felsen, den klappenden Scheren und dem niedersausenden Stachel hin und her. Bandath schleuderte seine Feuerkugeln in die ungeschützte Seite des Giftstachlers. Aufkreischend schoss das Tier herum, irritiert zwischen den beiden Angreifern hin und her taumelnd und ergriff nach einer weiteren Feuerkugel die Flucht. Barella und der Magier sahen sich einen Moment an.

„Danke", keuchte die junge Frau atemlos.

Ein Hilfeschrei riss sie aus dem winzigen Moment der Gelassenheit. Der letzte Giftstachler hatte das Schwert des Elfen in seine Schere bekommen und es ihm aus der Hand gewunden. Mit beiden Scheren drückte er jetzt den Elfen auf den Boden und hob den Stachel zu einem letzten Stich weit über den Kopf. Niesputz schrie erneut und raste genau auf eines der großen Augen zu. Im Moment des Auftreffens, als es aussah, als würde Niesputz in einem Meer von grünen Funken explodieren, erstarrte der Giftstachler, als wäre er von einem gigantischen Schmiedehammer getroffen worden. Bandath jagte ihm zwei Feuerkugeln in den Körper und Barella schickte einen Pfeil hinterher. Das war zuviel. Der Giftstachler schrie vor Schmerz und verschwand zwischen den Bäumen.

Mit einer Handbewegung hob Bandath die Lähmung des letzten Giftstachlers auf. Fauchend hob der die Scheren und zog sich rückwärts in den Wald zurück. Niesputz plumpste schnaufend ins Gras.

„Du meine Güte", keuchte er. „Das war endlich mal ein klein wenig Aufregung bei diesem langweiligen Abenteuer." Er sah sich um und sein Blick fiel auf Bandath und Barella, die sehr nahe beieinander standen.

„Na, zwischen euch beide passt auch kein Boa-Blatt mehr." Wie zufällig rückte Bandath ein Stück zur Seite. Barella grinste. Niesputz gewahrte den noch immer am Boden liegenden Gilbath und schoss in die Luft.

„So ein Mist auch. Jetzt hätte ich doch beinahe erlebt, wie ein Trollbrecher einen Elfen knackt." Er schwirrte zu dem Elfen hinüber. „Dass du lebst, hast du mir zu verdanken, mir und mir und mir! Und ein wenig auch dem Zwergling, den du nicht leiden kannst und der Zwelfe, die deine Tochter ist. Und keine Angst. Ich werde dafür sorgen, dass du es nicht vergisst, du eingebildetes Riesen-Spitzohr! Mindestens zwei Mal pro Tag werde ich dich daran erinnern! Mindestens!"

Fast zur gleichen Zeit gewahrten die auf Flussburgs Mauern stehenden Wachen, wie sich im Flüchtlingslager am anderen Ufer des Flusses Tumult erhob. Es begann an mehreren Stellen zu brennen. Im Schein der Flammen erblickten die Wachen rennende Schatten. Schreie von Männern und Frauen ertönten von drüben, zornig erst, dann aufgebracht und zum Schluss verzweifelt. Einige der Wachen baten ihre Hauptleute, sie doch hinüberzulassen. Man müsse zumindest versuchen, die Frauen und Kinder vor den aufgebrachten Massen in Sicherheit bringen. Die Hauptleute jedoch blieben hart. Der Befehl der Stadträte sei eindeutig: Niemand habe diese Flüchtlinge eingeladen und Flussburg sei nicht für das Elend anderer verantwortlich. Jeder bleibe auf seinem Posten. Und so beobachteten die Wachen weiter das Geschehen auf der anderen Seite des Flusses, teilnahmslos die einen, voller Kummer und mit schlechtem Gewissen die anderen.

Die huschenden Schatten in den Straßen der Stadt beachtete niemand.

Kurz darauf begannen im Halblings- und im Zwergenviertel mehrere alte Baracken und leerstehende Wohnhäuser zu brennen. Panikrufe gellten und die Feuerglocken waren zu hören. Aufgeregt wurde für die gesamte Wache Alarm ausgelöst. Man vermutete einen Angriff durch die Flüchtlinge. Die Wachen auf den Mauern und in den Häfen wurden verstärkt. Der Stadtrat traf sich zu einer Sondersitzung im Rathaus und man beschloss, für die Wohnhäuser der Kaufleute eine Extra-Wache einzurichten. Als es schließlich auch im Menschenviertel zu brennen begann, war das Chaos perfekt. Erste Stimmen wurden laut, warum es nur dort brenne und nicht bei den Elfen und Gnomen? Das sei doch äußerst merkwürdig. Aufgebrachte und rechtschaffene Bürger liefen durch die Straßen und ignorierten die Anweisungen der Wachen, die Straßen für die Feuerwehren frei zu machen. Man fand sich an den Grenzen der Stadtviertel ein, rief böse Worte in die anderen Bereiche hinüber, besonders in die der Elfen und Gnome und schon bald flogen die ersten Steine. Das Gerücht kursierte, man hätte ermordete Halblinge und Zwerge gefunden, von Elfenpfeilen durchbohrt. Fackeln wurden gebracht und ein Zug von aufgebrachten Bürgern Flussburgs zog in Richtung Elfenviertel. Die Wache bekam den Befehl, den Zug zu stoppen und nun endlich wieder für Ruhe auf den Straßen der Stadt zu sorgen. Mit Knüppeln lösten sie den Marsch der Einwohner auf und trieben die rechtschaffenen Bürger nach Hause. Der Aufruhr dauerte Stunden, es gab Verletzte sowohl auf Seiten der Bürger, als auch auf Seiten der Wache, da die Bürger Flussburgs nicht nur rechtschaffen und aufgebracht, sondern auch sehr wehrhaft waren. Aber es gab keine Toten während des Aufruhrs, auch keine von Elfenpfeilen durchbohrte Zwerge und Halblinge. Die Urheber dieser Gerüchte beteiligten sich, als der Aufruhr von der Stadtwache niedergeknüppelt wurde, bereits an der heimlichen Räumung diverser Lagerhäuser, in denen unter anderem auch das Eigentum von Rhongil Steinbeißer und Helmo Fassreiter gelagert wurde.

Spät in der Nacht (oder sollte man besser sagen früh am Morgen?), als in Flussburg endlich wieder Ruhe und Ordnung eingekehrt waren, kehrten die Ratsherren Steinbeißer und Fassreiter von der überlangen Sitzung des Stadtrates in das Haus des Zwerges zurück. Die Wache bestätigte, dass es während ihrer Abwesenheit keine besonderen Vorfälle gegeben habe. Sie hielten es nicht für nötig, den Herrn Steinbeißer davon zu unterrichten, dass seine Tante überraschend auf Besuch gekommen sei, da sie sich als alte und wehrlose Frau auf den Straßen Flussburgs im Moment nicht sicher fühlte. Das würden doch die Herren Hauptmänner verstehen, hatte sie ihnen mit bebender Stimme am Eingang gesagt. Die Wachen, die sich durch die Anrede als Hauptmänner, die sie natürlich keineswegs waren, geehrt fühlten, ließen das ängstliche Weib ein. Hätten sie es nicht getan, so hätten sie wahrscheinlich ihr blaues Wunder mit dem „ängstlichen Weib" erlebt. Waltrude, denn um die handelte es sich, hatte da schon sehr genaue Vorstellungen, was sie mit den Wachleuten machen würde, wenn diese ihr den Zugang zum Haus verweigerten.

So aber saß Waltrude im Besprechungsraum des Hauses, das dem angesehensten Stadtrat der Zwerge gehörte, und wartete auf Rhongil Steinbeißer und Helmo Fassreiter.

Diese waren genau dorthin unterwegs und wollten die Lage in der Stadt noch einmal zu zweit bei einem guten Glas Wein, einer gepflegten Pfeife mit auserlesenem Tabak und vielleicht einem kleinen Morgenimbiss besprechen. Als Rhongil aber schließlich die Lampe anzündete, wurden sie von einer ihnen unbekannten Zwergin mit den Worten begrüßt: „So sehen also Männer aus, die Leute ihrer eigenen Art verhungern lassen wollen. Ich bin ja gespannt, was mein Herr Magier dazu sagen wird, wenn er es erfährt."

Der Ausbruch eines neuen Vulkans mitten im Zimmer hätte auf die beiden Stadträte nicht erschreckender wirken können.

„Wer …", Rhongil räusperte sich. Der Zwerg fühlte sich bemüßigt als erster zu antworten. Zum einen befanden sie sich in seinem Haus und zum zweiten saß hier eine Zwergin vor ihnen.

„Wer zum betrunkenen Drummel-Drachen bist du? Und wie kommst du in mein Haus, Weib?"

„Wir sollten die Wache rufen", flüsterte Helmo nervös und stellte sich sicherheitshalber halb hinter den breiten Rücken seines Zwergenfreundes.

Waltrude stand auf und stieß dabei an einen kleinen Tisch, auf dem eine dickbauchige Porzellanvase stand. Die Vase wackelte. Rhongils Augen wurden riesengroß.

„Pass auf!", zischte er. Waltrude sah ihn an, schwieg, und blickte sich dann im Zimmer um. Mehrere ähnliche Vasen zierten diverse größere und kleinere Tische und frei stehende Säulen. Dicke, kostbar aussehende Wandbehänge prangten an den Wänden. Zwischen ihnen sah sie wertvolle Gemälde. In einer Vitrine mit Glastüren standen alte Töpfe, mehrere große und kleine, sehr alt und unersetzbar erscheinende Bücher. Antike Schmuckstücke prangten auf kleinen Ständern.

„Oh, Entschuldigung. Ist der Topf viel wert?"

„Du hast keine Ahnung wie viel, Weib. Das ist eine Vase aus dem untergegangenen Kaiserreich der Neun Nationen. So etwas wird heutzutage gar nicht mehr hergestellt." Das zu sagen war ein Fehler, erkannte der Zwerg sogleich, denn Waltrude nahm die Vase in die Hände und wog sie abschätzend.

„Was meinst du, Zwerg. Könnte man dafür ein ganzes Lagerhaus mit Lebensmitteln füllen?" Ihre Stimme bebte vor unterdrücktem Ärger.

Die von Rhongil hingegen zitterte ein wenig bei seiner Entgegnung. „Ich weiß nicht, was du meinst. Wer bist du?"

„Mein Herr Magier war vor einigen Tagen hier. Bandath, der Zwergling, ihr erinnert euch vielleicht. Er gab euch Gold, eine ganze Menge Gold, wie ich hörte. Gold, das dazu gedacht war, uns zu versorgen. Und jetzt lasst ihr vor den Toren eurer eigenen Stadt Flüchtlinge aus drei Dörfern verhungern!" Waltrude war mit jedem Wort lauter geworden. „Wo sind unsere Nahrungsmittel?"

Der Zwerg hob beschwichtigend beide Hände. „Ganz ruhig, Frau. Lass uns reden. Aber stell bitte zuerst die Vase ab."

„Wir sollten doch die Wache rufen." Helmos Stimme bebte vor Nervosität.

„Bevor du kleine Kröte die Wache gerufen hast, habe ich dich in diesen uralten Nachttopf gestopft", knurrte Waltrude und Helmo Fassreiter zuckte zusammen. Anscheinend stellte er sich den Vorgang bildlich vor, denn er schwieg vorerst und versteckte sich jetzt völlig hinter dem Rücken seines Freundes.

„Was habt ihr mit dem Gold meines Herrn gemacht?"

„Wir haben Nahrung gekauft, wie Bandath es uns aufgetragen hat. Wenn wir gewusst hätten, dass ihr die Leute aus dem Dorf des Magiers seid, dann hätten wir euch doch versorgt. Warum habt ihr euch denn nicht gemeldet?"

Es klang nicht sehr glaubhaft. Aber selbst wenn es das getan hätte, wäre Waltrude ihm nicht auf dem Leim gegangen.

„Blödsinn!", fauchte sie. „Quatsch! Ihr redet Gargylendreck! Denkt ihr, hier steht ein jungfräuliches Elfenweiblein vor euch? Ich bin Waltrude Birkenreisig, auch wenn ich nicht so schlank wie ein Birkenzweig bin. Und versucht nicht, mir zu erzählen, dass ein Schmieriger Kröter fliegen kann!"

„Ich weiß nicht, was du meinst." Ratlos und nervös zuckte Rhongil Steinbeißer mit den Schultern. „Wir warteten nur auf euch. Ach übrigens, stell doch bitte endlich die Vase hin."

Anstatt jedoch die Vase abzustellen, machte sie zwei drohende Schritte auf die beiden Ratsherren zu – zu Rhongils Entsetzen *mit* der Vase.

„Niemand wollte uns anhören. Flussburg hat die Tore geschlossen und die Mauern mit Bewaffneten besetzt. Eure erste winzig kleine Lieferung hat uns unterwegs erreicht, aber danach nichts mehr. Wo sind die Verletzten, die wir den Wachen mitgaben? Haben die unsere Situation zu dunkel für euch ausgemalt? Habt ihr gesehen, dass da keinerlei Gewinn für euch zu holen war? Ist nach deren Erzählungen bei euch der Entschluss gefallen, all die Sachen zu behalten, die meinem Herrn Magier gehören?" Mit jeder Frage machte Waltrude einen weiteren Schritt in Richtung ihrer Gesprächspartner. Dunkel blitzten ihre zornigen Augen und die Vase schwang sie, wie Bandath seinen Magierstab, wenn er einen Angriff der beiden Kopfgeldjäger abwehren wollte. Der Zwerg und der Halbling wichen vor dem Zorn der alten Zwergin zurück, bis sie einen der flauschigen Wandbehänge im Rücken spürten. Waltrude hatte mit ihren Vermutungen ins Schwarze getroffen. Als die anderen Kaufleute mitbekamen, dass Steinbeißer und Fassreiter Nahrungsmittel kauften, begannen diese ebenfalls zu kaufen. Dadurch stiegen die Preise. Die beiden Ratsherren befürchteten jetzt, aus der gesamten Situation mit weniger Gewinn hervorzugehen, als andere. Sie selber mussten ja einen Großteil der erworbenen

Nahrungsmittel an die Flüchtlinge abgeben, während alle anderen Kaufleute bei entsprechend hohen Preisen wieder verkaufen konnten.

„Also wie jetzt?", brüllte Waltrude und warf zornentbrannt die Vase in die gläserne Vitrine mit den Büchern. Scheppernd explodierte die Vitrine und die Vase zerbarst. Glassplitter sausten umher und die ganze Konstruktion fiel in sich zusammen. Rhongil schrie auf und Helmo piepste hilflos: „Wache!"

Dröhnende Schritte ertönten auf der Treppe, die Wache würde gleich hier sein.

„Wo sind unsere Leute? Wo unsere Nahrung?" Waltrude stand jetzt inmitten der Überreste der zerborstenen Vitrine, zwischen auf dem Boden liegenden Büchern und Scherben. Sie schwang bereits die nächste Vase.

„Frau!", rief Rhongil hilflos. „Stell die Vase hin, oder ..."

„Oder was?", rief Waltrude. Sie war jetzt dermaßen in Fahrt, dass sie die Gefahr, in der sie schwebte, völlig vergaß. Der Knüppel des Wachmannes traf Waltrude am Hinterkopf. Mit einem erstaunten „Oh" sackte sie zusammen und alles rund umher wurde schwarz. Die Vase entglitt ihren Händen und zerschellte am Boden. Waltrude fiel zwischen Scherben, Schmuck und Bücher. Sie bewegte sich nicht mehr. Mit einem Mal kehrte Ruhe ein.

„Ist sie tot?", flüsterte der Halbling. Der Wachmann beugte sich nieder und fühlte den Puls am Hals. Dann schüttelte er den Kopf.

„Kannst du mir erklären", fuhr Rhongil ihn an, „wie diese Frau in mein Haus kommt?"

„Sie gab sich als deine Tante aus, Ratsherr. Sie hätte Angst zwischen den wütenden Bürgern, draußen auf der Straße."

„Sollen wir sie in den Kerker bringen lassen?", fragte Helmo.

„Bist du verrückt?" Rhongil fuhr herum. Seine Augen blitzten den Halbling an, die Spitze seines Bartes zitterte nervös und gleichzeitig wütend. „Wenn die anfängt zu reden, dann werden die anderen Stadträte uns Fragen stellen, unangenehme Fragen. Lass dieses fette Weib in unseren Keller bringen." Er drehte sich zum Fenster um und sah auf die andere Flussseite, wo noch immer die Feuer des Aufruhrs brannten.

„Birkenreisig. Wie kann diese Frau nur so heißen?" Er schwieg einen Moment und fügte dann wie für sich selbst hinzu: „Woher wusste die Alte, dass wir von dem Zwergling Geld bekommen haben? Und wer weiß es noch?"

Beide Ratsherren ahnten nicht, dass ihre Lagerhallen zu diesem Zeitpunkt bereits leer geräumt waren.

Die Wachmänner beeilten sich. Sie fassten Waltrude unter und trugen sie in den Keller. Das kleine Buch, das in ihren Kittel gerutscht war, als sie in den Scherbenhaufen der Vitrine fiel, bemerkten sie nicht.

Die Gruppe um Bandath sammelte sich und rüstete zum Aufbruch. Dwego und Sokah, die sich während des Angriffes der Giftstachler in den Wald zurückgezogen hatten, wurden gerufen und man brach auf. Gilbath führte sie. Ihr Ziel war noch immer der nächstgelegene Tunnel unter dem Ewigen Fluss hindurch. Sie erreichten ihn am Abend. Wahrscheinlich wären sie schon im Laufe des Nachmittages dort angekommen, wenn sie nicht einen großen Umweg hätten in Kauf nehmen müssen. Direkt vor ihnen auf dem Weg hatte Niesputz etwas entdeckt, dass er als „langen, schleimigen, grünen Fangarm von der Dicke zweier Laufdrachen" bezeichnet hatte.

„Ein Waldkrake", erklärte Gilbath. „Wir müssen weg hier, so schnell wie möglich." Ohne zu fragen ordneten sich die anderen dieser Aussage unter. Sie kehrten um und hasteten denselben Weg zurück, den sie zuvor gekommen waren. Etwas später schlug Gilbath eine andere Richtung ein. Nervös äugte er ins Gebüsch, drehte sich öfter nach hinten um und trieb den kleinen Trupp an. Pfade gab es im Umstrittenen Land eine Menge. Uralte, breite Wege der Elfen und Trolle, schmale Steige entlang einiger steiler Hügel und verschlungene Pfade durch die Wildnis, angelegt von den Tieren des Waldes.

„Was ist ein Waldkrake?", fragte Bandath den Elfen. Der Fürst war nach einiger Zeit wieder ruhiger geworden und hatte aufgehört, sich ständig umzudrehen. Bandath ritt auf Dwego neben ihm her.

„Wir wissen es nicht. Noch niemand hat den Körper dieses Wesens gesehen. Nur seine scheinbar unendlich langen Fangarme tauchen plötzlich über den Wegen auf. Manchmal einer, manchmal mehrere. Sie schlingen sich um Elf, Troll oder Tier und verschwinden im Urwald. Wir wissen nicht einmal, ob es ein einzelnes Lebewesen ist oder ob es mehrere von ihnen gibt. Nur ein Mal ist es einigen meiner Krieger überraschend gelungen, ein Ende eines Fangarmes abzuschlagen. Er war aus Fleisch und Muskeln, aber in den Adern floss kein Blut. Die Flüssigkeit glich eher Wasser – mit Algen darin. Und die Haut auf dem Fangarm erinnerte an die elastische Rinde eines jungen Baumes. Wir wissen also noch nicht einmal, ob es sich um ein Tier, eine Pflanze oder gar ein Pflanzen-Tier-Mischwesen handelt."

Bandath schüttelte erstaunt den Kopf. „Ein Waldkrake. Davon hat Gorlin Bendobath, der Meister des Lebens auf Go-Ran-Goh, nie etwas erzählt."

Gilbath schnaufte verächtlich. „Go-Ran-Goh! Eure Meister verkriechen sich hinter hohen Mauern, blicken nach draußen und maßen sich an, die Welt verstehen und Magier unterrichten zu wollen, die sie dann in eben diese Welt schicken. Wann ist das letzte Mal einer deiner ‚Meister' außerhalb der Feste gewesen?"

„Oh, Gilbath, denk nicht, dass du mich jetzt beleidigst oder angreifst. Ich bin der Letzte, der die Meister der Magiergilde verteidigen würde. Weißt du, wie schwer mir der Gang nach Go-Ran-Goh fiel, als der Vulkan ausbrach? Aber da war niemand sonst, der mir hätte helfen, keiner der meine Fragen hätte beantworten können."

Bandath reichte dem Elfen die Hand. Dieser zögerte kurz, bevor er sie ergriff und sich hinter dem Zwergling auf den Laufdrachen schwang.

Bandath blickte wieder nach vorn. „Die Steinköpfe in Go-Ran-Goh befragen war das Letzte, was ich tun wollte."

„Und warum hast du es dann doch getan?"

„Sie allein haben Zugang zum Orakel. Und irgendetwas sagte mir, dass hinter dem Vulkanausbruch mehr stecken würde als einfach nur heißer Stein, der aus der Erde wollte."

„Dein Bauchgefühl?"

Bandath nickte. „Ich habe mich in meinem Leben oft auf mein Bauchgefühl verlassen und es hat mich selten betrogen. Ich habe gelernt, es wie einen zusätzlichen Sinn zu betrachten, neben den Augen, den Ohren, der Nase und was sonst noch so da ist."

„Und was hat es gebracht? Sie haben dir gesagt, dass du das Diamantschwert zum Erd-Drachen bringen musst."

„Nein." Der Zwergling schüttelte den Kopf. „Das Orakel hat es gesagt."

„Was genau hat das Orakel gesagt?" Barella hatte den Leh-Muhr von hinten an Dwego herangelenkt und sich in das Gespräch gemischt.

„Nun, es sprach vom Diamantschwert und dem Erd-Drachen ..."

„Das hast du nun schon ein paar Mal erwähnt. Sag doch mal den genauen Wortlaut, vielleicht finden wir noch einen Hinweis, der euch gelehrten Magiern bisher entgangen ist", bestand Barella.

„Warum willst du den wissen, ich glaube, den kriege ich gar nicht richtig zusammen." Bandath wurde unwohl. So hatte er sich die Entwicklung des Gespräches nicht gedacht. Barella ihrerseits merkte allerdings, dass sich Bandath um die Formulierung drücken wollte. Als spürte sie, dass da mehr war, als er bisher gesagt hatte, drängte sie nach. Sie wurde energischer, je mehr Bandath versuchte, sich um den genauen Inhalt der Prophezeiung herumzumogeln. Er bereute jetzt, Barella nicht schon lange in ihre vermutliche Rolle in der Prophezeiung eingeweiht zu haben.

„Bandath! Du willst mir erzählen, du merkst dir über Jahrhunderte hinweg irgendwelche magischen Sprüche und in den dreißig Tagen seit der Prophezeiung hast du den Text vergessen? Hast du etwa auch den Kurs ‚Prophezeiung merken' in der Magierfeste abgewählt?"

Langsam schüttelte Bandath den Kopf. Als er sah, dass ihm nichts aus dieser Situation heraus helfen konnte, sprach er und sah dabei mit gesenktem Blick vor sich auf den Weg.

„Ich hätte es schon längst tun sollen, bitte glaub mir." Dann holte er tief Luft.

„Nur wenn der Nicht-Zwerg das Herz findet,
das verborgen ist, wo es jeder sieht,
und die Nicht-Elfe den Weg entdeckt,
von dem niemand weiß
und den jeder kennt,
wenn die Todfeinde sich helfen,
kann der Drache erwachen und das Feuer erlöschen."

„Das Herz im Diamantschwert, das Flammenauge", schlussfolgerte der Elf. „Verborgen, wo es jeder sieht. Der Nicht-Zwerg bist du, ein Zwergling. Wer aber sind die Todfeinde? Und die Nicht-Elfe?" Er stutzte, sah zu seiner Tochter und zuckte zusammen. „Oh. Hier gibt es wohl ein kleines Problem. Den Blick kenne ich noch von ihrer Mutter."

Barella lenkte Sokah noch näher an den Laufdrachen. „Die Nicht-Elfe bin ich?"

Bandath nickte behutsam. „Wahrscheinlich."

Sein Blick wanderte unter den buschigen Augenbrauen vorsichtig zu Barella hinüber. „Hör mal, ich wollte es dir sagen. Du musst mir glauben, Barella. Am Anfang kannte ich dich nur noch nicht gut genug und später gab es noch keine günstige Gelegenheit, in Ruhe darüber zu sprechen. Aber ich wollte dich einweihen. Wirklich."

„Ach, und wann?" Ihr Ton war schneidend kalt geworden.

„Barella, ich …"

„*Du*", fuhr sie ihn an, „hast behauptet, du würdest mit nach Cora-Lega kommen, wenn die Sache mit dem Vulkan ausgestanden ist. Nur deshalb bin ich mitgekommen. Jetzt scheint es aber, dass *du* gelogen hast."

„Ich habe nicht gelogen, ich …"

„Nein, du hast nur nicht die ganze Wahrheit erzählt", unterbrach sie ihn erneut. Gilbath, der hinter den Zwergling noch immer auf Dwego saß, zog den Kopf zwischen die Schultern, als wolle er sich hinter der viel kleineren Gestalt vor sich verbergen. Barella wurde jetzt *richtig* wütend.

„Was verbirgst du noch? Wenn es nicht um die Leute am Nebelgipfel ginge, könntest du dir dein Diamantschwert sonst wohin schieben. Was kann man von einem Dieb auch anderes erwarten?"

Bandath wurde jetzt ebenfalls wütend. Was bildete diese Zwelfe sich eigentlich ein? Glaubte sie etwa, er würde nur lügen und stehlen?

„Hör mal zu …"

„Nein, du hörst zu."

„Verdammt, Barella! Unterbrich mich nicht dauernd!"

In diesem Moment kam Niesputz von seinem Erkundungsflug zurück und schwirrte zwischen die sich Streitenden.

„Hoho, hier geht es aber lustig zu."

„Halt den Mund!", fauchten Barella und Bandath zeitgleich. Niesputz flog vor Schreck ein Stück zurück.

„Du meine Güte. Ihr kommt mir vor wie ein altes Paar, das sich streitet und seinen Ärger an den gemeinsamen Kindern auslässt."

„Und das gemeinsame Kind sollst wohl du sein?", knurrte Bandath.

„Missraten, genau wie der Vater!", zischte Barella.

„Was soll denn das heißen?", fuhr der Magier die Zwelfe an.

„Das weißt du ganz genau. Lügst mir hier was vor, von wegen du würdest mich nach Cora Lega begleiten, wenn ich dir bei dem Problem mit dem Erd-Drachen helfe und feilschst mit mir um die Aufteilung des Schatzes. Dabei denkst du nur an die Prophezeiung. ,Diese blöde Zwelfe wird das schon für mich erledigen. Und hinterher verkrümele ich mich in die Drummel-Drachen-Berge. Da soll sie mich mal finden.' Gib zu, das hast du doch gedacht!"

„Nein, ich …"

„Ach, halt den Mund!" Barella schnalzte mit der Zunge und der Leh-Muhr schritt zügig an Dwego mit seinen Reitern vorbei. Erschüttert sah Bandath ihr hinterher.

„Du hast ihr nichts von ihrer Rolle in der Prophezeiung gesagt?" Gilbath sprach halblaut. Der Zwergling antwortete nicht, schüttelte nur den Kopf.

„Oh je. Hoffentlich macht sie sich jetzt nicht davon. Wir brauchen sie, wenn sie die Nicht-Elfe aus der Prophezeiung ist." Dann schwieg auch der Elf, in Gedanken versunken.

Niesputz schwirrte näher. „Na, Zauberer, da hast du aber ordentlich Mist gebaut. Sieh mal zu, dass du das wieder hinbekommst."

Bis zum Abend herrschte Schweigen zwischen Bandath und Barella. Sie erreichten den Eingang zu dem Tunnel unter dem Fluss hindurch, als die Sonne unterging. Niesputz empfahl eine kurze Rast, nur ein paar Stunden Schlaf, dann sollte es weitergehen.

„Nun, Spitzohr, deine Lebensretter sind einhellig der Meinung, dass du die erste Wache übernehmen solltest."

„Von Einhelligkeit kann man bei euch im Moment wohl nicht gerade reden", sagte der Elf und grinste. „Aber schon gut, leckt euch eure Wun-

den, ich passe in der Zwischenzeit auf, dass kein Gelber Schleimer ange-
flossen kommt oder euch ein böser Trollbrecher schnappt."

„Giftscherenstachler", korrigierte das Ährchen-Knörgi.

Waltrude kam zu sich, als einer der Wachleute ihr vorsichtig mit einem
nassen Lappen die Stirn abtupfte. Sie stöhnte und öffnete die Augen.

Der Wachmann schimpfte. „Wie kannst du diese Frau nur mit dem
Knüppel niederschlagen, Bolbir?"

„Ich dachte ..." Das war eine andere Stimme, allerdings kam sie nicht
weit.

„Du *dachtest*? Wirst du hier für das Denken bezahlt oder für das Wache
halten? Hättet ihr zwei Idioten das Zwergenweib nicht hereingelassen,
dann hättest du sie auch nicht niederschlagen müssen!"

„Was sollten wir denn tun? Sie sagte, sie wäre die Tante des Ratsherren
und wir dachten ..." Jetzt verstummte Bolbir von allein. Wahrscheinlich
überlegte er gerade, ob Denken überhaupt zu seinen Stärken zählte oder ob
er es demnächst lieber bleiben lassen sollte. Inzwischen hatte der besorgte
Wachmann aber mitbekommen, dass Waltrude wach wurde.

„Wie geht es dir, Weib?" Waltrude blickte den Mann an, verschwom-
men nur nahm sie zuerst dessen Uniform wahr.

„Du gehörst zur Wache?", flüsterte sie.

Er nickte. „Unter anderem." Zunächst blieb unklar, was er damit meinte. Als er aber den anderen Wachmann weggeschickt hatte, Waltrude auf-
half und ihr einen Becher Wasser einflößte, sprach er weiter.

„Ich kenne Hangaith und den Gnom von der *Trockenen Kehle*. Wir
müssen sehen, dass wir dich hier heraus kriegen. Was du getan hast, war
sehr mutig, Frau, aber auch sehr unklug. Wir warten ab, bis am Morgen
die Straßen voller Leute sind. Dann bringe ich dich in das Sechste Stadtviertel – und von da zu deinen Leuten auf die andere Seite des Flusses."

„Wo ...", Waltrude hustete. Verdammt fühlte sie sich schwach. Gerade
so, als hätte sie zuviel von des Herrn Magiers spezieller „Medizin" getrun-
ken.

„Wo sind unsere Kranken geblieben?"

„Wir haben herausgefunden, dass sie in einem Krankenhaus im Zwergenviertel sind. Streng bewacht und abgeschottet, aber gut versorgt. Um

die brauchst du dir erst einmal keine Gedanken zu machen." Dankbar blickte die Zwergin den Menschen an. Der legte sie vorsichtig auf das Lager in der kargen Zelle zurück, nickte ihr freundlich zu und stand auf.

„Wir holen dich hier raus, ganz bestimmt." Dann drehte er sich um und ging.

„Warte!", krächzte Waltrude ihm hinterher. Der Mann blieb stehen und drehte sich noch einmal um.

„Wie heißt du?"

Jetzt lächelte der Soldat. „Rongar."

Ermattet legte sich Waltrude zurück. „Danke, Rongar. Und tritt Bolbir mit einem schönen Gruß von mir kräftig in den Hintern."

Rongar lächelte erneut und schloss die Tür hinter sich. Die Zwergin schien sich auf dem Weg der Besserung zu befinden.

Später brachte er ihr einen kräftigen Eintopf, den er aus der Küche des Hauses erbettelt hatte.

„Kurz vor der Mittagsstunde kommt ein Händler, der Stoffe verkaufen möchte. Der Ratsherr selber ist nicht da und sein Verwalter darf nichts kaufen. Während der Händler im Büro des Verwalters feilscht, steht sein Wagen auf dem Hof. Zugleich wird einer Magd in der Küche ein großer Bottich Wasser umkippen und draußen werden ein paar betrunkene Tagelöhner randalieren. Das lenkt alle Anwesenden genug ab. Ich bringe dich zu dem Wagen des Händlers und verstecke dich unter den Stoffballen. Der Händler bringt dich in das Sechste Stadtviertel."

Waltrude brauchte nicht lange zu warten, nur wenige Stunden später war es soweit. Aus der Küche ertönte die schimpfende Stimme der Köchin und das Weinen einer Magd, vor dem Haus randalierten Betrunkene und die Wachen brüllten, als Waltrude auf wackeligen Knien neben Rongar durch die Gänge schwankte und den Innenhof betrat. Er half der noch immer mitgenommenen Zwergin auf den Wagen des Händlers und deckte sie sorgfältig mit Stoffballen zu.

„Kriegst du Luft?"

„Ja." Die Stimme Waltrudes kam dumpf unter den Stoffen hervor.

„Gute Reise, Zwergenfrau."

„Warum tust du das für mich?"

Waltrude sah das verträumte Lächeln nicht, das sich auf das Gesicht des Soldaten schlich, aber sie hörte es in seiner Stimme. „Grüße deinen Meister von mir. Er hat vor Jahren meine Frau von einer schweren Krankheit geheilt. Das werde ich ihm nie vergessen."

Dann kehrte Ruhe ein. Die Zwergin hörte nicht, wie der Soldat ging. Erst zwei laute, sich streitende Stimmen vernahm sie wieder. Wohl der Verwalter und der Händler. Während der Verwalter den Händler ständig bat, doch später wiederzukommen, wenn der *Herr Ratsherr* wieder da wäre – Waltrude hörte förmlich, wie der Verwalter dabei vor Verlegenheit die Hände knetete – beschimpfte der Händler den Verwalter als alten, geizigen Trollfreund. Ein kurzes Schnalzen und der vor den Karren gespannte Steppenesel zog an. Die Räder knirschten über den Kies und der Wagen rumpelte vom Hof. Draußen bogen sie auf die Hauptstraße ein. Unter den Decken hörte Waltrude den Lärm, den die angeblich betrunkenen Tagelöhner machten. Klatschende Geräusche wiesen auf Schläge hin, die verteilt wurden. Die schmerzhaft aufschreiende Stimme gehörte zweifelsfrei dem Wachmann Bolbir, jenem Soldaten, der die Zwergin im Arbeitszimmer des Ratsherrn niedergeschlagen hatte.

„Es gibt noch Gerechtigkeit auf dieser Welt", murmelte Waltrude leise, „Gerechtigkeit und gute Leute. Den Ahnen sei dank." Dann schlief sie ein, obwohl ihr noch immer der Kopf brummte. ‚Da hast du so einen alten Dickschädel, Frau, und kannst so einen kleinen Klaps nicht ab', war ihr letzter Gedanke. Gleichmäßig rumpelte der Karren in Richtung Sechstes Viertel.

Am späten Abend befand sich Waltrude wieder im Lager, inmitten satter und zufriedener Zwerge, die die Zelte aufbauten, welche sie von den Bürgern Flussburgs geschenkt bekommen hatten.

Theodil Holznagel bettete sie in dem ihr zugedachten Zelt auf Decken. Dabei fiel ein kleines Büchlein aus ihrem Kittel. Bevor er jedoch Waltrude fragen konnte, was das sei, schlief diese bereits wieder. Gedankenverloren blätterte er das Buch durch. Das waren Zeichnungen von Zwergen, von Bergen und Höhlen, und eine Unmenge Text in einer alten Schrift und einer toten Sprache, die er nicht lesen konnte und wohl auch nicht verstehen würde. Das Buch schien älter als alles, was er bisher in der Hand gehalten hatte. Unschlüssig sah er es an, dann legte er es neben Waltrude auf die zusammengerollte Decke, die ihr als Kopfkissen diente. Unruhig brummte die Zwergin im Schlaf. Theodil zog ihr die Decke gerade.

„Du dickköpfiges, altes Weib. Dieses Mal hast du dich wohl doch übernommen." Es klang liebevoll. Dann verließ er das Zelt.

„Hej, Spitzohr, komm wach auf! Ich muss dich was fragen." Niesputz schwirrte über dem schlafenden Elf und rief ihn halblaut, um Barella und Bandath nicht zu wecken. Gilbath gähnte und reckte sich verschlafen. Er hatte höchstens eine Stunde geschlafen, nachdem er die Wache an Niesputz übergeben hatte. Mühsam rappelte er sich auf und torkelte zum Höhleneingang, vor dem das Ährchen-Knörgi nervös auf und ab schwirrte.

„Was ist das?"

„Was?", fragte er und rieb sich die Augen, angestrengt darum bemüht, wach zu werden.

„Hör doch mal! Was summt da so?"

Gilbath konzentrierte sich und lauschte in die Dunkelheit. Ganz weit weg, irgendwo im Wald vernahm er ein leises Brummen, wie von tausenden von Fliegen. Seine Augen weiteten sich und Niesputz sah ihn erbleichen.

„Weg hier!", rief Gilbath laut, rannte zurück in die Höhle und schüttelte die Schlafenden unsanft.

„Rennt!", schrie der Elf. „Rennt, wenn euch euer Leben lieb ist!" Barella sprang auf, schnappte ihre Tasche und rannte ohne zu fragen tiefer in den Tunnel. Bandath folgte ihrem Beispiel. Die beiden Reittiere galoppierten in langen Sprüngen vor ihnen her, den Kopf tief nach unten gebeugt. Der Tunnel war zu niedrig, um zu reiten, selbst der Elf musste seinen Kopf einziehen. Nervös surrte Niesputz heran.

„Was ist das? Warum rennen wir?"

„Brenn-Fliegen!", rief Gilbath als Antwort. Keiner von ihnen wusste mit dem Begriff etwas anzufangen, aber Gilbaths Reaktion reichte aus, ihnen den Ernst ihrer Lage zu verdeutlichen. Boden und Wände des abwärts führenden Tunnels bestanden aus Steinen, ähnlich denen, die in Flussburg zur Pflasterung der Straßen verwendet worden waren. In regelmäßigen Abständen glühten gelbe Kristalle in den Wänden und verbreiteten ein fahles, schattenloses Licht, das ihre Gesichter bleich erscheinen ließ. Die Decke bildeten mächtige Bohlen eines Holzes, das hart wie Eisen war, wie sie am Abend zuvor festgestellt hatten. Dumpf klangen ihre Schritte durch den Tunnel. Während Gilbath elegant mit langen Schritten dahineilte, rannte Barella neben ihm her, trotz der bedeutend geringeren Größe nicht weniger schnell und elegant. Bandath mühte sich keuchend Schritt zu halten. Von allen kam er aber am langsamsten voran.

„Wenn wir Glück haben, fliegen sie vorbei!" Im selben Moment, als der Elf die Worte aussprach, erfüllte das Summen der Brenn-Fliegen den Tunnel, dunkel, bedrohlich und lauter werdend.

„Schneller!"

„Was sind Brenn-Fliegen?" Niesputz hielt mühelos das Tempo, würde wahrscheinlich ihnen allen noch davon fliegen können. Sein Mundwerk stand selbst in Augenblicken höchster Gefahr nicht still.

„Insekten, halb so groß wie du." Gilbath klang zwar aufgeregt, aber nicht im Geringsten atemlos. „Gefährliche Insekten, *wirklich* gefährliche Insekten."

Der Elf entwickelte ebenfalls nicht sein volles Tempo, blieb bei Bandath, genau wie Barella und Niesputz. Der Zwergling aber keuchte, er war nie ein guter Läufer gewesen und verließ sich in kritischen Situationen lieber auf Dwego oder seine magischen Kräfte. Mit seiner Langsamkeit brachte er die anderen in Gefahr. Er blieb stehen, stützte die Hände auf seinen Knien ab und keuchte.

Gilbath und Barella rannten noch ein paar Schritte, blieben dann ebenfalls stehen und sahen zurück.

„Was ist los? Wenn dich nur eine einzige sticht, dann verbrennst du innerlich", drängte Gilbath. „Komm!"

„Rennt weiter!", keuchte der Magier. „Ich versuche sie aufzuhalten."

„Dann bleibe ich auch hier!", erklärte Barella fest. Bandath schüttelte den Kopf.

„Ich werde Feuermagie verwenden, eine große Feuerwalze. Sie wird die gesamte Luft im Tunnel verbrauchen und ihr werdet nicht mehr atmen können. Ich kann gerade mal mich schützen, mehr schaffe ich nicht."

Gilbath nickte, drehte sich um und verschwand tiefer im Tunnel, Barella vor sich her schiebend. Niesputz folgte, obwohl er leise vor sich hin brabbelte. Feuerwalzen sind auf der Erdoberfläche kein Problem. Die gerichtete Magie kann relativ gut festlegen, in welcher Stärke und welcher Größe eine Feuerwalze hervorgerufen werden soll. Das Problem jedoch ist, dass eine Feuerwalze Platz braucht, viel Platz – und Luft. Bandath hatte noch nie mit einer Feuerwalze in einer Höhle experimentiert und hoffte, dass das Feuer so reagierte, wie er es wollte. Er zermarterte sich das Hirn, aber ihm fiel keine andere Möglichkeit ein, den anfliegenden Schwarm Brenn-Fliegen abzuwehren. Und natürlich hatte er keine Möglichkeit, sich selber vor den unerwünschten Nebenwirkungen der Feuerwalze zu schützen. Er hatte das nur gesagt, um seine Gefährten zu beruhigen.

Das Summen wurde lauter. Wann war der richtige Zeitpunkt zum Einsatz der Walze? Er wusste es nicht. Langsam hob er seinen Magierstab waagerecht vor sich bis in Brusthöhe, konzentrierte sich und begann zu murmeln. An den Enden des Stabes bildeten sich kleine, gelbe Funken, knisterten, wuchsen zu Flämmchen und schließlich zu unterarmlangen Flammen. Bandath hob den Stab bis weit über den Kopf, holte aus und riss ihn ruckartig nach vorn. Fauchend lösten sich die Flammen vom Magierstab, rasten den Tunnel entlang und wuchsen, bis eine mächtige, rot-gelb glühende Feuerwand durch den Tunnel raste. Hitze schlug zu Bandath zurück, dann auch Flammen, wenige zuerst, dann rasch mehr werdend. Das Feuer drückte in beide Richtungen des Tunnels. Er hatte die Stärke der Feuerwalze zu groß gewählt. Bandath fluchte, drehte sich um und begann zu rennen, jetzt auf der Flucht vor dem Feuer. Die Flammen nahmen ihm die Luft zum Atmen. Kochendheiß drang es ihm in die Lunge. Er stolperte und fiel, alles verschwamm vor seinen Augen. Schweiß brach ihm aus allen Poren. Über ihm wälzten sich dunkelrote Feuerwolken an der Decke entlang. Bandath schaute hoch und sah Niesputz, der aus den Flammen auftauchte.

„Komm, hoch mit dir!", überschrie das Ährchen-Knörgi den brausenden Lärm, den das Feuer machte. Bandath taumelte auf die Füße. Mit überraschend viel Kraft packte Niesputz ihn an der Jacke und zerrte ihn vorwärts. Der Zwergling keuchte, bekam kaum Luft. Hinter ihm tobte die Feuerwalze durch den Tunnel. Wenigstens würden die Brenn-Fliegen noch größere Probleme haben als er. Dann war das Feuer plötzlich vorbei. Bandath blieb stehen, schüttelte den Kopf, atmete mühsam durch den offenen Mund. Es gab zu wenig Luft um zu rennen, zu wenig um zu sprechen.

Hinter ihnen glühten die Tunnelwände dunkelrot. Er hatte wirklich zu viel Energie beschworen. Wäre Niesputz nicht gewesen, Bandath wäre wohl ein Opfer seiner eigenen Magie geworden. Plötzlich schrie Niesputz auf, surrte an die Decke. Auf seinem Rücken saß eine weißliche Fliege und hatte ihren Stachel tief zwischen seine Rippen gebohrt.

„Verfluchte Gift-Fliege!", schrie Niesputz. Wo nahm er nur die Kraft und die Luft dazu her? Das Ährchen-Knörgi schoss einen funkensprühenden Purzelbaum, dem Bandath kaum mit den Augen folgen konnte, zog dabei sein kleines Schwert und säbelte der Fliege auf seinem Rücken den Kopf ab. Dann kam er zu Bandath.

„Zieh sie raus!" Der Zwergling griff mit zitternden Fingern zu und zog an dem kopflosen Kadaver, der zwischen den Flügeln des Ährchen-Knörgis baumelte.

„Wir müssen weiter, Zauberer." Niesputz schüttelte sich und betrachtete verächtlich die Fliege, die Bandath auf den Boden geworfen hatte. „Wahrscheinlich haben einige der netten Besucher dein kleines Feuerchen überlebt. Komm, lauf!"

Bandath stieß sich von der Wand ab und taumelte den Gang entlang. Aus den Augenwinkeln heraus bekam er mit, dass Niesputz mehrere Fliegen mit seinem Schwert erledigte. Plötzlich schrie Bandath auf. Er hatte das Gefühl, als würde ihm jemand einen glühenden Speer zwischen die Rippen treiben. Eine Brenn-Fliege hatte ihn gestochen. Er bekam noch mit, dass Niesputz seinen Namen rief. Dann raste ein Feuer durch seinen Körper, das alle anderen Empfindungen auslöschte. Da war nur noch Feuer, Schmerz und glutflüssiges Eisen in seinem Kopf …

… erst viel später senkte sich Dunkelheit und Kühle über ihn und die Welt außerhalb erlosch.

Todfeinde

Lange bevor er die Augen wieder öffnen konnte, begann er, seine Lippen zu fühlen. Wasser tröpfelte darauf. Das nächste, was aus der Dunkelheit seines Körpers auftauchte, war eine höllisch schmerzende Stelle am Rücken, der Stich der Brenn-Fliege. Das wusste er, sonst wusste er gar nichts. Er lag auf dem Rücken und jemand tröpfelte Wasser auf seine Lippen. Gierig schmatzte er, der Durst war unerträglich. Dann versank wieder alles in Dunkelheit.

Beim nächsten Mal fühlte er schon mehr. Unter ihm war felsiger Untergrund und ein kühler Wind fächelte über sein Gesicht. Er stöhnte und erneut flößte ihm jemand Wasser ein. Er hörte eine Stimme, konnte aber weder ein Wort verstehen, noch erkennen, wer zu ihm sprach. Neben dem Durst fühlte er jetzt auch Hunger. Und er war froh, überhaupt wieder etwas zu fühlen. Wer aber war er? Und wo?

Als er das dritte Mal zu sich kam, konnte er seinen ganzen Körper spüren. Die Einstichstelle am Rücken genauso wie die kribbelnden Füße, den Kopf, in dem dreihundert Steinmetze mit schweren Hämmern von innen gegen die Stirn schlugen und den nagenden Hunger im Magen.

„Rühr dich nicht, Bandath. Wenn du wach bist und mich verstehst, dann stöhne kurz, aber leise."

Diese Stimme kannte er, noch nicht lange, aber trotzdem bedeutete sie ihm viel. Wer war das?

„Bandath? Kannst du mich verstehen?"

Barella! Genau, die junge Frau hieß Barella ... und plötzlich fiel ihm alles wieder ein.

„Bandath. Wir sind gefangen. Taglicht-Trolle haben uns heute Morgen, kurz nachdem wir das Umstrittene Land verlassen hatten, erwartet. Gilbath konnte mit dem geschrumpften Diamantschwert einen Ausgang öffnen. Wir haben es anschließend wieder in das Kästchen gelegt und in deinem Schultersack verstaut. Eine knappe Stunde später waren wir dann plötzlich von Trollen umzingelt. Niesputz konnte fliehen. Dwego und Sokah treiben sich ebenfalls hier irgendwo in den Wäldern herum. Aber Gilbath, du und ich sind Gefangene. Wenn du mich verstehst, dann stöhne einmal kurz."

Bandath stöhnte und Barella tröpfelte ihm etwas Wasser auf die Lippen.

„Bleib bitte so und rühr dich nicht. Vielleicht haben wir dadurch eine Chance zu entkommen. Gilbath ist gefesselt, mehr als nötig. Die Trolle scheinen sehr wütend auf ihn zu sein."

Kein Wunder, schließlich war der Elfenfürst der Todfeind aller Trolle.

„Mich haben sie nur an den Händen und den Knien gefesselt, damit ich dich versorgen kann. Mit Zwergen und Halblinge scheinen sie nicht solche Probleme zu haben wie mit Elfen … und mit dir. Bleibe ohnmächtig für sie, sonst fesseln sie dich auch." Barellas Flüstern verstummte und Wasser tropfte auf seine Lippen.

„Was redest du?", ertönte die knarrende Stimme eines Trolls.

„Ich summe ein altes Lied, das meine Mutter mir beigebracht hat. Stört dich mein Gesang?"

„Gesang? Gesang ist anders. Warte, morgen kommt Rulgo. Dann wirst du den Elfen singen hören. Und jetzt schweig, wenn du den Zwergling pflegst."

Das war für einen Troll eine außergewöhnlich lange Rede. Barella flüsterte erst wieder, als sich der Troll entfernt hatte.

„Es schien, als hätten sie uns erwartet. Woher wussten sie, dass wir dort lang kommen würden? Bandath, was sollen wir tun?"

Mühsam schüttelte Bandath den Kopf. Nichts sollten sie tun, nichts konnten sie tun. Nachdem die Zwelfe ihm noch etwas Wasser eingeflößt hatte, schlief er wieder ein. Er träumte von riesigen Trollen, die ihm auf die Zehen traten.

Wasser weckte ihn erneut, dieses Mal jedoch so weit, dass er sich in der Lage fühlte, aufzustehen, wenn es von ihm verlangt werden würde. Barella teilte ihm mit, dass er die ganze Nacht geschlafen hätte. Zur Dämmerungsstunde wären andere Trolle gekommen und hätten ihre Bewacher abgelöst, die im Wald verschwunden wären. Erst am Morgen seien die Taglicht-Trolle zurückgekehrt.

„Ich werde dir jetzt etwas Fleischbrühe geben, beweg dich nicht, schluck einfach."

Bei dem Wort Fleischbrühe fing Bandaths Magen an laut und vernehmlich zu knurren, was Barella mit einem lauten, vorgetäuschten Hustenanfall zu übertönen versuchte. Mit einem Lächeln in der Stimme fuhr sie fort zu flüstern, während sie begann, ihm die heiße Fleischbrühe mit einem Holzlöffel einzuflößen.

„Es scheint dir langsam besser zu gehen. Wir dachten, du stirbst. Den Ahnen sei Dank konnte Niesputz etwas Ährchen-Knörgi-Heilkunde bei dir anwenden. Drei Tage lang haben wir dich geschleppt und gepflegt. Ich wusste gar nicht, dass du so schwer bist. Was hältst du davon, wenn du ein wenig abnimmst?"

Bandath unterdrückte einen Hustenreflex. Jetzt fing Barella noch genau so an wie Waltrude. Plötzlich schweiften seine Gedanken ab und während Barella leise weiterplauderte, dachte er an seine alte Haushälterin. Wie es Waltrude wohl ging? Und den Zwergen? Hatte sie die Truppe zusammen gehalten? Er musste bei Gelegenheit unbedingt Fernsicht-Magie anwenden und nachsehen, was seine Freunde machten. Waren sie rechtzeitig in Flussburg angekommen? Wie waren sie aufgenommen worden? Bandath traute den Bürgern Flussburgs durchaus zu, dass sie nicht sehr hilfreich waren. Nur deshalb hatte er den beiden Ratsherren das Geld gegeben. Allerdings bezweifelte er mittlerweile, dass das eine gute Idee gewesen war. Nun, sollten sie sich etwas zu Schulden kommen lassen, dann würde er den Herren gern einen Besuch abstatten – wenn dieses Abenteuer zu Ende war und er es lebend überstand.

Zum ersten Mal gestand er sich ein, dass dieses Abenteuer schwieriger und gefährlicher war, als alles, was er bisher erlebt hatte. Dieser Gedanke erschreckte ihn.

„Was ist?", fragte Barella leise. Bandath hatte vergessen, weiterzuessen. Er schluckte die Suppe und öffnete gehorsam den Mund. Barella redete weiter.

„Wenn du uns hier herausholst, bin ich bereit, deinen Anteil auf vierzig Prozent zu erhöhen."

„Fünfzig!", nuschelte Bandath leise.

„Wenn ich es mir allerdings recht überlege, dann musst du ein paar Prozente für das Tragen und die Pflege des mächtigen Zauberers wieder abgeben."

„Magier", korrigierte er sie gedämpft.

Bevor sie weiterreden konnten, wurden sie durch zwei Neuankömmlinge unterbrochen. Bandath linste unter halbgeschlossenen Lidern hervor zu der Stelle am Waldrand, hinter der die Schritte ertönten. Rulgo brach aus dem Gebüsch hervor, der Anführer der Taglicht-Trolle. Die drei Bewacher auf der kleinen Lichtung begrüßten ihn mit einem unartikulierten Grunzen. Blut, der Drachenhund, folgte. Der massige Troll stapfte quer über die Lichtung und blieb minutenlang vor dem gefesselten Elfen stehen. Die Trolle hatten ihn von oben bis unten mit Stricken verschnürt und darüber hinaus geknebelt. Unbequem lag er auf einem Haufen Steine. Dann brummte Rulgo etwas wie „Schön! Schön!" und drehte sich zu Barella und Bandath. Der Drachenhund blieb bei Gilbath, beschnüffelte ihn von oben bis unten und begann dann, genüsslich das Gesicht des Elfen abzulecken. Unterdrücktes Stöhnen klang zu ihnen herüber.

„Wer bist du?", grollte der Troll zu Barella.

„Barella Morgentau, Tochter der Zwergin Marola." Ihr erschien es im Moment nicht klug zu erwähnen, wer ihr Vater war.

„Was hast du mit dem Elfen zu schaffen?"

„Wir reisen nur zufällig zusammen, weil …"

„Blödsinn! Ihr wart im Umstrittenen Land. Wie seid ihr ohne Diamantschwert da rein- und rausgekommen?"

„Ich weiß nicht, was du meinst."

Barella war bemüht, sich nicht in die Enge treiben zu lassen. Sie würde auch nicht in das Vorurteil verfallen, das viele von den Trollen hatten, die sie für beschränkt hielten. Selbstverständlich waren die Trolle grobschlächtig, sprachen langsam und ungehobelt, wirkten plump und unfertig. Deshalb neigten viele dazu, die Trolle zu unterschätzen – ein Fehler, den man sehr schnell bereuen konnte.

Rulgo brach das Gespräch mit Barella ab.

„Wir reden später." Er sah den auf der Erde liegenden Bandath an und stupste ihm sachte mit dem Fuß gegen die Seite.

„Brenn-Fliegenstich?", fragte er Barella. Sie nickte. Rulgo hockte sich hin.

„Hör mir zu, Zwergling. Da du wach bist, kannst du dich auch hinsetzen. Meine Leute werden dich fesseln und dir den Mund verbinden. So schlecht geht es dir nicht mehr." Er erhob sich wieder. Bandath öffnete die Augen.

„Schade, dass du uns so betrogen hast, Winzling", grummelte der Troll. „Du fingst gerade an, mir sympathisch zu werden."

Er drehte sich um und ging zu einem seiner Artgenossen, der den ganzen Tag Wache gehalten hatte, holte aus und verpasste ihm eine mächtige Ohrfeige. Der Troll ging in die Knie.

„*Bewachen* habe ich gesagt. Der Magier ist wach. Soll er dir Elfenohren anhexen? Fessel ihn und binde ihm den Mund zu. Aber lass ihn leben! Und schau ihm nicht in die Augen."

Der Troll hielt sich die Ohren, als fürchte er, das Bandath ihm wirklich Elfenohren anhexen würde. Er stapfte zu dem Zwergling, schob Barella ungeachtet ihres Protestgeschreis zur Seite und fesselte Bandath die Hände auf dem Rücken und die Füße zusammen, knebelte ihn und band ihn anschließend an einem Baum fest. Barella, der die Hände vor dem Körper und die Beine in Kniehöhe zusammen gebunden waren, hoppelte mit kurzen Schritten zu dem Magier.

„So ein Mist. Wie hat er das herausgefunden?"

Bandath zuckte mit den Schultern. Auf der Lichtung legte sich der Drachenhund neben Gilbath und kuschelte sich an ihn. Wäre die Situation nicht so gefährlich, dann hätte Bandath grinsen müssen.

„Weißt du", meinte Barella. „Die Gespräche mit dir sind in letzter Zeit etwas einseitig geworden. Da vermisse ich doch unsere emotionsgeladenen Wortwechsel."

Wortwechsel? Hatte sie wirklich *emotionsgeladene Wortwechsel* anstelle von *handfestem Streit* gesagt?

„Es ist alles eine Frage des Standpunktes." Die Zwelfe redete, als würde sie in Bandaths Augen die Antworten sehen. „Obwohl du zugeben musst, dass es unsauber von dir war, mich nicht über meine Rolle in der Prophezeizung zu unterrichten."

Da er nicht reden konnte, nickte er.

„Ich weiß, ich habe auch etwas heftig reagiert, aber so bin ich nun mal. Was ist, gehen wir trotzdem nach Cora Lega, wenn der Vulkan verstopft ist?"

Bandath drehte seinen Kopf ein wenig. Jetzt konnte er hinter den Bäumen den Gebirgszug sehen. Sie waren den Bergen in den letzten Tagen wieder recht nahe gekommen. Der Himmelshaken verbarg sich in der Ferne hinter anderen Gipfeln. Eine dunkle Rauchwolke aber verriet seinen Standort.

„Wahrscheinlich wirst du allerdings zuerst zu deinem Haus zurück und dich um dein Dorf kümmern wollen. Das kann ich verstehen. Mir würde es genau so gehen." Es war für Bandath schon erschreckend, wie genau die Zwelfe seine Gedanken lesen konnte.

„Ich denke, ich werde dich dorthin begleiten. Vielleicht kann ich ja auch ein wenig helfen. Und wenn alles geregelt ist, brechen wir zusammen nach Cora Lega auf."

Bandath schloss die Augen. Was bahnte sich da an? Und wenn Barella Waltrude traf ... nicht auszudenken. Wahrscheinlich würden die beiden sich auf Anhieb verstehen. Ermattet lehnte er sich an den Baum.

„Es ist schön, Bandath, wenn du mal nur zuhören musst und ich ungestört erzählen kann. So lernt man sich viel besser kennen, weißt du ..."

An der Stelle tat Bandath etwas, für das er auf der Magierfeste lange trainiert hat: Er schlief ein. Die Kunst, in dem Moment einzuschlafen, wenn man es will, kann sehr wichtig sein, wenn der Körper geschwächt ist und dringend Erholung benötigt. Oder wenn der Lehrmagier vorn am Pult so langweilig über den Stoff redet, dass ein kurzer, sofortiger Schlaf als die letzte Rettung erscheint.

Ein heftiger Schlag in die Seite ließ ihn wieder auffahren.

„Ich glaub es nicht", Barella zischte wütend. „Rulgo hat eben seinen Kundschafter begrüßt. Schau dir das an!" Sie nickte zu dem Troll hinüber. „Und darüber, dass du einschläfst, während ich mich mit dir unterhalte, reden wir später noch mal."

Vor Rulgo stand ein Gnom – Claudio Bluthammer, der Kopfgeldjäger. Er fühlte sich sichtlich unwohl und stierte regelmäßig zu Bandath und dem Elfen. Hinter beiden stand sein Gargyl, mit dem Halfter an einen Baum gebunden.

„Woher sollte ich wissen, dass sich ein Elf in der Gruppe befindet? Was du wolltest, war Kenntnis über den Aufenthaltsort des Zwergling-Magiers. Den hast du von uns bekommen."

Rulgo war ungeduldig. „Warum ist der Elfenfürst in der Gruppe? Wer ist die Frau? Was wollen die hier? Wo ist das Diamantschwert?"

„Wir sind nur einfache Kundschafter. Woher soll ich das wissen? Ich habe keine Ahnung was die wollen oder wo dieses verflixte Schwert ist." Claudio rang verzweifelt die Hände. Der Troll starrte drohend auf den Gnom herab. Seine Stimme rumpelte tief wie der Himmelshaken während eines Ausbruches.

„Sie waren im Umstrittenen Land. Mit dem Elfen. Wenn sie dort waren, brauchten sie das Schwert. Aber ich sehe es nicht. Wo also ist es?" Rulgo schien immer größer zu werden.

„Ehrlich, ich habe keine Ahnung. Ich bin Kundschafter und kein Schwertbesorger. Das war doch bisher immer die Aufgabe des kleinen Diebes dort drüben!" Claudio wies auf Bandath.

Rulgo wog seine schwere Keule in der Hand. „Du bekommst unser Gold, um im Land der Elfen für uns Informationen zu sammeln. Du hast uns von ihrem bevorstehenden Angriff auf unser Land berichtet …"

„Das ist nicht wahr!", rief Barella im selben Moment dazwischen, als der gefesselte Gilbath sich aufbäumte und seinen Protest durch einen unterdrückten Schrei zum Ausdruck brachte. Mehr war auf Grund des Knebels nicht möglich.

Barella sprach etwas ruhiger weiter. „Die Elfen sammeln ihr Heer, weil ihnen berichtet wurde, *ihr* würdet einen Angriff planen um das Schwert zurückzuerobern."

„Stopf diesem Weib das Maul!", kreischte der Gnom. „Wer ist sie? Was will sie hier?" Rulgo sah sich um. Barella war aufgesprungen und funkelte den Gnom an, Gilbath kämpfte noch immer vergeblich gegen seine Fesseln. Der Troll nickte einem der Wächter zu. Dieser zückte ein überdimensionales Messer und stapfte zu dem Elfen, der im Angesicht der Gefahr erstarrte. Ein Schnitt und der Knebel des Fürsten fiel. Gilbath hustete, spuckte angewidert aus und würgte. Dann brüllte er Rulgo an: „Du widerliches Vieh! Siehst du nicht, was dieser Schleimbeutel macht?"

„Warum hast du das getan, Troll? Der Elf lügt!", brüllte der Gnom dagegen, versuchte die Worte des Elfen zu übertönen. „Egal was er sagt, er lügt. Knebel ihn!"

Gilbath holte tief Luft und donnerte so laut er konnte: „Der Gnom und sein Kumpan bekommen von uns Gold, weil sie hier *für uns* spionieren! Bei meinen Vorvätern, Gnom, ich schwöre dir, ich bringe dich um! Wir werden …"

Rulgos Keule zuckte hoch und krachte gegen die Schläfe Gilbaths. Der Elf verstummte und sackte zusammen.

„Hm!" Belustigt schaute der Troll auf seine Keule. „Das hat Spaß gemacht."

„Richtig! Das war völlig richtig, Rulgo." Claudio hechelte förmlich, als er sich bei dem Troll anbiederte. „Traue keinem Elf. Die sind …" Wieder zuckte die Keule des Trolls und Claudio fiel wie vom Blitz getroffen auf die Erde.

„Das hat auch Spaß gemacht." Rulgo sah sich um. Barella setzte sich vorsichtig und der Troll nickte zustimmend. „Du lernst schnell, Frau." Dann drehte er sich zu den anderen drei Trollen um, die das Geschehen unbeteiligt verfolgt hatten. „Fesseln. Und knebelt alle beide. Ich gebe unseren Leuten Bescheid, dass sie den anderen Kundschafter festsetzen und hierher bringen sollen." Er nahm ein Horn vom Gürtel und blies eine komplizierte Tonfolge, die tief und dröhnend über den Wald hallte. In der Ferne wurden die Töne durch ein zweites Horn aufgenommen und weitergetragen. Bandath vernahm noch ein drittes Horn, viel weiter weg als das zweite. Dann kehrte Ruhe ein. Rulgo schulterte seine Keule.

„Schlachtet den Gargyl, wir brauchen etwas zum Abendessen", sagte er noch zu einem der Bewacher, dann verschwand er im Wald. Zwei Trolle gingen zu dem noch immer an den Baum gebundenen Reittier des Gnoms. Dieses begann kläglich zu schreien und am Halfter zu zerren. Bandath schloss die Augen. Das Schreien das Gargyls endete mit einem trockenen Knacken, als die Trollkeule die Stirn des Tieres traf.

„Ich bin satt", sagte Barella. „Heute wird gefastet."

Rulgo kehrte erst am nächsten Tag zurück. Er führte an einer langen Leine den gefesselten Minotaurus mit sich. Dieser und einer der Trolle im Gefolge Rulgos sahen sehr mitgenommen aus. Sergio schien den Trollen einen harten Kampf geliefert zu haben, bevor sie ihn überwältigen konnten.

Rulgo packte den Minotaurus und zerrte ihn mitten auf die Lichtung. Dort ließ er ihn sich ins Gras setzen. Anschließend schlurfte er zur gegenüberliegenden Seite und löste Claudio von dem Baum, an den die Trolle ihn gestern gebunden hatten. Der Gnom zuckte zusammen, als Rulgo sich ihm näherte und stierte ängstlich auf dessen Keule. Ohne ein Wort stieß Rulgo den Gefangenen zu seinem Kumpan. Auch der noch immer gefesselte Gnom setzte sich ins Gras. Als nächstes schleifte der Anführer der Taglicht-Trolle den Elfenfürsten zu den beiden Kundschaftern. Der Drachenhund, der die ganze Nacht bei Gilbath gelegen hatte, erhob sich und folgte den beiden. Als Gilbath saß, legte sich Blut hinter den Elfen, aber nicht, ohne zuvor Claudio und Sergio angeknurrt zu haben. In der Zwischenzeit holte Rulgo Bandath und bedeutete Barella, sich zu ihnen zu gesellen. Dann starrte er seine in einer Reihe sitzenden Gefangenen an und setzte sich vor sie.

„Fünf Gefangene", knurrte er und ließ seine aus dem Maul ragenden Hauer blitzen. „Irgendwo hinter euren Stirnen liegt die Wahrheit und ich werde sie finden. Ich löse euch jetzt die Knebel. Ihr redet nur, wenn ihr von mir gefragt werdet. Klar?"

Bandath und Barella nickten, Gilbath neigte überheblich den Kopf, die beiden Troll-Elfen-Kundschafter ruckten ihre Köpfe heftig nach unten.

„Gut", grummelte Rulgo, erhob sich und begann, dem Minotaurus den Knebel zu lösen. Genau wie Gilbath am Tag zuvor hustete und spuckte Sergio, als der Lederknebel aus seinem Mund genommen wurde. Claudio jedoch begann gleich nach seiner Befreiung zu lamentieren.

„Sie haben meinen Gargyl gefressen …" Mit einer schnellen Bewegung stopfte Rulgo dem Gnom den Knebel wieder in den Mund, weiter als zuvor und riss ihm den Kopf nach hinten.

„Ich frage. Du antwortest. Sonst kein Wort. Was hast du davon nicht verstanden?"

„Hrrrgh", war das Einzige, was Claudio erwidern konnte.

„Schon besser", antwortete Rulgo und befreite den Gefangenen erneut von seinem Knebel. Gedämpft würgte der Gnom, angestrengt bemüht, jeden Ton zu vermeiden. Der Elf und der Magier beschränkten sich auf Husten und tiefes Durchatmen, als sie von Rulgo erlöst wurden. Mit der Keule in der Hand setzte sich der Troll im Schneidersitz wieder vor sie hin.

„Es gibt viele Fragen. Die erste: Was wollt ihr hier?" Er wies auf Bandath, Barella und Gilbath. Keiner antwortete. Grinsend entblößte Rulgo seine Hauer. Er schaute Gilbath an.

„Du bist ein Elf, dir vertrau' ich nicht." Sein Blick wanderte weiter zu Bandath.

„Dir hätte ich beinahe vertraut. Aber du hast uns wahrscheinlich das Diamantschwert gestohlen. Viele Male hast du unser Vertrauen missbraucht. Deshalb antwortet die Zwergenfrau."

Barella atmete tief durch. „Bevor du es von jemand anderem erfährst und um dir zu zeigen, dass ich die Wahrheit sagen werde, sollst du zuerst eines erfahren: ich bin zwar die Tochter einer Zwergin, aber mein Vater ist Gilbath der Elfenfürst."

Angewidert schrie der Gnom auf: „Eine Zwergin und ein Elf? Das ist ja eklig ..." Direkt vor Claudio krachte die Keule des Trolls auf die Erde, nur um Haaresbreite an seinen gefesselten Füßen vorbei. Geräuschvoll schloss der Gefangene den Mund.

„Ich frage! Du antwortest! Zum letzten Mal, Gnom! Sonst wirst du ohne Zähne sprechen müssen!" Mit schreckgeweiteten Augen nickte Claudio wild zu den Worten Rulgos. Der wandte sich wieder an Barella.

„Kannst du das beweisen?"

„Unter meinem linken Schlüsselbein befindet sich ein Muttermal. Genau so eines findest du bei Gilbath an derselben Stelle." Rulgo erhob sich und zog vorsichtig mit seinen kräftigen Händen Barellas Hemd zur Seite. Dann spuckte er auf seinen Daumen und rieb auf der Haut der Zwelfe, als wolle er testen, ob das Mal echt sei. Anschließend beugte er sich zu Gilbath herüber und zerfetzte ihm das lederne Hemd. Er spuckte direkt auf das Muttermal, rieb heftig und nickte zufrieden. Breit grinsend setzte er sich wieder.

„Wieso wusste niemand von einem Kind Gilbaths mit einer Zwergin?"

„Bis vor ein paar Tagen wusste mein Vater selber nichts von mir. Und ich wusste nicht, welcher Elf mein Vater war."

„Gut, das kannst du mir später genauer erzählen. Weiter. Was wollt ihr hier?"

Barella berichtete dem Troll von dem Vulkanausbruch und der Prophezeiung des Orakels auf Go-Ran-Goh. Sie schilderte die Bemühungen Bandaths, das Diamantschwert zu besorgen, um das Flammenauge dorthin zu bringen, wo es hingehört – zum Erd-Drachen – damit dieser weiterhin das unterirdische Feuer bändigen konnte. Sie sparte auch die dubiose Rolle der beiden Kopfgeldjäger nicht aus, die einen Krieg zwischen Elfen und Trollen anzetteln wollten, um gutes Geld daran zu verdienen. Als der Minotaurus an dieser Stelle protestieren wollte, krachte vor ihm die Keule des Trolls auf die Erde wie kurz zuvor bei seinem Kumpan. Sergio sackte zusammen und schwieg weiterhin.

Rulgo sagte lange nichts. Seine gefurchte Stirn wies auf angestrengtes Denken hin. Dann sah er den Elf an.

„Warum bist du dabei?"

„Barella vergaß zu erwähnen, dass mindestens ein weiterer Vulkanausbruch kurz bevor steht, am Nebelgipfel. Er würde den Markt vernichten und Tausende müssten sterben, wenn es dazu kommt, darunter viele Hundert Elfen. Und außerdem: bleiben die Vulkane, so wird das Umstrittene Land sterben." Mit kurzen Worten erläuterte er, wie sie den Zusammenhang zwischen dem Umstrittenen Land und der Erdwärme herausgefunden hatten. Als wäre es abgesprochen erwähnte keiner von ihnen das Ährchen-Knörgi. Sie wollten nicht alle Trümpfe aus der Hand geben.

„Darüber hinaus bin ich gern dabei, wenn das Diamantschwert durch das Trollland reist, um aufzupassen, dass es auch wirklich dort ankommt, wo es hin soll."

Rulgo schwieg erneut einen Moment. Heftig hob und senkte sich seine Brust. Dann schwang er drohend seine Keule. „Du bist ein Elf, mein Todfeind. Warum sollte ich dir glauben? Ich könnte dich töten!"

„Ja!", zischte der Gnom. „Tu es!"

„Schnauze!", brüllte Rulgo, sprang auf und schwang drohend die Keule über den Gefangenen. „Ich könnte euch alle töten. Und bei der Erde auf der meine Füße stehen, ich glaube, ich sollte es tun." Bandath sah, dass der Troll verwirrt war und nicht wusste, was er tun sollte. Es war ein gefährlicher Moment, denn wenn die Trolle auch intelligenter und scharfsinniger waren, als man gemeinhin annahm, so waren verwirrte und ratlose Trolle doch unberechenbar. Es konnte gut sein, dass Rulgo wirklich jeden Moment begann, mit der Keule auf sie einzuschlagen.

„Wo ist das Diamantschwert?", brüllte der Troll.

„Ich habe es", antwortete Bandath ruhig. Der Troll erstarrte, als hätte Bandath ihn mit einem Lähmungszauber belegt. Langsam ließ er die Keule sinken und starrte den Zwergling an

„Ich habe es", wiederholte dieser. „Es befindet sich, magisch verkleinert, in einem Mogohani-Holz-Kästchen in meinem Beutel." Der Blick des Trolls wanderte ungläubig zu dem Gepäck der Gefangenen, das nicht weit von ihnen aufgetürmt lag.

„Du kannst es haben. Damit sicherst du den Trollen erneut die Herrschaft über das Umstrittene Land. Nur wird es euch nichts nützen, denn das Umstrittene Land wird nicht mehr lange existieren. Wir sahen, wie es beginnt zu sterben. Die Anzeichen des Verfalls waren deutlich. Und nein", er beugte sich vor um Gilbath anzusehen, „ich werde es nicht wieder für euch stehlen. Ich stehe ab sofort überhaupt nicht mehr als Auftragsdieb zur Verfügung, weder für die Trolle, noch für die Elfen. Da sonst niemand da ist, der das Schwert stehlen könnte, …", er ignorierte an dieser Stelle Barellas Schnauben, „werdet ihr wohl wieder Krieg führen müssen. Bedenkt das, alle beide.

Ja, ich habe euch betrogen, die Trolle genauso wie die Elfen, seit über einhundert Jahren. Aber seit über einhundert Jahren ist auch kein einziger Troll durch einen Elfenpfeil gestorben. Und kein Elf wurde von einer Trollkeule erschlagen. Bedenke auch das, Rulgo, bevor du anfängst, hier deine Keule zu schwingen.

Wie gesagt, du kannst das Diamantschwert haben. Doch wozu?

Was Barella gesagt hat, stimmt. Wenn wir es schaffen, das Flammenauge zum Erd-Drachen zu bringen, verhindern wir weitere Vulkanausbrüche, verstopfen den Himmelshaken wieder und retten das Umstrittene Land. Allerdings kann sich dieses niemand mehr mit der Macht des Diamantschwertes unterwerfen, weder Trolle, noch Elfen.

Und was diese beiden Schurken angeht", Bandath nickte zu Claudio und Sergio hinüber, „so sind sie schlimmere Betrüger als ich einer war, denn sie wollten euch mit Lügen in einen Krieg gegen die Elfen treiben."

Rulgo, der während der Rede Bandaths auf die Knie gesunken war, sprang wieder auf, brüllte einen der Trolle an: „Knebeln! Alle! Ich muss denken!", und verschwand im Wald. Krachende und berstende Geräusche kündeten von seinem überstürzten Aufbruch.

Die Gefangenen wurden geknebelt und auf der Wiese gelassen. Während sich die meisten zurücklegten und zum wolkenverhangenen Himmel hinaufstierten, begann Blut erneut damit, das Gesicht Gilbaths abzulecken. Lange Schleimfäden troffen von der Zunge des Drachenhundes. Absichtlich überhörte er dabei das protestierende Stöhnen des Elfen. Er hatte dem Fürst eine seiner Tatzen auf die Brust gelegt, so dass dieser sich nicht unter ihm hinwegwinden konnte.

Bandath war erleichtert. Er kannte Rulgo lange genug, um zu wissen, dass der Troll jetzt niemanden mehr töten würde. Allerdings wagte der Magier auch keine Voraussage über die Entscheidung des Trolls. Immerhin hatte dieser den Fürst der Elfen in seiner Hand, seinen Todfeind, wie er selber gesagt hatte.

An dieser Stelle stutzte Bandath. Todfeind? *Zwei Todfeinde?*

Sollten Rulgo und Gilbath wirklich die beiden Todfeinde der Prophezeiung sein? Wenn seine Hände nicht gefesselt wären, dann hätte er sich jetzt mit der Hand vor die Stirn geschlagen. Und womöglich gleich noch eine Ohrfeige hinzugesetzt. Wer denn sonst? Es gab ja keine weiteren Todfeinde, die in diese Geschichte verwickelt waren. Die Feindschaft der Elfen und Trolle war buchstäblich sprichwörtlich. „Ein betrunkener Drummel-Drache kann ein ganzes Heer von Töpfermeistern ruinieren", sagte man rund um das Gebirge, „aber stecke einen Troll und einen Elf zusammen und sie werden eine größere Verwüstung anrichten, als zehn betrunkene Drummel-Drachen."

Ihm war bloß noch nicht klar, wie die Zeile der Prophezeiung ‚*wenn die Todfeinde sich helfen‘* zu verstehen war. Nun, es wurde Zeit vielleicht etwas optimistischer zu werden. Bisher hatte sich alles gefügt. Er hoffte, dass es so bleiben würde.

Rulgo dachte lange nach. Es war etwa eine Stunde vor Sonnenuntergang, als der Troll zurückkam. Er ließ die Keule fallen und nickte einem der anderen Trolle zu. Der löste die Knebel der Gefangenen. Nachdem das allgemeine Husten und Würgen abgeklungen war, sah er seine Gegenüber der Reihe nach an. Dann nickte er ein zweites Mal und wies auf Bandath. Der andere Troll löste daraufhin Bandaths Fesseln komplett.

„Zeige mir das Diamantschwert."

Der Magier erhob sich mühsam und wankte zu dem Stapel ihrer Sachen. Der überstandene Brenn-Fliegenstich und die Fesseln hatten an seinen Kräften gezehrt. Er fiel vor den Taschen auf die Knie und wühlte in seinem Beutel. Das Erste, was ihm in die Hände fiel, war die Flasche mit seiner „Medizin". Mit zitternden Fingern schraubte er sie auf und nahm einen tiefen Schluck. Dann griff er das Mogohani-Holz-Kästchen und die Lupe und wankte zu den anderen zurück.

„Na, Mischling, musstest du dir erst mal Mut antrinken?", höhnte der Minotaurus, schloss aber auf ein Knurren des Trolls hin den Mund. Bandath hockte sich wieder neben Barella, holte das Schwert aus dem Kästchen, richtete die Lupe darauf und begann zu murmeln. Rulgo bekam runde Augen, als die magische Waffe zu wachsen begann, bis sie ihre ursprüngliche Größe hatte. Das Flammenauge in der Spitze glühte und funkelte, dass die sitzenden Gestalten auf der Lichtung einen rötlichen Schatten warfen.

„So hat es noch nie gefunkelt", flüsterte der Troll. Gebieterisch streckte er dann seine Hand aus.

„Gib es mir!"

Bandath zögerte nur kurz. Sollte Rulgo sich entscheiden die Macht im Umstrittenen Land zu ergreifen, dann wäre seine Aufgabe an dieser Stelle gescheitert. Aber er glaubte nicht daran, wollte es nicht glauben. Er beugte sich nach vorn und reichte dem Troll die Waffe.

„Nein!", schrie Gilbath. „Du bist ein Verräter, Zwergling! Sind deine ganzen Diskussionen mit mir nichts wert?"

„Das war gut, Bandath", flüsterte Barella neben ihm.

„So", knurrte der Troll. „Und wo ist jetzt euer geheimnisvoller Kamerad über den keiner von euch geredet hat?"

Barella drehte ihren Kopf in Richtung Wald. „Du kannst jetzt rauskommen, Niesputz!", rief sie laut. Sogleich erkannte man zwischen den Blättern ein grünes Funkeln und kurz darauf surrte der kleine Kerl heran.

„Ich dachte schon, ihr kriegt das nie in den Griff. Hallo Troll, ich bin Niesputz und der eigentliche Kopf dieses Unternehmens. Das heißt, die beiden Schnarchbacken dort drüben gehören natürlich nicht zu unserer Bande …"

„Ich frage! Du antwortest!“, sagte Rulgo und griff mit der freien Hand nach der Keule.

„He, ist schon gut, Muskelmann, auch wenn du Schwierigkeiten haben dürftest, mich mit diesem Ding zu treffen.“

„Willst du es darauf ankommen lassen?“

Niesputz surrte einmal kurz, dann setzte er sich auf Barellas Schulter. „Gut, einigen wir uns auf ein Unentschieden.“

Rulgo sah wieder Bandath an. „Ihr braucht also das Flammenauge?“

Der Zwergling nickte.

„Gut“, sagte der Troll, ließ das Diamantschwert fallen und schlug blitzschnell mit seiner Keule auf die glänzende Klinge. Mit einem silberhellen Ton zerbarst die Waffe in Tausende Splitter. Griff und jetzt noch intensiver leuchtendes Flammenauge lagen unbeschädigt vor dem Troll in einem Haufen aus Diamantsplittern.

„Bei den Wüsten des Südens, ist das schön“, flüsterte Barella.

Der Elf schrie auf. „Was hast du getan?“

„Unsere Völker erlöst, Spitzohr.“

In Bandath machte sich unendliche Erleichterung breit. Rulgo stand auf und löste die Fesseln des Elfenfürsten.

„Ich will keinen Krieg. Elfen sind von Natur aus kriegerisch, wir nicht. Wir haben unser Heer nur gesammelt, weil die beiden“, er wies auf Sergio und Claudio, „uns mitteilten, ihr würdet einen Angriff auf unser Land planen.“

„Das ist nicht wahr.“ Gilbath stellte sich aufrecht vor den Troll. Seine Augen blitzten. „Wir hatten das Schwert. Wieso sollten wir euch angreifen wollen? Wir sammelten unser Heer, weil ein Angriff von eurer Seite bevorstand um uns das Schwert zu stehlen, wie sie sagten.“ Er wies mit dem Daumen über die Schulter auf die beiden Spione.

„Gestohlen habt *ihr*!“, knurrte der Troll. Wütend schnaubte er durch die Nase.

„Nein, ich“, mischte sich Bandath ein. Beide hielten in ihrem aufflammenden Streit inne und sahen den Zwergling an. Der hob drängend die Hände.

„Der Vulkan wartet nicht.“

Irritiert nickten beide.

„Gut", sagte Rulgo. „Wenn ich sicher sein kann, dass die Elfen sich zurückziehen, dann ziehe ich meine Trolle auch zurück."

„Und wie kann ich sicher sein?", entgegnete Gilbath. „Ich befehle meinen Elfen, das Heer aufzulösen und am nächsten Tag marschieren die Trolle durch die Riesengras-Ebenen."

Barella schlug sich die Hand vor die Stirn und stöhnte. „So kommen wir niemals vorwärts."

„Ja", versetzte Niesputz munter. „Das ist schon wieder ein klassisches Unentschieden." Er surrte hoch und flog zwischen die beiden Streithähne. „Das kann man nur mit dem Geheimrezept der Ährchen-Knörgis lösen." Er winkte die Zwei mit seinem Zeigefinger näher an sich heran und flüsterte: „Ihr müsst euch einfach *vertrauen*. Das ist ganz einfach. Der Muskelmann hat das Spitzohr als Pfand und das Spitzohr zieht durch das Land der Muskelmänner und kann alles kontrollieren. Klar soweit?" Gilbaths Blick wanderte von dem grünen fliegenden Mann zu den Augen des Trolls unter dessen gefurchter Stirn.

„Kannst du", fragte dieser den Elfen, „deinen Leuten von hier Befehle erteilen?"

„Könnte ich, wenn ich Papier und Tinte zur Verfügung hätte. Was allerdings in diesem Landstrich relativ unwahrscheinlich sein dürfte."

In der Brust des Trolls grummelte es verdrießlich. „Hm. So etwas hatten wir schon vor den Elfen. Ich wusste allerdings gar nicht, dass ihr neben singen auch noch schreiben könnt."

„Dann werde ich meinen Leuten eine Botschaft übermitteln. Die Frage ist nur, wie kommt sie dahin. Einerseits bin ich nicht gewillt, das Flammenauge aus den Augen zu verlieren, andererseits wirst du mich wohl auch nicht unbehelligt zu meinen Leuten gehen lassen."

„Das ist wahr."

„Ich!", rief Niesputz dazwischen. „Ich könnte die Nachricht überbringen. Das ist für mich keine Entfernung, spätestens morgen früh wäre ich zurück. Und eher werden wir hier wohl auch nicht wegkommen, denn der Muskelmann will uns ja begleiten, muss sich aber vorher noch ein wenig aufs Ohr hauen."

Ein bestätigender Blick Rulgos zur untergehenden Sonne folgte. Dann wies er einen seiner Trolle an, Papier zu holen. Einen zweiten Boten schickte er mit Informationen für die Anführer der Gruppen los, die sich bewaffnet an der Grenze zum Elfenland befanden.

„Alle Trolle werden sich bis zu ihren Dörfern zurückziehen. Deine Elfen auch?"

Gilbath nickte.

„Äh, ich habe da eine Frage." Niesputz schwirrte vor dem Gesicht des Trolls umher. „Was passiert eigentlich jetzt mit unseren beiden Freunden?"

„Ja, das ist eine gute Frage." Das Knurren des Trolls wurde bedrohlich, als er sich zu Sergio und Claudio umdrehte und seine Keule angriffslustig in der Hand schwang.

„He, was soll das? Wir haben nur gemacht, was ihr wolltet", kreischte Claudio, während der Minotaurus begann, hektisch an seinen Fesseln zu reißen.

„Wie habt ihr uns überhaupt gefunden?" Bandath erhob sich und trat wie unbeabsichtigt zwischen den Troll und die beiden Gefangenen.

„Ein Findezauber", knurrte Sergio. Missmutig sah er zu dem Magier auf. „Ich habe dir im Wald, als wir dich durch Ordo Nebelpuster fanden, einen Knopf von deinem Beutel abgerissen."

„Wenigstens die Grundzüge der Magie habt ihr nicht vergessen." Der Zwergling drehte sich zu Rulgo um, der noch immer mit drohender Gebärde hinter ihm stand. „Ich würde gern etwas probieren, was uns die beiden für eine Weile vom Hals schaffen würde, ohne dass wir sie umbringen müssen. Aber dazu benötige ich meinen Magierstab. Darf ich?"

Rulgo nickte widerstrebend. „Sie sind tot, wenn ich sie wieder hier sehe."

„Für das Elfenland gilt das Gleiche!", brummte Gilbath.

„Nun, ich denke, das haben sie verstanden." Der Magierstab lag bei ihren Sachen. Bandath wankte also erneut zu dem Stapel, konnte sich aber beim Zurückgehen auf seinen Stab stützen.

„Was hast du vor?" Die Stimme des Gnoms hatte jede Überheblichkeit verloren. Angst flackerte in seinen Augen.

„Euch das Leben retten. Danach sollten wir quitt sein und ich möchte euch nie wiedersehen." Er spielte auf den Rauswurf der beiden von der Magierfeste an.

„Quitt?", zischte Sergio die Knochenzange. „Quitt? Wir werden niemals quitt sein, Mischling."

Bandath schwieg und stierte Claudio in die Augen. Nach wenigen Augenblicken begann dessen Blick ausdruckslos zu werden.

„Hypnose funktioniert bei mir nicht. Das hatten wir doch schon geklärt." Sergio fauchte den Zwergling an wie eine Schling-Würg-Natter ihr Opfer.

Bandath lächelte ruhig. „Du vergisst, dass ich einen besonderen Kurs bei Schin Benroi, dem Meister der Hypnose, belegt habe." Er stieß mit dem Magierstab auf die Erde. „Sieh mir in die Augen!"

„Niemals, Mischling!", krächzte der Minotaurus. Bandath murmelte ein paar Worte und ließ das Ende des Stabes erneut auf die Erde krachen. Seine Stimme bekam einen zwingenden Tonfall.

„Sieh! Mir! In! Die! Augen!" Es war, als würde der Blick Sergios gegen einen inneren Widerstand automatisch zu den Augen Bandaths gezogen, so sehr der Kopfgeldjäger sich auch wehrte und versuchte, den Kopf wegzudrehen. Seine Nackenmuskeln spannten sich und zitterten vor Kraft, die Nüstern des Stierkopfes blähten sich, er schnaubte und hatte doch keine Wahl. Sobald sich ihre Blicke trafen erlosch der Widerstand Sergios und auch seine Augen wurden glasig.

Bandath sah von einem zum anderen und murmelte unverständliche Worte. Dann stand er auf, schwer stützte er sich auf seinen Stab.

„Du kannst sie jetzt losbinden, Rulgo. Sie sind harmlos." Der Troll zerschnitt die Lederriemen und Bandath schnippte mit den Fingern.

Sergio und Claudio erwachten und sahen sich an. Ein verträumter Ausdruck trat in ihre Augen. Claudio legte den Kopf schräg und lächelte den Minotaurus an, seine krummen Gnomzähne blitzten. Schüchtern lächelte Sergio zurück. Ohne ein weiteres Wort zu verlieren schlenderten sie davon.

Mit offenen Mündern starrte die Gruppe den beiden Kopfgeldjägern hinterher.

„Was ... was ... hast du getan, Magier?", stotterte Gilbath.

„Ich habe sie hypnotisiert, das hast du doch gesehen."

„Ja", hauchte Barella. „Aber *was* hast du ihnen eingeflüstert?"

„Dass sie auf der Suche nach der himmelblauen Blume der Glückseligkeit sind. Sie werden weit in den Westen wandern und sich dort irgendwo niederlassen."

„Aber, Zauberer", Niesputz war fassungslos. „Ich denke, das hält nicht."

„Je klüger und stärker jemand ist, desto kürzer ist die Zeit, die eine Hypnose wirkt." Bandath folgte den glücklich davon schlendernden ehemaligen Kopfgeldjägern mit den Augen. „Bei ihnen wird die Hypnose wohl ein halbes Jahr halten, mindestens."

„Die himmelblaue Blume der Glückseligkeit", Barella schüttelte den Kopf, „davon habe ich ja noch nie gehört."

„Ich auch nicht", bekannte Bandath. „Es fiel mir gerade ein und ich hielt es für eine gute Idee."

Rulgo war der erste, der anfing zu lachen. Sein brüllendes Gelächter war so laut, dass der Drachenhund sich eilends in das Gebüsch verzog. Das löste den Bann. Sie lachten, bis ihnen die Tränen kamen. All die Anspannung der letzten Tage und Stunden schien von ihnen abzufallen. Troll lachte neben Zwergling, Zwelfe neben Elf und über allen schlug Niesputz kichernd funkensprühende Purzelbäume in der Luft.

Und irgendetwas löste sich in ihnen, eine Sperre, die ihnen allen bisher nicht bewusst gewesen war.

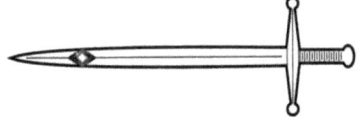

Der Weg, den niemand kennt, und von dem doch jeder weiß

„Ich habe dich unterschätzt, Zwergling. Verzeih." Das war für den Elfenfürsten ein riesiger Schritt. Auch klang das Wort Zwergling keinesfalls mehr so abwertend wie damals im Lager der Elfen, als Bandath ihnen das Diamantschwert überreichte. Ihm kam es so vor, als wäre das schon Jahre her. Sie saßen um ein Feuer in der Mitte der Lichtung. Natürlich befanden sich Trolle bei ihnen, aber sie waren nicht mehr gefesselt und bekamen zu essen – kein Gargylen-Fleisch, darauf hatte Barella bestanden. Trotzdem betrachteten sie sich nicht als Gäste, zu aufmerksam wurden sie auch weiterhin von den Trollen beobachtet. Leise plätscherte die Unterhaltung dahin. Niesputz hatte verschiedene Kräuter aus dem Wald geholt und bat Barella, daraus einen Tee für Bandath zuzubereiten. Natürlich könnten alle dieses hervorragende Getränk zu sich nehmen, aber hauptsächlich der noch immer geschwächte Zwergling. Darauf bestand Niesputz. Er hatte nun doch noch nicht zu den Elfen aufbrechen können, weil der Troll mit dem Pergament für Gilbath wohl erst am nächsten Morgen kommen würde.

Darüber hinaus hatte Rulgo ihnen mitteilen müssen, dass die Urkundenrolle, die die Übergabe des Diamantschwertes an die Trolle und Elfen beschrieb und auf die sie so große Hoffnungen gesetzt hatten, nicht mehr existierte. Sie war in einem der Kriege zwischen Elfen und Trollen verloren gegangen. Rulgo hoffte nun, dass ein alter Troll, er nannte ihn den *Bewahrer*, ihnen würde weiterhelfen können. Dorthin wollten sie morgen früh aufbrechen. Bandath, Barella und Gilbath wickelten sich in ihre Decken und schliefen kurz darauf ein, beleuchtet von den langsam kleiner werdenden Flammen des Lagerfeuers. Das Letzte, was Bandath sah, war Niesputz, der auf der anderen Seite des Feuers auf dem Rücken des Drachenhundes saß. Von seiner Position sah es so aus, als würde das Ährchen-Knörgi inmitten der Flammen sitzen.

‚Da war doch noch was?‛, dachte er und in ihm setzte sich, kurz bevor er einschlief, ein kleiner Gedanke fest, den er sich fest vornahm, am nächsten Tag weiter zu verfolgen. Als er am Morgen erwachte, hatte er den Gedanken jedoch vorerst vergessen.

Rulgo betrat die Lichtung und reichte Gilbath mit den Worten „Das Pergament für deine Befehle an die Elfen" einen Stapel Blätter. Bandath wühlte in seinem Beutel und gab dem Fürst ein Stück Schreibkohle.

„Reicht das? Etwas anderes habe ich nicht."

Gilbath nickte, spitzte die Kohle mit seinem Messer an und begann zu schreiben. Währenddessen frühstückten die anderen. Da Gilbath mit seiner Arbeit noch nicht fertig war, als Bandath seinen Hunger gestillt hatte, bereitete er Fernsicht-Magie vor. Er nahm dazu wieder Waltrudes Tuch, an Stelle seiner eigenen Tasse benutzte er eine mit Wasser gefüllte Schale der Trolle, die bot bei weitem mehr Platz. Es dauerte auch nicht lange, da erschien Waltrudes Bild auf dem Wasserspiegel. Barella, Rulgo und Niesputz rückten interessiert heran. Waltrude lag zugedeckt auf einem Lager und las in einem Buch. Bandath bewegte seine Hand und die Perspektive änderte sich. Er sah zuerst das Zelt, in dem sich Waltrude aufhielt, dann die anderen Zelte.

„Wieso sind sie nicht in Flussburg? Warum lagern sie in Zelten?"

„Vielleicht haben sie die Stadt noch nicht erreicht?", versuchte Barella eine Deutung. Als Antwort vergrößerte Bandath den Gesichtskreis noch weiter und jetzt konnten sie sehen, dass das Zeltlager am Ufer des Ewigen Stroms aufgebaut war, genau gegenüber von Flussburg.

„Da sind Wachen auf den Mauern", grunzte der Troll.

„Sie lassen sie nicht in die Stadt", zischte Bandath. „Ich habe es ihnen gesagt, aber sie lassen sie nicht herein. Das wird ihnen noch leidtun!" Barella legte ihm beruhigend die Hand auf die Schulter. „Aber sie haben sie versorgt. Sieh, da ist eine Unmenge an Zelten, Kochfeuern und es laufen Menschen und Halblinge herum."

„Flüchtlinge, genau wie die Zwerge", summte Niesputz. „Der Zauberer hat recht, die Flussbürger lassen die Flüchtlinge nicht in die Stadt."

Bandath veränderte die Ansicht erneut. Wieder sahen sie Waltrude auf ihrem Lager aus Decken. Dann rief sie jemanden und Theodil erschien. Er half ihr auf und führte sie aus dem Zelt.

„Waltrude ist krank“, stöhnte Bandath. Mit einem Mal fühlte er, wie sehr er Waltrude mochte, auch wenn sie ihn oft nervte. Sie war immer da gewesen, hatte bei seiner Geburt geholfen, ihm während seiner Kindheit auch mal den Hintern versohlt, gepflegt, wenn er krank war, über die schwierige Zeit seiner Pubertät geholfen; sie war da als seine Eltern starben und versorgte nun schon seit vielen Jahren seinen Haushalt. Und jetzt, wo sie krank war, war er nicht da. Tränen stiegen ihm in die Augen. Barellas Hand krallte sich in seine Schulter. Zuerst dachte er, sie wolle ihn trösten, doch dann hörte er ihr Flüstern.

„Was liest sie da?“

Lesen? Waltrude hatte noch nie gelesen. Bandath wusste nicht einmal, ob sie überhaupt lesen konnte. Er wollte ihr und Theodil schon mit einer Handbewegung folgen, um zu sehen, wo sie hingingen, als Barella noch kräftiger seine Schulter packte.

„Das Buch, Bandath. Was ist das für ein Buch? Kannst du näher ran?“

Er konnte. Auf den aufgeschlagenen Seiten des kleinen, sehr alten Buches erkannte er eine Zeichnung. Seltsam, er hatte dieses Buch noch nie bei Waltrude gesehen. Es war auch keines von seinen. Und warum auch hätte sie eines mitnehmen sollen?

„Noch näher!“ Barellas Stimme hatte etwas Zwingendes. Bandath vergrößerte den Ausschnitt so, dass die Zeichnung auf den Seiten des Buches den gesamten Wasserspiegel der Schale einnahm. Im selben Moment hielten alle den Atem an. Den Hintergrund der Zeichnung dominierten drei charakteristisch geformte Berggipfel. Die beiden äußeren waren hoch und spitz, einer mit einem warzenartigen Auswuchs an der Seite, der andere durch ein Tal am Gipfel gespalten, als hätte ein Riese eine Axt hinein getrieben. Der mittlere Berg, bedeutend näher als die anderen, glich eher einem Sandhügel, auf den ein kleines Kind mit der Schaufel geschlagen hatte, gedrungen und oben flach. Im Vordergrund stand vor einer hohen Felswand eine Gruppe von Zwergen. Hinter ihnen öffnete sich dunkel ein Höhleneingang. Einer der Zwerge hielt ein Schwert hoch, in dessen Spitze es funkelte. Neben ihm standen Trolle und Elfen.

„Das ist es!“, flüsterte Niesputz. „Da müssen wir hin!“

Plötzlich erschien Waltrudes Hand und klappte das Buch zu. Alle schrien auf.

„Nein!", rief Bandath, als könne sie ihn hören. „Waltrude, bitte, mach das Buch wieder auf!"

Barella aber sprang zu Gilbath und riss ihm den Stapel Pergamentblätter und Bandaths Schreibkohle aus der Hand. Achtlos flatterte die seitenlange Erklärung des Elfen in das Gras. Die Zwelfe hockte sich hin und begann, ungeachtet seines Protestes zu zeichnen. Niesputz surrte herüber.

„Still, Spitzohr! Das ist wichtig. Ich erkläre es dir später."

Strich für Strich erschien auf dem Pergament die fast identische Zeichnung, die sie soeben noch im Wasserspiegel gesehen hatten. Bandath, dessen Fernsicht-Magie längst unterbrochen war, bewunderte die Akribie, mit der Barella aus dem Gedächtnis heraus das wiedergab, was sie alle nur kurze Zeit auf der zitternden Wasseroberfläche gesehen hatten. Als sie den Kopf hob und die anderen fragend ansah, nickten alle. Der Troll zeigte auf den gespaltenen Gipfel.

„Ich kenne diesen Berg. Wir nennen ihn den Wolkenreißer. Wenn wir beim Bewahrer sind, kann ich ihn euch zeigen. Die anderen kenne ich nicht."

„Wie lange brauchen wir bis zum Bewahrer?" Bandath, der sich über Barellas Zeichnung gebückt hatte, richtete sich auf und rollte das Pergament zusammen.

„Wenn wir uns beeilen, dann sind wir morgen Mittag da."

„Worauf warten wir dann noch?" Tatendrang erfüllte Bandath, die Nacht und das Frühstück hatten ihm gut getan. Auch wenn der Gedanke an Waltrude schmerzte, das Flammenauge war jetzt wichtiger. Um die Situation in Flussburg konnte er sich kümmern, wenn alles andere erledigt war. Hoffentlich erholte sich die alte Zwergin wieder.

„Natürlich werde ich euch wiederfinden", sagte Niesputz, als er von Gilbath wenig später das Dokument für die Elfen zusammen mit einer ganzen Reihe von Anweisungen erhielt. „Bisher habe ich jeden gefunden, den ich finden wollte. Ich lasse mir doch nicht die letzte Etappe dieses Abenteuers entgehen. Wenn ihr das Flammenauge wieder in den Erd-Drachen einpflanzt, dann muss ich einfach dabei sein. Ich kann bedeutend schneller als der Wind reisen. Ihr werdet sehen, spätestens morgen Vormittag habe ich euch eingeholt."

Er hatte sich das Dokument, eng zusammengerollt und zum Schutz vor Regen in ein dünnes Leder gewickelt, auf den Rücken gebunden. Fröhlich winkte Niesputz ihnen beim Abschied zu.

„Ich freue mich. So viele Spitzohren auf einem Haufen und ich darf ihnen Befehle erteilen. Großartig." Funkensprühend verschwand er im Wald Richtung Süden. Die anderen sahen ihm noch einen Moment hinterher.

„Komisch", sagte Gilbath schließlich. „Obwohl er mich nur genervt hat, scheint er ein aufrichtiges Kerlchen zu sein. Hoffentlich geht alles gut."

„Oh, nur keine Sentimentalitäten, Paps", zwitscherte Barella honigsüß und erntete einen bitteren Blick des Elfen. „Wenn dich die Sehnsucht plagt, dann tröste dich doch mit deinem neuen Freund." Die Zwelfe schielte grinsend auf den Drachenhund, der dem Fürst seit dem gestrigen Tag nicht mehr von der Seite gewichen war. Wann immer Blut konnte, leckte er dem Elf die Finger. Dieser fluchte jedes Mal und wischte sich die schleimbedeckte Hand im Gras sauber. Am Morgen hatte der Drachenhund den Elf sogar mit langen, genüsslichen Leckattacken über das Gesicht geweckt. Der Blick des Elfen verlor seine Bitterkeit, die er bei der Nennung des Wortes *Paps* bekommen hatte und richtete sich starr auf den sechsbeinigen Drachenhund. Die ganze Haltung Gilbaths verkrampfte sich. Barella kicherte und begann, ihre Sachen zusammen zu räumen. Bandath zog es vor zu schweigen und folgte ihrem Beispiel. Sie schien jetzt, da das Ährchen-Knörgi weg war, dessen Rolle einnehmen zu wollen.

Bandath! Bandath!

Irgendwie passte es nie, wenn der Ring der Magier ihn rief.

‚Gut', antwortete er wortkarg. ‚Machen wir es kurz. Ich habe das Flammenauge, das Schwert ist zerstört, die Nicht-Elfe ist bei mir und hat einen Weg gefunden und die Todfeinde haben sich mir ebenfalls angeschlossen.'

Die Todfeinde?

‚Rulgo und Gilbath'

Wie hast du das hingekriegt?

‚Das erzähle ich euch später … vielleicht.'

Habt ihr den Eingang in das Reich der Dunkel-Zwerge?

‚Noch nicht, aber wir haben einen wichtigen Hinweis und wenig Zeit. Gibt es etwas Neues von eurer Seite?'

Keine zehn Tage mehr bis zum Ausbruch. Menora wurde jetzt ebenfalls einsilbig.

‚Das habe ich befürchtet. Kann ich jetzt weiter?'

Über dein Verhalten wird noch zu reden sein, Bandath. Wir erwarten, dass du zu uns in die Magierfeste kommst. Bring alle mit.

‚Menora, ich bin Magier, selbstständig und unabhängig. Ich bin kein Angehöriger des Rings und nicht euer Kundschafter! Weshalb also kritisiert ihr mein Verhalten?'

Du bist Mitglied der Magier-Gilde und als solches verpflichtet, unseren Anweisungen zu folgen.

‚Sagt wer? Wo steht das geschrieben? So viel ich weiß, habe ich in meinem Eid als Magier geschworen, meine Kräfte einzusetzen, um Schaden abzuwehren und zu helfen, wo ich kann. Und genau das tue ich gerade. Also lass mich bitte meine Arbeit machen!'

Menora schwieg einen Moment, bevor sie fortfuhr.

Das ist deine Deutung. Wir sehen den Eid etwas anders. Aber gut, da du das so siehst und wir keine Möglichkeit haben, das zu ändern, werden wir dich nach Kräften unterstützen.

Jetzt staunte Bandath nicht schlecht. Das hieße doch, dass die Magier des Ringes ihre bisher vertretenen Grundsätze nun zumindest sehr weit auslegten. Und das war neu, zweifelsohne aber nur der gefährlichen Situation geschuldet.

‚Habt ihr die Leute am Nebelgipfel schon benachrichtigen können?'

Unser Bote müsste in den nächsten Tagen dort ankommen. Leider befindet sich zurzeit kein Magier auf dem Markt, so dass wir nur über unseren Boten mit den Händlern dort in Verbindung treten können.

Noch etwas?

Plötzlich schoss Bandath die Idee wieder durch den Kopf, die er am Abend zuvor kurz vor dem Einschlafen gehabt hatte.

‚Ach, frag doch bitte den weisen Romanoth, ob es irgendwelche Wesen gibt, die gegen Magie immun sind.'

Was soll denn das jetzt?

‚Tu mir einfach den Gefallen und frage.'

Menora schwieg einen Moment, konsultierte wahrscheinlich den Magier und meldete sich dann wieder.

Romanoth lässt fragen, wie du, als einer seiner besten Schüler, auf so eine dumme Frage kommst. Natürlich gibt es unseres Wissens keine Wesen, die vollständig immun gegen Magie sind. Warum fragst du?

‚Ich denke, das könnte wichtig werden, aber ich weiß noch nicht, inwieweit.'

Am späten Nachmittag machten sie ihre erste Rast. Dwego trug Bandath und Barella, Sokah den Elfen. Rulgo, der sie als einziger Troll begleitete, hatte die Führung übernommen und ein hohes Tempo angeschlagen. Der Drachenhund Blut eilte der Gruppe hinterher. Bandath sah zum ersten Mal in seinem Leben stundenlang einen so rasch dahineilenden Troll. Anfangs hatte Gilbath sich bemüht, zu Fuß Schritt zu halten. Das war ihm zuerst auch recht gut gelungen. Gegen Mittag jedoch musste er eingestehen, dass der Troll, was Ausdauer anging, von ihm nicht zu schlagen war.

„Ich kann das Tempo nicht mehr mithalten!", keuchte er, als sie auf einer Bergspitze kurz verschnauften. Die Erkenntnis kam bitter über seine Lippen. Er musste zugeben, dass ein Troll besser, schneller und länger laufen konnte als ein Elf. Barella glitt von ihrem Leh-Muhr.

„Reite du auf Sokah, ich setze mich zu Bandath. Ich glaube, der Laufdrachen hält uns beide aus."

Bandath nickte und Barella setzte sich hinter ihn, schlang ihre Arme um seine Schultern und legte den Kopf an seinen Rücken.

„Lass mich nicht fallen", flüsterte sie dem Zwergling ins Ohr. Dem wurde ganz heiß unter der Haut. Rulgo aber gönnte ihnen keine Pause.

„Elfen können von Natur aus nicht schnell laufen. Weiter jetzt", knurrte er. „Die Sonne wartet nicht." Er stapfte voran, gefolgt von Dwego mit seinen beiden Reitern und Sokah mit dem Elfen. Blut bildete das Ende der Gruppe, immer in der Nähe Gilbaths.

Nach der kurzen Rast, die Rulgo angeordnet hatte und in der er ein riesiges Stück Fleisch verschlang, während die Anderen sich mit kleineren Portionen begnügten, ging es weiter.

„Kurz vor Sonnenuntergang werden wir eine Höhle erreichen. Dort leben Trolle. Ich werde mich schlafen legen. Morgen früh geht es weiter."

Die Wälder, durch die sie zogen, waren anders als die des Umstrittenen Landes. Das Land der Trolle war geprägt von Bergen, die jedoch noch lange nicht die gewaltige Höhe des Drummel-Drachen-Gebirges erreichten. Kaum ein Gipfel erstreckte sich über die Baumzone hinaus. Hier herrschte nicht die üppig wuchernde Vielfalt der fast tropischen Vegetation des Umstrittenen Landes. Breite, ausgetretene Pfade wiesen auf den regelmäßigen Gebrauch durch die wuchtigen Trolle hin. Rechts und links von ihnen erstreckten sich zwischen den Bergen Blutbuchenwälder mit einer dichten Unterholzschicht. Kamen sie in höhere Regionen, so wichen die Blutbuchen den Calo-Fichten, noch später den Zwergkiefern, die gerade mal so groß wie Bandath waren.

Einmal begegnete ihnen überraschend ein großer Trupp bewaffneter Trolle, die in ihre Dörfer zurückkehrten. Gilbath registrierte das sehr aufmerksam. Und Rulgo überprüfte insgeheim, ob Gilbath das auch entsprechend wertete. Der Elf merkte aber, dass er von dem Troll beobachtet wurde.

„Ja", schnaubte er unfreundlich. „Ich habe sie gesehen. Zufrieden?"

Rulgo nickte und schwieg. Das Verhältnis der beiden war gespannt. Bandath befürchtete, dass ein falscher Zungenschlag des einen oder des anderen zu wirklichem Ärger führen könnte.

Die Sonne berührte die Spitze eines der weit im Westen liegenden Berge, als Rulgo von dem breiten Pfad abbog und an der Flanke eines Berges einen schmalen Weg betrat, der relativ schnell in ein unwegsames Geröllfeld mündete.

„Vorsicht jetzt, dass ihr nicht wegrutscht!", grunzte der Troll. Ab sofort ging es bedeutend langsamer weiter. Felsig führte der Hang rechts von ihnen in die Tiefe, von losen Steinen bedeckt. Links sah der Berg bis zum Gipfel genau so aus. Jeder Schritt konnte zu einer Gerölllawine führen und die Tiere traten vorsichtig auf. Sie umrundeten die Bergflanke auf einem kaum zu erkennenden Pfad und gelangten endlich an einen fast senkrechten Felsabsturz, den sie auf einem nicht viel breiteren, aber festen Steig passierten. Das Tal unter ihnen lag tief. Bandath schwindelte es, als er hinunter sah. Irgendwo weit unten rauschte ein wilder Gebirgsfluss. So eng war der Pfad, dass Bandath sich mehrmals heftig das Knie an vorspringenden Steinen stieß, wenn Dwego eine besonders schwierige Stelle passierte. Selbst der Troll schien ab und an Probleme zu haben. Ein paar

Wegstellen überwand er, indem er seinen breiten Rücken an den Fels presste und sich langsam vorwärts schob.

„Wir haben es gleich geschafft", grunzte Rulgo. Im selben Moment polterte es über ihnen. Irgendein Tier mochte sich vor ihrer Gruppe erschreckt haben und flüchtete den Hang aufwärts. Dabei trat es mehrere größere Steine los, die auf die Gruppe herabregneten. Vor und hinter ihnen knallten die Steine auf den Pfad, sprangen wieder hoch und verschwanden kollernd in der Tiefe. Einige besonders große sausten glücklicherweise über sie hinweg. Bandath stieß die Luft aus, er hatte unwillkürlich den Atem angehalten, als die kopfgroßen Felsen an ihnen vorbei zischten.

Plötzlich hörte er es erneut über sich krachen. Er sah hoch und gewahrte einen einzelnen Nachzügler der kleinen Lawine. Der Stein schlug mehrmals auf und flog dann im hohen Bogen fast genau auf ihn zu. Er konnte nicht reagieren, sah nur, wie der Stein Dwego auf den Kopf traf. Der Laufdrache brüllte gequält auf und machte erschrocken einen Satz nach vorn. Barella und Rulgo schrien im selben Augenblick, sie vor Schreck, er eine Warnung. Bandath schoss zu seiner Gefährtin herum, sah sie nach hinten kippen und hilfesuchend die Arme nach ihm ausstrecken. Reflexartig griff er zu und erwischte die Fallende an ihren Händen. Barella rutschte vom Rücken Dwegos und zog Bandath mit sich. Angst weitete ihre Augen, als sie in die Schlucht fiel. Bandath fühlte, wie er aus seinem Sattel glitt. Verdammt, warum hatte er sich nicht festgebunden? Dann schlug er mit den Knien auf dem Pfad auf, Barella baumelte über dem Abgrund und schrie erneut. Bandath wollte sie halten, aber ihr Gewicht zog ihn unbarmherzig nach vorn. Er kippte und stürzte mit ihr in den Abgrund. Im selben Moment, als er fiel, spürte er einen Griff hart und fest wie eine eiserne Klammer um seinen rechten Knöchel. Ein heftiger Ruck ging durch seinen Körper, als sein Fall abrupt gestoppt wurde und er über dem unendlich tiefen Abgrund hing. Barella schaukelte unter ihm und starrte mit schreckgeweiteten Augen zu ihm auf. Für Bandath schien sich das Tal unter der Zwelfe zu drehen. Totenstille kehrte für einen Moment ein. Dann fühlte Bandath, wie er ein kleines Stück nach oben gezogen wurde, noch eines. Ein Stöhnen hinter ihm erklang.

„Ich schaffe es nicht." Das war Rulgo. Bandath drehte den Kopf so, dass er sehen konnte, was über ihm los war. Rulgo hing nur noch mit der rechten Hand und dem rechten Fuß an der Kante des Pfades, mit seiner freien Hand hielt er Bandaths Knöchel umspannt. Über ihm tauchte das entsetzte Gesicht Gilbaths auf. Der Zwergling sah wieder zu der Zwelfe nach unten. Ihm wurde übel durch die Höhe, in der sie schwebten. Er schloss die Augen.

„Bandath", flüsterte Barella, als könnte sie durch einen lauten Ton den Griff des Zwergling lösen. „Bandath! Sieh mich an." Der Magier öffnete zögernd die Augen.

„Lass mich nicht fallen!", wisperte sie. Bandath schüttelte vorsichtig den Kopf.

„Bitte halt mich fest!", flehte die Zwelfe.

„Ich werde dich nicht loslassen!", presste Bandath zwischen zusammengebissenen Zähnen hervor. „Niemals mehr!"

Plötzlich entstand Unruhe über ihnen. Gilbath, der ein Seil an einem Felsenvorsprung befestigt hatte, kletterte flink an dem Troll herab und verschränkte seine Beine hinter dessen Nacken. Dann hängte er sich kopfüber abwärts und ließ das Seil zu Bandath und Barella hinab. Direkt auf Barellas Höhe kam es mit einer Schlaufe am Ende zum Halten.

„Barella, fass die Schlaufe."

Barellas angstgeweitete Augen wanderten zwischen dem Seil und Bandaths Händen, die sie hielten, hin und her. Sie schüttelte den Kopf und presste die Lippen aufeinander.

„Barella. Bandath kann dich nicht ewig halten und der Troll wird euch nicht beide heraufziehen können. Fass die Schlaufe!"

Um die Schlaufe zu fassen, musste sie eine Hand Bandaths loslassen. Dazu war sie jedoch nicht in der Lage. Normalerweise hätte sie sich aus so einer Situation fast allein retten können. Körperlich wäre sie ohne weiteres dazu in der Lage. Sie musste einen Panikanfall haben, denn sie rührte sich nicht.

„Barella", stöhnte der Magier. „Bitte, fass die Schlaufe. Gilbath hält dich." Die Zwelfe schloss die Augen. Plötzlich ruckte die ganze Gruppe ein kleines Stück nach unten. Steine kollerten an ihnen vorbei.

„Nun macht schon!", grunzte Rulgo. „Ich rutsche weg hier."

„Barella!" Gilbaths Tonfall wurde flehend. „Jetzt komm und nimm diesen verdammten Strick. Wir stürzen sonst alle in die Schlucht. Bitte …", er schluckte vernehmlich und fügte zwei Worte an, die ihm sichtlich schwer fielen „… meine Tochter."

Barella öffnete die Augen, sah an Bandath vorbei den Elfen an, blickte in die Augen des Magiers, öffnete ihre linke Hand und griff nach der Schlaufe. Im selben Moment, als sie diese zu fassen bekam, verließ Bandath die Kraft und die andere Hand Barellas entglitt seinen Fingern. Er schrie auf, aber die Zwelfe hing unter ihm am Seil und griff jetzt auch mit der zweiten Hand danach. Erleichterung durchflutete den Zwergling. Gilbath kletterte am Troll wieder nach oben und zog anschließend Barella an Bandath und Rulgo vorbei auf den Weg.

„Pass auf, Elf!", rief dann der Troll und schwang Bandath hinterher. Zweimal, dreimal, bis er ihn so hoch schwang, dass Gilbath zufassen konnte. Gilbath zog den Magier ebenfalls auf den Pfad. Der Troll folgte aus eigener Kraft.

Da aber hatte Barella sich schon um den Hals des Magiers geworfen, ihren Kopf an seiner Schulter vergraben und schluchzte. Bandath starrte seine beiden Gefährten hilflos an, bis der Elf ihm schließlich grinsend bedeutete, Barella den Rücken zu streicheln. Sachte schloss Bandath die Zwelfe in die Arme und legte ihr die Hände auf die Schultern.

„Schon gut … es ist vorbei." Barellas Schluchzen erstarb, nur ihre Schultern bebten noch. Dann löste sie sich von Bandath, stieß ihn förmlich zurück und strich sich wütend eine Strähne des wirren Haares aus dem Gesicht.

„Nein, es ist nicht gut! Wir wären beinahe in diese verdammte Schlucht gestürzt, alle miteinander! Bloß weil ich … weil ich …" Sie schluchzte erneut.

„Vergiss es." Rulgo klopfte sich den Dreck ab und unterbrach die Situation. „Es kann dem stärksten Troll passieren, dass er im entscheidenden Moment stockt – Elfen sowieso. Das wird dein Elfenblut gewesen sein. Zwerge reagieren anders. Elfen sind von Natur aus schreckhaft. Es ist gut gegangen, das ist alles was zählt." Er schob sich an Gilbath vorbei und klopfte ihm derart heftig auf die Schulter, dass es den Elfen gegen die Felswand schleuderte.

„Für einen Elfen gar nicht schlecht. Und das, obwohl ihr von Natur aus furchtsam seid." Barella strich er über das Haar, vor Bandath aber blieb er erneut stehen. „Du solltest vielleicht ein wenig abnehmen. Das war gar nicht so einfach, dich hier hoch zu hieven."

Dem Zwergling fiel der Unterkiefer herunter. „Was heißt hier abnehmen? Zwerge sind schwerer als Halblinge und ich stamme von Zwergen ab!"

Grunzend schob sich Rulgo jetzt auch an ihm vorbei.

„Weiter jetzt! Vor Nachteinbruch müssen wir die Trollhöhle erreicht haben."

Langsam setzte er sich wieder in Bewegung. Dwego und Sokah folgten. Bandath, Barella und Gilbath bewältigten den Rest des Felsenpfades zu Fuß. Blut bildete wie immer den Schluss ihrer Gruppe. Wenig später erreichten sie einen bedeutend flacheren Berghang. Vor dem Waldrand setzten sie sich wieder auf ihre Reittiere. Als sich Barella hinter Bandath auf Dwego schwang, drehte er sich fragend zu ihr um.

„Alles wieder in Ordnung?" Sie nickte schweigend. Dann lächelte sie und kniff ihn mit beiden Händen rechts und links in die Hüfte.

„Der Troll hat Recht. Ein wenig könntest du schon abnehmen."

Bandath schüttelte verblüfft den Kopf. Das konnte doch wohl nicht wahr sein.

Die Trollhöhle, die sie am Abend erreichten, war riesig. Von einem zentralen Raum zweigten mehrere Gänge ab, die in separate Höhlensysteme führten. Jedes wurde von einer Trollfamilie bewohnt. Hier wohnten Taglicht-Trolle und Nacht-Trolle nebeneinander. Diese Symbiose hatte sich in den Zeiten der Kriege mit den Elfen durchgesetzt und so bewährt, dass alle Trollsiedlungen mit Vertretern beider Gruppen bewohnt waren. Rulgo unterrichtete die Trolle über die letzten Geschehnisse. Ein Teil davon war schon zu ihnen gedrungen, da einige von ihnen vom Ewigen Strom zurückgekehrt waren, wo sie den Einfall des Elfenheeres erwartet hatten. Natürlich waren sie nicht sehr begeistert, dass Rulgo den Fürsten der Elfen in ihre Höhle brachte.

„Wir geben ihnen einen Raum", polterte Golga, die Älteste des Familienverbandes. „Dort wird der Elf bis Sonnenaufgang bleiben und sich nicht raus rühren, bis du ihn morgen früh wieder mitnimmst." Sie ruckte mit dem Kopf zu Gilbath herum. „Klar, Elf? Und die ganze Nacht wird mein

Sohn bewaffnet vor der Höhle sitzen. Ein Schritt von dir nach draußen und es wird ihm ein Vergnügen sein, deinen arroganten Schädel zu zermatschen. Verstanden?"

Gilbath beugte sich zurück. „Deine Worte sind so deutlich wie dein Mundgeruch stark ist. Ich werde einfach schlafen. Dein Sohn wird auf das Vergnügen, mich umzubringen, verzichten müssen." Er drehte den Kopf zu Rulgo. „Ach, und sag ihnen bitte, dass sie unsere Reittiere nicht fressen sollen. Wir brauchen sie noch. Ich will nicht, dass es Dwego und Sokah so geht wie dem Gargyl. Ich weiß, ihr habt da solche Neigungen ..."

Rulgo erhob sich gähnend. „Ich wusste, dass du mir das unter die Nase reiben würdest. Elfen sind von Natur aus nachtragend."

Er sah ihre Gastgeberin an und nickte bestätigend. „Sobald ich wach bin, verschwinde ich und nehme unsere", er zögerte kurz, „Gäste mit. Und keine Angst. Selbst ohne Wache würde der Elf sich nicht aus der Höhle trauen. Elfen sind von Natur aus ängstlich."

Ein Troll führte sie durch die Höhlen in die ihnen zugedachte Kammer. Dort brannte ein kleines Feuer in der Mitte. Barella richtete ihr Lager dicht neben Bandaths Decken her. Gilbath legte sich auf die andere Seite des Feuers. Keiner sprach und allmählich wurden ihre Atemzüge langsamer.

„Gilbath?", murmelte Barella plötzlich halblaut.

„Hm?"

„Hast du wirklich gemeint, was du da draußen über der Schlucht gesagt hast?"

Minutenlang war nur das leise Knistern des brennenden Holzes zu hören, schließlich, als Bandath schon glaubte, der Elf würde überhaupt nicht mehr antworten, sagte er leise: „Jedes einzelne Wort!"

Barella atmete zufrieden durch. Ihre Hand wanderte unter der Decke hervor zu Bandath, suchte seine Hand und umschloss sie sachte. Er hörte ihren Atem regelmäßiger werden und wusste, sie war eingeschlafen. Auch der Elf schlief. Nur er selber nicht. Er lag da, starrte an die von den kleinen, roten Flammen beleuchtete Felsendecke und sein Herz klopfte, als wenn er zwanzig Jahre alt wäre und sich das erste Mal mit einem jungen Mädel treffen würde.

Am nächsten Tag weckte Rulgo sie, kurz nachdem er selber aus seinem todesähnlichen Nachtschlaf erwacht war. Nach einem kurzen Frühstück und ein wenig frischem Wasser brach die Gruppe auf. Der Weg führte weiter am Hang des Berges entlang und dann durch eine steile Schlucht, auf deren Grund ein Bach über die umherliegenden Felsen schäumte. Sie durchquerten die Klamm, indem sie den Bach aufwärts wateten. Rechts und links von ihnen führten raue Felsenwände senkrecht in die Höhe. Riesige Mooskissen wuchsen über ihnen, vollgesogen mit der Feuchtigkeit des Wassers. Schlingpflanzen hingen herab und sie mussten sich durch die feuchten Ranken hindurch schieben. Die Reisenden waren bereits nach wenigen Minuten bis auf die Haut durchnässt, da nicht nur das Wasser des Baches zu ihnen hoch spritzte, sondern es auch von den Felsen permanent auf sie herab rieselte.

Am Ende der Schlucht wartete Niesputz auf sie.

„Ich habe euch von oben beobachtet. Du meine Güte, seid ihr nass geworden. Nur gut, dass ich die Schlucht überfliegen konnte."

„Niesputz", rief Barella freudig. „Schön, dass du wieder bei uns bist."

„Na was denn sonst? Wenn ich sage, ich komme, dann komme ich auch."

Gilbath schob sich nach vorn und drückte sich das Wasser aus den Haaren.

„Wie war es in den Riesengras-Ebenen?"

„Kein Problem. Deine Spitzohren haben mir natürlich erst mal nicht geglaubt. Was mich nicht wirklich wunderte."

„Mich auch nicht", grunzte Rulgo. „Elfen sind von Natur aus misstrauisch."

Gilbath verdrehte genervt die Augen. „Gibt es irgendeine schlechte Eigenschaft, die wir Elfen nicht von Natur aus haben?"

„Hm" Rulgo kratzte sich grüblerisch an der Nase und dachte angestrengt nach. „Nein", antwortete er dann kurz.

Barella kicherte. „Ich wusste gar nicht, dass die Trolle so einen Humor haben."

„Den haben wir von Natur aus." Rulgo grinste breit und entblößte eine Reihe gewaltiger Hauer. „Nun, kleiner Fliegenmann. Was machen die Elfen?"

„Sie ziehen sich zurück. Ich habe ihnen alles erzählt, wirklich alles. Zuerst wollten sie mir nicht glauben, schon gar nicht die Sache mit Gilbaths Vaterschaft." Der Elf stöhnte. „Aber dein Schreiben hat geholfen, Spitzohr. Allerdings auch die Erzählungen einiger Kundschafter, die sich an der Grenze zum Umstrittenen Land umgesehen haben. Sie berichteten von welkenden Bäumen hinter der Hecke. Und ein Spitzohr erzählte, dass ein unbekannter Teufel ihm sein Schwert in einen Holzknüppel verwandelt hätte. Ich habe das natürlich korrigiert." Selbstgefällig saß Niesputz auf Barellas Schulter und erzählte, wie die Elfen ihre Lager abgebrochen hatten und sich in ihre Dörfer zurückzogen.

„Nur ein kleiner Trupp ist geblieben, dreißig Mann stark. Zur Sicherheit, wie sie sagten."

Rulgo hob den Kopf und knurrte Gilbath an. „Das war nicht ausgemacht! Wir hatten uns auf den kompletten Abzug geeinigt."

„Oh", mischte sich das Ährchen-Knörgi ein, ehe Gilbath antworten konnte. „Ich vergaß zu erzählen, dass ich den Elfen von der Wachmannschaft der Trolle berichtet habe, die sich auf der anderen Seite des Ewigen Stromes im Wald verbargen. Das waren, korrigiere mich bitte, wenn ich mich irre, Muskelmann, genau dreißig Trolle. Richtig?"

Jetzt blitzte Gilbath den Troll an. „*Das* war nicht ausgemacht! Meine Leute haben nur reagiert. Ihr habt als erste unsere Abmachung gebrochen."

„Nur weil Elfen von Natur aus heimtückisch sind! Es hätte ja auch sein können, dass deine Leute in unser Land einfallen. Immerhin haben wir noch das hier." Er klopfte auf seinen Lederbeutel am Gürtel, in dem sich das Flammenauge befand.

„Wo wohnt denn jetzt der Bewahrer?", fragte Bandath in die aufkommende Diskussion. „Haben wir es noch weit? Ich würde nämlich gern einen heißen Tee trinken und meine Sachen trocknen."

Rulgo warf Bandath unter seinen gewölbten Brauen einen scharfen Blick zu, brummte Gilbath noch einmal an und erhob sich.

„Nicht mehr lange. Dort vorn wohnt der Bewahrer." Er wies auf den kleinen Berg, an dessen Hang sie sich nach Verlassen der Schlucht befanden. „Beeilung!"

Gilbath setzte sich wieder auf Sokah, Barella hinter Bandath auf Dwego und Niesputz surrte über ihnen. Der Weg führte steil bergauf über große

Weiden, auf denen friedliche Herden von Bergbüffeln grasten. Nur ab und an sah eines der gewaltigen Tiere zu ihnen herüber, reagierte aber mit nicht mehr als einem müden Grunzen. Selbst, als sie nur wenige Schritte an einer Kuh mit einem Kälbchen vorbei kamen, liefen die Tiere nicht davon.

„Sind die so träge oder warum haben die keine Angst vor uns?", fragte Barella.

„Vor wem sollen die Angst haben?" Bandath wies mit der ausgestreckten Hand auf einen alten Bergbüffel, der gerade die letzten Blätter von einem Strauch fraß. Seine gewaltigen, gelben Zähne zermalmten dabei Blätter, Zweige und kleine Äste gleichermaßen. „Schau sie doch mal an. Durch dieses dicke Fell würde wohl kaum einer deiner Pfeile gehen."

Es war kühl und ein leichter Wind ging. Der ließ zwar ihre Sachen am Leib trocknen, aber deshalb froren sie auch. Nach der Bergweide erreichten sie eine karge Landschaft. Ein Hang aus Steinen, Felsen und einem einsamen Bach wurde nur durch wenige Grasflächen unterbrochen. Ein paar Büsche und noch seltenere Bäume schmiegten sich an die Bergflanke. Weit oben aber reckten drei majestätische Steineichen ihre mächtigen Stämme in den Himmel. Direkt dahinter erhob sich eine Felsenwand senkrecht bis zum Gipfel. Während sie allmählich näher kamen, konnten sie Bänke unter den Steineichen sehen, einen Tisch und die Skulptur eines uralten Trolls, der vor dem Tisch stand und in das Land schaute, alles aus grauem Granit geschaffen. Rulgo führte die Gruppe direkt zu den Bänken, blieb vor der steinernen Skulptur stehen und neigte ehrfurchtsvoll den Kopf.

„Ich grüße dich, Bewahrer."

Gilbath schnaubte höhnisch. „Nur Trolle reden mit Steinfiguren. Wie soll uns dieses Statue helfen, Rulgo?"

Plötzlich drehte die „Statue" den Kopf und sah den Elfen an. „Dass du mich nicht als Troll erkennst, Elfenfürst, habe ich erwartet. Elfen sind von Natur aus kurzsichtig." Der Bewahrer hatte eine Stimme wie grummelnder Fels, wenn er einen Abhang hinunterrollt. Er war so alt, dass die sowieso schon steingraue Haut der Trolle vollends das Aussehen von Granit angenommen hatte. Gilbath blieb der Mund offen stehen. Bandath glitt von Dwego, stellte sich neben Rulgo und neigte ebenfalls den Kopf.

„Verzeih, Bewahrer. Auch ich hielt dich für eine steinerne Skulptur. Gehört habe ich schon oft von dir …"

„… aber getroffen haben wir uns noch nie, Friedensbewahrer."

Jetzt blieb Bandath der Mund offen. So war er noch nie von jemandem genannt worden.

„Ja Magier, ich sehe das so. Wärest du nicht gewesen, hätten beide Völker sich in dauernden Kriegen aufgerieben. So aber leben jetzt Trolle und Elfen, die es ohne den Frieden, also auch ohne dich, nicht gegeben hätte. Es wird Zeit, dass das mal gesagt wird." Der Bewahrer kratzte sich am haarlosen Schädel und es klang, als riebe man Stein auf Stein. „Und das Gold, welches du von den beiden Völkern bekommen hast, ist ein wahrlich kleiner Preis für einen langen Frieden gewesen."

Für einen Troll hatte der Bewahrer einen sehr umfangreichen Wortschatz, den er geschickt einsetzte.

Barella gesellte sich zu ihnen. „Bewahrer", grüßte sie mit geneigtem Kopf.

„Die Suchende", antwortete der uralte Troll. „Ich hoffe für dich, dass deine Suche bald ein Ende hat und du findest, was dir fehlt."

„Ich auch, Bewahrer", flüsterte die Zwelfe leise. „Ich auch."

Niesputz surrte heran und setzte sich auf Barellas Schulter.

„Ich bin Niesputz." Er erschien außergewöhnlich ruhig, nicht so ausgelassen und nervig wie sonst. Der Bewahrer schwieg einen Moment und musterte das Ährchen-Knörgi intensiv.

„Nun, wenn du es sein möchtest, dann bist du eben Niesputz", antwortete er schließlich rätselhaft. Bandath registrierte, dass Niesputz ihm einen schnellen, forschenden Blick zuwarf, den Kopf aber rasch wieder zu dem Troll drehte, als er sah, dass er von Bandath beobachtet wurde. Inzwischen wandte sich der Bewahrer Gilbath zu.

„Deinem Erscheinen hier entnehme ich, dass die Dinge am Ewigen Strom sich wieder etwas entspannt haben?"

Der Elf nickte und Rulgo berichtete kurz von der Abmachung, die er und der Elfenfürst getroffen hatten.

„Das hört sich gut an." Der Bewahrer deutete einladend auf die Bänke.

„Ihr seid hier, weil ihr Hilfe braucht. Hilfe aber braucht Zeit, Ruhe und Gedanken, sonst schadet sie mehr als sie nutzt. Setzt euch. Mein Gehilfe wird Speise und Trank reichen. Lasst uns essen und trinken und dabei reden."

Während die Truppe es sich auf den Bänken bequem machte, winkte der Bewahrer in die Höhle und als hätte er dort gewartet, erschien ein junger Troll mit einem Tablett voller Brot, Fleisch, Obst, einer Kanne Tee und einem Krug Wein.

„Also, wie kann ich helfen?"

Rulgo nickte dem Zwergling zu und so begann dieser, die Geschichte ihres Abenteuers zu erzählen. Er versuchte dabei, sich ziemlich kurz zu fassen, aber trotzdem war die Sonne am Himmel ein ganzes Stück weiter gewandert und die Teller vor ihnen waren leer, als er endlich fertig war.

„Ihr hofft also, dass ich euch den Weg zum Eingang des Höhlenreiches der Dunkel-Zwerge sagen kann? Nun, zu meiner Schande muss ich gestehen, dass das eines von den Dingen ist, die in den Kriegen mit den Elfen verloren gegangen sind. Dieser Eingang ist eines der bestgehütetsten Geheimnisse der Dunkel-Zwerge gewesen. So viel ich weiß, gab es nur eine einzige Schriftrolle, die die Übergabe beschrieb.

Obwohl wir Bewahrer alles bewahren sollen, was den Trollen wichtig ist, gelang es meinem Vorgänger nicht, diese Schriftrolle zu retten. Eine Abschrift dieser Schriftrolle, die in einem Buch wiedergegeben wurde, ging ebenfalls verloren." Der Bewahrer hob entschuldigend die Hände. „Es tut mir leid. Aber es scheint, als könne ich euch nicht helfen."

„Wir haben einen kurzen Blick in ein Buch werfen können. Wahrscheinlich ist es das, von dem du sprachst." Bandath wandte sich an Barella. „Zeige ihm deine Zeichnung."

Sie nickte und holte aus ihrer Tasche das Pergament hervor. Der Troll nahm es vorsichtig in die Hand, schob das Geschirr auf dem Tisch zur Seite und breitete das Blatt auf der steinernen Tischplatte aus.

„Hm. Das hier ist der Wolkenreißer." Der Bewahrer hob den Kopf und sah über sie hinweg. Bandath folgte seinem Blick und erkannte den genannten Berg. Der charakteristische Doppelgipfel war gar nicht so weit entfernt, wenn man es in Relation zum gesamten Gebirge sah.

Rulgo nickte. „Ich habe ihn auch erkannt. Aber die anderen Berge kenne ich nicht."

„Doch", widersprach der Bewahrer. Er wies auf den Berg mit der Warze. „Dieser hier ist die *Alte Wela*. Ihre Warze fiel vor fast fünfhundert Jahren ab. Eine mächtige Lawine damals, ich erinnere mich." Sie folgten seinem ausgestreckten Arm und sahen einen Gipfel, der sich unweit des Wolkenreißers befand.

Zum Schluss sah der Bewahrer sich den dritten Berg auf der Zeichnung an. „Und dieser Hügel ist von hier aus nur schlecht zu sehen. Er hat sein Aussehen vor etwa siebenhundert Jahren bei einem gewaltigen Erdrutsch nach tagelangen Regenfällen verändert. Wir sitzen gerade darauf." Verblüfft sahen sich alle um. Rulgo sprang erregt auf.

„Dann … dann …", er drehte den Kopf hin und her, grübelte und wies am Ende seiner Überlegungen in Richtung Sonnenuntergang. „Dann müsste der Berg mit dem Eingang etwa in dieser Richtung liegen."

Barella sah die Unzahl der Gipfel in der angegebenen Richtung und stöhnte.

„Bei den ausgefallenen Federn Sokahs, dort finden wir die Höhle nie!"

„Wie genau ist die Zeichnung?"

„Sehr genau", entgegnete Bandath. „Ich habe das Buch gesehen, Rulgo ebenfalls. Barella hat die Zeichnung originalgetreu wiedergegeben."

„Wenn ich mir die Größen der Berge auf der Zeichnung ansehe", der Alte kratzte sich erneut am Kopf, „lässt das nur einen Schluss zu: der Berg, den ihr sucht, ist der *Graue Fürst*."

„Der Graue Fürst?", rief Rulgo. „Doch nicht etwa … oben?"

Der Bewahrer nickte. „Es gibt keine andere Möglichkeit. Alle anderen Berge in unserem Land kennen wir Trolle. Der einzige Bereich, der normalerweise unerreichbar für uns ist, ist die obere Hälfte des Grauen Fürsten." Er erhob sich ebenfalls und führte die Gruppe ein Stück von den Eichen weg, einen Pfad entlang, der der Bergflanke folgte. Hinter dem Hang eröffnete sich mit jedem Schritt, den sie taten, der Blick auf einen imposanten Berg. Zuerst mäßig ansteigend mündete er auf halber Höhe in eine senkrechte, graue Felsensäule, die sich stolz und eindrucksvoll zwischen all den anderen Gipfel erhob.

„Dort oben irgendwo werdet ihr den Eingang zu dem Reich der Dunkel-Zwerge finden. Wahrscheinlich existieren noch eine ganze Reihe weiterer Eingänge. Aber die Zwerge haben sie immer sehr geheim gehalten."

„Aber Bandath kann keinen Levions-Zauber!", schnaubte Niesputz wütend. „Wie sollen wir dorthin fliegen? Meinst du vielleicht, ich kleiner, schwacher Niesputz kann den dicken Troll und den schweren Bandath dort hoch schleppen?"

„Ich bin nicht dick!", grummelte Rulgo, und „Schwer!?", schnaufte Bandath ärgerlich.

„Ich habe einen Freund, der euch dort hinbringen könnte, wenn er gut gelaunt ist. Allerdings werdet ihr eure Reittiere hier lassen müssen. Aber ihr hättet den Laufdrachen und den Leh-Muhr ja sowieso nicht mit in die Höhlen nehmen können."

„Einen Freund? Durch die Luft?", fragte Gilbath zweifelnd.

Der Bewahrer nickte. „Ich weiß, dass ihr Elfen von Natur aus Höhenangst habt, aber vertrau mir – auch wenn ich ein Troll bin und ihr Elfen von Natur aus misstrauisch seid." Er drehte sich wieder seiner Höhle zu. „Und vertraut Blauschuppe."

Ein Murmeln erhob sich. „Blauschuppe? Wer ist Blauschuppe?"

„Das ist ein Drachenname", flüsterte Bandath, jedoch laut genug, dass die Anderen ihn hörten.

„Ein Drache? Du willst uns auf einen Drummel-Drachen zum Grauen Fürst schicken?" Gilbaths Stimme überschlug sich. „Niemand ist je auf einem Drummel-Drachen geritten!"

„Nun", der Bewahrer war stehen geblieben und drehte sich wieder zu der Gruppe um. „Da zumindest lügt die Überlieferung. Ich persönlich kenne eine Person, die schon auf einem Drachen geritten ist."

„Haben wir eine Wahl?" Barella sah zu dem riesigen Troll vor ihr auf. „Gibt es keine andere Möglichkeit?"

Der Bewahrer schüttelte den Kopf. „Der Gipfel das Grauen Fürsten ist nicht besteigbar, seine Hänge senkrecht und glatt."

„Und wie sind die Trolle und Elfen damals auf seinen Gipfel gekommen?"

Ratlos hob der alte Troll seine Hände. „Levitations-Magie? Drummel-Drachen? Ich weiß es nicht. Diese Zeichnung, die ihr habt, ist euer einziger Anhaltspunkt. Wenn ihr es nicht wenigstens versucht, vergebt ihr die einzige Chance, die ihr habt."

Er sah die kleine Gruppe an, musterte jeden einzelnen von ihnen. „Falls euch das noch nicht bewusst ist, von euch ist das Schicksal der Drummel-Drachen-Berge abhängig – und das Schicksal der hier lebenden Völker! So eine Kleinigkeit wie der Ritt auf einem Drachen sollte euch nicht schrecken. Blauschuppe ist mir wohlgesonnen. Er wird euch nichts tun."

Der Bewahrer verschwand in der Höhle und kehrte gleich darauf zu ihnen zurück. In seinen Händen hielt er eine riesige Drachenschuppe aus blau leuchtendem Perlmutt.

„Sie ist wunderschön", murmelte Barella.

„Ich werde ihn jetzt rufen." Er stellte sich unter die drei Steineichen, hielt die Schuppe vor seine Stirn und begann zu murmeln. Plötzlich schwieg er, murmelte dann erneut, schwieg wieder und senkte die Schuppe.

„Es wird einen Moment dauern, bis er hier ist. Er will euch kennenlernen."

Sie setzten sich wieder um den steinernen Tisch herum. Barella nahm ehrfurchtsvoll die Drachenschuppe in die Hand.

„Blauschuppe und mich verbindet eine alte Freundschaft. Einst, als ich noch bedeutend jünger war, rettete ich ihm das Leben. Gemeinsam durchstreiften wir die Welt und haben es an so mancher Ecke richtig krachen lassen." Verträumt starrte der Bewahrer in die Wolken. Bandath fiel es schwer, sich den alten Troll als jungen Raufbold vorzustellen. Der Bewahrer aber wischte sich über die Stirn, als wolle er die alten Erinnerungen hinwegwischen.

„Darüber kann ich erzählen, wenn ihr wieder hier seid." Seine Zehen gruben sich knirschend in den Stein unter dem Tisch.

„Wenn man so alt ist wie ich, dann kann man viele Geschichten erzählen. Mit der Zeit glaubt man eins zu werden mit dem Fels unter sich. Man hört das Knirschen der Berge und fühlt die Gedanken der Erde. Dass etwas nicht stimmt, habe ich schon vor vielen Jahren mitbekommen, konnte aber die Zeichen nicht deuten. Eines jedoch weiß ich: In der Dunkelheit des Zwergenreiches lauern unbekannte Gefahren, die das kleine Volk vertrieben haben. Seid achtsam. Und, Rulgo, dort verschwinden die Grenzen von Tag und Nacht. Für einen Troll kein Problem. Du aber bist ein Taglicht-Troll, in der Nacht fällst du in deinen Schlaf. Die ewige Finsternis der

Höhle würde dich schlafen lassen bis du stirbst. Nimm das hier!" Neben ihm tauchte der junge Troll auf und reichte dem Bewahrer eine irdene Flasche, die dieser sogleich an Rulgo weitergab. „Ein Schluck dieses Trankes wird dich einen Tag lang wach halten. Du darfst aber höchstens fünf Tage ohne Schlaf verbringen, mehr hältst du nicht aus."

„Ich glaube kaum, dass wir noch so viel Zeit haben."

„Ruht euch ein wenig aus jetzt. Wenn Blauschuppe kommt, geht es für euch weiter." Zusammen mit seinem Gehilfen verschwand der alte Troll in seiner Höhle.

Bandath stand auf, streckte sich, gähnte. „Ich vertrete mir ein wenig die Beine und rauche eine Pfeife. Niesputz, kommst du mit?"

Das Ährchen-Knörgi erhob sich von Barellas Schulter und surrte hinter Bandath her. Der Magier lief den Pfand entlang, den sie eben gegangen waren, bis er den Grauen Fürsten sah, setzte sich ins Gras, nahm Pfeife und Tabak aus seinem Beutel, stopfte die Pfeife und begann zu rauchen.

Niesputz setzte sich auf das Knie des Zwerglings und tat es ihm nach. Wie schon einmal beobachtet, sah der Magier auch jetzt wieder, wie aus dem Nichts ein Funke aufzutauchen schien, der die winzige Pfeife des Ährchen-Knörgis entzündete. Bandath nickte wissend, als hätte er genau das erwartet.

„Du bist kein Ährchen-Knörgi", konfrontierte er Niesputz mit seinen Gedankengängen. „Ich weiß nicht, was du bist und wer du bist, aber du bist auf jeden Fall kein Ährchen-Knörgi."

„Was soll denn das jetzt, Zauberer?" Niesputz protestierte erbost. „Ich habe zwei Flügel, vier Beine, bin so groß wie ein Ährchen-Knörgi, ich sehe wie eines aus. Und ich gehöre zu den Guten. Was sonst sollte ich sein?"

Bandath sog gelassen an seiner Pfeife. „Bloß weil du wie ein Ährchen-Knörgi aussiehst, heißt das noch lange nicht, dass du auch eines bist. Eine rotäugige Moorfliege sieht zum Beispiel genau so aus wie eine Feuerwespe, ist aber völlig ungiftig. Du warst die ganze Zeit recht schweigsam, seit wir den Bewahrer getroffen haben. Warum? Kannst du mir die Bemerkung des Bewahrers erklären?"

Niesputz zuckte mit den Schultern. „Keine Ahnung. Wer weiß, was der alte Troll meint. Jeder zweite Satz von ihm war ein Rätsel oder weißt du, was es mit Barellas Suche auf sich hat?"

Bandath, der zu wissen glaubte, welche Suche der Troll gemeint hatte, ließ sich von Niesputz nicht ablenken.

„Ich weiß nicht, wer oder was du bist. Aber Wesen, die völlig immun gegen Magie sind, gibt es nicht. So einfach ist das. Außerdem gibt es da ein paar Vorkommnisse, die du mir erklären solltest. Der Giftstachler im Umstrittenen Land hat dich ins Lagerfeuer geschleudert, du bliebst zu meiner großen Verwunderung unverletzt. Kurz danach hast du uns erklärt, wieso dieser Wald so weit im Norden existieren kann. Woher wusstest du das? Du bist durch die Feuerwolken in der Höhle geflogen ohne zu verbrennen. Dich hat eine Brenn-Fliege gestochen. Mich auch. Du hast sie geköpft und mich gebeten, ihren Stachel aus deinem Rücken zu ziehen. Ich wäre fast an dem Stich gestorben. Du hast mich mit enormer Kraft auf die Beine gezogen und vorwärtsgeschleppt, obwohl du nicht größer als meine Hand bist. Und eben hast du deine Pfeife angezündet mit einem Funken, der aus der Luft zu kommen schien. Das habe ich schon einmal bei dir gesehen.

Was bist du? Ein unwahrscheinlich mächtiges Geschöpf? Warum spüre ich dann bei dir keine Anwesenheit von Magie? Wer bist du wirklich, Niesputz?"

Das Ährchen-Knörgi klopfte die Pfeife auf dem Knie Bandaths aus und verstaute sie in seinem Beutel. Sein Blick traf Bandath und der Magier erkannte in den Augen seines Gesprächspartners etwas, das er dort bisher noch nicht gesehen hatte: Weisheit. Die uralte und tiefe Weisheit eines Geschöpfes, das bedeutend mehr erlebt hatte, als alle Anwesenden zusammen. Die Lebensspanne dieses Wesens ließ sich nicht nach Jahren messen.

„Es mag die Zeit kommen, Magier, da wirst du es erfahren. Bis dahin bleibe ich für dich und alle anderen Niesputz, euer kleiner, lustiger und manchmal nerviger Kamerad."

Niesputz surrte davon. Bandath sah ihm gedankenverloren hinterher. Er merkte nicht, wie seine Pfeife erlosch und die Zeit verging, so versunken war er. Erst viel später fiel ihm auf, dass Niesputz *Magier* gesagt hatte und nicht *Zauberer*.

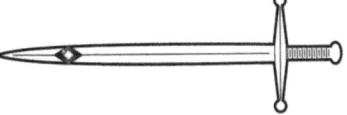

Zum Herz der Berge

Blauschuppe war ein, für Drachenverhältnisse, relativ junges Geschöpf. Neben Elfen leben die Drachen ebenfalls fast ewig. Die Ewigkeit aber, wie ein weiser Mann einmal sagte, ist eine sehr lange Zeit. Und so kommt es vor, dass auch Drachen einmal sterben. Man munkelt, dass es in den unerreichbaren Regionen der gewaltigen Drummel-Drachen-Berge einen Drachenfriedhof geben solle, aber niemand hatte ihn bisher gesehen. Bandath hatte selbst in der Bibliothek von Go-Ran-Goh keinen Hinweis auf den Drachenfriedhof gefunden und das, obwohl er Bethga, die Meisterin der Bücher, endlos genervt hatte. Vielleicht konnte er ja Blauschuppe fragen. Der Drummel-Drache aber war zu keinerlei Unterhaltung aufgelegt, wie der Magier feststellen musste. Nicht lange nach Bandaths Gespräch mit Niesputz rauschte es in der Luft, ein gewaltiger Wind erhob sich und mit einem unwilligen Brüllen, das allen durch Mark und Bein ging und Blätter von den Steineichen rieseln ließ, landete der Drummel-Drache Blauschuppe auf dem Hang vor der Höhle des Bewahrers. Bandath war froh, dass die Sonne hinter den dicken Wolken verborgen war, denn der kobaltblaue Schein, der von den glänzenden Schuppen des Drachen ausging, blendete jetzt schon. Sein riesiger Kopf senkte sich vorsichtig nach vorn, um die Erde vor dem Bewahrer zu berühren, der aus der Höhle gekommen war, um seinen Freund zu begrüßen.

„Blauschuppe, wie schön, dich zu sehen."

Bandath war neben dem Bewahrer der Einzige, der einen Drummel-Drachen bereits aus der Nähe gesehen hatte. Alle anderen trafen die enorme Präsenz und die Aura des Drachen fast wie der Schlag eines von einem Zwerg geführten Schmiedehammers vor die Stirn. Niemand konnte einen auf so eine Begegnung vorbereiten. Ein Drummel-Drache ist ein außergewöhnlich mächtiges Wesen, erhaben und majestätisch. Worte jedoch verblassen, will man ihn beschreiben. Sie reichen nicht aus, seine Gewaltigkeit, seine Großartigkeit zu schildern. Scheinbar unendliche Kraft, gepaart mit Anmut und Eleganz, gekrönt mit Weisheit und Wissen wurden zusammengefasst in einem vollendet schönen Körper. Die wenigsten haben das Glück, einen Drummel-Drachen aus der Nähe zu sehen, meist erkennt man sie nur als ferne Silhouetten weit oben im Gebirge, über den weiß glänzenden Gipfeln des ewigen Eises. Noch nie hat man davon gehört, dass irgendjemand je auf einem der eigenwilligen und erhabenen Geschöpfe geritten war. Der Bewahrer jedoch behauptete, er sei geritten und sie sollten es in wenigen Augenblicken tun!

Blauschuppe öffnete sein riesiges Maul mit Zähnen, die länger waren als Bandath. Dabei reckte er seinen Kopf nach hinten, so dass die vier gebogenen Hörner fast seine noch immer weit nach außen gereckten Flügel berührten. Die Hörner waren bedeutend größer als ein Troll und unter einem der Flügel hätte wahrscheinlich der größte Teil Drachenfurts Platz gefunden. So ein kolossales Exemplar eines Drummel-Drachen hatte selbst Bandath noch nicht aus der Nähe gesehen. Der Drache machte ein Geräusch, als würde er aufstoßen und eine graue Qualmwolke stieg aus seinem Maul auf.

Der Bewahrer lachte. „Ja, ich auch. Aber wir haben dazu keine Zeit. Höre, ich muss dich um einen Gefallen bitten. Es geht um den Vulkan und weitere Vulkane, die ausbrechen werden, hier in den Bergen."

Wieder rülpste Blauschuppe, unwillig dieses Mal. Die aufsteigende Qualmwolke war sehr dunkel und dicht. Der Bewahrer nickte zustimmend.

„Mich beunruhigt das ebenfalls, alter Freund. Siehe, diese Leute hier müssen dringend zu dem Berg, den wir *Grauer Fürst* nennen. Nur du kannst sie auf seinen Gipfel bringen."

Blauschuppe riss seinen Kopf hoch und brüllte wütend. Eine Flamme, länger als eine der gewaltigen Steineichen hoch war, schoss aus seinen Nüstern.

„Ich weiß", sagte der Bewahrer, „und ich mag es ebenfalls nicht, mein Freund. Aber außerordentliche Umstände erfordern außergewöhnliche Maßnahmen, heißt es. Bitte bring sie dort hinüber. Du weißt, ich bitte dich selten um einen Gefallen, aber jetzt ist es soweit." Die gigantischen Krallen des Drachen bohrten sich in den Fels, sein riesiger Kopf pendelte zu der Gruppe und musterte jeden einzelnen. Der Atem des Drachen roch nach Holzfeuer und Schwefel. Er fixierte Bandath, schnaubte, sah Barella an, schnaubte erneut. Sein Kopf wanderte weiter zu Rulgo, dann zu Gilbath. Hier schnaubte er heftiger. Niesputz saß auf dem steinernen Tisch, etwas abseits. Blauschuppes Kopf pendelte auch zu der winzigen Gestalt herüber, sog lange und gründlich die Luft ein und plötzlich senkte er sein riesiges Haupt, als wolle er sich vor dem Winzling verbeugen. Bandath und Barella schnappten gleichzeitig hörbar nach Luft.

„Was war das?", fragte sie.

Bandath zuckte mit den Schultern. „Keine Ahnung." Der Blick der Zwelfe funkelte.

„Gut", sagte er. „Ich habe einen Verdacht, eine Idee, aber nicht wirklich eine Ahnung."

„Und was ist das für eine Idee?"

„Später, nicht jetzt."

Jetzt schnaubte Barella fast so laut wie Blauschuppe. „Warte nicht wieder damit, bis es zu spät ist!"

„Blauschuppe ist einverstanden", rief der Bewahrer nach einem weiteren Rülpser des Drummel-Drachen. Die Reisenden nahmen ihr Gepäck auf. Bandath pfiff Dwego zu sich, der die ganze Zeit äußerst misstrauisch seinen riesigen Verwandten beobachtet hatte.

„Pass auf, Kleiner. Ich werde dich hier zurücklassen müssen." Dwego knurrte unwillig und stupste Bandath mit der Nasenspitze gegen die Brust.

„Ja, ich weiß, aber es geht nicht anders. Bleib hier in der Nähe und pass auf, dass die Trolle dich nicht zu Drachen-Gulasch verarbeiten. Ich denke, wenn alles vorbei ist, werde ich dich hier abholen können." Der Magier strich Dwego über den Kopf, kraulte ihn zwischen den beiden Hörnern und gab ihm einen Stups. Dann nahm er ebenfalls seinen Schultersack auf und gesellte sich zu der Gruppe. Barella hatte sich in ähnlicher Weise von ihrem Leh-Muhr verabschiedet. Sokah stand in Dwegos Nähe und krächzte kläglich. In Barellas Augen konnte Bandath Tränen entdecken.

„Was?", fuhr sie ihn an.

Der Magier hob entschuldigend die Hände und trat einen Schritt zurück. „Nichts."

In der Zwischenzeit hatte der Bewahrer sich weiter mit Blauschuppe unterhalten, wobei dessen Anteil am Gespräch ausschließlich aus rülpsenden Geräuschen und dunklen Qualmwolken bestand, der Sprache der Drummel-Drachen eben.

„Verstehst du, was er sagt?", fragte Gilbath den Magier. Der nickte.

„Ich verstehe jedes Wort des Bewahrers. Du nicht?"

Der Elf verdrehte die Augen. „Ich meine Blauschuppe. Verstehst du die Sprache der Drummel-Drachen?"

„Elfen sind von Natur aus ungenau", grunzte Rulgo neben ihnen.

„Ein wenig", antwortete Bandath dieses Mal ernsthaft auf Gilbaths Frage. „Wir hatten eine Kurs Drummel-Drachen-Sprache auf Go-Ran-Goh …"

„… den du leider wieder abgewählt hast", unterbrach ihn Niesputz vorwurfsvoll.

„Nein." Bandath schüttelte den Kopf. „Aber die Sprache ist sehr kompliziert, weil sie aus Tönen besteht und aus dem Qualm, den sie beim Sprechen erzeugen. Man muss also zuhören und zusehen, wenn man sich mit ihnen unterhält. Somit wird auch nie einer von uns diese Sprache sprechen können. Wir stoßen ja schließlich keinen Qualm aus."

„Und deshalb wird ein Blinder auch nie die Drummel-Drachen verstehen", ergänzte Niesputz.

Blauschuppe neigte seinen Körper und legte einen der gewaltigen Flügel auf die Erde. Der Bewahrer rief sie zu sich.

„Ihr dürft jetzt auf seinem Rücken Platz nehmen. Bindet euch am besten an den Höckern fest. Blauschuppe bringt euch zum *Grauen Fürsten* und setzt euch dort ab. Mehr kann ich leider nicht für euch tun. Ich wünsche euch Glück … und uns auch."

Sie dankten dem Troll und erklommen mühsam den glatten Flügel des Drachen. Zwischen den hornartigen Auswüchsen auf seinem Rücken suchten sie sich Plätze und banden sich mit Seilen daran fest. Rulgo hatte Blut zwischen seine Beine geklemmt und winkte dem Bewahrer zu. Dieser sagte etwas zu Blauschuppe. Der Drachen brüllte, stieß den obligatorischen Qualm aus, schlug mit den Flügeln und erhob sich schwerfällig. Bandath schloss fast sofort die Augen. Sie wurden ordentlich durcheinandergeschüttelt, bis Blauschuppe seinen Rhythmus gefunden hatte und auf Kurs war. Dann begann die Luft an ihren Ohren vorbei zu pfeifen.

„Hej, Zauberer!", brüllte Niesputz Bandath zu. Er hatte sich an Barellas Schulter festgeklammert. „Was ist los? Höhenangst?" Bandath antwortete nicht und hielt seine Augen auch weiterhin geschlossen.

„Du auch?" Rulgo brüllte mit seiner tiefen Stimme gegen den Wind an.

„Nein", antwortete Gilbath.

„Das wundert mich aber. Elfen haben nämlich von Natur aus Höhenangst."

Gilbath reagierte nicht.

Der Flug dauerte nicht lange. Bandath spürte, wie Blauschuppe bremste, es ruckte kurz und sie waren gelandet. Das charakteristische Rülpsen ertönte tief aus dem Inneren des gewaltigen Drachenkörpers. Bandath öffnete die Augen wieder und musterte die aufgestiegene Qualmwolke.

„Das heißt so viel wie: *Runter von mir!*", teilte er den Anderen mit. Hektisch fingen sie an, die Seile zu lösen, rafften ihre Sachen zusammen und begannen mit dem Abstieg. Auf der ausgestreckten Drachenschwinge jedoch kam der gesamte Trupp ins Rutschen. Sie fielen auf Gesäß oder Rücken und rasten den Flügel abwärts bis auf den Boden, selbst Blut konnte sich nicht auf seinen krallenbewehrten Pfoten halten. Unsanft landeten sie nach der Rutschpartie auf dem Fels des Berggipfels und erhoben sich stöhnend, die jeweils schmerzenden Körperteile reibend. Besonders Rulgo hatte zu tun, war er doch durch seine Masse der Schnellste von ihnen gewesen und mehrere Schritte weit über den rauen Fels geschlittert.

„Wundert mich gar nicht", lästerte Gilbath. „Trolle haben von Natur aus keinen Gleichgewichtssinn."

Dieses Mal würdigte Rulgo ihn keiner Antwort.

Rauschend erhob sich Blauschuppe und verschwand in wenigen Augenblicken hinter entfernteren Bergen.

Der Gipfel des *Grauen Fürsten* sah nur aus großer Entfernung eben aus. Selbstverständlich befanden sie sich auf einem Plateau, aber es war eine unübersichtliche Hochebene. Hunderte von größeren und kleineren Felsen lagen herum, gerade so, als hätte hier früher ein aus Stein gemauertes Haus gestanden, das ein Riese zerschlagen hatte. Zwischen den Felsen hatte der Wind Erde angeweht, auf der einige Sträucher mit Beeren ein kümmerliches Dasein fristeten.

Barella nahm die Zeichnung aus ihrer Tasche, betrachtete sie und warf dann einen prüfenden Blick auf die sie umgebenden Berge. Dort hinten konnte sie den *Wolkenreißer* erkennen, daneben die *Alte Wela* und weit vor den beiden den Berg des Bewahrers.

„Die Perspektive stimmt noch nicht ganz, wir müssen weiter dort rüber." Sie wies nach links.

Rulgo verglich die Zeichnung mit dem, was er sah und knurrte unzufrieden. „Bist du sicher? Sieh dich doch mal um. Die Hochebene hier ist riesig und enorm unübersichtlich. Wir könnten Tage suchen und würden das Tor nicht finden."

Barella wirkte leicht angesäuert. „Du kannst es mir glauben, Rulgo. Wir müssen weiter dort hinüber. Sieh hier", sie wies auf die Zeichnung. „Der Berg des Bewahrers liegt fast genau in der Mitte zwischen dem *Wolkenreißer* und der *Alten Wela*. Siehst du sie dir aber an", sie wies auf die in der Ferne sichtbaren Berge, „dann erkennst du, dass der Berg des Bewahrers im Moment viel zu weit links zu sehen ist. Wir müssen also nach links gehen, damit die Ausrichtung der drei Berge stimmt."

Rulgo verglich zweifelnd das Bild mit der Wirklichkeit.

„Trolle haben von Natur aus eine schlechte Orientierung", mischte sich Gilbath ein. „Glaub ihr, sie hat Elfenblut in den Adern."

„Eben!", knurrte Rulgo und stapfte los.

„Trolle!", stöhnte Gilbath und folgte ihm.

„Elfen und Trolle!", klagte Bandath genervt und tapste ihnen nach.

„Männer!" Barella verdrehte die Augen.

„Zweibeiner!" Niesputz surrte hinterher und überholte die kleine Gruppe.

Es dauerte mehrere Stunden, in denen Barella immer wieder stehenblieb und ihr Bild mit den Bergen verglich. Schließlich hielt sie endgültig an.

„Jetzt haben wir die richtige Ausrichtung der Berge."

Rulgo sah sich provozierend um. „Und? Wo ist nun das Tor?"

Barella zeigte mit einem Arm auf den Berg des Bewahrers. „Irgendwo zwischen dem Ende der Hochebene dort", und mit dem anderen Arm in die entgegengesetzte Richtung, „und dem anderen Ende dieses Berggipfels. Das Beste wäre, wir bilden eine weit auseinandergezogene Kette und durchkämmen genau auf dieser Linie die Gegend. Zuerst in der einen Richtung und wenn wir das Tor dort nicht finden, in der anderen."

„Du klingst, als hättest du solch eine Suche schon öfter durchgeführt."

Barella grinste nur über die Bemerkung Bandaths. Sie bildeten, wie die Zwelfe vorgeschlagen hatte, eine Kette. Jeder von ihnen war vom anderen so weit entfernt, dass er seinen Nachbarn gerade noch sehen konnte. Niesputz schwirrte über allen und durchsuchte das Terrain von oben. Langsam durchkämmten sie die Gegend, sahen hinter jeden Felsen, musterten kritisch jeden Regenwassertümpel, ob es der Rest des gezeichneten Teiches war, beäugten alle senkrechten Felswände, doch fanden sie lange nichts.

Endlich aber war ihnen doch das Glück hold. Etwa auf halber Strecke zwischen ihrem Startpunkt und dem Ende des Plateaus meldete sich Gilbath laut und triumphierend: „Elfen haben von Natur aus scharfe Augen. Ich glaube, ich habe es!"

Rulgo stürmte wütend an Bandath und Barella vorbei. Bandath glaubte etwas wie „Elfen sind von Natur aus viel zu optimistisch" zu hören.

Vor einer senkrechten Felswand, die genau so aussah wie auf Barellas Zeichnung, stand Gilbath und warf kleine Steine in einen Teich. Auf der Wasseroberfläche tauchten hin und wieder die breiten, bemoosten Rücken von uralten Moorkarpfen auf. Im senkrechten Fels öffnete sich ein schmaler, hoher Spalt: der Eingang zum unterirdischen Reich der Dunkel-Zwerge.

„...und die Nicht-Elfe den Weg entdeckt,
von dem niemand weiß
und den jeder kennt...",

zitierte Bandath einen Teil der Prophezeiung. Er griff nach hinten, fasste Barellas Hand und drückte sie. „Ohne dich wäre ich nie auf die Idee gekommen, mir Waltrudes Buch genauer anzusehen."

Barellas Hand erwiderte den Druck und signalisierte Dank. „Den Berg kannte jeder Troll, aber niemand vermutete, dass der Eingang hier oben liegen würde."

„Erinnere mich bitte unbedingt daran, dass ich Waltrude frage, woher sie dieses Buch hat." Er ließ ihre Hand wieder los.

„Ziegenscheiße", sagte Rulgo in diesem Moment. „Ich habe aber keine Ziegen auf dem Gipfel gesehen", er sog geräuschvoll die Luft durch seine

Nüstern, „oder gerochen." Der Troll bückte sich und hob kleine, schwarze Köttel auf, die er für den Kot von Bergziegen hielt. Prüfend zerrieb er etwas zwischen seinen Fingern und roch daran. Gilbath verzog das Gesicht, sagte jedoch nichts. Der Troll stand wieder auf und betrachtete nachdenklich den Eingang der Höhle. Blut kam näher und schnupperte an den Fingern des Trolls, anschließend auf dem Boden. Er winselte und klemmte seinen Schwanz zwischen die Hinterbeine.

„Scheiße, aber nicht von Ziegen. Es riecht schärfer als Ziegenscheiße, irgendwie nach Raubtier. Aber ich kenne kein Raubtier, das so scheißt."

Gilbath gesellte sich zu ihm und roch ebenfalls. Dann wischte er sich die Hände an einem Grasbüschel ab.

„Der Kot ist alt, sehr alt. Ich glaube nicht, dass das Tier noch hier in der Nähe ist."

„Also, dann wollen wir mal!" Niesputz surrte auf den Eingang zu und verschwand in der Dunkelheit. „Licht, Zauberer!", tönte es hohl aus dem Inneren.

„Magier, verdammt noch mal." Bandath entzündete eine Wanderflamme und folgte ihm. Gilbath schob sich durch den Eingang, danach Barella. Rulgo nahm einen Schluck aus der Flasche, die der Bewahrer ihm gegeben hatte.

„Uah! Das schmeckt ja ekelhaft!" Er schüttelte sich, verkorkte die Flasche wieder und verstaute sie in seinem Beutel. „Würde ja gerne mal das Elflein sehen, wenn es einen Schluck davon trinken müsste. Es würde sich bestimmt in die Hosen machen. Würde mich nicht wundern. Elfen haben von Natur aus keinen Geschmack!"

Anschließend hatte er Schwierigkeiten, das Tor zu passieren, blieb sogar kurz mit seinem breiten Brustkorb zwischen den Felsen hängen. Letztendlich schaffte er es nur unter Verlust eines ganzen Stückes seines Lederumhanges und eines Teiles der Haut, sich aus der Klemme zu befreien.

„Na, das kann ja was werden. Ein Troll in den Gängen von Zwergen", brummte er. „Womöglich muss ich noch die ganze Zeit auf Knien hinter dem Elflein herrutschen. Das wäre was für sein Selbstbewusstsein. Dabei sind Elfen von Natur aus …"

Was Elfen dieses Mal von Natur aus waren, blieb ungesagt, denn genau wie die anderen blieb Rulgo plötzlich stehen. Sein Unterkiefer klappte herab und er stierte erstaunt und fasziniert zugleich auf das Panorama, welches sich ihnen bot. Gleich hinter dem Eingang öffnete sich der Berg zu einem riesigen Schacht, der bis in die dunkelsten Tiefen der Erde zu führen schien. Oben aber leuchtete durch die in der Mitte des Schachtes schwebende Wanderflamme das Innere des Berges in einer Farbenvielfalt, die sie so noch nie gesehen hatten. Wände und Decke des Schachtes waren mit unzähligen, zum Teil sehr großen Bergkristallen bewachsen. Sie reflektierten das Licht und brachen es in seine verschiedenfarbigen Bestandteile, die wiederum von anderen Kristallen gebrochen und reflektiert wurden. Die durch die Höhle flackernden Lichter waren von einer solchen Vielfalt und Stärke, dass es allen die Sprache verschlug.

Sie befanden sich auf einer Plattform. Neben ihnen begann ein serpentinartiger Abstieg, der an der Wand des Schachtes entlang spiralförmig nach unten führte. Einer der Kristalle löste sich von der Decke und fiel in den endlosen Schacht. Gleich einem feinen Gewitter zuckte eine unendliche Anzahl von Blitzen über die Wände – Lichtstrahlen der magischen Wanderflamme des Zwerglings, die der sich im Fallen drehende Kristall einfing und vielfach gebrochen zurückschickte. Eine unvergleichliche Lichtkaskade durchflutete die Höhle und verschwand mit dem fallenden Kristall unter ihnen in der Dunkelheit.

„Wenn das nicht mindestens die Hälfte am Dämonenschatz wert ist …"

Barella grinste zu Bandaths Bemerkung.

„Hatten wir uns das letzte Mal nicht auf vierzig Prozent geeinigt?"

„Na, immerhin habe ich dir das Leben gerettet. Da solltest du schon ein paar Prozente draufpacken." Bandath wusste im selben Moment, als ihm die locker klingende Bemerkung herausgerutscht war, dass er einen Fehler gemacht hatte. Barellas Lächeln gefror. Ihre Kinnmuskeln spannten sich an und ihr Blick wurde stahlhart.

„Dann hast du mich wohl nur wegen deines Anteils gerettet? Gut, dass ich das weiß!" Sie drehte sich um und begann den Abstieg.

„Barella! Nein!", hilflos reckte Bandath seine Arme aus als wolle er sie halten. „Das war nicht so gemeint! Barella!"

„Lass sie", murmelte Gilbath, als er an ihm vorbeiging und als Zweiter den Weg abwärts betrat, Blut auf seinen Fersen. „Das war keine so kluge Bemerkung von dir."

„Ich weiß", flüsterte Bandath und kam sich sehr armselig vor. „Ich wollte es auch nicht so sagen."

Niesputz hatte die kurze Auseinandersetzung nicht mitbekommen. Er sah entsetzt dem fallenden Kristall nach.

„Es hat begonnen", murmelte er und setzte sich, eine Schleife fliegend, an die Spitze der Gruppe.

„Komm!", grummelte Rulgo und folgte Gilbath und Barella. Der Magier trottete hinterher. Schon wieder der Letzte, dabei hätte er vorweg gehen sollen.

Auf ihrem Weg nach unten umrundeten sie den Schacht mehrere Male, bevor Rulgo das Schweigen brach: „Warum prügelt ihr euch nicht?"

„Was?" Bandath war so perplex über die Bemerkung des Trolls, dass er im ersten Moment überhaupt nicht wusste, was dieser meinte.

„Du und Barella. Warum prügelt ihr euch nicht?"

„Prügeln? Du meinst so richtig aufeinander einschlagen? Mit Fäusten?"

„Oder mit Keulen."

„Warum sollten wir uns denn prügeln?"

„Damit diese Launen aufhören. Ihr redet miteinander und oft ist dann einer von euch sauer. Andererseits steht ihr beide euch sehr nahe."

„Ich stehe Bandath überhaupt nicht nahe!", rief Barella vom Anfang der Gruppe zu ihnen nach hinten. Sie befand sich fast genau auf der gegenüberliegenden Seite des Schachtes, ein ganzes Stück tiefer als Bandath und der Troll.

„Siehst du." Rulgo versuchte, seine grollende Stimme leiser klingen zu lassen, sodass ausschließlich Bandath ihn hören konnte. Es gelang ihm nicht. „Wenn ihr euch prügeln würdet, würde eure schlechte Laune die anderen nicht stören. Sie träfe nur die, die dafür verantwortlich sind, euch. So trifft eure Stimmung uns alle."

„Wo hast du denn *diese* Weisheiten her?"

„Wir regeln unsere Streitigkeiten immer so. Wusstest du das nicht?"

„Trolle neigen von Natur aus zu Gewalt!", rief ihnen Gilbath zu. Es war anscheinend nicht möglich, hier eine private Unterhaltung zu führen.

„Ihr prügelt euch?", fragte Bandath trotzdem noch einmal.

Der Troll nickte. „Ja. Ich kann mich da an ein paar schöne Schlägereien mit meiner Frau erinnern."

„Und wie ist das mit Verletzungen?"

„Nichts Ernstes. Einmal hab ich ihr ein paar Zähne ausgeschlagen und sie hat mir eine Rippe gebrochen."

„Ich … ich verstehe das nicht. Wieso redet ihr nicht miteinander?"

„Reden? Siehst du das nicht bei dir und ihr?" Er wies über den Schacht hinweg zu Barella. „Reden macht schlechte Laune und klärt keine Probleme."

„Aber Prügeln?"

„Klar. Wer gewinnt hat Recht."

„Aber das ist doch Blödsinn!" Bandath war jetzt wirklich verärgert. „Du kannst doch diesen Quatsch nicht ernsthaft glauben!"

„Ach?" Rulgo blieb stehen und drehte sich zu Bandath um. „Wir haben also unterschiedliche Meinungen?" Drohend wog er seine Keule und stierte Bandath finster in die Augen. „Wollen wir das nach Trollart klären?"

„Nach Trollart?" Bandath war entsetzt. Aus den Augenwinkeln nahm er wahr, dass Barella und Gilbath stehengeblieben waren und zu ihnen herüberschauten.

„Toll, ein Zweikampf!" Das war Niesputz. „Ich wette fünf Silbermünzen, dass Rulgo mit seiner Keule schneller ist als Bandath mit einem Spruch."

Bandath sah den riesigen Troll vor sich aufragen und schluckte.

„Äh … nein … ich meine … vielleicht hast du doch Recht … für die Trolle natürlich nur. Macht das so, wie ihr es für richtig haltet, untereinander. Ich bin kein Troll. Ich bleibe lieber bei der Art der Zwerge und Halblinge. Ich versuche die Probleme durch Reden zu lösen."

„Dann rede so, dass es keine schlechte Stimmung für die ganze Gruppe gibt. Klärt eure Probleme!"

Bandath nickte. „Das wird wohl das Beste sein." Er sah über den Schacht hinweg zu Barella. Die erwiderte seinen Blick, schon nicht mehr ganz so eisig wie noch kurz zuvor. Ihre Augen versprachen ihm allerdings eine lange Diskussion über seine Bemerkung, sobald sich die Gelegenheit dazu ergeben sollte.

Muße zum Unterhalten hatten sie aber den ganzen Rest des Tages nicht, das heißt natürlich: die Zeit, von der sie vermuteten, dass es der Rest des Tages war. Die endlosen Schleifen im Inneren des *Grauen Fürsten*, die sie bergab zurücklegten, ermüdeten. Ohne Sonne wussten sie nicht genau, wie lange sie bereits unterwegs waren. Sie mussten die Zeit schätzen und die einzelnen Schätzungen gingen zum Teil sehr weit auseinander.

Irgendwann, als sie sich einigten, dass es wohl später Abend sein müsste, beschlossen sie Rast zu machen. Der eigentliche Grund war allerdings nicht nur die Zeit, sondern auch eine kleine Plattform mit einem abzweigenden Gang.

„Was jetzt?" Rulgo sah sich um. „Ich nehme nicht an, dass jemand von euch den Weg zum Erd-Drachen kennt, oder?"

„Was erwartest du, Fleischklops?" Niesputz ließ sich auf Barellas Schulter nieder. „Denkst du, die Dunkel-Zwerge haben hier Schilder aufgestellt? ‚Zum Erd-Drachen am nächsten Abzweig nach links'? Mann, wo lebst denn du? Wir müssen tief, denke ich. So tief wie du es dir gar nicht vorstellen kannst. Dort irgendwo werden wir wahrscheinlich einen verdeckten Gang finden. Schließlich haben die Dunkel-Zwerge den Erd-Drachen nach dem Diebstahl des Flammenauges nicht wieder belästigt, wie Bandath erzählt hat."

Bandath hatte das nicht erzählt, das wusste er mit ziemlicher Sicherheit. Aber es war wohl nicht der rechte Augenblick, diese Bemerkung in die Runde zu streuen. Die Diskussion, welchen Weg man nehmen solle, ging hin und her. Niesputz war der Meinung, in der Tiefe läge der Weg. Rulgo hingegen wollte hier abbiegen. Die Chance, eine Spur der Zwerge zu finden oder gar vielleicht doch einen noch lebenden Vertreter des unterirdischen Volkes, sei hier oben besser. Spuren fände man eher da, wo die Zwerge gewohnt hätten, nicht dort, wo sie gegraben haben.

Gilbath tendierte mehr zu Niesputz' Meinung, allerdings glaubte Bandath, dass er dies nur tat, um gegen Rulgo zu stimmen. Barella unterstützte den Troll, obwohl sie sonst immer die Meinung des Ährchen-Knörgis teilte.

„Und du? Warum sagst du nichts?", fragte sie schließlich Bandath. Der Zwergling antwortete einen Moment nicht, sah seine Kameraden einen nach dem anderen an, blickte in die Tiefe des Schachtes und dann in die Dunkelheit des abzweigenden Ganges. Blut stand im Eingang und sog geräuschvoll die Luft ein. Sein Nackenfell war gesträubt, die Lefzen hochgezogen und ein tiefes Knurren ertönte. Allerdings hatte er seinen Schwanz zwischen die Hinterbeine geklemmt und er machte eher den Eindruck, fliehen als angreifen zu wollen. Mit einer Handbewegung holte Bandath die Wanderflamme näher zu sich ran und trat einen Schritt in den Gang. An der Wand konnte er in Augenhöhe eine alte, farbige Zeichnung erkennen, das vereinfachte Bild eines Hauses mit mehreren runden Fenstern. „Was ist das?"

Die anderen traten näher.

„Oh, ein Wegweiser vermutlich", sagte Gilbath in triumphierendem Ton, hauptsächlich zu Niesputz.

„Ja, mag sein. Aber sieh genau hin, Spitzohr, die Zeichnung ist durchgestrichen."

Tatsächlich, Kratzer verunstalteten das Bild, als hätte jemand versucht, es mit einem Stein unkenntlich zu machen. Unter dem Haus war eine Zeichnung in den Fels gekratzt. Ein langgezogener Kreis, von dem seitwärts jeweils drei Striche wegführten und ein einzelner, rüsselförmiger Fortsatz nach vorn ragte.

„Was soll denn das sein?", flüsterte Barella. Die Zeichnung machte ihr Angst.

„Keine Ahnung. Kinderkritzeleien vermutlich", wiegelte Niesputz ab. „Was ist nun, Zauberer. Runter oder hier rein?"

„Ich bin unsicher", gestand er. „Einerseits brauchen wir dringend einen Hinweis, andererseits bin ich derselben Ansicht wie Niesputz. Unten werden wir den Weg finden. Und außerdem", er wies auf den Drachenhund, der noch immer halb winselnd, halb knurrend in den Gang stierte, „möchte ich nicht da rein, wenn sogar Blut Angst hat."

„Somit ist es entschieden", sagte Barella, ließ, die Entscheidung akzeptierend, ihren Beutel auf die Erde fallen und sich gleich daneben. „Wir machen hier eine kleine Rast und dann geht es weiter abwärts." Sie begann ihre Waden zu massieren. Bandath merkte erst jetzt, wie auch ihm die Beine von dem stundenlangen Abwärtslaufen schmerzten.

Gilbath sank ebenfalls auf den Fels und rieb sich die Oberschenkel.

„Elfen sind von Natur aus keine Anstrengung gewöhnt." Der einzige, dem neben Niesputz der Weg bisher nichts ausgemacht hatte, war Rulgo. Wieder einmal nutzte er die Situation zu einer spitzen Bemerkung gegen den Elf. Bandath stand noch einen Moment unschlüssig herum. Er bemerkte, wie Rulgo ihn ansah und dann mit dem Kopf in Barellas Richtung wies.

‚*Reden*' formten seine Lippen lautlos. Gleichzeitig wippte seine Keule drohend. Der Zwergling nickte. Er nahm seinen Beutel vom Rücken, legte den Magierstab auf die Erde und setzte sich neben Barella.

„Können wir reden?"

Ohne ihn anzusehen oder mit der Massage ihrer Unterschenkel aufzuhören, nickte sie.

„Es … es war nicht so gemeint, dort oben, meine Bemerkung über das Leben retten."

Barella schwieg.

„Ich … ich hätte das so nicht sagen dürfen."

Noch immer reagierte Barella nicht. Bandath holte tief Luft.

„Also gut, entschuldige bitte."

Jetzt endlich sah sie auf und durchbohrte ihn mit ihren unendlich blauen Augen. „Sag so etwas nie wieder!"

„Ich habe dich gerettet, weil es das Einzige auf der Welt war, was ich in diesem Moment machen konnte und wollte. Du bist mir viel wichtiger als die zwanzig oder dreißig Prozent des Schatzes."

Barella lächelte. Sie legte sich zurück und verschränkte die Hände hinter dem Kopf.

„Fünfunddreißig", sagte sie und schloss die Augen.

„Hej, wir waren doch schon einmal bei vierzig!", protestierte Bandath.

„Fünf Prozent hast du da oben verspielt. Die musst du dir erst wieder verdienen."

„Das ist nicht fair", murmelte der Magier und legte sich ebenfalls hin.

„Ich weiß", nuschelte Barella schläfrig und zufrieden.

Während die beiden und der Elf einschliefen und die Wanderflamme verlosch, nahm der Troll einen weiteren Schluck des übel schmeckenden Getränkes. Blut kam zu ihnen und legte sich neben Gilbath, den Kopf wachsam in Richtung Gang gewandt.

Rulgo griff nach unten und hob etwas hoch. Er zerbröselte es zwischen den Fingern. „Das ist keine Ziegenscheiße! Hier unten kann es keine Ziegen geben."

Niesputz flog auf. „Der Gang gefällt mir nicht, Muskelmann. Ich werde mal einen kleinen Abstecher machen und nachsehen, was es dort gibt, so lange unsere Freunde hier schlafen."

Rulgo nickte und lehnte sich mit dem Rücken an die senkrechte Wand des Schachtes. Niesputz verschwand und mit ihm die grünlichen Funken, die er ab und an versprühte. Absolute Dunkelheit kehrte ein. Es war eine völlig neue Erfahrung für den Taglicht-Troll, da er eine solche Finsternis in seinem Leben bisher nicht kennengelernt hatte. Rulgo konnte nicht einmal die Hand vor Augen sehen, als er sie hob und kurz vor seinem Gesicht hin und her bewegte. Nur ein fahler, gelber Schein leuchtete ab und an auf, immer dann, wenn der Drachenhund die Augen öffnete und in seine Richtung sah. Rulgo war froh, dass Drachenhunde nicht nur Unsichtbares sehen, sondern sich auch in absoluter Dunkelheit wie am Tag orientieren konnten.

Neben der Dunkelheit war die Stille im Schacht absolut. Dem Troll fiel es erst jetzt auf, als keiner seiner Kameraden mehr redete. Ihre leisen, gleichmäßigen Atemgeräusche schienen die Stille eher noch zu betonen. Er wusste nicht, wie viele Stunden er so gesessen und sich nach seinem eigenen Schlaf gesehnt hatte. Einem Schlaf, der nicht kommen durfte, weil er sonst in dieser Dunkelheit nie wieder aufwachen würde.

Irgendwann gewahrte er einen anderen Ton zwischen den leisen Atemzügen des Elfen, den etwas kräftigeren Barellas, dem dezenten Schnarchen Bandaths und dem Hecheln des Drachenhundes. Da war etwas wie das Donnern eines Gewitters, ein langes, gleichmäßiges aber sehr fernes Donnern, gerade noch an der Grenze des Hörbaren. Wahrscheinlich hätte Rulgo es gar nicht gehört, wenn seine Ohren nicht im Laufe der letzten Stunden durch die rings umher herrschende fast absolute Ruhe sensibilisiert worden wären. Der unterirdische Donner setzte sich eine Weile fort und erstarb dann wieder. Kurz danach fühlte Rulgo ein Zittern im Fels, fein und leicht, ein Anderer hätte es wohl nicht wahrgenommen, der Elf gleich gar nicht.

„Das glühende Herz der Berge schlägt", flüsterte er tonlos. Etwas zischte den Schacht entlang, fiel von oben nach unten und durchschnitt die Luft. Noch einmal. Kristalle, vermutete er. Nach einigen Momenten vernahm er leises, weit entferntes Splittern. Sie waren am Grund aufgeschlagen.

Später grummelte es erneut. Zuerst dachte Rulgo, das Herz der Berge würde nochmals schlagen. Dann aber bekam er mit, dass Blut die Augen geöffnet hatte und in den Gang stierte. Der Ton kam aus seiner Kehle. Er knurrte. Rulgo nahm seine Keule und stand auf. Als er ein grünes Leuchten in der Ferne erkannte, setzte er sich beruhigt wieder hin. Niesputz kehrte zurück.

Das Ährchen-Knörgi landete auf seine Schulter. „Schlafen sie?"

Rulgo nickte. „Wie sieht es dort aus?"

„Keine Spuren, keine Hinweise, kein Weg für uns. Wir müssen runter."

„Und was gibt es dort, wenn es all das, was du genannt hast, nicht gibt?"

„Gefahr. Ärger. Tod höchstwahrscheinlich. Glaube mir, das ist nicht unser Weg!"

Rulgo knurrte. „Etwas genauer wäre nicht schlecht. Ich weiß gerne, womit ich es zu tun habe."

Niesputz schüttelte den Kopf. „Wenn du es siehst, weißt du es früh genug. Es ist müßig, sich über eine Gefahr den Kopf zu zerbrechen, die einem nicht droht."

„Das sehe ich anders. Wenn man weiß, was auf einen zukommt, kann man sich vorbereiten."

„Auf das, was dort lauert, kann man sich nicht vorbereiten. Oder anders ausgedrückt: wir sind vorbereitet genug."

Gilbath stöhnte genervt von seiner Schlafstätte her. „Könnt ihr beide *bitte* für eine Weile den Mund halten! Hier kann ja niemand schlafen!"

„Elfen sind von Natur aus Schlafmützen", kicherte Niesputz. „Du hast mehrere Stunden geschnarcht, Spitzohr. Kommt hoch!", rief er jetzt lauter. „Wir müssen weiter. Das Herz des Berges schlägt und wartet nicht, bis ihr euren Schönheitsschlaf gehalten habt."

Bandath und Barella knurrten müde, rappelten sich jedoch hoch, verlegen, weil ihr Kopf an seiner Schulter lag. Die Wanderflamme leuchtete wieder auf und sie suchten sich aus ihren Beuteln etwas von dem Proviant, mit dem der Bewahrer sie eingedeckt hatte, bevor der Drummel-Drache erschienen war. Nach dem kargen Frühstück brachen sie auf. Konnten sie allerdings sicher sein, dass es sich um das Frühstück handelte und nicht um ein Nachtmahl oder gar ein Mittagessen? Nur wenige Stunden in absoluter Dunkelheit hatten ausgereicht, ihr Zeitempfinden völlig durcheinanderzubringen. Während sie sich leise darüber unterhielten, stiegen sie weiter abwärts. Im Laufe ihres Abstieges fielen mehrmals Bergkristalle an ihnen vorbei. Der einzige, der die vorhergehenden Erschütterungen des Felsens wahrnahm, war Rulgo. Später im Laufe des Tages hörten sie jedoch alle, wie die Kristalle auf dem Boden des Schachtes aufschlugen. Die Geräusche wurden lauter, bis sie im Schein der Wanderflamme das Ende des abwärts führenden Pfades erkannten. Der Boden war mit Kristallsplittern und Steinen übersät. Drei Gänge führten vom Schacht weg. Auch hier fanden sie wieder Zeichnungen an den Wänden, in Augenhöhe Bandaths und Barellas. Stilisierte Bilder von Häusern mit Löchern, anstelle der Fenster in einem Gang, mehrere Zwerge im zweiten und etwas Ähnliches wie einen Brotlaib mit Dutzenden von Löchern im dritten. Der Brotlaib war, wie schon die Zeichnung in der Höhle weit über ihnen, zerkratzt und durch das gleiche Bildnis des langgezogenen Kreises ersetzt worden. Grübelnd standen sie herum und stritten sich, welchen Gang sie nehmen sollten, bis plötzlich knapp neben Gilbath ein Kristall aufschlug und in Millionen Splitter zerbarst.

„Welche Entscheidung wir auch immer treffen, wir sollten es schnell tun", drängte Niesputz. „Der Berg erwacht und mit ihm nicht nur die fallenden Steine. Glutflüssige Lava wird sich irgendwann durch die Gänge wälzen. Andere Gefahren lauern ebenfalls, versteckt noch. Glaubt mir einfach. Abwärts ist immer gut."

Bandath stimmte ihm zu und das gab den Ausschlag. Sie wählten den Gang, der ihrer Meinung nach am deutlichsten abwärts führte, der, an dessen Wand der Brotlaib mit den Löchern prangte.

„Kannst du nicht einen Finde-Zauber sprechen, wie damals, als du das Diamantschwert finden wolltest? Du hast doch das Flammenauge. Würde es dir nicht den Weg zum Erd-Drachen zeigen?" Barella lief neben Bandath, als sie ihn das fragte. Der Magier schüttelte den Kopf.

„Es würde nicht funktionieren. Einerseits ist die im Flammenauge wohnende Magie größer als alles, was ich selber bewirken könnte. Andererseits ist es schon viel zu lange vom Erd-Drachen getrennt. Es wäre nicht möglich, im Flammenauge noch Spuren des Drachen zu finden. Oft genug hatte ich es in der Hand. Wäre da noch eine Spur, auch nur eine winzige, ich hätte sie gefunden."

„Schade." Barella atmete tief durch. „Wäre ja auch zu einfach gewesen."

Lang und gerade war der Weg. In regelmäßigen Abständen führten Seitengänge nach rechts oder links und irgendwann, nach mehreren Stunden, mündete der Gang in eine riesige Höhle, deren anderes Ende so weit weg war und deren Decke sich in solch einer enormen Höhe aufschwang, dass Bandaths Wanderflamme nicht ausreichte, um die Kaverne komplett auszuleuchten. Und hier trafen sie das erste Mal auf Spuren der Dunkel-Zwerge.

Dieser gewaltige Hohlraum entpuppte sich als Stadt. Die Wände waren von kreisrunden Löchern übersät, Eingänge zu Wohnhöhlen. Alle Eingänge waren miteinander verbunden. Entweder führten breite, steinerne Absätze an der Wand entlang, oder Balkenkonstruktionen bildeten Wege, wo kein Stein war. Steile Treppen und Wendeltreppen, teils aus Holz, teils aus dem Fels geschlagen, führten zu den Balustraden vor den Wohnhöhlen hinauf. Gewagte Seilbrücken spannten sich über ihren Kopf hinweg und verbanden die Seiten der Kaverne miteinander. Sie bildeten ein auf den ersten Blick unübersehbares Spinnennetz, dem aber, sah man genauer hin, eine gewisse Symmetrie eigen war. Die ganze Stadt war leer, verlassen, tot.

„Der Brotlaib mit den Löchern", hauchte Barella. „Hier müssen einst Tausende gelebt haben!"

Gilbath schob mit dem Fuß ein paar schwarze Kügelchen zusammen, die auf dem Boden lagen. „Hier auch. Was für Tiere sind das?" Er erwartete nicht wirklich eine Antwort von seinen Gefährten.

„Wie und wo sollen wir denn *hier* einen Hinweis auf das Flammenauge oder den Erd-Drachen finden?" Rulgo klang verzweifelt.

„Wir suchen eine Bibliothek", verkündete Niesputz selbstsicher, „oder eine Ansammlung von Schriften oder Pläne …"

„… oder Wegweiser an den Wänden", unterbrach ihn Gilbath missmutig. „Das ist alles sehr unsystematisch, sozusagen die verlorene Pfeilspitze in der Riesengrasebene."

„Gut", fauchte das Ährchen-Knörgi. „Mach einen besseren Vorschlag, oberschlaues Spitzohr!"

„Die Dunkel-Zwerge waren ein einziges Mal beim Erd-Drachen. Entweder war dieses Ereignis für sie so bedeutend, dass wir problemlos überall Hinweise finden. Oder es wurde geheim gehalten. Wir könnten uns auf den Kopf stellen und würden nichts finden. Dann benötigen wir mehr Glück als jeder einzelne von uns sich vorstellen kann."

„Ein Mittelweg?", fragte Barella.

Gilbath schüttelte den Kopf. „Aus diesem Vorstoß zum Erd-Drachen ging das berühmteste Schwert unserer Zeit hervor. Da kann es keinen Mittelweg geben. Wenn wir jetzt aber anfangen wollen, alle Höhlen zu durchsuchen, dann bräuchten wir einhundert Elfen, zweihundert Trolle und viel mehr Zeit, als wir haben."

„Zehn Trolle", korrigierte Rulgo. „Aber sonst stimme ich dem Spitzohr zu, so schwer mir das auch fällt. Lasst uns an der Wand dieser Kaverne entlang gehen und in den abzweigenden Gängen nach Hinweisen suchen."

Sie fanden zuerst keine Hinweise auf das Flammenauge oder den Erd-Drachen, sie fanden tote Zwerge, mumifiziert und ausgetrocknet. Einige von ihnen mit Rüstungen, als hätten sie gegen Feinde gekämpft, andere ohne Waffen – Frauen, Männer und Kinder. Es waren nicht viele, wenn man die Ausmaße der Kaverne bedachte, vielleicht zwanzig, zusammengedrängt an einer Wand, teils sitzend, teils liegend. Auf den ersten Blick erschienen sie ohne Wunden. Kein Feind hatte sie mit mächtigen Schwerthieben getötet, niemand mit Speeren oder Pfeilen ermordet.

„Sind sie einer Krankheit zum Opfer gefallen?" Barella war ratlos. Dann fand Gilbath an einem der Toten ein Daumnagel großes, rundes Loch an der Wade. Sie untersuchten die Toten genauer und fanden an allen diese seltsamen Löcher – an den Beinen, der Hüfte, dem Bauch.

„Man stirbt nicht an einem Loch im Bein!", sagte Rulgo. Unzufrieden donnerte seine Keule auf den Fels.

„Sind sie auch nicht!" Bandath erhob sich und hielt ein kleines Tier in der Hand, mumifiziert wie die toten Zwerge. Er hatte es unter einem Krieger hervorgezogen. Der Körper ähnelte einer kleinen und untersetzten Gurke mit sechs Beinen und einem fingerdicken Rüssel unter vier langen Stielaugen am Kopfende. Blut knurrte, winselte dann und verzog sich hinter Gilbath. Der Zwergling hob das Tier an, damit alle es genau sehen konnten. Die Mumie raschelte wie trockenes Papier. „Wir brauchen uns nicht zu wundern, dass die Zwerge weg sind. Gegen diesen Feind ist selbst eine Armee machtlos. Renn-Egel."

„Was ist ein Renn-Egel?", fragte Barella. Auch Gilbath und Rulgo sahen ihn fragend an.

„Renn-Egel sind genau das, was der Name sagt: Egel, Blutsauger. Im Unterschied zu den Blutegeln, die ihr aus Bächen und Tümpeln kennt, haben diese hier sechs Beine, mit denen sie sich sehr schnell fortbewegen können und einen Rüssel, mit dem sie ihre Beute anfallen. Sitzt der Renn-Egel an seinem Opfer, so bohrt er den Rüssel tief in die Haut und klammert sich mit seinen Krallenbeinen so fest, dass man ihn nicht mehr abbekommt. Erst wenn sie satt und vollgesogen sind, dann fallen sie ab wie eine Zecke. Ein hungriger Renn-Egel kann ohne Probleme einen Zwerg töten, nur indem er ihm das Blut aussaugt. Sie leben in der Dunkelheit von Höhlen und treten in Gruppen auf. Wenn sie die Zwerge vertrieben haben, dann müssen hier sehr viele Renn-Egel gewesen sein. Und jetzt wissen wir auch, wo der Kot her kommt, den wir überall gefunden haben."

„Sie sind noch da", sagte Niesputz und alle sahen ihn erschrocken an. „Als ihr geschlafen habt, bin ich in den Gang geflogen, dort oben im Schacht. Ich traf auf ein Nest, in dem Hunderte lebten. Und ich befürchte, es wird nicht das einzige Nest sein. Denkt an die eingeritzte Strichzeichnung im Fels, unterhalb der Wegmarkierung."

Gilbath griff nach unten und nahm einem der toten Krieger den Bogen ab. Er spannte ihn, prüfte die Elastizität, nickte und bückte sich nach dem Köcher. Aus den Vorräten der anderen Zwerge füllte er ihn mit Pfeilen auf. Dann stellte er sich gerade hin, den Bogen in der einen Hand, mehrere Pfeile schussbereit in der anderen.

„Das ist der Punkt unserer Reise, wo wir wirklich keine Pause mehr machen sollten."

„Hm!" Rulgo sah sich besorgt um. „Das Elflein hat schon wieder Recht. Nicht, dass das noch zur Gewohnheit wird."

Eilends zogen die Gefährten jetzt am Rand der Kaverne entlang und musterten in den abgehenden Gängen die angebrachten Markierungen. Einige der Gänge waren verschlossen, gefüllt mit Steinen, wahrscheinlich als

Sperre für die Renn-Egel gedacht. Um andere machte Blut einen großen Bogen und winselte. Da sie jetzt wussten, wovor er Angst hatte, mieden sie diese Gänge. Oft waren an ihnen auch die bunten Wegmarkierungen zerkratzt und durch die stilisierte Zeichnung eines Renn-Egels ersetzt. Es dauerte mehrere Stunden, bis sie endlich eine Spur fanden. Mittlerweile hatten sie die Kaverne bis zur Hälfte durchquert und zwischendurch eine Rast eingelegt. Kurz danach sahen sie es. Auf einem Sockel nicht weit von drei nebeneinander liegenden Gängen, thronte eine Nachbildung des Diamantschwertes aus Bergkristall. In der Spitze blinkte ein Rubin im Licht der Wanderflamme, dessen Glanz jedoch armselig neben dem echten Flammenauge wirkte. Auf dem Sockel erkannten sie verschiedene Symbole, mehr Zeichnungen als Schrift.

„Können die nicht schreiben?" Gilbath stieß den Zwergling ungeduldig an. „Alle Völker schreiben, bis auf die Trolle. Sogar die Gnome krakeln auf Papier. Und die Zwerge haben ihre Runen. Die Dunkel-Zwerge scheinen aber lieber gemalt zu haben. Hatten sie keine Schrift?"

Bandath zuckte mit den Schultern. „Man weiß nicht viel über die Dunkel-Zwerge. Sie sind ein stilles Volk, das sich meist nur den eigenen Interessen widmet und wenig Handel mit den Oberirdischen treibt. Erstmals hörte man in unserer Gegend etwas von ihnen, als sie vor viertausend Jahren vermittelnd in den Drummel-Drachen-Kriegen auftraten. Sie sollen aus dem Norden gekommen sein, sagt man. Von einer Schrift ist uns jedoch nichts bekannt. Seit Go-Ran-Goh existiert, hat sich dort nicht ein einziger Dunkel-Zwerg-Magier ausbilden lassen."

„Das zumindest spricht *für* dieses Volk", sagte Gilbath.

„Du sagst es", stimmte der Zwergling zu. „Sie haben den Trollen und Elfen das Diamantschwert geschenkt, um ihnen zu ermöglichen, das Umstrittene Land gemeinsam zu beherrschen. Als sich daraus aber die blutigsten Kriege unserer Zeit entwickelten, zogen sie sich nach einigen vergeblichen Vermittlungsversuchen vollkommen zurück."

Gilbath und Rulgo schwiegen betreten.

„Aber das alles bringt uns hier nicht weiter." Barella war unzufrieden. „Uns läuft die Zeit davon."

Niesputz hatte sich entfernt und betrachtete die drei Höhleneingänge.

„Seht mal", rief er plötzlich. „Dieselben Symbole wie auf dem Sockel."

Sie eilten zu ihm herüber. Niesputz zeigte auf ein Symbol, dass zwei Zwerge mit Hämmern darstellte. „Hier geht es zu der Schmiede, in der sie das Schwert hergestellt haben."

„Es war ein Diamantschwert, Fliegenmann", monierte der Troll. „Diamant wird nicht geschmiedet."

„Aber der Griff, Fleischklößchen, war aus Gold, mit eingearbeiteten Edelsteinen. Du selber hattest ihn in der Hand. Es dürfte also selbst deinen knubbeligen Fingerchen nicht entgangen sein, dass man dazu einen Schmied braucht." Er zeigte auf das Symbol in der nächsten Höhle.

„Hier haben wir ein Bergwerk." Zwei Zwerge hielten Spitzhacken in den Händen und vor ihnen lag ein Haufen Steine. Das Ährchen-Knörgi wies auf den dritten Stollen. „Und das sieht mir aus wie ein Gang, durch ein Tor verschlossen."

Alle drei Symbole waren auch auf dem Sockel unter dem nachgebildeten Diamantschwert zu finden. Allerdings waren auch alle drei Symbole zerkratzt. Unter jedem einzelnen drohte die eingeritzte Zeichnung eines Renn-Egels.

In die Schmiede mussten sie nicht, das war ihnen klar. Jedoch entbrannte ein Streit, welchen der beiden anderen Wege sie wählen sollten. Niesputz wollte den Gang mit dem Tor probieren, stand aber ziemlich allein mit seiner Meinung. Bandath und Barella plädierten für das Bergwerk.

„Wenn sie auf den Erd-Drachen gestoßen sind, dann doch bei Bergwerksarbeiten. Oder denkst du, sie haben zielgerichtet einen Weg zum Erd-Drachen gesucht?"

Rulgo und Gilbath waren unentschlossen, tendierten aber am Ende eher zu der Meinung des Zwerglings und der Zwelfe. Das gab den Ausschlag. Während Niesputz auf den Unverstand der „klobig auf dem Boden herumlatschenden Zweibeiner" schimpfte, flog er der Wanderflamme voraus, die Bandath jetzt in Richtung Bergwerk schickte. In einer kleinen, seitlichen Ausbuchtung machten sie einige Stunden später erneut eine Rast, dieses Mal etwas länger. Sie schätzten, dass sich ihr zweiter unterirdischer Tag dem Ende näherte. Bandath, Barella und Gilbath schliefen. Rulgo saß mit dem Rücken an die Wand gelehnt im Dunkeln und unterhielt sich leise mit dem Ährchen-Knörgi, das auf seiner Schulter saß und nur ab und an ein wenig einnickte. Nach der Pause ging es weiter. Der Weg führte steil abwärts, immer tiefer zum Herz der Berge. Im Gang sahen sie deutliche Spuren der Arbeit der Dunkel-Zwerge. Oft führten Stollen seitwärts, kleinere und größere, doch sie blieben auf dem Hauptweg, klar zu erkennen durch die Breite und Höhe und durch die ausgefahrenen Rillen im Boden, die wohl von den Karren herrührten, mit denen die Zwerge die Produkte ihrer Arbeit Jahr um Jahr aus den Tiefen der Erde zu ihrer Stadt gebracht hatten. Etwas später fanden sie solche Karren, eher schon metallene Wagen mit vier Rädern und einem Geschirr an der Deichsel, in das ein Laufdrache gepasst hätte.

Plötzlich und unerwartet tat sich vor ihnen der Eingang zum Bergwerk auf. Sie befanden sich auf halber Höhe an der Wand einer Höhle, deren Ausmaße sie nicht übersehen konnten. Sie erschien ihnen größer als der Wohnbereich, den sie zuvor durchquert hatten. Ein diffuses Licht, dessen Quelle nicht erkennbar war, breitete sich in der Höhle aus. Über die Größe der unterirdischen Stadt, die sie vor Stunden verlassen hatten, waren sie erstaunt gewesen. Die gigantischen Ausmaße des Bergwerkes jedoch, machten sie schier sprachlos. Endlos in alle Richtungen schien sich die gewaltige, unübersehbare Höhle zu erstrecken, gerade so, als hätten die Dunkel-Zwerge das ganze Gebirge ausgehöhlt. An einigen Stellen konnten sie Steinbrüche erkennen, aus denen Felsquader gebrochen waren. An anderen Stellen bohrten sich riesige Schächte in die Wände oder den Boden, zum Teil überspannt von Holzkonstruktionen aus Baumstämmen, die winzig wirkten. Sie sahen Abraumberge, deren Ersteigen sie Stunden gekostet hätte. Sie sahen ein unübersichtliches Gewirr von Schienen, auf denen vierrädrige Wagen standen, deren kippbare Ladeflächen mit Steinen und Erzen aller Art beladen waren. Sie sahen Brücken, deren kleinste größer war, als die größten Brücken in der unterirdischen Stadt. Das war das Herz der Berge, wie die Dunkel-Zwerge es verstanden, das Herz ihrer Zivilisation.

Und sie sahen einen Renn-Egel. Er stand vor ihnen auf dem Boden und glotzte sie aus seinen vier Stielaugen an. Sein Rüssel vibrierte und erzeugte ein rasselndes Geräusch, wie es entsteht, wenn man einen kleinen Kürbis aushöhlt, trocknet, mit Samenkörnern füllt und schüttelt.

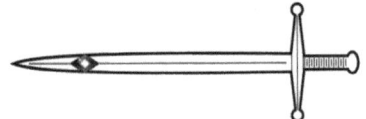

248

Drachenherz

Der Pfeil Gilbaths traf den Renn-Egel mit voller Wucht. Ein schrilles Kreischen ertönte. Die Heftigkeit des Treffers riss ihn von seinen dürren Beinen und schleuderte ihn in den Abgrund, der sich vor ihnen auftat. Gilbath trat an den Rand des Absatzes und folgte dem fallenden Körper mit den Augen. „Das wird nicht der Einzige sein. Es wird knapp für uns."

Rulgo nahm einen weiteren Schluck aus der Flasche des Bewahrers und schüttelte sie anschließend prüfend. „Davon, dass wir das ständig wiederholen, Elflein, wird es auch nicht besser. Aber ich weiß ja: Elfen lamentieren von Natur aus gern."

„Bei den ausfallenden Federn meines Leh-Muhrs", flüsterte Barella, „so etwas Ekliges habe ich noch nicht gesehen. Wenn ich mir vorstelle, dass so ein Vieh seinen Rüssel in mich bohrt, wird mir ganz schlecht."

„Wir müssen die Augen offen halten." Bandath packte seinen Magierstab fester.

Links von ihnen führte eine lange, breite Rampe auf den Boden der Höhle.

„Abwärts!", rief Niesputz, seinen kleinen Speer in den Händen. „Kommt schon!"

Bandath ließ seine Wanderflamme erlöschen, bereitete sich innerlich auf einen Feuerkugel-Spruch vor und folgte dem Ährchen-Knörgi. Der Rest der Gruppe schloss sich ihnen an, Gilbath und Barella mit schussbereiten Bögen, Rulgo schwenkte die Keule. Der Abstieg zog sich länger hin, als sie von oben eingeschätzt hatten. Je tiefer sie kamen, umso unübersichtlicher wurde das Bergwerk. Wahrscheinlich gab es ein System in dem Durcheinander von Höhlen, Schächten, Abraumhalden, Brücken und Schienen, aber es erschloss sich ihnen nicht. Sie hätten dringend einen Dunkel-Zwerg als Führer benötigt.

„Wie sollen wir hier etwas finden?", stöhnte Bandath.

„Ich habe doch gleich gesagt: Lasst uns den anderen Gang nehmen. Aber nein, auf uns kleine Personen hört ja niemand. Man übersieht uns, überhört uns und wenn wir nicht aufpassen, dann zertritt man uns auch noch aus Versehen. *‚Huch, worauf bin ich denn getreten? Ach, nur ein Ährchen-Knörgi, nichts weiter.* " Niesputz lamentierte in einem fort und hielt den anderen ständig vor, dass sie sich anders entschieden hatten als er. Bis er durch das Rasseln eines Renn-Egels unterbrochen wurde. Es war nur kurz zu hören, dann donnerte die Keule des Trolls auf den Fels und zermanschte den Angreifer.

Den Boden der riesigen Höhle erreichten sie ohne weitere Zwischenfälle.

„Und nun?" Niesputz schwebte provokativ vor ihnen in der Luft und verschränkte die Arme. „Wo lang jetzt? Rechts? Links? Hoch? Runter?"

Er hatte Recht. Oben in der Stadt der Dunkel-Zwerge hatten sie eine gewisse Übersicht über die Höhle gehabt. Hier unten auf dem Boden des Bergwerkes war das anders. Abraumhalden, Holzkonstruktionen und riesige Felsquader versperrten den Blick in die Ferne. Wege waren nicht zu erkennen und Hinweise gab es keine.

„An der Wand lang, wie oben", sagte Bandath mit mehr Überzeugung, als er eigentlich besaß. Der Magier stapfte los.

„Moment!", rief Rulgo nach wenigen Schritten plötzlich. Sie stoppten und sahen den Troll an. Rulgo stand und hielt den Kopf schief, als lausche er auf etwas. Er machte ein paar Schritte in die Richtung, aus der sie gekommen waren, hielt an, kam ein Stück zurück und blieb erneut stehen. Dann lief er zu ihnen und kehrte wiederum zum Ausgangspunkt zurück. Schließlich entfernte er sich in Richtung eines Schachtes. Es sah ganz so aus, als führe er einen Tanz nach einer Melodie auf, die nur er hören konnte. Nach einem Dutzend Schritte blieb er stehen und sah seine Gefährten an.

„Das glaubt ihr jetzt nicht", sagte er, griff in die Tasche an seinem Gürtel und holte das Flammenauge hervor. „Es zittert!"

Er hielt es mit beiden Händen und ausgestreckten Armen von sich weg. Langsam drehte er sich im Kreis.

„Es ist mir zuerst gar nicht aufgefallen, aber je weiter wir nach unten gekommen sind, desto deutlicher wurde das Zittern. Erst als wir in die von Bandath vorgeschlagene Richtung gegangen sind, wurde das Zittern wieder schwächer. Hier, fühlt selbst."

Barella nahm den rot leuchtenden Stein als Erste. Wie Rulgo hielt sie ihn mit beiden Händen weit von sich gestreckt und drehte sich im Kreis. Dann wies sie in Richtung zweier weit entfernter Abraumhalden, weg von der scheinbar Schutz gebenden Wand. „Dort müssen wir lang. Das ist die Richtung zum Erd-Drachen."

„Woher willst du wissen, dass das die richtige Richtung ist?", fragte Gilbath. „Vielleicht ist ja gerade die Richtung, in der der Stein am Ruhigsten ist, die Richtung, die wir einschlagen müssen."

„Ich sag es doch: Elfen sind von Natur aus misstrauisch", brummte Rulgo. Barella hielt ihrem Vater das Flammenauge hin. „Nun zeigt uns das Flammenauge doch noch seine Magie. Nimm es, und du wirst es wissen."

Gilbath ließ sich den Stein vorsichtig von Barella geben und vollführte dieselbe Bewegung wie sie. Dann nickte er bestätigend und reichte das Flammenauge an Bandath weiter. Es war das erste Mal, dass der Zwergling das Flammenauge ohne Diamanthülle in der Hand hielt. Wie ein mächtiger Stromstoß durchfuhr ihn die Magie des Steins. Warm lag er in seinen Händen und Bandath wusste im selben Augenblick: *das Flammenauge lebte*, auch wenn die Magier auf Go-Ran-Goh ihn als den unbelebten Teil des Drachenherzens bezeichnet hatten. Das leichte, kaum wahrnehmbare Zittern des Steins spürte er in den Handflächen. Langsam beschrieb er einen Bogen, hielt das Flammenauge dabei von sich weg, wie die Nadel eines Kompasses. Er fühlte, wie die Vibrationen stärker wurden, als er sich in die von Barella gewiesene Richtung drehte. Gleichzeitig übermittelte ihm das Flammenauge aber auch *das Wissen*, dass es sich um die richtige Richtung handelte. Dort mussten sie lang. Sie hatten ihren Wegweiser gefunden!

„Willst du auch?", fragte Bandath plötzlich und reckte das Flammenauge überraschend zu Niesputz, der schweigend und heftig atmend auf Barellas Schulter saß.

„Nein danke!" Niesputz schrie fast und hob abwehrend seine Arme hoch. Gleichzeitig erkannte Bandath auf seinem Gesicht aber den Ausdruck unzähmbarer, schmerzhafter Sehnsucht.

„Wenn du etwas weißt, das uns weiterhelfen kann, dann ist jetzt der richtige Augenblick, uns das zu sagen."

„Ich weiß nichts, Zauberer!" Niesputz wehrte unwirsch ab. „Alles, was euch helfen könnte, wisst ihr."

Barella sah den kleinen Mann an. „Wer bist du, Niesputz?"

Er schüttelte den Kopf und erhob sich surrend in die Luft. „Du würdest es nicht verstehen."

„Versuche, es mir zu erklären."

„Vergiss es!"

„Ich meinerseits", mischte sich Gilbath ein, „weiß gerne, mit wem ich zusammen bin. Bist du also kein Ährchen-Knörgi?"

Niesputz sah seine Gefährten an. „Ich bin, was ich bin. Vertraut mir einfach. Könnt ihr das?"

Rulgo ging einen Schritt auf Niesputz zu. „Wieso hat Blauschuppe sich vor dir verneigt? Bist du der Erd-Drache?"

„Ich?" Niesputz lachte hell und laut auf. „Bei deinen breiten Schultern, Fleischklops, nein, das bin ich nicht. Ich kenne den Erd-Drachen, ja. Und das hat Blauschuppe wohl gespürt, aber ich bin es nicht."

„Wenn du ihn kennst, dann weißt du einen Weg zu ihm?" Rulgos Stimme bebte vor unterdrücktem Zorn.

„Ja", bestätigte Niesputz die Vermutung des Trolls. „Einen einzigen Weg kenne ich. Ich habe ihn vor vielen Jahren zurückgelegt. Aber bevor du mich jetzt mit deinem halben Baumstamm zermatschst, Muskelpaket, wir hätten den Weg nicht wählen können."

„Warum?", fragte Barella

„Weil, liebliche Zwelfe, der Weg, den ich damals nahm, nicht mehr als eine Spalte im Gestein war, für mich selbst gerade groß genug. Und weil heute keiner von euch durch den glutflüssigen Krater des Himmelshakens hätte abwärts ins Erdinnere rutschen können."

Er sah seine Gefährten der Reihe nach an. „Apropos *können*: können wir jetzt weiter?"

Bandath seufzte und gab das Flammenauge an Rulgo zurück, der es wieder in seinem Beutel verstaute und sich an die Spitze des Trupps setzte.

Niesputz surrte voran und der Rest folgte.

„Wer ist er wirklich?", murmelte Barella leise Bandath zu. „Was denkst du?"

„Die Magier auf Go-Ran-Goh vermuteten, dass das Herz des Drachen aus einem nicht lebenden Teil, dem Flammenauge, und einem lebenden Teil besteht."

„Du meinst ...?" Barella blieb der Mund offen stehen, als sie Bandaths Vermutung begriff. „Du meinst, er ist der lebende Teil des Drachenherzens?"

Bandath nickte. „Hast du sein Gesicht gesehen, als ich ihm das Flammenauge anbot, diese Sehnsucht? Ich habe schon vor einer Weile bemerkt, dass Niesputz eine mächtige Magie innewohnt, viel gewaltiger als ich es je bei einem anderen Wesen sah. Und außerdem von einer völlig anderen Art, als wir Magier sie nutzen. Sie ist ...", er suchte nach Worten, „... ursprünglicher, natürlicher. Allerdings habe ich es erst sehr spät bemerkt. Ich glaube auch nicht, dass er Magie wirken kann, so wie wir Magier es tun. Sie ist in ihm. Ich kann es nicht besser erklären. Stutzig wurde ich, als ich mich an einer seiner Bemerkungen stieß, lange, nachdem er sie gesagt hatte: Er behauptete, er sei immun gegen Magie.

Aber es gibt keine Wesen, die wirklich immun gegen Magie sein können. Es ist nur möglich, stärker als Magie zu sein, mit stärkerer Magie nämlich. Ich weiß nicht, warum er sich auf der Oberfläche herumgetrieben hat, vielleicht aus Abenteuerlust, Langeweile oder auf der Suche nach dem Flammenauge. So wie ich ihn kennengelernt habe, traue ich ihm ohne weiteres zu, dass es ihm hier unten, im schlafenden Körper des Erd-Drachen, einfach zu eintönig geworden ist. Sieh ihn dir doch an. Kannst du dir vorstellen, dass ein Wesen wie Niesputz Jahrtausende lang in einer öden Höhle sitzt, nur um irgendwann einen Eispanzer zu erneuern? Ich denke, er war schon weg, als die Dunkel-Zwerge das Flammenauge fanden. Und bestimmt war er auch nicht zum ersten Mal oben unterwegs. Mag er regelmäßig zurückgekehrt sein, um im Körper des Erd-Drachen seine Aufgabe zu erfüllen, wenn dieser den Eispanzer erneuerte. Ich weiß es nicht. Fakt ist, dass der Vulkanausbruch ihm den Rückweg abgeschnitten hat. Vielleicht hat er sich uns mit Absicht angeschlossen, vielleicht war es anfangs auch nur Zufall. Dann, als er wusste, was wir wollten, blieb er bei uns, denn nur zusammen war es uns möglich, das Flammenauge zu holen und einen Weg zum Erd-Drachen zu finden. Und eigentlich trifft auch auf ihn die Prophezeiung zu: *das Herz, das verborgen ist, wo es jeder sieht.*"

Barella beugte sich im Laufen zu Bandath herüber und hauchte ihm einen Kuss auf die Wange. Der Magier blieb vor Schreck stehen und hielt die Hand auf die Stelle, die sie mit den Lippen berührt hatte.

„Wofür war denn das?"

„Oh", Barella lächelte. „Für die gute Erklärung – und als Vorschuss gedacht. Schließlich musst du uns hier ja auch wieder herausholen."

„Hier raus?" Bandath sah sich um. Darüber hatte er noch gar nicht nachgedacht. Seine Gedanken führten stets nur bis zu der Stelle, an dem sie dem Erd-Drachen das Herz wieder einsetzen würden. Wie auch immer das vonstatten gehen sollte.

Aber musste Barella ihn deshalb küssen? Das verkomplizierte die ganze Angelegenheit noch mehr. Er wollte schon etwas Diesbezügliches sagen, als ihm der vor ihnen laufende Rulgo und dessen Keule ins Auge fielen. Bandath dachte an die Art und Weise, wie Trolle ihre Meinungsverschiedenheiten klärten und schwieg. Er wollte keine Auseinandersetzung mit Barella provozieren. Bei den Besen Waltrudes, wenn Barella meinte, dass sie ihm einen Kuss geben müsste, dann sollte sie es halt tun. Und, um ganz ehrlich zu sich selbst zu sein, so unangenehm war es nun auch nicht gewesen, im Gegenteil.

Er lief Barella hinterher, die nicht stehen geblieben war.

Sie stiegen über quer verlaufende eiserne Schienen, schlängelten sich zwischen Steinquadern hindurch, umgingen ins Bodenlose führende Schächte, stiegen über Brücken und sahen in dunkle Abgründe, mussten Umwege um riesige Holzkonstruktionen in Kauf nehmen, sahen Maschinen, deren Zweck ihnen verborgen blieb und: Sie töteten sechs oder sieben Renn-Egel. Irgendwann fanden sie eine kleine Unterkunft, aus Balken gezimmert. Zu klein für den Troll, die anderen setzten sich hinein, aßen und tranken etwas und ruhten sich aus. Unmerklich schlief einer nach dem anderen ein, während Niesputz dem Troll Gesellschaft leistete. Als sie nach einigen Stunden von Rulgo geweckt wurden, fühlten sie sich zerschlagen und müde, kaum erholt.

„Seht, was wir gefunden haben", sagte Rulgo, als sie die Hütte verließen. Er wies auf einen Haufen weißlich leuchtender Kristalle. Mehrere von ihnen waren an filigranen Ketten befestigt. Bandath griff zu, musterte eine solche Kette und hängte sie sich um den Hals.

„Lampen", erklärte er. Barella und Gilbath folgten seinem Beispiel. Rulgo musste sich aus drei Ketten eine basteln, da er eine einzelne dieser Kristallketten nicht über seinen Kopf bekam. Jetzt brauchte Bandath ihnen, selbst wenn sie das Bergwerk verließen, wenigstens nicht mehr mit der Wanderflamme leuchten. Der Magier war froh darüber, wurde doch so keinerlei magische Kraft von ihm gebunden und er stand bei einem eventuellen Angriff der Renn-Egel voll zur Verfügung.

„Was ist denn das?", rief Barella plötzlich. Bandath sah, wie sie entsetzt auf mehrere blutige Flecke wies, die sich rund um die Hütte auf dem Boden ausbreiteten.

„Ach das hier?" Rulgo tat es mit einer Handbewegung ab. „Da waren ein paar Renn-Egel zu aufdringlich."

„Er ist verletzt", bemerkte Niesputz. Beide hatten Wache gehalten und den Angriff abgewehrt. Rulgo blutete aus einer Wunde am Bein. Barella und Bandath kümmerten sich sofort um die Verletzung, ein Loch im Oberschenkel, die Spur eines Renn-Egels.

„Während er mehrere der Egel erschlug", erklärte Niesputz, weil der Troll schwieg, „und ich gegen andere kämpfte, sprang einer von ihnen hoch und bohrte seinen Rüssel in Rulgos Bein. Rulgo riss ihn einfach ab und schlug mit der Keule weiter auf die anderen Renn-Egel ein. Erst als wir alle besiegt hatten, konnten wir uns die Wunde ansehen. Der Rüssel steckte noch im Bein und drei der sechs Beine hingen in seiner Haut. Wir entfernten alles, sahen uns nach weiteren Egeln um, entdeckten dabei die leuchtenden Steine und weckten euch dann."

„Verfluchte Troll-Sturheit!", schimpfte der Elf. „Warum habt ihr uns nicht während des Angriffes geweckt?"

„Wozu?", fragte Rulgo. „Wir hatten alles im Griff. Elfen stehen bei einem Kampf von Natur aus sowieso nur im Wege rum!"

„Ja", ächzte Gilbath. „Und Trolle werden bei Kämpfen von Natur aus verletzt!" Wütend sprang er auf, stapfte davon und murmelte etwas von „Gegend inspizieren" und „nach Renn-Egeln Ausschau halten".

Barella und Bandath verbanden Rulgos Verletzung, wobei Barella eine dunkelbraune Salbe auf die Wunde strich, die, nach Kommentaren des Trolls, aussah und roch wie Hundekot.

„Wer weiß?" Barella grinste. Als Gilbath ergebnislos zurückkam, brachen sie auf. Langsam näherten sie sich einer aufragenden Felswand, die zu einem kleinen Hügel inmitten der riesigen Kaverne gehörte. Vor dem Hügel verlief ein gewaltiger Spalt im Boden, ein tiefer, dunkler Abgrund, senkrecht abfallend, voller spitzer und scharfer Felsen, der sich in einem ausladenden Bogen hinzog, soweit das Auge reichte. Das Flammenherz führte sie direkt auf den Hügel zu. Weit über ihnen schwangen sich Brücken scheinbar schwerelos über den Spalt, leider momentan unerreichbar für sie.

Niesputz schwirrte in die Luft, bis er kaum noch zu erkennen war. Als er zurückkam, brachte er Kunde von einer Brücke über den Abgrund mit. „Vielleicht zwei Stunden in diese Richtung." Er wies mit der Hand rechts am Abgrund vor ihnen vorbei.

„Da wir ja nicht hinüber fliegen können, weil es einige unter uns gibt, die meinen, dass Levions-Zauberei unwichtig sei, werdet ihr wohl laufen müssen." Er blickte Bandath vorwurfsvoll an. Der jedoch hatte den Kopf schief gehalten und lauschte.

„He, Zauberer. Ich sagte …" Er brach ab, weil Bandath Ruhe gebietend die rechte Hand nach oben schnellen ließ.

„Hört ihr das auch? Was ist das für ein Geräusch?"

Sie schwiegen, hoben die Köpfe, lauschten. Weit entfernt war ein leises Summen zu hören, wie von einem riesigen Bienenschwarm, sehr leise noch, doch es schien, als ob es allmählich näher käme.

„Rennt!", flüsterte Niesputz plötzlich. „RENNT!!", schrie er dann und surrte erneut nach oben. Bandath, Barella, Rulgo und Gilbath begriffen in derselben Sekunde: Renn-Egel. Dem Geräusch nach mussten es Tausende sein. Ohne ein Wort drehten sie sich in Richtung Brücke und begannen zu rennen. Bandath wusste, eine Feuerwalze würde hier nicht reichen. Sie mussten die Brücke erreichen und hinter sich zerstören. Die Gefährten rannten zwischen Felsen hindurch, sprinteten über freie Flächen und hasteten um Hindernisse herum. Kurz entschlossen packte Rulgo plötzlich Barella und Bandath, klemmte die Protestierenden unter seine Arme und hastete mit langen Schritten neben dem Elf her. Der nickte zustimmend und erhöhte das Tempo. Trolle sind sehr ausdauernd, aber Elfen können auf kurzen Strecken bedeutend schneller rennen. Gilbath setzte sich vor den

Troll und erkundete leichtfüßig den Weg, lenkte ihn um Hindernisse und suchte die kürzeste Strecke zur Brücke. Kurz darauf erschien Niesputz wieder.

„Es sind viele. *Sehr* viele!", betonte er. „Und sie sind schnell! Wir müssen vor ihnen die Brücke erreichen und sie hinter uns zerstören, dann haben wir eine Chance."

Sie brauchten nur eine knappe Stunde, bis sie den Übergang erreicht hatten. Das Rasseln von Tausenden Renn-Egel-Rüsseln war deutlich lauter geworden. Rulgo ließ Barella und Bandath fallen. Er keuchte, der Elf ebenfalls.

„Schnell!", rief Niesputz. „Über die Brücke!" Barella und Bandath hasteten über die Brücke, der Elf und der Troll folgten. Kaum auf der anderen Seite angekommen, ließ Bandath seinen Schultersack fallen, nahm den Magierstab in beide Hände waagerecht vor sich und drehte sich zur Brücke um. „Geht zurück, ich werde eine gewaltige Feuerwalze auf sie schleudern!"

„Kannst du uns nicht schützen dabei?", fragte Gilbath.

„Schutz? Ich kann niemanden vor einer Feuerwalze schützen."

„Du hast doch im Tunnel unter dem Ewigen Strom gesagt, dass ..."

„Ach das? Ja, das war gelogen."

„Das ist nicht unbedingt ein guter Zeitpunkt, uns das mitzuteilen", knurrte der Elf.

„Außerdem werde ich Hilfe brauchen." Bandath sah seine Freunde über die Schulter hinweg an. „Der Gebrauch von Magie erschöpft. Ich werde meine ganze magische Kraft in die Feuerwalze legen. Ihr müsst mir helfen, hinterher."

Barella nickte.

„Oh-Oh! Ein Zauberer, der nicht mehr zaubern kann. Und eine Milliarde hungriger Renn-Egel auf der Suche nach einem Frühstück. Da wird von euch nicht mehr viel übrig bleiben", lamentierte Niesputz. Bandath hörte nicht hin und begann mit der Beschwörung der Feuerwalze. Funken knisterten an den Enden des Magierstabes, wuchsen zu kleinen Flämmchen. Sie züngelten an dem knorrigen Stab entlang und entwickelten sich zu größeren, kräftigen Flammen. Gleichzeitig wurde das Rasseln der Renn-Egel-Rüssel lauter, ohrenbetäubend laut, und zwischen den Felsen tauchten die ersten Tiere auf. Dann plötzlich, als sei eine Schleuse geöffnet worden, ergoss sich ein schwarzer Strom von Tausenden Egeln über das Land jenseits der Spalte und bedeckte jedes freie Stückchen Boden. Sie überschwemmten die Felsen und schwappten gegen den Abgrund. Dutzende wurden von den Nachfolgenden über den Rand gedrängt und fielen kreischend in die Tiefe, bevor der Strom zum Halten kam.

„Bandath!", drängte Barella.

Der Magier rührte sich nicht. Er hatte die Augen geschlossen. Hochkonzentriert hielt er seinen Stab vor sich. Gilbath und Barella nahmen ihre Bögen, und legten die ersten Pfeile auf.

„Noch nicht", murmelte der Troll.

Die ersten Egel wagten sich auf die Brücke vor, tasteten sich voran, erkundeten das Terrain.

„Bandath!" Barella trat unwillkürlich ein paar Schritte zurück. Gilbath hob den Bogen.

„Immer noch nicht", knurrte Rulgo und nahm seine Keule in beide Hände. Als hätten sie ein Signal erhalten, hatte die riesige Masse der Renn-Egel angehalten, verharrte unschlüssig vor dem Abgrund und der Holzbrücke. Der Ton, der das Vordringen der Renn-Egel begleitete, hervorgerufen durch das ununterbrochene Zittern der Rüssel, sank kurzzeitig zu einem leisen Geräusch herab, bis die Kundschafter auf der Brücke mehr als die Hälfte hinter sich gebracht hatten. Sie blieben stehen, drehten sich zu ihren Artgenossen um und ließen ihre Rüssel zittern. Das Rascheln ertönte wieder und gleich einem Strom ergossen sich plötzlich die Renn-Egel auf die lange Brücke, kletterten am Geländer entlang, an den Seilen und färbten die ganze Konstruktion schwarz.

„BANDATH!", schrie Barella.

„Jetzt!", rief Rulgo. Gilbath feuerte schnell hintereinander drei Pfeile ab und tötete die Renn-Egel, die sich am weitesten vorgewagt hatten. Etwas wie eine Welle ging durch die Masse der Egel, aber ihre Geschwindigkeit verringerte sich nicht.

Bandath stöhnte auf, zog den scheinbar brennenden Magierstab nach hinten und riss ihn anschließend ruckartig nach vorn. Wie von einem Katapult abgefeuert lösten sich die Flammen von dem knorrigen Holz und rasten auf die Brücke zu. Dabei wurden sie größer, verdichteten sich zu einer Wand aus brüllendem Feuer, die über die Brückenkonstruktion hinwegfegte und das Land auf der anderen Seite des Spaltes mit Hitze und Tod überzog. Das Kreischen der brennenden Renn-Egel war infernalisch. Bandath sackte auf die Knie, keuchte und erhob sich mühsam, stützte sich dabei auf seinen Stab. Barella eilte hinzu und fasste ihn unter dem Arm.

Tausende von Renn-Egeln brannten. Einige schrien noch, doch das Geräusch erstarb beizeiten. Schwarzer, stinkender Qualm zog durch das Bergwerk und vermischte sich mit dem Rauch der brennenden Brücke. Ein großer Teil der Renn-Egel jedoch hatte überlebt. Hinter den Felsen auf der anderen Seite ertönte bereits wieder das charakteristische Rascheln ihrer Rüssel.

„Weiter!", rief Niesputz und surrte in Richtung Felswand. Der Zwergling folgte, gestützt von Barella. Gilbath lief leichtfüßig neben ihnen her, begleitet vom Drachenhund. Als dieser winselte und sich umdrehte, sah der Elf, dass Rulgo noch immer in der Nähe der brennenden Brücke stand und auf die andere Seite stierte.

„Troll! Nun komm!" Die Gefährten wurden ebenfalls aufmerksam und blieben stehen.

„Was ist denn jetzt wieder, Rulgo?", rief Gilbath.

Der Troll sah auf die Brücke, blickte zu seinen Kameraden, sah wieder auf die Brücke und zur anderen Seite, wo das Rasseln der überlebenden Renn-Egel ständig lauter wurde. Er griff in den kleinen Beutel an seinem Gürtel, holte das Flammenauge hervor und warf es Bandath zu. Überrascht fing dieser.

„Was …?"

„Du weißt, was zu tun ist", sagte Rulgo. „Geht!" Er nahm die Keule in beide Hände und ging zur brennenden Brücke. Auf der anderen Seite des Abgrundes tauchten die ersten Renn-Egel auf. Einige krallten sich an den Rand der Schlucht. Weitere kamen hinzu und klammerten sich an ihre Artgenossen. Die nächsten, die sich anhefteten, schwebten bereits über dem Abgrund. Die Nachfolgenden kletterten über die fest ineinander verhakten Leiber und setzten sich ebenfalls fest.

„Verdammt, sie bilden eine Brücke aus ihren Leibern", fluchte Barella. „Bandath, kannst du noch einmal …?"

Der schüttelte jedoch erschöpft den Kopf. „Ich brauche Zeit."

Andere Renn-Egel versuchten, dem Feuer ausweichend, ihre Beute über die Brücke zu verfolgen. Die meisten verbrannten kreischend, aber zwei schafften es und rannten auf den Troll zu.

„Rulgo, was soll das? Komm jetzt!", schrie Niesputz.

Der Troll hob die Keule. „Geht endlich!"

Bevor er jedoch zuschlagen konnte, wurden beide Egel von Gilbaths Pfeilen getroffen.

„Trolle sind von Natur aus stur! Das schafft der nie allein." Er sah Barella an, dann Bandath, wortlos. Der Zwergling nickte, nahm Barella an die Hand und eilte, dem Vibrieren des Flammenauges folgend, in Richtung Felswand. Barella ließ sich ziehen, verstand nicht und blickte Gilbath hinterher. Dann sträubte sie sich. Inzwischen war Gilbath zu dem Troll gerannt und stellte sich neben ihn. Blut eilte zu den beiden und blieb zwischen ihnen stehen. Der erste Elfenpfeil traf zwei Renn-Egel, die sich gerade an die Spitze der natürlichen Brücke gesetzt hatten. Aufkreischend fielen sie in die Dunkelheit des Abgrundes. Der Elf sagte etwas zu dem Troll, der nickte, berührte Gilbath kurz an der Schulter und begann mit der Keule auf die brennenden Pflöcke einzuschlagen, die die Brücke noch immer hielten.

„Bandath", flüsterte Barella tonlos und blieb stehen. „Was tun sie?"

„Sie decken uns den Rückzug. Komm!" Er zog an der Hand der widerstrebenden Zwelfe.

„Aber ... aber das können sie nicht. Wir dürfen sie nicht allein lassen!" Sie drehte sich um. „Rulgo! Gilbath!", rief sie, dann: „Vater!"

Der Elf sah kurz zu ihnen. „Geht endlich! Wir schaffen das schon."

„Wir treffen uns oben!", ergänzte Rulgo und schlug weiter auf die nachgebenden Pflöcke ein. Die Brücke erzitterte und erste, brennende Balken fielen in den Abgrund. Noch immer versuchten Renn-Egel über die wackelige und brennende Konstruktion ihre Seite der Schlucht zu erreichen. Rulgo schlug einen Renn-Egel von der Brücke. Ein letzter Hieb und die Holzkonstruktion brach zusammen, verschwand im Spalt und riss ein gutes Dutzend ihrer Verfolger mit sich.

„Weiter, Zwelfe!", rief Niesputz drängend. Der Boden unter ihnen zitterte. Irgendwo in der gigantischen Höhle lösten sich Felsen und fielen krachend auf den Boden. „Die Zeit drängt."

Barella schrie auf. „Nein! Wir dürfen sie nicht allein lassen!"

Bandath packte sie am Aufschlag ihres Hemdes und zog sie ganz nah zu sich heran. „Hör mir zu!" Er schüttelte sie, als er sah, dass sich Panik in ihrem Blick breit zu machen drohte. „Barella, hör mir zu!" Sie sah ihn mit großen, schreckgeweiteten Augen an, flüsterte: „Das dürfen wir nicht!"

„Sie wissen, was sie tun, Barella." Bandaths Gesicht befand sich jetzt ganz nah an ihrem. Er nahm ihren feinen Minzegeruch wahr. „Sie opfern sich nicht. Dazu streiten sie sich viel zu gerne. Meinst du, einer von beiden würde zulassen, dass der andere sich für uns opfert? Sie sind viel zu stur dafür, alle beide. Garantiert finden sie einen Weg, entweder zu uns oder hier raus. Sie werden die Egel aufhalten, so lange sie können und sich dann zurückziehen."

Barella nickte, sie war blass geworden und wirkte wie betäubt. Willenlos ließ sie sich von Bandath ziehen, der zielstrebig zu einer Anhäufung kleinerer Felsen lief, die sich am Fuße der senkrechten Felswand befand.

Niesputz war vorausgeflogen und kam zurück. „Hinter den Felsen ist der Eingang zu einem steil nach unten führenden Gang. An der Wand ist wieder das Symbol der verschlossenen Tür, das wir auch oben in der Stadt schon gesehen haben. Hätten wir den Weg gleich genommen …"

„Wäre der Mantikor nicht aufs Eis gegangen, so wär' er auch nicht eingebrochen!", unterbrach ihn Bandath mürrisch. Er hatte keine Lust auf eine Ich-hab-es-doch-gleich-gesagt-Diskussion. „Ist das unser Weg?"

„Es gibt keine andere Möglichkeit weiterzukommen. Wenn dich das Flammenauge dort hinleitet, dann muss das unser Weg sein."

Sie drangen in den Gang vor, nachdem Bandath vor dem Eingang noch einmal die Vibrationen des Flammenauges überprüft hatte. Im Gegensatz zu allen anderen Gängen der Dunkel-Zwerge, besaß dieser keine glatt behauenen Wände. Es war deutlich zu erkennen, dass die unterirdischen Baumeister hier nur zweckgebunden gearbeitet hatten. Bandath und Barella passten gerade so nebeneinander hinein. Hatte Rulgo in allen Gängen bisher problemlos laufen können, so hätte hier schon Gilbath Probleme gehabt, aufrecht zu gehen. Viel erheblicher wären die des noch größeren Trolls gewesen. Spitzzackige Felsen ragten von oben und den Seiten in den Gang. Nur der Boden war geglättet und leicht zu begehen. Bald schon führte der Weg in einem großen, nicht enden wollenden Bogen abwärts.

Teilweise mussten sie Treppen hinabsteigen, wurden mit Brücken über abgrundtiefe Spalten geleitet. An einem dieser Abgründe rasteten sie. Barella war erschöpft, der Magier auch. Auf der anderen Seite der kleinen Holzbrücke mündete ein weiterer Gang zu ihnen. Das Symbol wies auf die Stadt hin, die sie am Tag zuvor – oder war es schon zwei oder drei Tage her? – verlassen hatten.

„Das könnte der Gang sein, den ich nehmen wollte. Wir hätten uns einen riesigen Umweg erspart." Niesputz konnte es nicht sein lassen und musste erneut darauf hinweisen, dass er wohl Recht gehabt hatte. Allerdings blieben sowohl Bandath als auch Barella ihm eine Antwort schuldig. Der Magier lehnte sich mit dem Rücken an einen Pfosten der Brücke und atmete tief durch. Barella stierte blicklos an die Decke.

„Wir hätten sie nicht zurücklassen sollen", flüsterte sie wieder.

„Jetzt hör mal zu!" Niesputz fluchte, surrte zu der Zwelfe und setzte sich auf ihr Knie. „Wir haben niemanden *zurückgelassen*. Die beiden Sturköpfe sind *freiwillig* zurückgeblieben, von sich aus. Klar? Es war ihre Entscheidung, das zu tun. Und glaub mir: Wer sind wir, dass wir die Entscheidungen von Trollen und Elfen anzweifeln dürfen? Rulgo blieb, um uns den Abzug zu sichern. Allein würde er wahrscheinlich keinen Ausweg aus diesem Höhlensystem finden. Deshalb half ihm Gilbath, er …" Niesputz stutzte und lauschte seiner letzten Bemerkung hinterher. Dann drehte er sich zu Bandath um: „Wie geht doch gleich diese Prophezeiung?"

Bandath hatte vor sich ins Leere gestiert und sah auf, verständnislos zuerst. Dann drangen die Worte des Ährchen-Knörgis in sein Bewusstsein. Bevor er jedoch antworten konnte, flüsterte Barella:

„Nur wenn der Nicht-Zwerg das Herz findet,
das verborgen ist, wo es jeder sieht,
und die Nicht-Elfe den Weg entdeckt,
von dem niemand weiß
und den jeder kennt,
wenn die Todfeinde sich helfen,
kann der Drache erwachen und das Feuer erlöschen."

„Wenn die Todfeinde sich helfen!" Niesputz schlug vor Freude einen funkensprühenden Bogen und jauchzte. „Wenn die Todfeinde sich helfen! Ja! Es ist erfüllt! Begreift ihr beiden kurzbeinigen Gesellen, was das bedeutet? Alle Punkte der Prophezeiung sind erfüllt. Das Herz wird wieder vereint und kann schlagen. Der Erd-Drache wird erwachen!"

„Kann!", unterbrach Barella den Freudentaumel des Ährchen-Knörgis. Niesputz Funkenkreise in der Luft erstarben. „Was?"

Bandath erhob sich. „Es heißt: ‚*kann* der Drache erwachen', nicht ‚*wird* der Drache erwachen'. Wir können also noch immer scheitern, bevor du wieder dort hinkommst, wo du hingehörst."

Niesputz begann zu schimpfen. „Was heißt hier scheitern? Ich will so etwas nicht hören. Jetzt sind wir so weit gekommen, haben Spitzohren und Muskelprotze auf unsere Seite gezogen, einen Krieg beendet bevor er anfing, uns gegen zwei durchgeknallte Möchtegern-Magier durchgesetzt, sind auf einem Drummel-Drachen geflogen und haben gegen Milliarden Renn-Egel gekämpft. Da redet man nicht von Scheitern. Ich will ein wenig mehr Opinismus von euch!"

„Optimismus", korrigierte Barella und lächelte das erste Mal seit Stunden verhalten.

„Das ist mir völlig egal, wie das Wort ausgesprochen wird. Ich will hier ein bisschen Vertrauen in uns sehen, Hoffnung, Zuversicht, Enthiasmus!"

„Enthusiasmus."

„Wie auch immer. Und was heißt überhaupt: ‚… bevor du wieder dort hinkommst, wo du hingehörst', Zauberer?"

„Magier", korrigierte Bandath das Ährchen-Knörgi. „Nun, ich dachte, du gehörst zum Erd-Drachen, bist sozusagen die andere Hälfte des Herzens."

„Ich? Oh Mann, du hast ja keine Ahnung. Das ist alles bedeutend komplizierter." Er surrte durch die Luft. „Los, weiter geht's!"

Bandath reichte Barella die Hand, sie griff zu und er zog sie hoch.

„Danke."

Sie überquerten die Brücke. Barella blieb kurz stehen und sah zurück. Bandath legte ihr die Hand auf die Schulter. „Sie schaffen es!"

Barella schüttelte den Kopf. „Das meine ich nicht. Ich habe überlegt, ob wir die Brücke zerstören sollten, um die Renn-Egel aufzuhalten, wenn sie in den Gang eindringen."

Jetzt schüttelte Bandath den Kopf. „Das würde eher Rulgo und Gilbath aufhalten, auch wenn ich nicht glaube, dass sie durch solch einen niedrigen Gang kommen werden. Die Renn-Egel bilden selber Brücken, du hast es gesehen."

Nachdenklich nickte die Zwelfe. „Ich glaube, du hast Recht." Sie sah ihn an. „Sie werden es schaffen."

Der Gang wurde im Laufe ihres Vordringens immer unwirtlicher und enger. Schließlich konnten sie nur noch hintereinander gehen und mussten zeitweise sogar die Köpfe einziehen. Sie krochen durch Passagen, die besonders eng gehalten waren, überwanden weitere Schluchten, überquerten einen See auf einem wackeligen Knüppeldamm und standen hinter einer engen Kurve unerwartet vor einem Tor, das ihrem weiteren Vorankommen ein Ende setzte.

„Was ist denn das?", schrie Niesputz. Verstummte aber sofort, als die Erde wie zur Antwort auf sein Geschrei bebte. Staub rieselte von oben herab und irgendwo weit entfernt polterte es. Der Fels über ihnen knirschte bedrohlich. Das erste Mal seit sie unter der Erde waren, stellte sich Bandath das ganze Gebirge vor, das sich über ihnen befand. Wenn ihr Gang hier zusammenbrach, dann würden die da draußen es wahrscheinlich nicht einmal bemerken.

Erschöpft setzte er sich auf den Boden und betrachtete das Tor im Schein der Kristalle an ihren Ketten. Es war alte, solide Zwergenarbeit, kein Tor, das man nutzt um sein Gehöft zu verschließen, damit der Wachhund nicht geklaut wird. Es war ein steinernes Tor, aus einem einzigen Granitfels geschnitten und einzig und allein dazu gedacht, den Gang zu versperren und Unbefugte aufzuhalten. Und diese Unbefugten waren sie. Er sah kein Schlüsselloch, keinen Riegel, keinen Hebel. Das gleichmäßige Grau des Felsentores mit einem stilisierten Relief des Diamantschwertes war einfach da, quer über dem Weg, den sie gehen mussten. Niesputz surrte verzweifelt vor dem Tor auf und ab und murmelte unverständliche Flüche. Er schimpfte halblaut, als befürchtete er, ein neues Beben auszulösen.

Ab und zu kam eine Aufforderung von ihm an den Zwergling, doch nun endlich dieses blöde Tor hier wegzuzaubern.

Bandath hatte sich vom Gebrauch der Magie der Feuerwalze so weit wieder erholt, dass er auf seine magischen Kräfte zurückgreifen konnte. Mit einem kleinen Schutzzauber tastete er das Tor und den umgebenden Fels ab. Ja, da war Magie vorhanden, irgendwo dort im Fels.

Er erhob sich und berührte den Stein. Erst an einer Stelle, dann an einigen anderen, sachte, nur mit den Fingerspitzen. Genau wie ein Heilkundiger es tun würde, wenn er wissen wollte, wo der Schmerz im Körper sitzt. Es schien keine magischen Fallen zu geben. Bandath legte jetzt die Hände fest auf den Fels, ließ seine Kraft in den Stein sickern und forschte. Nein, da waren keine Fallen. Das Tor hatte eine mechanische Verriegelung, das stand fest. Sie war magisch verstärkt. Das heißt, er brauchte zwei Dinge: Erstens den Hebel oder den Schlüssel, der das Tor öffnen würde, und zweitens die richtige Art der Magie, um die im Stein liegende Mechanik auch zu finden. Lange musste er suchen und mehrmals das ungeduldige Ährchen-Knörgi abwehren, bis er endlich einen Ansatzpunkt fand. Links an der Wand, gleich neben dem Tor, erspürte er einen Hohlraum. Vorsichtig klopfte er mit seinem Magierstab dagegen, dann mit dem Knauf des Messers. Ja, es klang hohl.

„Hast du was gefunden?" Niesputz saß ihm auf der Schulter. Fern im Berg grummelte es leise wie im Magen eines Drummel-Drachen. Der Zwergling nickte wortlos, trat einen Schritt zurück, richtete die Spitze seines Magierstabes auf die Stelle und schirmte seine Augen mit der freien Hand ab.

„Seht weg!", sagte er. Niesputz verschwand von seiner Schulter und versteckte sich hinter Barella. Die auf dem Boden sitzende Zwelfe legte ihren Kopf in die Armbeuge und schloss die Augen. Bandath stieß einen kehligen Laut aus und drückte den Magierstab kraftvoll gegen den Fels. Die Spitze des Holzes begann zu glühen, es zischte. Funken stoben auf und plötzlich bröckelte mit einem leisen Knall der Stein vor einer kleinen Öffnung weg. Bandath nahm den Stab runter und betrachtete das Loch.

„Was ist das?", fragte Barella. Sie trat hinter ihn. Niesputz saß bereits wieder auf seiner Schulter. Interessiert musterten sie die steinernen Zahnräder, die im Loch zum Vorschein gekommen waren.

Kleine, eingeritzte Markierungen wiesen auf ein bestimmtes System hin. Vorsichtig griff Bandath hinein und versuchte, eines der Zahnräder zu drehen. Es knackte, aber nichts bewegte sich.

„Hm", grübelte der Magier.

„Was?", fragten Niesputz und Barella zugleich.

„Dreimal getrockneter Zwergenmist!", fauchte Bandath plötzlich. „Jetzt lasst mich doch mal in Ruhe nachdenken!"

Erschrocken fuhren die beiden zurück.

„Ist ja schon gut, großer Meister", knurrte Niesputz verärgert.

Barella winkte beschwichtigend mit der Hand. „Lass ihn."

Bandath kramte in seinem Schultersack und förderte eine Lupe zu Tage. Nicht das magische Glas zum Verkleinern oder Vergrößern von Gegenständen, sondern eine ganz normale Lupe. Eingehend betrachtete er die Konstruktion im Inneren des Hohlraumes. Dann lehnte er sich zurück.

„Wir brauchen einen Schlüssel", sagte er zu Barella und Niesputz. „Eines der Zahnräder hat in der Achse ein Loch. Da drin kann man kleine Zapfen erkennen, die von einem Schlüssel in eine bestimmte Stellung gedrückt werden müssen. Ich vermute, dass man dann das Rad drehen und die Tür öffnen kann."

„Zeig her!" Niesputz flog in den Hohlraum. „Tatsächlich, die Zapfen bewegen sich."

Bandath und Barella sahen nach. Das Ährchen-Knörgi saß vor dem Zahnrad und hatte seinen rechten Arm bis zum Ellenbogen in dem Loch verschwinden lassen.

„Ich kann die Zapfen drücken", verkündete er stolz. „Ganz ohne Zauberei." Er konzentrierte sich. Aus dem Rad erklang das Klicken von winzigen, sich bewegenden Zylindern. Plötzlich knackte es lauter und Niesputz zog triumphierend seinen Arm zurück.

„Jetzt dreh mal, Zauberer."

Bandath grummelte „Magier" und fasste das Rad an. Tatsächlich ließ es sich jetzt leicht drehen. Die Zähne griffen und die anderen Räder wurden mitgedreht, aber die Tür bewegte sich nicht. In welche Richtung der Zwergling auch drehte, das Tor blieb verschlossen. Er überprüfte es noch einmal mit seiner Magie. Nein, von der Seite schien alles in Ordnung. Das hier war der Öffnungsmechanismus. Warum bewegte sich das Tor nicht?

„Sieh mal." Barella wies auf drei Zahnräder im Hintergrund. „Diese hier haben andere Markierungen als die vorderen."

Die drei Gefährten musterten die Symbole.

„Waffen", murmelte Niesputz schließlich. „Das sind Beile, Schilder, Helme und Schwerter zu sehen."

„Nicht irgendwelche Schwerter", korrigierte Barella. „Das ist das Diamantschwert. Seht ihr? Zweimal auf dem mittleren Rad und jeweils einmal auf den beiden äußeren."

Bandath probierte noch ein wenig mit dem Rad herum. „Wenn ich das große Rad nach rechts drehe, dreht sich von den drei Rädern hinten immer nur das mittlere. Drehe ich aber nach links, dann drehen sich die beiden äußeren, das rechte dabei langsamer als das linke." Er holte tief Luft. „Lasst mich mal probieren. Ich versuche die Zahnräder so zu stellen, dass alle vier Schwertsymbole in einer Reihe stehen." Er brauchte lange, bis es ihm gelang. Mehrmals bekam er es nur hin, dass jeweils zwei Räder die Schwertsymbole in einer Reihe hatten. Er fluchte, begann zu schwitzen. Barella und Niesputz hielten sich mit Kommentaren zurück, beobachteten nur. Dann aber stieß er endlich einen erleichterten Seufzer aus, sagte: „Die Erbauer waren richtig ausgekocht", und bewegte das große Rad ein letztes Mal eine halbe Drehung. Die vier Diamantschwertzeichnungen auf den drei Zahnrädern bildeten eine Linie. Ein leises Knacken war zu hören, dann das Geräusch von rieselndem Sand. Es knirschte und die steinerne Tür begann sich zu bewegen. Langsam und gleichmäßig glitt sie auf nicht sichtbaren Rollen zur Seite weg. Als sich der Spalt vergrößerte, drang heiße Luft in ihren Gang vor, trocken, *sehr heiß* und nach Schwefel stinkend. Niesputz, der vor der Tür nervös auf und ab geflogen war, prallte zurück, Barella stöhnte auf und Bandath hielt sich die Nase zu.

„Was ist denn das?"

„Der Vulkan", sagte Niesputz. „Kommt weiter!"

Zögernd überschritten sie die Türschwelle. Niesputz surrte vorweg. Sein ständiges „Kommt schon" hallte durch den Gang. Gelbgrüne Nebelschwaden krochen über den Boden. Weit vor ihnen, in der Tiefe des steil nach unten führenden Ganges, rumpelte es, als würden Riesen gewaltige Steinkugeln durch die Gänge rollen. Der Boden zitterte ganz leicht und ab und zu rieselte ein wenig Staub oder kleine Steinchen von der tief hängenden Decke des Ganges auf sie herab. Der Weg wurde uneben. Man sah, dass die Dunkel-Zwerge hier ihre Bergwerkskunst mit bedeutend weniger Sorgfalt ausgeführt hatten, als in allen anderen von ihnen bereits gesehenen Gängen und Hallen. Bandath verlor jetzt endgültig jedes Zeitgefühl. Sie stolperten mehr, als dass sie liefen. Ihm kam es vor, als würde die Hitze mit jedem Schritt zunehmen. Er trank viel und wurde irgendwann von Barella am Trinken gehindert.

„Nicht alles. Wir wissen nicht, wann wir wieder Wasser bekommen."

Er nickte, stierte dabei jedoch auf die Flasche. Dann sah er Barella an. Ihre Lippen waren aufgesprungen und die Augen lagen tief ihren Höhlen, von dunklen Ringen umgeben. Sah er auch so aus?

Die Erde bebte und riss sie von den Füßen. Bandath schlug schmerzhaft mit dem Kopf auf einen Stein. Alles verschwamm vor seinen Augen. Barella kroch zu ihm, Niesputz kam hinzu. Die Zwelfe wühlte in ihrem Beutel und holte ein weißes Taschentuch hervor. Das kannte er doch? Hatte er damit nicht den Fernsicht-Zauber gewirkt, als sie das Diamantschwert stehlen wollte? Barella tupfte ihm das Blut von der Schläfe ab. Er stöhnte vor Schmerz. Dann hustete er in der mit Schwefeldampf gesättigten Luft.

„Gibt es keinen Schmerzlinderungs-Zauber?", knurrte Niesputz. „Wir müssen weiter!"

Bandath sah das blutige Tuch an, das Barella in der Hand hielt, nahm seinen Schultersack zu sich und kramte darin. Er förderte zwei große Taschentücher von Waltrude zu Tage. Dann zückte er seine Flasche mit „Spezial-Medizin", nahm einen Schluck und gab sie an Barella weiter.

„Das ist mein Schmerzlinderungs-Zauber. Gib davon etwas auf dein Tuch und wasch mir bitte die Wunde aus."

Sie nickte, nahm ebenfalls einen Schluck und tröpfelte dann etwas davon auf den Stoff.

„Eine wirklich sehr vielseitige Medizin", kommentierte Niesputz.

Es brannte höllisch, als Barella mit dem Branntwein die Wunde an der Schläfe reinigte. Anschließend strich sie etwas von ihrer braunen Salbe auf die Wunde. Inzwischen band sich Bandath eines der Tücher um das Gesicht, Mund und Nase bedeckend, nachdem er es mit Wasser benetzt hatte. Das zweite reichte er Barella. Sie tat es ihm nach. Beide konnten jetzt etwas besser atmen als zuvor.

„Erinnere mich bitte bei Gelegenheit daran", murmelte er Barella zu, „dass ich mich bei Waltrude für die sauberen Taschentücher bedanken muss, die sie mir immer heimlich in mein Gepäck schmuggelt."

„Sie packt dir Taschentücher ein?", fragte Barella erstaunt. „Diese Frau muss ich unbedingt kennenlernen."

„Ich bin sicher, ihr versteht euch auf Anhieb." Mühsam rappelte der Zwergling sich wieder hoch.

„Geht es?", fragte Barella besorgt. Er nickte, stützte sich auf seinen Magierstab und wankte weiter hinter Niesputz den Gang entlang. Barella folgte ihm. Sie kamen langsam voran, bedeutend langsamer, als der ständig drängelnde Niesputz sich das wünschte. Der Weg wurde immer unwirtlicher. Das letzte Beben schien einige Felsblöcke aus der Decke gelöst zu haben. Teilweise mussten sie durch enge Spalten kriechen und sich unter herabhängenden Felsen hindurch zwängen. Sie durchquerten eine große Halle, deren Mitte ein unendlich tiefes Loch war, aus dem Schwefeldämpfe, kochendheiße Luft und Poltern nach oben drang. Ein schmaler, steinerner Steg führte darüber hinweg. Bandath hielt den Blick streng nach vorn gerichtet und versuchte, keinen Gedanken an die unter ihm liegenden Tiefe zu verschwenden. Auf der anderen Seite der Halle öffneten sich drei Gänge, ohne Zeichnungen an den Wänden. Dank des Flammenauges brauchten sie auch keine, es wies sie in den rechten Gang. Sie folgten der engen, gewundenen Höhle eine Weile. Dann plötzlich weitete sie sich und die Gefährten standen erneut vor einem Tor. Es sah fast genau so aus, wie das, welches sie bereits Stunden zuvor passiert hatten. Da Bandath wusste, dass er nach der kleinen, magisch verschlossenen Kammer suchen musste, die den Schließmechanismus verbarg, setzte er seine Hände an den Stein. Im selben Moment jedoch, als er Magie zu wirken begann, traf ihn eine mächtige, unsichtbare Faust und schleuderte ihn von der Tür weg. Er wurde gegen Barella geworfen. Beide fielen um. Benommen und erschrocken blieb er einen Moment auf ihr liegen.

„Das ist nicht der richtige Zeitpunkt, Zauberer. Du musst uns diese Tür öffnen!" Niesputz schwebte über ihnen.

Verlegen rappelte sich Bandath hoch und klopfte nicht vorhandenen Staub von der Hose. Barella erhob sich ebenfalls.

„Hast du dir wehgetan?" Er sah sie nicht an bei der Frage, hörte aber ihr feines Lächeln, als sie „Nein" antwortete.

„Was war das, Zauberer?"

„Magier!", korrigierte er. Begriff Niesputz das denn nicht? „Ich denke, das ist Schutzmagie, um solche Leute wie uns davon abzuhalten, diese Tür zu öffnen."

„Kannst du sie mit ganz viel Zauberkraft überwinden?"

„Je mehr Magie ich anwende, desto stärker ist die Kraft, die mich zurückwirft."

„Und was machen wir da?"

„Warte einen Moment."

Bandath musste sehr behutsam vorgehen. Er näherte sich der Tür erneut und hielt die Hände mit weit gespreizten Fingern kurz vor den Stein. Sachte ließ er etwas Magie einsickern und spürte sofort einen leichten Gegendruck, der begann, ihn von der Tür wegzuschieben. Das hatte er befürchtet. Die Dunkel-Zwerge mussten hervorragende Magier gehabt haben. Schade, dass keiner von ihnen je auf Go-Ran-Goh gewesen war. Er stoppte sein Vorgehen und dachte nach, kam jedoch zu keinem anderen Schluss. Das Tor war durch Magie gesichert. Wollten sie es öffnen, dann musste er die Magie überwinden. Er spürte die erwartungsvollen Blicke von Niesputz und Barella im Rücken, sie vertrauten ihm.

Erneut tastete er sehr vorsichtig das Tor mit Magie ab. Und wieder schob ihn die Kraft der Schutzmagie mehrere Schritte nach hinten. Hilflos lehnte er sich nach vorn, stemmte sich dagegen und ließ schließlich doch frustriert die Arme sinken. Er bückte sich und nahm den Magierstab wieder auf, den er neben sich auf den Boden gelegt hatte.

Verdammt, es musste eine Möglichkeit geben. Schließlich glaubte er nicht, dass die Dunkel-Zwerge den Gang auf ewig verschließen wollten. Sie hätten dann keine Tore einbauen müssen, sondern ihn einfach einstürzen lassen. Bandath hob den Magierstab und richtete ihn auf das Tor. Hatte er seine Magie bisher breit einwirken lassen, sozusagen mit gespreizten Fingern, so bündelte er seine magische Kraft jetzt mit Hilfe des Stabes zu einem nadelspitzen Strahl. Die ersten vier Versuche schlugen fehl, jedes Mal wurde er mehrere Schritt weit zurück geschoben. Dann aber, urplötzlich, merkte er, wie an einer Stelle seine Magie durch diesen Schutzschild hindurch drang und die Tür erreichte. Noch war seine magische Energie sehr unspezifisch, aber Bandath nutzte diese ‚Loch' im Schutzschirm der Dunkel-Zwerge und verstärkte seine eigene Magie. Wie ein Steinmetz, der zum Bohren von Löchern in einen Stein zuerst einen Bohrer mit kleinem Durchmesser nutzt und dann nach und nach den Durchmesser erhöht, so verbreitete Bandath seinen magischen Strahl und ließ seine Magie hinter den Schild sickern, wo er begann, die Quelle der Schutzmagie zu suchen. Einfache Neutralisations-Magie reichte, um sie auszuschalten, als er sie gefunden hatte. Erschöpft ließ er den Stab sinken und trat an die Tür. Er klopfte gegen die Stelle der Wand neben der Tür, hinter der er die Quelle der Schutz-Magie entdeckt hatte. Dann hielt er, wie schon an der ersten Tür, die Spitze seines Stabes gegen den Fels gepresst, murmelte etwas. Genau wie vor Stunden begann sie zu glühen und der Fels bröckelte weg. Bandath griff in das entstandene Loch und holte einen kleinen Kristall heraus.

„Ein magischer Borium-Kristall, na, das hätte ich mir doch denken müssen." Er gab ihn Barella. „Wenn wir Zeit haben, mache ich dir eine Kette daraus. Das soll Glück bringen."

Die Augen der Zwelfe glänzten. „Noch nie hat mir jemand so etwas Schönes geschenkt." Sie streckte die Hand aus und nahm den Kristall von Bandath, der ihn festhielt. Ihre Finger berührten sich und keiner von beiden machte Anstalten, den Stein loszulassen. Bandath sah in die blauen Augen der Zwelfe und wünschte sich mit ihr irgendwohin, weit weg von diesem unterirdischen Grollen, der Hitze und dem, was ihnen noch bevorstand. Er hatte das Meer nie gesehen, bisher, aber er vermutete, dass der Himmel über dem Ozean so blau war wie ihre Augen.

„Hallo?" Niesputz sirrte zwischen sie. „Ich will ja nicht drängeln, aber wir stehen vor einer verschlossenen Felsentür der Dunkel-Zwerge, hinter uns sind Millionen von Renn-Egeln, die Berge beben, unter uns fließt Lava und irgendwann in der nächsten Zeit bricht oben im Gebirge ein Vulkan aus, der vielleicht Tausende tötet. Könntet ihr beide euch möglicherweise dazu überwinden, eure Aufmerksamkeit dringenderen Geschäften als euren Augen zuzuwenden, zum Beispiel dieser noch immer geschlossenen Tür?"

Barella und Bandath starrten Niesputz an.

„Was?", fragte dieser. „Bloß weil es zwischen euch funkt, braucht ihr hier doch den Gang der Dinge nicht aufzuhalten!"

Beide fauchten das Ährchen-Knörgi zeitgleich an: „Es funkt nicht zwischen uns!"

„Oh!" Niesputz grinste. „Dann seid ihr wohl die Letzten, die das mitbekommen. Sogar das eingebildete Langbein und der Gefühlstrampel Rulgo, der von Natur aus abgestumpft ist, haben das schon erkannt."

Ohne auf eine Reaktion zu warten, flog Niesputz in das Loch.

„Licht!", forderte er energisch, seine Stimme klang dumpf aus dem Felsen. Bandath hielt einen der Leuchtkristalle so, dass sein Licht in das Loch fiel. Vor sich sahen sie zwei große Zahnräder mit Löchern für Schlüssel. Niesputz hatte bereits seinen Arm in einem davon. Leises Klicken kündete von seiner Arbeit. Hinter den beiden Zahnrädern erkannten sie acht kleinere Zahnräder mit einer Reihe verschiedener Symbole.

„Die sind ja alle gleich!", sagte Barella nach einem kurzen Augenblick. Es stimmte. Auf allen waren die gleichen acht Symbole zu erkennen: Feuer, Stein, Berg, Schwert, Hammer, Drache, Zwerg und ein Kreuz. Jeweils über den Zahnrädern prangte ein farbiger Pfeil an der Wand, der auf das oberste Symbol der Räder zeigte.

Nach einem Knacken im Getriebe der Zahnräder widmete sich Niesputz dem zweiten größeren Zahnrad, dessen Schloss er ebenfalls innerhalb weniger Minuten öffnete. Beide Räder ließen sich jetzt drehen. Barella hob anerkennend die Augenbrauen.

„Wenn du mal über eine Laufbahn als Dieb nachdenkst, wende dich an mich. Ich glaube, ich kann dir da ein paar sehr lukrative Aufträge vermitteln."

„Lukrativ für dich oder für mich, liebliche Zwelfe?"

„Für uns beide, fliegender Schlössermeister."

„Ein Rätsel", unterbrach Bandath das Gespräch. „Seht mal. Drehe ich das linke Rad nach rechts, so drehen sich hinten vier Räder nach links, eines langsamer als das andere. Drehe ich das Rad aber nach links, dann drehen sich hinten die anderen Räder nach rechts. Mit dem rechten vorderen Rad ist es umgekehrt. Vermutlich sollen die gesuchten Symbole unter den Pfeilen angeordnet werden. Ich glaube aber nicht, dass dieses Mal wieder die Schwertsymbole gesucht sind."

„Warum nicht?" Barella und Niesputz sahen ihn fragend an.

„Weil alle Symbole sehr eng mit dem Diamantschwert zusammenhängen. Seht mal: Am Anfang war der Drache, dann kamen die Zwerge und raubten ihm das Flammenauge. Also: Drache – Zwerg – Stein. Das Kreuz soll den Griff darstellen, er wurde in einer Schmiede hergestellt. Somit haben wir: Feuer – Hammer – Griff. Und auf einem Berg wurde das Schwert an die Trolle und Elfen übergeben." Er sah sie triumphierend an. „Drache – Zwerg – Stein – Feuer – Hammer – Griff – Berg – Schwert!"

„Bist du sicher?" Niesputz war skeptisch.

Bandath nickte mit mehr Überzeugung, als er innerlich in Wirklichkeit besaß.

„Und wenn mit dem Feuer der Vulkan gemeint war? Dann würde der Anfang nämlich Feuer – Berg – Drache heißen. Anschließend fügten die Zwerge den Griff und den Stein in der Schmiede zu einem Schwert zusammen, also Stein – Griff – Hammer – Schwert – Zwerg. Eine völlig andere Lösung als deine, Zauberer."

„Magier!", Bandath schüttelte den Kopf. „Das würde heißen, sie hätten von der Tätigkeit des Erd-Drachen gewusst. Wieso hätten sie dann sein Herz gestohlen und sich selbst der Gefahr der Vernichtung preisgegeben?"

„Vielleicht wollten sie es irgendwann zurückgeben und sind von den Renn-Egeln daran gehindert worden?"

„Und deshalb haben sie es den Trollen und Elfen geschenkt? Nein, ich glaube nicht, dass sie es zurückgeben wollten." Bandath begann mit dem Drehen der Scheiben.

„Zwerglinge sind von Natur aus stur!", knurrte Niesputz und flog beleidigt davon. Die Einstellung des komplizierten Mechanismus dauerte lange. Bandath fluchte mehrere Male und scheuchte entnervt Barella und Niesputz, die ihm neugierig über die Schulter schauen wollten, davon. Endlich verriet den beiden Wartenden ein leises Knirschen, dass der Mechanismus gegriffen hatte und sich die Tür öffnete. Da Barella und Niesputz nur Augen für den sich bewegenden Stein hatten, verheimlichte Bandath ihnen, dass die Symbole nicht die von ihm geratene Reihenfolge hatten. Er war eher zufällig auf die von Niesputz empfohlene Abfolge gekommen, die sich als Schlüssel zur Öffnung der Tür erwies.

Aus dem Türspalt quollen dunstige Schwaden heißer Luft, bedeutend heißer, als die Luft bisher gewesen war. Ein warmer, gelber Schein wie von etwas Glühendem erhellte den Gang. Irgendwo weit vor ihnen fauchte, kollerte und polterte es dumpf.

„Kommt schon!"

Sie rafften sich auf und folgten dem Ährchen-Knörgi. Mit jedem Schritt kam es ihnen vor, als träten sie näher an die Glut eines Schmiedeofens heran. Schweiß brach ihnen aus allen Poren, lief den Rücken herab und durchnässte ihre Kleidung. Das von ihnen wahrgenommene Licht entpuppte sich als der Widerschein glühender Lava, die weit unten in einem Spalt gleich einem unterirdischen Fluss entlangfloss. Direkt vor ihnen überbrückte ein steinerner Steg den Spalt. Auf der anderen Seite jedoch war kein Gang mehr zu erkennen.

„Was soll denn das jetzt?", wütete Niesputz und surrte los.

„Niesputz!", schrie Bandath. Zu spät. Wie von einem mörderischen Hammerschlag getroffen schnellte der kleine Mann plötzlich zurück, wurde über den Abgrund wieder zu ihnen geschleudert und krachte oberhalb Barellas gegen die Wand. Bewegungslos fiel er nach unten. Die Zwelfe sprang vor und fing den Bewusstlosen auf, der sonst wahrscheinlich in die Lava gestürzt wäre.

„Niesputz", flüsterte sie erschrocken und zog sich mit ihm in den Gang zurück. Bandath kam hinzu, während sie bereits den Wasserschlauch zückte und dem bleichen Ährchen-Knörgi ein wenig Wasser auf die Lippen tröpfelte. Niesputz schluckte, hustete und schlug die Augen auf.

„Was ist denn jetzt schon wieder los?", krächzte er matt. „Wollt ihr mich ertränken?"

Barella atmete erleichtert auf, als Niesputz sich, noch etwas wackelig, aufsetzte. Bandath grinste. „Jetzt habe ich dich das erste Mal hellgrün gesehen. Steht dir gut, der Farbton."

„Ich werde es demnächst bei meiner Morgenkosmetik berücksichtigen. Was war das eben, Zauberer?"

Bandath wog den Kopf. „Als *Magier* würde ich sagen: ein aktives Schutzmagie-Feld. Ich habe es in dem Moment gespürt, als du losgeflogen bist. Leider warst du etwas zu schnell."

„Kannst du es abschalten?"

„Ich denke ja, Obwohl die Magie der Dunkel-Zwerge eine andere als unsere Magie und außerdem nicht von Go-Ran-Goh beeinflusst ist. Aber sie basiert auf ähnlichen Grundsätzen."

Bandath und Barella erhoben sich vom Boden, auf dem sie gekniet hatten.

„Und wie geht es dann weiter?" Barella sah über den Abgrund hinweg zur jenseitigen Wand. „Am anderen Ende der Brücke ist kein Gang mehr."

„Sperr die Augen auf, liebliche Zwelfe." Niesputz, noch immer etwas benommen, setzte sich auf Barellas Schulter. „Ich habe Treppenstufen entdeckt, von hier kaum zu erkennen. Sie führen nach rechts unten."

Barella kniff die Augen zusammen, dann bestätigte sie die Beobachtung des Ährchen-Knörgis.

„Ich kann sie sehen. Du auch?", fragte sie Bandath.

„Ich glaube, ich will die Treppe gar nicht sehen", presste er mit zusammengebissenen Zähnen hervor.

„Ach ja. Unser Zauberer hat ja Höhenangst." Jetzt war es an Niesputz, zu grinsen. „Na, da wirst du aber dort drüben Probleme bekommen, falls es dir gelingt, den Schutzzauber auszuschalten."

„Es gelingt mir, wenn du in der Lage bist, einmal zehn Minuten lang den Mund zu halten." Ohne zu warten nahm Bandath seinen Magierstab und stapfte ein paar Schritte den Steg hinaus, krampfhaft bemüht, nicht in die Tiefe mit der brodelnden Lava zu sehen. Vorsichtig tastete er das Magiefeld ab, suchte einen Ansatzpunkt, wie er auch einen bei der letzten Tür gefunden hatte. Konzentriert arbeitete er sich vorwärts, suchte Schwachstellen und die Quelle der Magie. Selbst die Geräusche, die er plötzlich hinter sich vernahm, lenkten ihn nicht ab. Barella und Niesputz mussten ihm die Störung vom Leib halten. Lange brauchte er, bis er einen Ansatzpunkt fand. Und dann war er ärgerlich, dass er nicht sofort darauf gekommen war. Die Dunkel-Zwerge hatten mit dem aktiven Schutzmagie-Feld all jene aufhalten wollen, die über die Brücke kamen. Von oben aber war das Feld leicht zu umgehen. Die Quelle selber schien sich weit über ihnen in Höhe zweier vorspringender Felsen zu befinden.

„Niesputz. Ich brauche deine Hilfe."

„Das ist im Moment etwas ungünstig, Zauberer. *Du* solltest dich beeilen!"

Das korrigierende ‚Magier' blieb Bandath förmlich im Hals stecken, als er sich umdrehte. Barella stand kurz hinter ihm und verschoss ihre letzten Pfeile gegen vordringende Renn-Egel, während Niesputz funkensprühende Attacken flog und die Angreifer zurückschlug. Sofort schleuderte Bandath Feuerkugeln aus seinem Magierstab und, als die Renn-Egel schließlich stockten, Lähmungsmagie. Bewegungslos verharrten die drei Dutzend Renn-Egel.

„Das war knapp", keuchte die Zwelfe.

„Niesputz, schnell. Flieg auf dieser Seite gerade nach oben, etwa bis auf Höhe der beiden Felsnasen, die dort drüben zu erkennen sind. Dort gibt es kein Schutzmagiefeld mehr. Da kannst du gefahrlos den Spalt überqueren. Untersuche die jenseitige Felswand, dort muss irgendwo ein Kristall verborgen sein, ähnlich dem Borium, den die Dunkel-Zwerge an der letzten Tür verwendeten."

Niesputz schoss senkrecht in die Höhe. „Hoch genug?", brüllte er von oben gegen das Grollen und Blubbern der Lava auf Bandath herab. Barella hatte den Steg verlassen und sammelte ihre verschossenen Pfeile ein. Gleichzeitig stach sie die von der Lähmungsmagie getroffenen Renn-Egel ab. So würden diese Gegner sie nicht mehr verfolgen können, wenn Bandaths Magie nachließ.

„Ja", rief Bandath nach oben. Niesputz überquerte vorsichtig die Schlucht. Zwar hatte Bandath versichert, dass hier oben kein Schutzmagie-Feld mehr sei, aber auch ein Zauberer konnte ja mal irren. Wieder bebte die Erde. Bandath fiel auf die Knie und hielt sich am Stein fest. Panische Angst ergriff ihn, die bockende Erde könnte ihn von der schmalen Brücke in den bodenlosen Abgrund schleudern. Der Lavastrom wallte auf und eine Feuersäule schoss zu ihm empor. Bandath hatte mit einem Mal das Gefühl, in Flammen zu stehen. Unfähig sich zu bewegen, auf der bebenden Erde kniend, schrie er auf. Irgendetwas ergriff ihn und riss ihn rückwärts von der Brücke.

„Verdammt", fluchte Barella und schlug ihm ins Gesicht, das noch immer in Flammen stand. „Wieso bleibst du dort hocken?" Sie hatte endlich seinen brennenden Bart gelöscht. „Das hätte leicht schief gehen können." Besorgt musterte sie ihn. „Alles in Ordnung?"

Bandath nickte verstört und betastete seine Stirn, Augen und Nase. Er hatte den Eindruck, als ob sich zu wenig Haut über zu viel Gesicht spannen musste. Es stank nach verbranntem Haar. Das Feuer hatte ihn völlig überrascht. Glücklicherweise schien er nicht ernstlich verletzt zu sein. Barella lehnte sich zurück und musste grinsen. „Steht dir eigentlich gar nicht schlecht."

„Was?", fragte der Zwergling erschrocken. Er betastete erneut vorsichtig sein Gesicht, dann das Kinn. „Dreimal getrockneter Zwergenmist!", fluchte er. Sein Bart war völlig weg, abgebrannt bis auf ein paar daumnagellange Haare.

„Mein Bart!", jammerte er. „Mein schöner Bart."

Barellas Grinsen wurde noch breiter. „Wie würde Rulgo jetzt sagen? Zwerglinge sind von Natur aus eitel."

„Du verstehst das nicht!", eiferte Bandath wütend. „Ich habe viele Jahre gebraucht, um ihn so lang werden zu lassen. Meine Haare wachsen nicht so schnell wie die normaler Zwerge."

„Ich hab ihn!" Niesputz' triumphierender Ruf gellte durch die Höhle und unterbrach den Disput. Bandath und Barella schauten auf. Das Ährchen-Knörgi tauchte zwischen den Steinen auf und schleppte einen azurblau leuchtenden Kristall hervor, mehr als doppelt so groß wie Niesputz selbst.

„Was soll ich damit machen?"

„Lass ihn fallen!", rief Bandath und trat vorsichtig zum Rand der Schlucht. Seine Vermutung war richtig gewesen. Die Dunkel-Zwerge hatten den Zugang geschützt. Die Quelle der Magie aber lag außerhalb der Reichweite eines auf der Brücke Laufenden. Als der Stein fiel spürte Bandath, wie das magische Schutzfeld an ihm vorbeizog und mit dem Stein weit unter ihnen in der Lava versank.

Niesputz jagte an der Wand abwärts und verschwand in dem Loch am Ende der kaum erkennbaren Treppe. Barella eilte über den schmalen Steinsteg, Bandath folgte vorsichtig. Sie erwartete ihn am anderen Ende des Steges. Beim Näherkommen hatte er keinen Blick von der schmalen, in die Tiefe führenden Treppe nehmen können. Sie war nicht breit, auf den Stufen hatte gerade mal ein Fuß Platz. Wie sollte man so etwas runtersteigen können? Er presste sich mit dem Rücken an den Fels, tat keinen

Schritt mehr. Wäre er nicht bereits nass geschwitzt durch die herrschende Hitze, der Schweiß wäre ihm aus allen Poren gebrochen.

„Ich kann das nicht", stöhnte er.

„Komm schon!", drängte Barella, unbewusst dieselben Worte wie Niesputz wählend. „Du schaffst das!"

„Was für ein blöder Spruch!", schnauzte Bandath plötzlich. Seine Nerven waren bis zum Äußersten angespannt. „Wenn ich die Treppe schon sehe, wird mir übel, meine Hände werden feucht und die Knie beginnen zu zittern. Wie bitte soll ich dieses ... *Ding* da runtergehen?" Er log nicht. Bandath starrte sie aus angstgeweiteten Augen an und versuchte gleichzeitig, mit dem Stein an seinem Rücken zu verschmelzen. Wäre seine Haut nicht durch die Flammen so gerötet, Barella war sich sicher, er wäre kreidebleich gewesen. Höhenangst, kein Zweifel. Sie packte ihn mit der Hand kräftig am Kinn, drehte seinen Kopf weg vom Abgrund, in den er permanent starrte, hin zu ihrem Gesicht. Er musste ihr in die Augen sehen.

„Ist das derselbe Mann, der sich ohne nachzudenken in die Schlucht gestürzt hat, um mich zu retten?" Der Blick aus ihren blauen Elfenaugen wurde stahlhart. „Ich werde uns beide jetzt mit einem Seil verbinden, dann gehe ich vor und du folgst mir in einem Abstand von höchstens vier bis fünf Stufen!" Mit diesen Worten hatte sie ein Seil aus ihrem Schultersack hervorgezerrt und zurrte es ihm um die Hüfte. Einige Schlaufen ließ sie auf die Erde fallen. Dann band sie sich am anderen Ende fest.

„Sieh nicht nach unten, nur auf mich! Klar?"

„Wenn ... wenn ich stürze, dann reiße ich dich mit in die Tiefe ..."

„Dann stürze nicht!" Sie drehte sich um und begann den Abstieg. Viel zu schnell straffte sich das Seil und zwang ihn, ihr zu folgen.

Mist! Dreimal getrockneter Zwergenmist! Völliger Blödsinn, sich aneinander zu binden. Sie würde ihn niemals halten können, dazu war er viel zu schwer. *Niemals* konnte sie ihn halten, selbst wenn sie noch so kräftig war und sofort reagieren würde, falls seine Füße von den schmalen und leicht vibrierenden Steinstufen abrutschen sollten. Aber das würde sie nicht einmal mitbekommen. Sie sah sich ja gar nicht nach ihm um, lief einfach so die Stufen herab, leicht und elegant, als wäre sie hier aufgewachsen, mit einer Hand am Fels, die andere hielt das Seil zwischen ihnen leicht gespannt. Dann verschwand sie unerwartet vor ihm in der Wand, zog ihn am Seil förmlich hinterher, und als er schwer atmend im Gang stand, noch gar nicht richtig begreifend, dass er es geschafft hatte, fiel sie ihm um den Hals. Sie drückte ihn und machte dann erschrocken einen Schritt rückwärts, hüstelte und fingerte verlegen nach unten sehend, an dem Knoten des Seiles herum.

„Bist du sauer auf mich?" Sie löste auch den Knoten an seiner Hüfte.

„Ja", knirschte er wütend. „Wie kannst du uns an so einer Stelle mit einem Seil verbinden? Ich hätte dich mit in die Tiefe gezerrt. Du hast dein Leben riskiert. Und wofür?"

„Für dich, du Dummkopf. Du hast dein Leben doch auch für mich riskiert. Begreifst du denn gar nichts? Muss man dir alles sagen, großer Magier?"

Bandath war verwirrt. „Was sagen?"

Barella trat nun doch einen Schritt auf ihn zu und küsste ihn. „Das!", sagte sie dann.

„Keine Zeit dafür!", schrie Niesputz, zurückgekehrt von seinem Kundschaftsflug und plötzlich wieder zwischen ihnen. „Kommt schnell! Bandath, ich brauche deine Hilfe."

Der Zwergling wurde sich jetzt erst der Hitze bewusst, die in dem Gang herrschte. Bisher war es nur unwahrscheinlich warm gewesen, hier herrschte ein glühender Hauch, eine Temperatur, die sie nicht lange würden aushalten können.

Er war nicht mehr nur verwirrt, was Barella betraf, er war jetzt *völlig* verwirrt. So etwas war ihm noch nie passiert. Natürlich hatte Waltrude schon lange davon geredet, dass er sich eine Frau suchen solle, eine, die zu ihm passte. Aber ausgerechnet jetzt? Hier unten unter der Erde? Da, wo die Steine flüssig waren? Wie zur Bestätigung dieses Gedankens bebte die Erde erneut. Geröll polterte von der Decke und Bandath stützte sich mit der Hand an der Wand ab, um nicht zu fallen. Gleich darauf schrie er schmerzgepeinigt auf und riss die Hand zurück. Der Fels war kochend heiß.

Er folgte Barella und Niesputz um eine Biegung des Ganges, dabei auf die schmerzende Hand pustend und blieb stehen, erschrocken, fasziniert und eingeschüchtert von der Gewaltigkeit des Anblickes. Das Bergwerk der Dunkel-Zwerge, irgendwo weit über ihnen, das sie für riesengroß gehalten hatten, war verschwindend klein im Gegensatz zu dem, was er hier sah. Als wäre das gesamte Drummel-Drachen-Gebirge nichts als eine hohle Blase, blähte sich solch eine gewaltige Kaverne vor ihnen auf, dass keine Worte existierten, um sie zu beschreiben. Wie hielten nur die Berge über ihnen, wenn es solch einen Hohlraum hier gab? Bandath wusste nicht, dass sie sich bereits weit unter dem Gebirge befanden, so weit, dass die Meeresoberfläche, wenn sie denn hier gewesen wäre, für sie unerreichbar irgendwo über ihnen gelegen hätte. Seine Augen begannen zu tränen, als er in die unermesslich große Kaverne blickte. So ungefähr hatte er sich bei der Lektüre eines seiner alten Bücher einmal die Oberfläche der Sonne vorgestellt. Unter ihnen wogte alles gelb, heiß und flüssig, als koche ein unterirdischer Küchenmeister eine gigantische Suppe. Riesige Lava-Fontänen schossen nach oben, zerfaserten wie eine unbekannte Blume und fielen scheinbar ganz langsam in den Ozean aus flüssigem Stein zurück. Als würde dieses Meer von einem Orkan gepeitscht, wogte seine Oberfläche umher. Wellen schlugen gegen die Wände der Höhle und brachen Felsen heraus, größer als ein Berg, wie es Bandath vorkam. Ähnlich große Brocken fielen von der Decke aufspritzend in den glutflüssigen See. Sie schwammen einen Moment in der Lava, dunkle Flecken im hellen Weiß der Glut, bis sie vergingen und von der herrschenden Hitze umher aufgenommen wurden wie ein Stück Butter in einer heißen Suppe Waltrudes. Die Lava nagte an der Substanz der Berge und diese würden nicht mehr lange halten können. Nicht um einen oder zwei Vulkane ging es hier, das wusste Bandath plötzlich. Das gesamte Drummel-Drachen-Gebirge würde vernichtet werden, wenn es ihnen nicht gelang, den Erd-Drachen zu wecken. Der aber lag erhaben und gleichzeitig unerreichbar weit von ihnen entfernt auf einer schwarzen Insel inmitten des glühenden Chaos rund um sich. Groß wie einer der größten Berge, die Bandath je gesehen hatte, war die Insel. Noch bestand sie aus festem Stein, aber auch hier griff die Lava von allen Seiten an und sie konnten zusehen, wie die Insel kleiner wurde. Kaum größer als das gewaltigste aller Wesen, das je existierte, war sie noch. Und dieses Wesen lag bewegungslos auf ihr, schutzlos der Attacke der wütenden Lava ausgesetzt, die es in wenigen Stunden verschlingen würde. Bandath erkannte sechs Beine, jedes einzelne würde ausreichen um eine Stadt, zehnmal größer als Flussburg, zu zertreten. Er sah zwei Flügel.

Unter einem hätten ein Dutzend Drachen wie Blauschuppe Platz genug. Er sah einen Kopf … einen Kopf … er gab es auf, nach Vergleichen zu suchen. So nah war ihr Ziel, dass sie es endlich sehen konnten. Und gleichzeitig unerreichbar wie der Mond, der für alle sichtbar am Himmel schwebte.

„Wie … wie … wie sollen wir …?", stotterte Barella.

Bandath schüttelte den Kopf. Er wusste es nicht. Sie hatten verloren.

„Ich brauche deine Hilfe, Bandath!" Niesputz saß plötzlich auf seiner Schulter. „Fühlst du die Magie dieses Ortes?"

Magie? Er konzentrierte sich. Ja, hier war Magie, eine schier unendliche Menge, wenn man verstand sie wahrzunehmen.

„Fühlst du sie, *Magier*?"

Ja, er fühlte sie. Bandath nickte.

„Das ist jetzt die Stunde der Ährchen-Knörgis, Bandath. Gib mir das Flammenauge. Und dann nimm die Magie auf, die du hier spürst. Nimm sie auf und leite sie an mich weiter. Ich werde mit dem Flammenauge hinüber fliegen, aber ich brauche die Magie, sonst kann ich dem Erd-Drachen das Herz nicht zurückgeben. Die Dunkel-Zwerge hatten damals einen mächtigen Magier bei sich, als sie das Flammenauge raubten. Ich habe jetzt auch einen bei mir, einen der mächtigsten, der mir je begegnet ist und glaube mir, ich fliege schon sehr lange dort oben herum. Ohne dich schaffe ich es nicht, Bandath."

Erneut nickte der Zwergling.

„Wenn ich den Erd-Drachen erreicht habe, seht zu, dass ihr beide hier wegkommt. Wartet nicht auf mich, ich werde nicht mitkommen können. Beeilt euch, es wird hier unten äußerst ungemütlich werden."

Wortlos holte Bandath das Flammenauge aus dem Beutel an seinem Gürtel. Es hatte aufgehört zu vibrieren, als wüsste es, dass es bald am Ziel sein würde. Bandath reichte das Flammenauge dem Ährchen-Knörgi.

„Es war gut, dich kennengelernt zu haben, Magier", sagte Niesputz und nahm den feuerrot glühenden Stein. Im selben Moment ging eine Veränderung mit ihm vor. Es war, als würde das Wesen beider innerlich verschmelzen, obwohl sie nach außen zwei verschiedene Teile blieben, ein grünes Ährchen-Knörgi und ein rot leuchtender Kristall. Bandath packte seinen Stab, rammte ihn auf den Boden und begann, die Magie dieses Ortes in sich aufzunehmen. Gleich einem Trichter kanalisierte er sie und leitete sie, unsichtbar für Barella, an Niesputz weiter. Nur sein Stab begann in einem warmen, roten Licht zu glühen – einziges Zeichen für die mächtigen Kräfte, die Bandath bannte und an das Ährchen-Knörgi übertrug. Gleich einem mächtigen Strom floss die magische Kraft zu Niesputz. Der verharrte einige Minuten über dem Zwergling und setzte sich dann in Richtung Erd-Drache in Bewegung. Zügig durchquerte er die riesige Kaverne und war schon bald für das Auge nicht mehr zu erkennen. Nur der konstante Fluss der magischen Energie stellte noch eine Verbindung zu ihm dar, ein nach und nach dünner werdender Strom. Bandath befürchtete, dass der Kontakt zwischen ihnen abreißen könnte, sollte die Entfernung zu groß werden. Doch dann, plötzlich, fühlte er, wie Niesputz anhielt. Barella sah im selben Moment einen winzigen, hellen Funken auf der Brust des Erd-Drachen. Dann riss der Kontakt tatsächlich ab. Bandath keuchte und stützte sich schwer auf seinen Stab. Er wäre auf die Knie gefallen, hätte ihn Barella nicht gehalten.

„Hat es geklappt?", fragte sie, aber er zuckte nur mit den Schultern. Er wusste es nicht.

Unmerklich mischte sich ein anderer Ton in das stetige Chaos der Höhle, etwas wie ein tiefes, ruhiges Stöhnen. Sie erkannten ein Zittern, das durch den kolossalen Körper des Erd-Drachen ging. Langsam hob er den Kopf.

,Ihr solltet jetzt wirklich gehen!', dröhnte es plötzlich in den Köpfen von Bandath und Barella. Es war keine Stimme, die sie hörten, eher Gedanken, die unerwartet in ihrem Hirn auftauchten, Gedanken, die nicht die ihren waren. *,Ich kann nicht länger warten.'*

Mit einem Brausen, das mächtiger war, als jeder Sturm, den Bandath bisher im Gebirge erlebt hatte, schlug der Erd-Drache mit den Flügeln und erhob sich langsam. Unter ihm zerfiel sein steinerner Thron in der brodelnden Lava. Bandath fühlte, wie Barella seine Hand nahm.

„Komm, wir müssen hier verschwinden", schrie sie ihm über den ohrenbetäubenden Lärm hinweg zu. Das Letzte, was Bandath in der Höhle sah, war, wie der Erd-Drache einen urgewaltigen Strom aus eiskalter Luft auf die Lava spie. Eine gigantische Explosion folgte, die die Fundamente des Gebirges erschütterte, als Eis auf Hitze traf. Bandath und Barella wurden von den Füßen gerissen. Schnell jedoch rappelte Barella sich wieder auf, sprang zu Bandath und zog ihn hoch.

„Komm!", formte ihr Mund. Hören konnte der Magier nichts, zu laut tobten die Elemente in ihrem Kampf zwischen Feuer und Eis. Bandath taumelte von Barella geführt den Gang entlang, kroch mehr, als dass er stieg, die Treppen nach oben, ohne einen Gedanken an die unter ihm kochende Lava zu verschwenden und stolperte mit Barella über den steinernen Steg. Erneut riss es sie von den Füßen, als die Erde bebte. Krachend brach hinter ihnen die steinerne Brücke zusammen. Bandath riskierte einen Blick zurück. Unten im Spalt kochte die Lava, als hätte jemand diese tödliche Suppe mit einem passenden Löffel aufgerührt.

„Die Lava steigt!", schrie er und rappelte sich erneut auf. Barella begriff nicht, was er meinte. Sie konnte ihn in dem anhaltenden Lärm nicht verstehen. Er deutete nach unten in den Spalt. Die Zwelfe verschwendete keinen Blick, es konnte nichts Gutes sein, was von dort unten zu ihnen kam. Sie riss Bandath förmlich vorwärts. Erst jetzt, auf dem Rückweg, bemerkte er, wie steil aufwärts der Gang führte, dem sie folgten. Er taumelte hinter Barella her, hielt mit Mühe die Hand um seinen Magierstab, kroch über Felsen, zwängte sich durch enge Lücken. Irgendwann hielt Barella an, fragte etwas, doch er schüttelte nur benommen den Kopf. Der Gebrauch der Magie zur Unterstützung des Ährchen-Knörgis hatte ihn dermaßen entkräftet, dass er sich mittlerweile nur noch abgestumpft vorwärts bewegte. Er wusste nicht mehr, wofür oder wohin. Nur dass er der schlanken Zwelfe vor sich folgen musste, war ihm klar. Besorgt erkannte Barella seinen Zustand. Aus ihrem Schultersack holte sie erneut das Seil hervor und band den Magier fieberhaft an sich selbst fest, so wie kurz zuvor auf der Treppe. Weiter ging es. Bandath erkannte eine Tür. Ja, die hatte er geöffnet. Aber wozu? Er wurde durch Gänge gezogen, während unter ihnen die Erde bebte. Inzwischen war es etwas leiser geworden. Leiser hieß, dass der ohrenbetäubende Lärm hinter ihnen lag. Poltern, Grollen und felsiges Knirschen drangen jedoch weiterhin von allen Seiten auf ihn ein. Der Boden unter ihnen bebte und zitterte. Und noch etwas vernahm er: Keuchen. Es dauerte eine ganze Zeit, bis er begriff, dass es seine eigenen Atemzüge waren. Das Lufthohlen fiel ihm schwer. Gelbgrüne Dämpfe zogen mit ihnen durch die Gänge, stinkende, widerliche, das Atmen erschwerende Dünste. Die Tücher vor dem Mund hatten sie schon lange irgendwo verloren. Die Zwelfe blieb stehen und fluchte. Bandath wäre ihr beinahe gegen den Rücken gelaufen. Vor ihnen klaffte ein breiter Spalt im Stein. Die Brücke, die zu dem Gang auf der anderen Seite geführt hatte, war verschwunden. Nur steinerne Reste auf beiden Seiten kündeten noch von ihr. Dort drüben gähnte schwarz und dunkel der Rückweg. Aber war das nicht egal? Sie würden es sowieso nicht hier raus schaffen. Bandath lehnte sich an die Wand, rutschte runter und ließ ermattet den Kopf auf die Knie sinken.

„Egal", murmelte er. „Alles egal." Grob wurde er hochgerissen. Er starrte in Barellas wütend funkelnde Augen. „Vergiss es!", zischte sie ihm ins Gesicht. „Ich habe nicht den ganzen Mist mitgemacht, um dich dann hier unten liegen zu lassen. Komm weiter!" Sie zerrte ihn in einen der beiden anderen Gänge. Weiter aufwärts. Waren sie Stunden unterwegs? Tage?

Plötzlich bebte die Erde, wie sie es noch nicht erlebt hatten. Der Gang sprang Bandath förmlich unter den Füßen weg. Er wurde gegen die Decke geschleudert, dann polterte es und er lag bewegungslos eingekeilt zwischen den herabgestürzten Felsen, verschüttet in tiefster Dunkelheit, denn die Steine hatten die leuchtenden Kristalle zerstört, die er um den Hals getragen hatte.

Schmerz kroch von einem seiner Beine zu ihm hoch. War es das rechte oder das linke? Er konnte es nicht sagen. Klebriges Blut lief ihm über das Gesicht und in seinem Kopf brummte es.

„Barella?", hauchte er hilflos. Da war niemand mehr vor ihm, keiner der ihn durch die Gänge nach oben zog. Nach oben, zum Himmel, der vor dem Vulkanausbruch so blau gewesen war, wie ihre Augen. Sollte es so enden? Allein im Dunkeln?

„Barella?", flüsterte er halblaut. Das Einzige, was er bewegen konnte, waren die Finger seiner linken Hand. Er schloss sie und fühlte das knorrige Holz seines Magierstabes. Als er versuchte, sich zu konzentrieren, fühlte er nichts. Da war kein bisschen Magie, das er hätte nutzen können. Gerade so, als hätte er alles an Niesputz weitergereicht. Erneut zitterte die Erde unter ihm. Irgendwo in seiner Nähe kollerten ein paar Steine.

„BARELLA!" Bandath glaubte zu schreien, doch es war nicht mehr als ein halblautes Krächzen. Dann sah er Licht und ein weiterer Stein polterte zur Seite.

„Bandath?" Eine heiße, feste Hand griff nach seinen Fingern. Da überließ er sich der Schwärze der Ohnmacht, die die ganze Zeit am Rande seines Bewusstseins gelauert hatte.

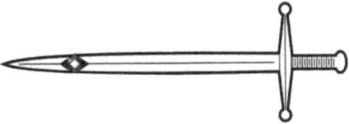

Später ...

Im Gegensatz zum Erwachen aus allen anderen Ohnmachten, die Bandath je erlebt hatte und später noch erleben sollte, kehrte das Bewusstsein mit einem Schlag in seinen Körper zurück, allerdings auch der Schmerz. Und darauf konzentrierte er sich eine ganze Weile, bevor er sich der Außenwelt zuwandte. Es gab keine Stelle seines Körpers, die nicht schmerzte. Das war das Erste, was er feststellte. Dann jedoch bemerkte er, dass es Bereiche gab, die bedeutend größere Schmerzwellen durch seinen Körper sandten, als andere. Da waren das linke Knie, der Brustkorb, aber nur wenn er Luft holte und der Kopf. Das behinderte ihn am meisten. Brauchte er doch deshalb außergewöhnlich lange, einen klaren Gedanken zu fassen. Nachdem er sich ausgiebig und nicht ohne ein gewisses Selbstmitleid mit seinen Schmerzen beschäftigt hatte, hörte er nicht mehr nach innen, sondern nach außen. Und er vernahm das Singen von Vögeln. Erstaunt riss er die Augen auf. Weit oben jagten weiße Wolken über einen Himmel, der ab und an ein klein wenig von seinem Blau sehen ließ. Etwas näher rauschten die Wipfel mächtiger Bäume im Wind. Vorsichtig drehte Bandath den Kopf und sah die waldbesäumten Gipfel naher und ferner Berge. Tatsächlich, er war draußen. Hatte Barella ihn dort rausgeholt? Wer sonst? Er wollte sich aufsetzen und fiel stöhnend zurück.

„Immer langsam", hörte er eine dröhnende, tiefe Stimme. Ein Trollgesicht schob sich vor dem Himmel. „Schön liegen bleiben. Du hast ganz schön was abbekommen. Ein Wunder, dass ihr beide es dort überhaupt herausgeschafft habt."

„Bewahrer", krächzte Bandath überrascht. „Wie ...?"

„Ganz ruhig. Taglicht-Trolle kamen vor zehn Tagen und brachten euch zu mir. Deine Gefährtin hat dich aus einem qualmenden Erdspalt gezerrt, der sich während des großen Bebens einige Tage zuvor geöffnet hatte. Sie hat ihnen gesagt, dass ihr den Bewahrer kennt, bevor sie in Ohnmacht fiel. Daraufhin brachten die Trolle euch zu mir. Seitdem pflege ich euch."

„Barella?"

Der Bewahrer lächelte und entblößte dabei seine riesigen Hauer. Dann griff er über Bandath und drehte die Liege, auf der der Zwergling lag, ein wenig nach links. Auf einer ähnlichen Liege neben ihm lag Barella. Sie schlief. Ihr linker Arm war geschient, der Kopf verbunden, eine Auge noch immer fast zugeschwollen, aber sie schlief friedlich.

„Vulkan?"

„Erloschen", grunzte der Bewahrer, sichtlich erleichtert. „Es hat noch ein paar Mal ordentlich gerumpelt, aber als ihr bei mir eingetroffen seid, hatte ich schon Nachricht von den Drummel-Drachen. Der Vulkan ist erloschen und die Berge beruhigen sich wieder."

Erleichtert schloss Bandath die Augen und schlief ebenfalls ein. Schlaf war gut, dachte er noch im Hinüberdämmern. Hinterher konnte man sich mit dem Bewahrer unterhalten und bestimmt mehr als nur einzelne Worte zum Gespräch beitragen.

„Weißt du, ob Rulgo und Gilbath es geschafft haben?"

Bekümmert schüttelte der Bewahrer den Kopf. „Ich habe nichts von ihnen gehört, bisher."

Bandath und Barella saßen auf ihren Liegen, die Rückenstütze aufgerichtet. Barella hätte durchaus einen normalen Stuhl benutzen können. Mit der Liege aber konnte sie dieselbe Haltung wie Bandath einnehmen … und dabei seine Hand halten. Er würde noch einige Monde, wie der Troll ihm versicherte, auf diesem Lager bleiben müssen. Sein linkes Knie war mehrfach gebrochen und der Bewahrer gab sich zusammen mit einer uralten Trollfrau redlich Mühe, es wieder geheilt zu bekommen. Die gebrochenen Rippen und der angeschlagene Kopf würden fast von allein heilen.

„Aber vor Anfang Herbst ist an eine Rückkehr zu den Deinen nicht zu denken, Magier."

Bandath unterstützte den Prozess mit ein wenig Heilmagie, aber ein Experte auf diesem Gebiet war er nicht. Die Kurse bei Moargid auf Go-Ran-Goh hatten die jungen Magierschüler stets sehr unwillig besucht und meist für die Vorbereitung auf andere Kurse genutzt. Seine Kenntnisse beschränkten sich auf drei bis vier wirklich böse Krankheiten und das Heilen eines Brummschädels nach zuviel Branntwein oder Bier. Jetzt bereute er das.

Bandath hatte von Barella erfahren, wie sie ihn unter den Steinen hervorgezerrt und den Bewusstlosen anschließend tagelang durch die Gänge geschleppt hatte. Sie selber hatte sich den Arm erst kurz vor Erreichen der Oberfläche gebrochen, als sie, Bandath auf dem Rücken, unglücklich einen kleinen Abhang hinuntergestürzt war.

„Du hast mich den ganzen Weg hinauf getragen?"

„Dich, deinen Holzknüppel und deinen Schultersack." Sie schmunzelte. „Was sonst hätte ich denn machen sollen? Dich liegen lassen?" Lächelnd zog sie den Borium-Kristall aus einer Tasche und hielt ihn hoch, dass sich das Sonnenlicht in ihm fing. „Ich hatte den Eindruck, dass er mir geholfen hat."

Die einfachen Worte beschrieben nicht die Quälerei, der Barella ausgesetzt war. Sie hatte ihren Bogen zerbrochen und mit den Einzelteilen Bandaths Bein geschient. Mit einem Seil band sie sich den Zwergling auf den Rücken, seinen Magierstab benutzte sie als Stütze.

„Ich glaube, ich hätte ihn weggeworfen, wenn ich nicht dringend einen Stock gebraucht hätte."

Bandath war froh, dass sie es nicht getan hatte. Einen neuen Magierstab hätte er sich in Go-Ran-Goh holen müssen. Und da wollte er im Moment auf keinen Fall hin.

Natürlich hatten sich die Magier schon bei ihm gemeldet. Er hatte ein langes und sehr ausführliches Gespräch mit Menora geführt und sie über alle Geschehnisse unterrichtet. Die Magier hatten ihn beglückwünscht. Aber Menora ließ auch durchblicken, dass der Ring der Magier, trotz des positiven Ausganges der Geschichte, noch immer nicht mit dem eigenmächtigen Vorgehen Bandaths einverstanden war – und dass sie sehr an einem persönlichen Gespräch interessiert waren. Sprich: Man bat Bandath so schnell wie möglich in die Magierfeste, dringend.

Bandath war das egal. Er lag bei dem Bewahrer, bekam zu essen und zu trinken, ließ sein Knie heilen und hielt Barellas Hand.

Nur dass Niesputz fehlte, stimmte ihn traurig. Und die Ungewissheit über das Schicksal des Elfenfürsten und des Anführers der Taglicht-Trolle.

„Hast du einen Gegenstand, der Rulgo gehörte?"

Der Bewahrer nickte und brachte Bandath ein Messer. „Rulgo ließ es hier. Er meinte, unter der Erde würden ihm seine Keule und das andere Messer ausreichen."

Bandath hob die Augenbrauen. „Ich würde gern Fernsicht-Magie versuchen, aber dafür bräuchte ich ein Gefäß mit Wasser. Eine Schüssel vielleicht", er musterte die Waffe skeptisch, „oder noch besser einen Eimer."

Der Gehilfe des Bewahrers brachte kurz darauf einen mit Wasser gefüllten Eimer und stellte ihn neben Bandaths Liege. Mühsam richtete sich der Magier auf und legte das für ihn sehr große Messer in den Eimer. Gemurmelte Worte verließen seinen Mund. Neugierig beugten sich Barella und der Bewahrer näher. Auf der Wasseroberfläche erschien das Abbild Rulgos. Der Troll saß an einem Feuer. Bandath bewegte die Hände und der Bildausschnitt vergrößerte sich. Neben Rulgo saß Gilbath, zwischen ihnen Blut.

„Die sitzen vor dem Tor auf dem Grauen Fürsten", entfuhr es Barella. Troll und Elf hielten Stöcke ins Feuer an deren Spitze mehrere Fische steckten.

„Wie kriegen wir sie dort herunter?" Bandath sah den Bewahrer an. Der grinste.

„Oh, ich denke, sie werden noch ein wenig bleiben müssen, bevor ich Blauschuppe bitten kann, sie dort herunterzuholen. All zu oft darf ich ihn nämlich mit solchen Bitten nicht belästigen."

„Hast du keine Angst, dass sie sich gegenseitig erschlagen?"

„Nach allem was ihr gemeinsam durchgemacht habt? Was denkst denn du? Sie haben Fisch, sie haben Beeren. Und Blut ist bei ihnen. Lass sie eine Weile dort und mit sich selbst klar kommen. Ich denke, das wird unseren beiden Völkern ganz gut tun."

„Und was, wenn sie sich Sorgen um uns machen, so wie wir uns um sie?"

„Auch das tut ihnen mal ganz gut: sich Sorgen um jemand anderen machen, nicht nur um sich selbst. Vielleicht hilft ihnen das, zu verstehen, was sie so lange entzweite."

Bandath staunte den Bewahrer an. „Warum hast du so etwas nicht schon früher in die Wege geleitet?"

„Wie denn, kleiner Freund? Erst du und der Vulkan haben das möglich gemacht." Er erhob sich und nahm den Eimer Wasser in die Hand. Das Bild Rulgos verblasste. „So hat doch jeder am Ende das bekommen, was er wollte: Der Troll den Elf und der Elf den Troll, der Drachenhund einen neuen Freund, der Magier den erloschenen Vulkan und die Zwelfe ..." Er zwinkerte Barella zu.

„Hat die Suchende gefunden, was sie suchte?"

Barella sah Bandath an. „Ich denke schon." Sie griff nach seiner Hand.

„... und der Erd-Drache hat sein Herz", ergänzte dieser traurig und dachte an seinen kleinen, geflügelten Freund. Barella drückte verstehend seine Finger.

Als sich der Bewahrer umdrehte und mit dem Eimer in Richtung seiner Höhle gehen wollte, hielt Bandath ihn auf.

„Warte, ich würde gerne sehen, wie es Waltrude und den Zwergen geht."

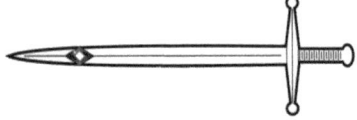

... und noch später

Der Wolkenzahn erhob sich wie eine Drohung. Seht was ich konnte!, schien er zu sagen. Und wenn ich will, dann kann ich das jederzeit wiederholen. Vergesst das nicht!

„Ja", antwortete Waltrude auf diese unausgesprochene Herausforderung. „Und dann wird mein Herr Magier wieder kommen und dich erneut zustopfen", denn obwohl sie noch nicht ein Wort von Bandath seit seinem Abschied aus Drachenfurt gehört hatte, so wusste sie doch tief in ihrem Inneren, dass er diesen alten Wolkenzahn da oben zugestopft hatte. Wie auch immer man so etwas anstellte. Aber wo blieb er nur? Es war Herbst geworden und im Frühjahr war der Wolkenzahn für dreißig Tage aktiv gewesen. Dreißig Tage, die ausgereicht hatten, die Welt, wie sie sie kannte, durcheinander zu wirbeln. Waltrude machte sich Sorgen um den Magier, richtig große Sorgen. Sollte er gar beim Zustopfen des alten Wolkenzahns dort oben ...?

Sie wagte gar nicht, den Gedanken zu Ende zu denken. Schnell wischte sie sich eine Träne aus dem Augenwinkel. Nein. Sie glaubte nicht daran. Sie hätte es gespürt, wenn ihm etwas geschehen wäre.

‚Närrisches altes Weib!', schimpfte sie mit sich selbst. ‚Redest noch das Unglück herbei.' Er würde wiederkommen, da war sie sich ganz sicher.

Eine Hand legte sich auf ihre Schulter. „Er wird wiederkommen, Waltrude." Theodil Holznagel sprach aus, was sie hoffte.

Waltrude nickte stumm, schluckte den Kloß herunter, der ihr im Hals zu stecken schien und drehte sich zu dem Zwerg.

„Ja, aber ob er damit einverstanden sein wird?" Ihr rechter Arm beschrieb einen Kreisbogen und umfasste alles, was auf der großen Wiese geschah, auf der früher einsam und allein das Haus des Magiers gestanden hatte. Hunderte von gefällten Bäumen stapelten sich. Menschen kamen aus dem Wald und führten vierschrötige Pferde, die weitere Bäume zogen. Halblinge und Zwerge halfen ihnen. Baustelle reihte sich an Baustelle, Zelte dazwischen als provisorische Unterkünfte für die Erbauer. Kolonnen von Zwergen, Menschen und Halblingen zogen umher, schleppten Holz, Wasser, Lehm. Scheinbares Chaos entpuppte sich jedoch bei genauem Hinsehen als Methode. An großen Feuern wurde für die Schaffenden gekocht. Ein Trupp Jäger kam zurück und brachte zwei zerlegte Berg-Bisons. Die Sonne schien auf Neu-Drachenfurt.

„Die Dinge ändern sich, Waltrude. Bandath wird es verstehen."

„Es könnte alles so schön sein, Theodil. Wir haben die ersten reinen Sonnentage nach dem Vulkanausbruch, unsere Jäger kommen immer mit Wild aus dem Wald. Und das will was heißen, nach dem Ausbruch und diesem verregneten Sommer. Aber wir leben von der Hand in den Mund. Wir schaffen es nicht, Vorräte anzulegen und der Winter kommt mit großen Schritten."

Der Zwerg blickte grimmig. „Flussburg hat unser Hilfeersuchen erneut abgelehnt. Sie stellen sich stur. Die Händler nehmen Preise, die wir nicht bezahlen können und unsere Boten vom Markt am Nebelgipfel sind noch immer nicht zurück. Aber ehrlich, viel Hoffnung habe ich in Zeiten wie diesen nicht." Er warf wütend das Stöckchen auf die Erde, das er in der Hand gehalten hatte. Natürlich wussten sie das alles schon, aber manchmal tat es gut, wenn man sich die Sorgen und die Wut von der Seele reden konnte.

Theodil atmete tief durch, um sich zu beruhigen. „Komm jetzt, Waltrude. Die Ratsversammlung fängt gleich an."

Sie begaben sich zu einem Zelt am Rande des ganzen Tohuwabohus.

„Bäume", sagte Waltrude unterwegs.

„Bäume?" Theodil sah sie reglos an. „Manchmal kann ich deinen Gedankensprüngen einfach nicht folgen."

Die alte Zwergin wies mit einer Hand auf die riesige Baustelle vor ihnen. „Wenn die Häuser fertig sind, dann müssen wir unbedingt Bäume zwischen sie pflanzen. Wer will schon in einem Ort ganz ohne Bäume leben?"

Die anderen beiden gewählten Mitglieder des Rates von Neu-Drachenfurt erwarteten sie bereits: Menach, der Mensch und Almo Reisigbund, der Halbling. Seit Flussburg hatten sich die Flüchtlinge nicht mehr getrennt und nach Erlöschen des Vulkans beschlossen, eine neue, gemeinsame Siedlung aufzubauen. Neben Drachenfurt waren nämlich auch die Dörfer der Menschen und der Halblinge vom Vulkan völlig zerstört worden. Menschen, Halblinge und Zwerge hofften, gemeinsam den kommenden Winter zu überstehen, wussten allerdings auch, dass dies sehr schwer werden würde. Alle vier Anwesenden waren die neuen gewählten Vertreter ihrer Völker.

Almo begann die heutige Ratssitzung. „Bevor wir zu den großen Problemen unserer nicht vorhandenen Vorräte kommen, vielleicht zuerst ein paar kleine Punkte?" Menach, Waltrude und Theodil nickten zustimmend und der Halbling fuhr fort. „Wir haben vier Halbling-Familien, die mir mitgeteilt haben, dass sie in einem gemeinsamen Dorf mit Zwergen und Menschen nicht leben wollen."

Schweigen folgte dieser Eröffnung, dann ergänzte Menach leise: „Und wir haben zwei Familien."

Der Halbling holte tief Luft. „Wie können wir sie …"

„Lasst sie gehen!", unterbrach ihn Waltrude.

„Was?!" Almo und Menach riefen es fast gleichzeitig.

„Ich sagte: Lasst sie gehen! Wir haben uns entschlossen, Neu-Drachenfurt aufzubauen, ohne Menschenviertel, Halblingsviertel und Zwergenviertel. Ein Lehmhaus der Menschen neben einer Blockhütte der Halblinge und einem Steinhaus der Zwerge. Wer das nicht kann, soll gehen. Wenn wir sie zwingen würden, hier zu bleiben, legen wir den Keim für Zank und Streit in unserem neuen Dorf. Wir sollten es ihnen nicht vorschreiben. Die Dinge ändern sich, Almo. Lassen wir gehen, wer gehen möchte."

„Aber", widersprach Menach, „einer von denen, die gehen wollen, ist ein Schmied."

„Wir haben auch einen Schmied – und keinen schlechten!"

„Na gut", Menach nickte langsam. „Ich glaube, ihr habt Recht."

Almo stimmte ihm zu und fuhr fort: „Kendor lässt anfragen, wo er sein Wirtshaus errichten kann." Der Halbling sah in die Runde.

„Ein Wirtshaus?!", rief Waltrude empört. „Ein Wirtshaus in Drachenfurt?"

„In Neu-Drachenfurt!", korrigierte Theodil die Zwergin und zwinkerte Almo hinter ihrem Rücken zu.

„Egal. Wir hatten noch nie ein Wirtshaus hier. Wir brauchen kein Wirtshaus! Rülpsende Männer! Gesänge bis spät in die Nacht und tagelange Brummschädel ..."

„Es heißt", wandte Theodil sich an Almo, „Kendor braut ein gutes Bier."

Der Halbling nickte. „Das beste westlich und südlich des Marktes."

„Dass du dem zustimmst, Theodil Holznagel, war zu erwarten. Und wenn der Herr Magier hier wäre, dann würde er in dieselbe Kerbe schlagen." Waltrudes Stimme zitterte vor Entrüstung.

Der Zwerg lächelte sie an. „Nach dem Vulkanausbruch ist der Nordpass zum Markt unpassierbar geworden. Händler, die aus dem Westen kommen, werden zwangsläufig an Neu-Drachenfurt vorbei müssen. Ein Gasthaus lässt sie halten und wird Geld in unser Dorf bringen."

„Ein Wirtshaus", brummte die Zwergin vorwurfsvoll. „Fremdes Volk wird angelockt!"

„Die Dinge ändern sich, Waltrude", merkte Almo Reisigbund an. „Wir sind ebenfalls fremdes Volk gewesen, aber ihr habt uns Land zum Siedeln gegeben. Anderes fremdes Volk werden wir brauchen, in den nächsten Jahren, wenn unser Dorf gedeihen soll."

„Am Dorfrand", murmelte Waltrude schließlich ungnädig. „Allerhöchstens am Dorfrand." Sie gab sich geschlagen. Die Dinge änderten sich, Waltrude hatte klein beigegeben.

Außerhalb des Zeltes wurden Rufe laut. Es schien jemand gekommen zu sein. Dann plötzlich hörte Waltrude, wie einige Zwerge einen Namen riefen. Ihr stockte der Atem. „Der Herr Magier", presste sie schließlich hervor. Mit zitternden Knien stand sie auf. „Endlich!"

Der Rat verließ eilig das Zelt. Am Waldrand stand Dwego, Bandath auf seinem Rücken. Neben ihm gewahrte Waltrude einen weißen, großen Vogel auf dem eine junge Zwergin saß. Von überall aus dem Dorf begannen die Leute zu dem Paar unter den Bäumen zu strömen.

„Na, das nenne ich mal ein gutes Ende von einem Ausflug." Waltrude hatte sich schnell gefangen und eilte den anderen voraus auf die Neuankömmlinge zu.

„Bei den Hallen der Vorväter, er hat ja gar keinen Bart mehr", entfuhr es Theodil. „Aber dafür hat dein Herr Magier sich eine Frau mitgebracht,

Waltrude." Der Zwerg grinste. Ohne im Laufen inne zu halten, musterte Waltrude die unbekannte Zwergin.

„Das wurde auch Zeit", sagte sie. Allerdings schien, wie Waltrude schnell bemerkte, eine gehörige Portion Elfenblut in den Adern der Zwergin zu fließen. Nun gut, niemand war vollkommen. Sie beobachtete den Blick, den Bandath mit der jungen Zwergin wechselte und korrigierte dann die Bemerkung Theodils. „Nicht er hat sich eine Frau mitgebracht, Theodil. Ich glaube, sie hat ihn uns zurückgebracht."

Bandath stieg langsam von seinem Laufdrachen ab. Bevor er jedoch den Boden erreichte, war Barella von Sokah abgesprungen und zu ihm geeilt. Vorsichtig glitt der Magier auf den Boden und stützte sich dabei auf seine Gefährtin. Helfend hielt sie seinen Arm, als er die ersten Schritte tat. Süßsauer grinsend humpelte er Waltrude ein paar Schritt entgegen.

„Es ist nicht alles so leicht gelaufen, wie wir hofften, meine liebe Waltrude."

Wortlos nahm die alte Zwergin „ihren Herrn Magier" in den Arm. ‚Sentimentales, altes Weib!', schimpfte sie in Gedanken mit sich selber, als ihr ein paar Tränen die runzeligen Wangen herab rannen.

Schließlich konnte Bandath sich aus der Umklammerung befreien, nur um von Theodil kräftig umfasst zu werden. Dann hielt der Zwerg den Zwergling mit ausgestreckten Armen an den Schultern.

„Es hat sich viel verändert hier." Er wies mit einer fast schon entschuldigenden Geste auf die große Wiese, auf der früher einzig Bandaths Haus gestanden hatte, sich jetzt aber die Struktur eines völlig neuen Dorfes abzuzeichnen begann.

„Ich weiß, mein Freund. Dank Waltrudes Taschentüchern bin ich über fast alles informiert."

Theodil riss die Augen auf. „Taschentücher? Ich verstehe schon wieder nichts."

Menach und Almo schüttelten dem Magier die Hand. „Es ist schön, dich in unserem Dorf begrüßen zu können, Magier", sagte der Mensch. Bandath drehte sich anschließend zu der hinter ihm stehenden Zwelfe um, nahm sie bei der Hand und zog sie zu sich heran.

„Das ist Barella", sagte er zu allen, sah aber hauptsächlich Waltrude an, ein klein wenig Unsicherheit im Blick.

Barella aber lächelte unbefangen und schüttelte ihnen die Hand, zuletzt der alten Zwergin.

„Ich freue mich, dich endlich persönlich kennenzulernen. Du glaubst gar nicht, wie viel Bandath in den letzten Monaten von dir erzählt hat."

„Ach, hat er?" Sie musterte Barella von oben bis unten. Dann verzog sich ihr faltiges Gesicht zu einem breiten Lächeln. „Lass dich umarmen, Mädchen. Willkommen in Neu-Drachenfurt." Sie drückte die Zwelfe an ihre Brust und flüsterte ihr dabei ins Ohr: „Jetzt sind wir zu zweit. Was meinst du, da werden wir ihn uns endlich richtig zurechtbiegen, oder?"

„Ein Troll!" Der erschrockene Schrei einer Frau ließ sie auseinander fahren. Hinter Dwego und Sokah war tatsächlich ein Troll aufgetaucht, ein riesiges Bündel auf dem Rücken. Er sah sich auf der plötzlich totenstillen Lichtung um und grinste. Gelbe, schiefe Hauer wurden sichtbar und machten sein Gesicht noch furchteinflößender. Ein Kind begann zu weinen und verbarg sein Gesicht in den Rockfalten der Mutter. Der Troll rückte sein Gepäck auf dem Rücken zurecht und stapfte auf die Gruppe um den Magier zu.

„Ich vergaß beinahe", sagte Bandath lächelnd, „dass ich ein paar Freunde mitgebracht habe." Hinter dem Troll tauchten weitere schwer beladene Taglicht-Trolle aus dem Wald auf. Ihr Anführer drehte sich zu ihnen um.

„Ladet das Zeug dort hinten auf dem freien Platz ab. Wir wollen doch hier keine Unordnung anrichten, oder?" Er selbst gesellte sich aber zu den Menschen, Zwergen und Halblingen.

„Wie sollen wir die denn verpflegen?", stöhnte Menach. „Wir haben selbst kaum genug."

„Verpflegen?", fragte der Troll und sah Bandath an. „Du hast es ihnen noch nicht gesagt?"

Der Zwergling hob entschuldigend die Hände. „Ich bin noch nicht dazu gekommen." Er drehte sich wieder dem Rat zu. „Rulgo und seine Leute haben ihre Verpflegung selbst dabei. Und außerdem Waren für uns: Nahrung, Handwerkszeug, Stoffe, Leder, Felle, Küchengeräte … was man halt so braucht, um ein Dorf wie unseres über den Winter zu bekommen."

„Aber das können wir unmöglich bezahlen", jammerte Almo Reisigbund.

„Bezahlen?", dröhnte Rulgo. „Hat hier eben jemand was von bezahlen gesagt?" Er warf sein eigenes Paket dem Rat vor die Füße. Es schepperte. „Das sind Geschenke für das, was der kleine große Magier für uns getan hat. Im Grunde ist das schon alles bezahlt. Das, und all die anderen Sachen, die ihr den ganzen Winter über von uns bekommen werdet."

„Was hat er denn nun wieder angestellt?", fragte Waltrude und stemmte die Fäuste in die Hüften.

„Nichts wichtiges, kleine Zwergenfrau. Nur wieder einmal den Frieden. Wie so oft in den letzten hundert Jahren. Ach ja, und er hat einen Vulkan zugestopft, der, zumindest nach seiner Aussage, beinahe die ganzen Berge hier weggepustet hätte. Wir dachten, wir sollten uns da ein wenig erkenntlich zeigen. Bis zum Wintereinbruch kommen wir bestimmt noch drei Mal." Er sah sich auf der riesigen Baustelle um. „Hoffentlich habt ihr bis dahin ein Wirtshaus hier aufgebaut."

Waltrude spürte, wie Theodil sie von hinten in den Rücken stupste. Sie sah sein Grinsen nicht, konnte es aber spüren, beschloss jedoch, es geflissentlich zu ignorieren.

„Übrigens", der Troll wies mit dem Daumen hinter sich zum Waldrand. „Wir haben die Spitzohren mal wieder abgehängt. Sie werden wohl in ein bis zwei Stunden hier sein. Wundert mich nicht wirklich, Elfen sind von Natur aus langsam."

„Elfen und Trolle?" Waltrude schüttelte fassungslos den Kopf. „Ich glaube, Herr Magier, du wirst uns eine ganze Menge erzählen müssen."

Und das tat er auch. Die Arbeit an diesem Tag ruhte. An gewaltigen Feuern wurde ein Festmahl zubereitet und lange vor Sonnenuntergang saßen Menschen, Zwerge, Halblinge, Trolle und Elfen beisammen, schmausten, tranken, lachten, sangen Lieder und lauschten Bandaths und Barellas Erzählung. Beiden wurde an den richtigen Stellen über das berichtet, was in Drachenfurt und Flussburg geschehen war.

Bandath war sehr wütend, als er erfuhr, dass Claudio Bluthammer und Sergio die Knochenzange sein Haus angezündet hatten.

„Dreimal getrockneter Zwergenmist!", rief er aufgebracht. „So eine Sammlung alter Bücher bekomme ich nie wieder. Wenn ich das gewusst hätte, als ich sie hypnotisierte, ich hätte …"

Barella legte ihm die Hände auf seine geballten Fäuste, drückte sie nach unten und gab ihm einen Kuss. Waltrude hielt das kleine Buch hoch, das sich im Hause des Ratsherrn in ihrem Kittel verfangen hatte.

„Fange deine neue Sammlung damit an, Herr Magier."

Bandaths Erzählung dauerte sehr lange. Besondere Heiterkeit riefen die Sprüche des Ährchen-Knörgis hervor, von dem der Magier mit ein wenig Wehmut erzählte.

„Er fehlt dir, nicht wahr?", fragte Barella in einer Pause.

Bandath nickte. „Was sie jetzt wohl tun, der kleine Niesputz und der riesige Erd-Drache?"

Brüllend schlugen sich die Zuhörer auf die Schenkel, als Barella den Teil zum Besten gab, in dem Bandath die beiden Kopfgeldjäger hypnotisierte.

„Die blaue Blume der Glückseligkeit ..." Theodil japste zwischen zwei Lachanfällen und hielt sich die schmerzenden Seiten. Neben ihm lag Almo Reisigbund im Gras, die Arme auf den Bauch gepresst und fiepte leise, lachen konnte er nicht mehr.

Waltrude wiederum sah zu den dunklen Schatten am Waldrand, dort wo die Trolle ihren Nachtschlaf hielten.

„Sie haben die Gargyle gefressen? Na gut, über Geschmack lässt sich bekanntlich streiten, aber dieses Gericht macht sie mir sogar ein wenig sympathisch."

Insgesamt war es ein lustiger Abend und in Neu-Drachenfurt erzählte man sich noch Jahre später von diesem spontanen Fest. Der Rat beschloss, dass der Tag dieses Festes als offizieller Geburtstag Neu-Drachenfurts gelten solle. Und so wurde jedes Jahr im Herbst ein Fest gefeiert, mal fiel es kleiner aus, wenn die Ernten des Jahres nicht so gut waren, mal größer. Immer aber konnten sie Trolle und Elfen zu diesen Festlichkeiten begrüßen, denn die Freundschaft zwischen Trollen und Elfen einerseits und den Bürgern Neu-Drachenfurts andererseits wuchs und wurde mit der Zeit immer tiefer. Und nicht gering war der Beitrag dieser Feste, den Frieden zwischen Trollen und Elfen in den kommenden Jahren zu festigen.

Bandath stand Tage später an der Baustelle seines Hauses. Theodil Holznagel, Waltrude, Barella und er bauten ein neues Haus, ein Haus für ihn und Barella, natürlich mit einem Zimmer für Waltrude. Er hielt den Nagel gegen das Brett, das Barella ihm fixierte, holte mit dem Hammer aus und schlug zu.

„Hallo Zauberer, was macht ihr denn hier?"

Bandaths Schlag traf mit voller Wucht seinen Daumen.

„Dreimal getrockneter Zwergenmist!", schrie er wütend, warf den Hammer auf die Erde, steckte den pochenden Daumen in den Mund und drehte sich zu dem Störenfried um.

Keine drei Schritt vor ihm schwebte das Ährchen-Knörgi in der Luft. Bandath vergaß sogar, die übliche Korrektur des Wortes Zauberer.

„Niesputz! Wo kommst du denn her? Ich dachte, du seiest …"

„Oach, mir war langweilig und da ich wusste, ihr wolltet euch noch eine Dämonenstadt anschauen und ich selbst im Moment nichts Besseres vorhatte, dachte ich mir: Niesputz, ohne dich sind die aufgeschmissen. Flieg doch einfach mal hin."

Bandath lachte, er lachte aus voller Kehle, froh und erleichtert. Barella stand hinter ihm und freute sich still, eine Hand auf der Schulter des Magiers.

Dann holte er tief Luft, sehr tief.

„Bist du nun die andere Hälfte des Drachenherzens?"

„Ist das denn so wichtig?"

Bandath schüttelte glücklich den Kopf. „Nein, mein Freund, ist es nicht."

Niesputz schoss einen funkensprühenden Salto. „Der Zauberer hat Freund zu mir gesagt!" Aufgeregt surrte er an Barella vorbei zu Waltrude.

„Magier", flüsterte Bandath lächelnd, so leise, dass es außer Barella niemand hörte. „Es muss Magier heißen."

Am selben Abend klopfte ein junger Elf an die Tore der Magierfeste Go-Ran-Goh. Er verlangte dringend, den Weisen Romanoth Tharothil zu sprechen. Malog, der Pförtner grummelte ungehalten, als Romanoth Tharothil den Elfen empfing. Normalerweise war es die Aufgabe des Pförtners, zu entscheiden, ob jemand die Magierfeste betrat oder draußen bleiben musste. Er wusste nicht, dass der Elf, dessen Name Anuin Korian war, ein kleines Fläschchen bei sich hatte, das er dem Weisen Romanoth Tharothil überreichte und mit dem er sich die Aufnahme als Lehrling in der Magierfeste erkaufte. Ein Fläschchen, in dem sich Splitter des Diamantschwertes befanden.

„Sehr gut", murmelte der Oberste aller Magier. „Es hat also begonnen."

- Ende -

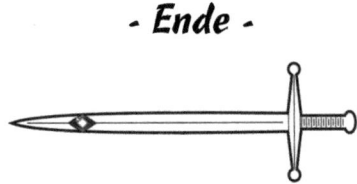

Die mehr oder weniger wichtigen Personen

Drachenfurt

Bandath — ein kleiner, aber fähiger Magier, ein Zwergling

Waltrude Birkenreisig — eine Zwergin, mehr als nur Bandaths Haushälterin

Theodil Holznagel — ein Zwerg, Zimmermann

Thordred Weißbuche — ein Zwerg

Riesengrasebene und Trollgebirge

Gilbath — ein eingebildeter Elfen-Fürst

Rulgo — der Anführer der Taglicht-Trolle

Der Bewahrer — ein Troll

Go-Ran-Goh

Der Weise Romanoth Tharothil — der Schulleiter der Magierfeste

Malog — ein Troll, Pförtner

Moargid — ein Mensch, Heilmagierin

Menora — ein Mensch, Meisterin der Fernsicht

Frontir Eisenklammer — ein Zwerg, Meister der Wettermagie

Bolgan Wurzelbart — ein Gnom, Meister des Wachsens und Vergehens

Muzor Messolan — ein Minotaurus, Meister der Levitation

Gorlin Bendobath — ein Mensch, Meister des Lebens

Schin Benroi — ein Elf, Meister der Hypnose

Claudio Bluthammer,	zwei gestrauchelte Magier
Sergio die Knochenzange	und Kopfgeldjäger
(Gnom und Minotaurus)	

Flussburg

der alte Hangaith	ein Fährmann
Gog	der Wirt der *Trockenen Kehle,* ein Gnom
Rhongil Steinbeißer	einer der Ratsherren der Zwerge
Helmo Fassreiter	einer der Ratsherren der Halblinge
Menach	ein Mensch, Flüchtling vor Flussburg
Almo Reisigbund	ein Halbling, Flüchtling vor Flussburg

Andere

Ordo Nebelpuster, Wallda Nebelpuster Halblinge	Wirtsleute im Rasthaus *Zum trunkichten Troll*
Niesputz	ein Ährchen-Knörgi
Barella Morgentau	eine Diebin, eine Zwelfe

Ganz Andere

Dwego	ein Laufdrache, Reittier Bandaths
Sokah	ein weißer Leh-Muhr, Reittier Barellas
Blauschuppe	ein Drummel-Drache

Wie es weitergeht ...
„Die Dämonenschatz-Saga"

Barella hat Bandath so weit gebracht, dass er – natürlich gegen den aus-
drücklichen Widerspruch Waltrudes – nach Cora Lega aufbricht, um mit
Barella zusammen den Dämonenschatz zu suchen. In ihrer Begleitung befinden sich Rulgo, Niesputz und Gilbaths Sohn Korbinian, Barellas Halb-
bruder. Was sie nicht wissen ist, dass ihnen Claudio Bluthammer und Sergio die Knochenzange auf den Fersen sind. Als Waltrude davon hört,
macht sie sich zusammen mit Theodil Holznagel und dem Flötenspieler
Baldurion Schönklang auf den Weg, ihrem Herrn Magier zu helfen. In der
Zwischenzeit erhebt sich in Cora Lega ein Dämon, um sich an den Völkern rund um die Todeswüste für ein Unrecht zu rächen, das ihre Vorfahren vor vielen hundert Jahren begangen haben. Die Magier von Go-Ran-
Goh verbieten Bandath, sich einzumischen. Der schwelende Konflikt eska-
liert und sie nehmen dem Zwergling die Fähigkeit, Magie zu wirken, denn
hinter all dem steckt ein Plan ...

Leseprobe:

„Barella!" Bandath riss seine Augen ungläubig auf. „Das ist dein Borium-Kristall!"

Er hatte ihn ihr im letzten Jahr geschenkt, als sie in den Höhlen der
Dunkel-Zwerge auf der Suche nach dem Erd-Drachen gewesen waren. Barella hing sehr an diesem Kristall, trug ihn Tag und Nacht bei sich.

„Und jetzt gebe ich ihn dir zurück. Lass ihn dein Fokus sein."

Bandath wog ihn in der Hand. Vielleicht könnte es ja klappen.

„Und wie funktioniert das jetzt?", fragte Barella.

Er zog sich das Lederband über den Kopf und platzierte den Kristall auf
seiner Brust.

„Nun, vom Prinzip ist es relativ einfach, hat zumindest Thaim gesagt.
Man überlegt, was man tun will, bündelt die vorhandene magische Energie

in seinem Fokus und richtet dann seinen Willen auf das Objekt, das man beeinflussen will."

„Angenommen, du willst ein Feuerchen entzünden, ein kleines Lagerfeuer. Dort zum Beispiel." Barella wies auf eine abseits des Weges stehende größere Baumgruppe. „Wie gehst du vor?"

Bandath wog den Kopf. „Nun, ich würde mir überlegen, wie das Feuer aussehen und wo es brennen soll, versuchen, magische Energie aufzuspüren, sie in den Fokus leiten und …" Plötzlich verdrehte Bandath die Augen, griff nach dem Borium auf seiner Brust und im selben Moment explodierte die Baumgruppe in einem Inferno aus Feuer. Eine Wand heißer Luft wälzte sich auf die Gefährten wie eine erstickende Decke und nahm ihnen die Luft zum Atmen. Brüllend schlugen die Flammen über den Bäumen in den Himmel, Baumstämme kreischten, als sie unter der plötzlichen Hitze aufrissen und die Feuchtigkeit in ihrem Inneren zu kochen begann. Schwarzer Qualm stieg auf und die Hitzewolke versengte den Gefährten die Augenbrauen. Waltrude schrie erschrocken, die Pferde wieherten, scheuten, Ratz wurde auf den Boden geschleudert, dann gingen Pferde durch und die Reiter brauchten mehrere Minuten, um die Gewalt über sie zurückzubekommen. Selbst Barella hatte Schwierigkeiten, Sokah zu beruhigen. Rulgo zog den Kopf zwischen die Schultern und floh, die beiden Oni folgten schreiend. Nur Bandath und Dwego verharrten an Ort und Stelle. Ratz richtete sich auf und taumelte hilflos auf dem Weg umher. Korbinian, der sein Pferd als Erster wieder unter Kontrolle hatte, hieb der Stute die Fersen in die Flanke und trieb sie zu Ratz. Er zog ihn hinter sich auf das Pferd und brachte ihn von den lodernden Bäumen weg.

„Bandath!", schrie er im Vorbeireiten gegen das Brüllen der Flammen an.

Als wäre er aus einer Trance erwacht, schüttelte Bandath den Kopf und Dwego rannte zu den anderen, die sich mittlerweile in sicherer Entfernung von der brennenden Baumgruppe wieder zusammengefunden hatten.

„Was war denn das?", rief Barella, als Bandath sich näherte. „Ich habe dich gebeten, mir zu erklären, wie du ein kleines Lagerfeuer entzünden würdest. Du solltest nicht einen ganzen Wald vernichten."

„Das … das muss an dem Borium-Kristall liegen. Es funktioniert besser, als ich zu hoffen wagte."

„Du warst das?", fragte Korbinian. „Dann kannst du also wieder Magie wirken?"

„Allerdings muss er wohl noch etwas üben, wenn er nur ein kleines Feuerchen machen sollte", sagte Waltrude, strich sich über die Augenbrauen und roch an ihren Fingern. „Das stinkt!"

„Er sollte gar kein Feuer machen, er sollte mir nur erklären, wie er es machen würde", betonte Barella noch einmal.

Theodil räusperte sich. Seine Stimme klang vor Schreck belegt. „Da bin ich aber froh, dass du ihn nicht gebeten hast, das Wäldchen zu vernichten. Wahrscheinlich würde dann die gesamte Savanne in Flammen stehen."

„Zumindest, um fast als Letzte auch noch meinen Kommentar abzugeben", sagte To'nella mit süßsaurer Miene, „brauchen wir uns keine Gedanken mehr darüber zu machen, dass die Kopfgeldjäger unsere Spur nicht finden werden." Sie wies auf die weithin sichtbare Qualmwolke über dem brennenden Wald.

„Du bist mir ein Zauberer", nörgelte Niesputz, ihn hatte die Druckwelle der Explosion am weitesten davongetragen.

„Ma...", wollte Bandath wieder einmal korrigieren, verstummte dann aber. Er war kein Magier mehr.

„Der Magier ist tot", grummelte Rulgo hinter ihm. „Es lebe der Hexenmeister!"

Und damit hatte jeder der Gefährten seine Meinung zu dem gesagt, was gerade passiert war.

„Die Dämonenschatz-Saga. Die Abenteuer von Bandath, dem Zwergling"

Teil 2 der Bandath-Trilogie (978-3-86282-045-0) erscheint im April 2012 im ACABUS Verlag.

Der Autor

Carsten Zehm, geboren 1962 in Erfurt, aufgewachsen dort und in Bad Langensalza, studierte Lehramt in Halle und arbeitet als Berufsschullehrer in Oranienburg. Er ist verheiratet und hat zwei Kinder.

Er schreibt schon seit seiner Jugend. Bereits damals entstand in einer Kurzgeschichte die Idee von der „Schwelle", die im Roman „Staub-Kristall" verarbeitet wurde. Der Schwerpunkt seines Schreibens galt immer wieder der Fantasy, auch wenn ihn Ausflüge in den Bereich der Märchen, des Krimis und der Horrorgeschichten führten.

Seit 2004 erfolgte die Veröffentlichung vieler Kurzgeschichten in Anthologien und der Tagespresse. 2009 erschien sein erstes Kinderbuch.

„Staub-Kristall", der erste Roman des Autors, erschien im März 2010 im ACABUS Verlag.

Weitere Informationen zum Autor sind unter www.carsten-zehm.de und www.carstenzehm.blog.de zu finden.

Danksagung

Der Roman basiert auf der Kurzgeschichte „Das Diamantschwert", deren wesentliche Inhalte hier in abgewandelter Form im ersten Kapitel wiederzufinden sind. Die Kurzgeschichte entstand, als ich im Sommer 2006 mit meinem damals 9-jährigen Sohn Matthes auf dem Radfernweg Berlin-Kopenhagen in Richtung Dänemark unterwegs war. Matthes hatte damals immer wieder angeregt, die Geschichte zu verändern und zu verbessern und vor allem Einfluss auf ein „offenes Ende" genommen. Zum Schluss standen dann wir beide in der Anthologie als Autoren unter dem Titel. Diesen Anregungen ist es auch zu verdanken, dass mich das Thema *Diamantschwert* und der Zwergling Bandath nicht mehr losließen. Auch das Romanprojekt hat Matthes von Anfang an begleitet, mit vielen Ideen angereichert und kritisch jedem Kapitel gelauscht, das ich ihm vorlas.

Danke, mein Junge.

Ein Dank geht auch an Toni, die als Allererste das komplette Manuskript in den Händen halten durfte und die Karte für das Buch gezeichnet hat sowie an Tine für ihr Verständnis meiner Schreibwut gegenüber. Es ist das erste Mal seitdem ich schreibe, dass sie etwas erst liest, wenn es gedruckt ist. Ich hoffe, du bist nicht enttäuscht.

Nicht zu vergessen meine Testleserin Uta, die eigentlich gar keine Fantasy-Literatur liest und die mir mit ihren vielen Ratschlägen und Korrekturen half, Bandath und Barella auf eine glücklich endende Reise zu schicken.

Und auf keinen Fall möchte ich den ACABUS Verlag vergessen, allen voran Frau Daniela Sechtig. Es war wieder eine hervorragende und sehr angenehme Zusammenarbeit.

Natürlich hat mich die Geschichte so gepackt, dass der zweite Band („Die Dämonenschatz-Saga") nicht lange auf sich warten lassen wird. Interessenten finden mehr Informationen unter: www.bandath.blog.de .

Carsten Zehm, Oranienburg-Eden, im Mai 2011